EXPLORACIONES

curso intermedio

Segunda edición

Mary Ann Blitt
College of Charleston

Margarita Casas
Linn-Benton Community College

Mary T. Copple
Kansas State University

Australia • Brazil • Canada • Mexico • Singapore • United Kingdom • United States

Exploraciones curso intermedio
Segunda Edition
Mary Ann Blitt | Margarita Casas |
Mary T. Copple

Product Director: Marta Lee-Perriard

Senior Product Team Manager: Heather
Bradley-Cole

Senior Product Manager: Lara Semones Ramsey

Product Assistant: Catherine E. Bradley

Senior Content Manager: Esther Marshall

Senior Marketing Manager: Sean Ketchem

Market Devlopment Manager: Patricia
Velazquez

IP Analyst: Christine M. Myaskovsky

Sr. IP Project Manager: Betsy Hathaway

Manufacturing Planner: Fola Orekoya

Senior Designer & Cover Designer:
Sarah B. Cole

Cover Image: molchanovdmitry/
Getty Images

For product information and technology assistance, contact us at
Cengage Customer & Sales Support, 1-800-354-9706
or support.cengage.com.

For permission to use material from this text or product, submit all
requests online at **www.cengage.com/permissions.**

Library of Congress Control Number: 2018964476

ISBN: 978-1-337-61248-7 [Student Edition]
ISBN: 978-1-337-61247-0 [MindTap IAC]
ISBN: 978-1-337-61254-8 [Loose Leaf Edition]

Cengage
200 Pier 4 Boulevard
Boston, MA 02210
USA

Cengage is a leading provider of customized learning solutions
with employees residing in nearly 40 different countries and sales in more
than 125 countries around the world. Find your local representative at:
www.cengage.com.

To learn more about Cengage platforms and services, register or access your
online learning solution, or purchase materials for your course, visit
www.cengage.com.

Printed at CLDPC, USA, 09-20

DEDICATORIA

Con cariño para toda mi familia, pero muy particularmente para mi hermano Luis. Te extrañamos cada hora de cada día.
(Margarita)

To my mom, for all her love and encouragement, and for keeping me balanced.
To my dad, for being my greatest mentor.
Para mis estudiantes, la fuente de mi inspiración.
(Mary Ann)

To my parents, whose love of travel inspired my own interest. And to my students, past and present, those learning Spanish and those learning to teach it.
(Mary)

Scope and Sequence

MÁS EN :::: MINDTAP

PRELIMINAR
Repaso gramatical

- Overview of regular and irregular verbs (including **tener, ir, ser, estar**) • Verbs like **gustar**
- **Saber** and **conocer** • Interrogatives • Negatives • **Por** and **para** • Object pronouns
- Reflexive verbs • Preterite • Imperfect • Preterite and imperfect • Present subjunctive verb forms

Scope and Sequence

Chapter	Learning Objectives	Vocabulary
CAPÍTULO 4 110 **Líderes del presente y del pasado** 	After completing this chapter, you will be able to: • Discuss the characteristics of leaders • Narrate and describe past events with more precision **Estrategia para avanzar:** Rehearsing past or future narratives	Qualities of leaders 112 Political and historical terms 112
CAPÍTULO 5 146 **Sociedades en transición** 	After completing this chapter, you will be able to: • Discuss contemporary society • Discuss advantages and disadvantages of technology • Talk about what you have done • Discuss thoughts and reactions to current and prior events **Estrategia para avanzar:** Noticing your mistakes and self-correcting	Contemporary society and technology 148
CAPÍTULO 6 182 **Entretenimiento... ¡de película!** 	After completing this chapter, you will be able to: • Talk about various forms of entertainment • Narrate and report past actions with more accuracy • Express and support opinions about films **Estrategia para avanzar:** Watching Spanish language movies to experience how native speakers use various tenses to narrate in the past	Film and entertainment 184

Scope and Sequence

Chapter	Learning Objectives	Vocabulary

Grammar	Culture	Video and Listening	Literature and Writing

Scope and Sequence

APPENDICES

Grammar	Culture	Video and Listening	Literature and Writing

Most people who study another language would like to be able to speak it. *Exploraciones curso intermedio* will help you do just that. You'll learn to talk about yourself, your community, and the world around you. You'll start out speaking in sentences and will eventually be able to produce paragraphs, in addition to improving your use of appropriate verb tenses, building your vocabulary, and expanding your abilities to negotiate, to compare and contrast, and to express opinions. At the same time, you'll see authentic videos—news clips and short films—and read poems and short stories by Hispanic authors.

In order to become a successful language learner, it's important to analyze the language and develop the ability to figure out rules and patterns for yourself. In the grammar sections of *Exploraciones curso intermedio*, you'll be guided through a process of observing the language in use and deducing the rules and patterns. Eventually, you'll sharpen this skill and be able to use it beyond this program as you continue to develop proficiency.

You can't learn a language without studying the cultures of the people who speak it. In every chapter, you'll learn about the practices of Spanish speakers and the countries in which they live. This will enable you to make cultural comparisons, finding both similarities and differences between their cultures and your own. We hope that you'll find the study of the Spanish language exciting and fun and that it opens many doors to your future.

Organization of *Exploraciones curso intermedio*

Exploraciones curso intermedio has ten chapters that are identical in organization. Each chapter starts with an outline of the chapter and provides a strategy to help you progress toward advanced proficiency. All of the chapters include the following sections.

Vocabulario

You will be given a list of vocabulary words along with a culturally relevant illustration. Then, in the **A practicar** section, you will work through a series of activities that will allow you to progress from understanding the words in context to more open-ended communicative activities.

Video: Cápsula cultural

You will improve your listening skills and learn more about the Spanish-speaking world while viewing news clips in Spanish, and then practice the language while giving your opinion about the topics covered.

A perfeccionar

Because learning Spanish is a cumulative process, you will have the opportunity to review grammar concepts presented previously and see how they connect to the new grammar points to be covered in the chapter. Combining the practice in this section with the online grammar tutorials will help you build a better foundation.

Conexiones culturales

This section presents short informational texts to help you better understand Spanish-speaking cultures through comparisons to your own culture and connections to other disciplines. The cultural reading allows you to learn more about the culture of Spanish-speaking countries while improving your reading skills. The activities encourage you to go beyond the reading and apply critical thinking and research skills. The **Comunidad** section provides interview questions to ask a native Spanish speaker so that you can use the Spanish language outside of class.

Estructuras

You will be guided through the discovery of the rules and patterns for Spanish grammar by examining an excerpt from an interview with a person from a Spanish-speaking country. Watching the video clips of the excerpt provides additional listening practice and will also help you become more familiar with a range of native Spanish accents while you learn the grammar. This section is followed by **A comprobar,** in which you can compare your conclusions with the explanation of the rules. Then in the **A practicar** section, you will practice the grammar concept in a variety of activities.

Cortometraje

These short films allow you to hear authentic language in the context of contemporary Hispanic culture. The accompanying activities will help guide you through the film in order to better understand it.

Redacción

At the end of each chapter, you will develop your writing skills through process writing, in which you are guided to brainstorm, write a draft, and revise.

A escuchar

In this section, you will listen to native Spanish speakers discuss a particular aspect of their country's culture related to the chapter theme. The accompanying activities guide you through the process of listening, comprehension, and critical analysis.

Literatura

At the end of every chapter, a literary selection will introduce you to a different writer from the Spanish-speaking world through a sample of his or her work. You will improve your reading skills while learning introductory literary terms as well as the basics of literary analysis, a skill necessary for those intending to major in the language.

Exploraciones de repaso

At the end of each chapter, there are two pages of review activities. The **Exploraciones de repaso: estructuras** provides a structured review of the grammar concepts from the chapter while the **Exploraciones de repaso: comunicación** lets you practice the vocabulary and grammar through communicative partner activities. The **Avancemos más** is a step-by-step task-based activity that requires you to use the language to negotiate and come to consensus, pushing you to a more advanced level of speaking proficiency.

 MINDTAP

The **Learning Path** is the online guide that helps you become active participants in the learning process. By becoming more self-reliant, you can achieve success in your course and also move one step closer to becoming a lifelong learner.

The Learning Path encompasses these universal steps to learning:

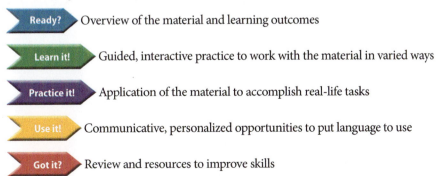

Ready? — Overview of the material and learning outcomes

Learn it! — Guided, interactive practice to work with the material in varied ways

Practice it! — Application of the material to accomplish real-life tasks

Use it! — Communicative, personalized opportunities to put language to use

Got it? — Review and resources to improve skills

Strategies for Success

1. **Study every day.** For most students, it is more effective to study for 15 to 20 minutes three times a day than to spend one full hour on the subject.

2. **Listen to the audio recordings.** When studying the vocabulary, take time to listen to the pronunciation of the words. This will help your pronunciation as well as help you learn to spell correctly.

3. **Get help when you need it.** Learning a foreign language is like learning math; you will continue to use what you have already learned and build on that knowledge. If you find you don't understand something, be sure to see your instructor or a tutor right away.

4. **Participate actively in class.** In order to learn the language, you have to speak it and learn from your mistakes.

5. **Make intelligent guesses.** When you are reading, listening to your instructor, or watching a video, make intelligent guesses as to the meaning of words that you do not know. Use the context, cognates (words that look or sound like English words), intonation, and, if available, visual clues, such as body language, gestures, facial expressions or images, to help you figure out the meaning of the word.

6. **Study with a friend or form a study group.** Not only might you benefit when your friend understands a concept that you have difficulty with, but you will have more opportunities to practice speaking as well as listening.

7. **Find what works for you.** Use a variety of techniques to memorize vocabulary and verbs until you find the ones that are best for you. Try writing the words, listening to recordings of the words, and using flash cards.

8. **Review material from previous lessons.** Because learning a language is cumulative, it is important to refresh your knowledge of vocabulary, verbs, and structures learned in earlier lessons.

9. **Avoid making grammar comparisons.** While it is helpful to understand some basic grammar concepts of the English language, such as pronouns and direct objects, it is important not to constantly make comparisons when learning the new structures.

10. **Speak Spanish.** Try to use Spanish for all of your classroom interactions, not just when called on by the instructor or answering a classmate's question in a group activity. Don't worry that your sentence may not be structurally correct; the important thing is to begin to feel comfortable expressing yourself in the language.

Your components

Use your Student Edition and MindTap to succeed in your course! The MindTap online platform is mobile native and any of your activities can be accessed via your desktop or your mobile device when you have Internet access.

Use your MindTap Mobile App to gain access to your eReader, Flashcards, Pronunciation practice, and progress tracker. This app comes with your purchase of MindTap and any of these items can be accessed without a wireless connection.

Acknowledgments

We would like to express our most sincere gratitude and appreciation to everybody who has played a role in the making of *Exploraciones curso intermedio*, and to those who have supported us. In particular, we are grateful to the instructors and students who used the *Exploraciones curso intermedio* first edition and whose input was invaluable to the development of the second edition.

We wish to thank everybody who has worked so hard at Cengage to make this project a success. In particular we would like to give thanks to Lara Semones, our Product Manager. A huge thanks goes to Esther Marshall—we do not know how the project would have been completed without her. Our thanks also go to Kim Beuttler, Learning Designer and Content Developer for the beginning of the project; Anika Bachhuber, Content Delivery Manager; Andrew Tabor, Subject Matter Expert; Sean Ketchem, Marketing Manager, Patricia Velazquez, Market Development Manager; Sarah Cole, for the beautiful cover designs; Christine Myaskosky and Betsy Hathaway, along with Melissa Flamson and Veera Nagarajan, for obtaining the image, text, and video permissions; Katy Gabel and Flora Emmanuel, the Project Managers from Lumina Datamatics for their dedicated work and professional contribution; Beatriz Pojman and Jacqui Tabor for reviews and contributions to the program at the different stages. We also want to recognize and thank Elyssa Healy and Carolyn Nichols in audio and video production. Our thanks also go to Kristen Chapron for her work on the MindTap online activities. For the development and production of MindTap, we would like to recognize the following Digital Development Team: Ralph Zerbonia, John Lambert, Maya Whelan, Zachary Hunt, Nancy Kindraka, Tamar Forman Gejrot, as well as our Quality Assurance team: Elena Demina, Kumar Santhosh, Garegin Yesayan.

Reviewers and Contributors

We would like to acknowledge the feedback and suggestions of professors from editions past and current.

Claudia Acosta, *College of the Canyons*
Maria Luisa Akrabova, *Metropolitan State University of Denver*
Susana Alaiz Losada, *Queensborough Community College*
Alma Alfaro, *Walla Walla University*
Frances Alpren, *Vanderbilt University*
Tim Altanero, *Austin Community College*
Elizabeth Amaya, *Millikin University*
Gunnar Anderson, *SUNY Potsdam*
Sandra Anderson, *College of DuPage*
Lisette Balabarca, *Siena College*
Susan Bangs, *Harrisburg Area Community College*
Vania Barraza, *University of Memphis*
Philip Benfield, *Horry Georgetown Technical College*
Patricia Betancourt, *Palm Beach State College*
Georgia Betcher, *Fayetteville Technical Community College*
Rosa Bilbao, *Alamance Community College*
Marie Blair, *University of Nebraska*
Stephanie Blankenship, *Liberty University*
Silvia Bliss, *Morrisville State College*
Amy Bomke, *Indiana University-Purdue University Indianapolis*
Graciela Boruszko, *Pepperdine University*
Julia Emilia Bussade, *University of Mississippi*
Oscar Cabrera, *Community College of Philadelphia*
Ana J. Caldero Figueroa, *Valencia College*
Wendy Caldwell, *Francis Marion University*
Aurelie Capron, *McKendree University*
Lindsey Carpenter, *Durham Technical Community College*
F. Eduardo Castilla Ortiz, *Missouri Western State University*
Esther Castro, *San Diego State University*
Thomas Claerr, *Henry Ford Community College*
Sheri Cochran-Alejo, *Utah State University / Cottonwood HS*
Judy Cortes, *California State University Monterey Bay*
David Counselman, *Ohio Wesleyan University*
Renata A. Creekmur, *Kennesaw State University*
Angela Cresswell, *Holy Family University*
Daniel D'Arpa, *Mercer County College*
Luis Delgado, *Olive-Harvey College*
Lisa DeWaard, *Clemson University*
Oscar Díaz, *Middle Tennessee State University*
Conxita Domenech, *University of Wyoming*
Dorian Dorado, *Louisiana State University*

Indira Dortolina, *Lone Star College - Cy Fair*
Hope Doyle D'Ambrosio, *Temple University*
Jabier Elorrieta, *New York University*
Luz Marina Escobar, *Tarrant County College – Southeast*
Erin Farb, *Community College of Denver*
Ronna Feit, *Nassau Community College*
Leah Fonder-Solano, *The University of Southern Mississippi*
Arlene Fuentes, *Southern Virginia University*
Elena Gandía García, *University of Nevada, Las Vegas*
Mónica García, *Sacramento State University*
Gerardo García-Muñoz, *Prairie View A&M University*
Margarita Garcia-Notario, *SUNY Plattsburgh*
Christina Garitselov, *State University of New York College at Brockport*
Deborah Gill, *Penn State DuBois*
Sara Goke, *Massasoit Community College*
Inmaculada Gómez Soler, *University of Memphis*
Arcides Gonzalez, *California University of Pennsylvania*
Marvin Gordon, *University of Illinois at Chicago*
Manuel Guzman, *Imperial Valley College*
Sergio Guzmán, *College of Southern Nevada*
Shannon Hahn, *Durham Technical Community College*
Patricia Harrigan, *Community College of Baltimore County*
Ruth Heath, *MCC Penn Valley*
Florencia Henshaw, *University of Illinois at Urbana-Champaign*
Todd Hernández, *Marquette University*
Suzanna Hernandez, *Wilson Community College*
Joshua Hoekstra, *Bluegrass Community and Technical College*
Esther Holtermann, *American Univesity*
Walter Hopkins, *Michigan State University*
Martine Howard, *Camden County College*
Casilde Isabelli, *University of Nevada, Reno*
Becky S. Jaimes, *Austin Community College*
Roberto Jiménez-Arroyo, *University of South Florida Sarasota-Manatee*
Hilda M. Kachmar, *St. Catherine University*
Esther Kahn, *North Virginia Community College*
Laura Kahn, *Suffolk Community College*
Brian Keady, *Linn-Benton Community College*
Kristin Kiely, *Francis Marion University*
Kelly Kingsbury Brunetto, *University of Nebraska-Lincoln*
Julie Kleinhans-Urrutia, *Austin Community College*

Melissa Knosp, *Johnson C. Smith University*
Bryan Koronkiewicz, *The University of Alabama*
Kevin Krogh, *Utah State University*
Barbara Kruger, *Finger Lakes Community College*
Carol Kuznacic, *Metropolitan Community College - Longview*
Luis Latoja, *Columbus State Community College*
Alejandro Lee, *Central Washington University*
Jessica Lee, *Utah State University*
Lucy Lee, *Truman State University*
Roxana Levin, *St. Petersburg College*
Clara Lipszyc-Arroyo, *Case Western Reserve University*
Regina Lira, *Imperial Valley College*
Domenico Maceri, *Allan Hancock College*
Jorge Majfud, *Jacksonville University*
Debora Maldonado-DeOliveira, *Meredith College*
Marilyn Manley, *Rowan University – Glassboro*
Donna Marques, *Cuyamaca College*
Carol Marshall, *Truman State University*
Karen Martin, *Texas Christian University*
Carlos Martinez, *New York University*
Francisco Martinez, *Northwestern Oklahoma State University*
Mercedes Meier, *Miami Dade College*
Marco Mena, *MassBay Community College*
Ana Menendez-Collera, *Suffolk County Community College Ammerman Campus*
Joseph Menig, *Valencia College*
Jerome Miner, *Knox College*
Nancy Minguez, *Old Dominion University*
Gabriela Miranda-Recinos, *Stephen F. Austin State University*
Geoff Mitchell, *Maryville College*
Cristina Moon, *Chabot College*
John Moran, *New York University*
José Morillo, *Marshall University*
Melissa Murphy, *University of Texas*
Jerome Mwinyelle, *East Tennessee State University*
Rosalinda Nericcio, *San Diego State University*
Christine Núñez, *Kutztown University*
Jeffrey Oxford, *Midwestern State University*
Yelgy Parada, *Los Angeles City College*
Anne Pasero, *Marquette University*
Tina Peña, *Tulsa Community College*
Teresa Perez-Gamboa, *University of Georgia*
Inma Pertusa, *Western Kentucky University*

Ana Piffardi, *Eastfield College*
Dolores Pons, *University of Michigan-Flint*
Joseph Edward Price, *University of Arizona*
Sofia Ramirez Gelpi, *Allan Hancock College*
Alma Ramirez-Trujillo, *Emory & Henry College*
Michelle F. Ramos Pellicia, *California State University San Marcos*
Gladys Robalino, *Messiah College*
Jennifer Rogers, *Metropolitan Community College - Blue River*
Marta Rosso-O'Laughlin, *Marta Rosso-O'Laughlin*
David Rubi, *Paradise Valley Community College*
Laura Ruiz-Scott, *Scottsdale Community College*
Jaime Sanchez, *Volunteer State Community College*
Josue Sanchez, *Paine College*
Alex Sandoval, *Coastal Carolina Community College*
Lester Sandres Rapalo, *Valencia College*
Bethany Sanio, *University of Nebraska-Lincoln*
Roman Santos, *Mohawk Valley Community College*
Sarah Schaaf, *College of Saint Benedict & Saint John's University*
Nina Shecktor, *Kutztown University*
Steven Sheppard, *University of North Texas*
Roger Simpson, *Clemson University*
Andrea M Smith, *Shenandoah University*
Michael Smith, *Norfolk State University*
Stuart Smith, *Austin Community College*
Alfredo Sosa-Velasco, *Southern Connecticut State University*
Stacy Southerland, *University of Central Oklahoma*
Maria Luisa Spicer-Escalante, *Utah State University*
Kathleen Sullivan, *Marquette University*
March Sustarsic Harvey, *Pikes Peak Community College*
Joe Terantino, *Kennesaw State University*
Silvina Trica-Flores, *Nassau Community College*
Luziris Turi, *Rice University*
Felix Versaguis, *North Hennepin Community College*
Bernardo Viano, *CUNY-Lehman College*
Oswaldo Voysest, *Beloit College*
Sandra Watts, *University of North Carolina at Charlotte*
Valerie Watts, *AB Technical Community College*
Carolyn Woolard, *Milligan College*
Renee Wooten, *Vernon College*
Valerie Wust, *North Carolina State University*
Mary Yetta McKelva, *Grayson County College*
Itzá Zavala-Garrett, *Morehead State University*

Our thanks also go to the Faculty Development Partners:

FALL 2017

Claudia Acosta *College of the Canyons*
Stephanie Blankenship *Liberty University*
Amy Bomke *IUPUI*
Julia Bussade *University of Mississippi*
Mónica García *Cal State Sacramento*
Marilyn Harper *Pelissippi State CC*
Bryan Koronkiewicz *The University of Alabama*
Kajsa Larson *Northern Kentucky U*
Cristina Moon *Chabot College*
Marilyn Palatinus *Pelissippi State CC*
Tina Peña *Tulsa CC*
Joseph Price *University of AZ*
Goretti Prieto Botana *University of Southern CA*
Michelle Ramos *Cal State San Marcos*
Eva Rodriguez González *UNM*
Borja Ruiz de Arbulo *Boston University*
Laura Sanchez *Longwood University*
Steven Sheppard *University of North TX*
Sandy Trapani *University of Missouri-St Louis*

SPRING 2018

Suzanne Buck *Central New Mexico CC*
Oscar Cabrera *Community College of Philadelphia*
Katie Chapman *University of Georgia*
Renata Creekmur *Kennesaw State University*
Hope D'Ambrosio *Temple U - Philadelphia*
Dorian Dorado *Louisiana State University*
Leah Fonder-Solano *University of Southern Mississippi*
Becky Jaimes *Austin CC*
Laura Levi Altstaedter *East Carolina Univeristy*
Geoff Mitchell *Central Texas College - Killeen*
John Moran *New York University*
Gabriela Recinos *Stephen F Austin State U*
Magda (Magdalena) Tarnawska Senel *University of California, Los Angeles*
Valerie Wust *North Carolina State University*
Maureen Zamora *Clemson University*

Reviewers and Focus Group Participants

Maria Alegre-Gonzalez, Towson University
Alma Alfaro, Walla Walla U
Frances Alpren, Vanderbilt University
Luz Maria Alvarez, Johnson County CC

Geraldine Ameriks, University of Notre Dame
Debra Andrist, Sam Houston
Rafael Arias, Los Angeles Valley College
Jonathan Arries, College of William and Mary

Teresa Arrington, Blue Mountain College
Wendy Bennett-Turner, Pellissippi State
Karen Berg, College of Charleston
Judy Berry-Bravo, Pittsburg State U
Sanio Bethany, UNL Univ of Nebraska Lincoln
Francesca Biundo, Heartland CC
Marie Blair, University of Nebraska -Lincoln
Susana Blanco-Iglesias, Macalester College
Chesla Ann Bohinski, Binghamton University
Melany Bowman, Arkansas State U
Ryan Boylan, Gainesville State College
Alba Breitenbucher, Maranatha High School
Greg Briscoe, Utah Valley U
Talia Bugel, Indiana University-Purdue University Fort Wayne
Silvia Byer, Park U
Wendy Caldwell, Francis Marion U
Angela Carlson-Lombardi, University of Minnesota - Twin Cities
Esther Castro, Mount Holyoke College
Tulio Cedillo, Lynchburg College
Lionel Chan, New York U
Chyi Chung, Northwestern University- Evanston
Ava Conley, Harding University
Eva Copeland, Dickinson College
Angela Cresswell, Holy Family University
Jorge Cubillos, University of Delaware
William Deaver, Armstrong Atlantic State University Savannah Georgia
Octavio Delasuaree, William Paterson U
Luis Delgado, Olive-Harvey College
David Detwiler, MiraCosta College
Lisa DeWaard, Clemson University
Joan Easterly, Pellissippi State
Jeanette Ellian, SUNY at Fredonia
Idoia Elola, Texas Tech U
Hector Enriquez, University of Texas at El Paso
Margaret Eomurian, Houston Community College - Central
Luz Marina Escobar, Tarrant County Southeast
Castro Esther, San Diego State University
David Faught, Angelo State U
Oscar Fernandez, Portland State U
Katherine Fowler Cordova, Miami University
Jose Fraga, Caldwell College
Maria Garcia, Texas Southern University
Mariche Garcia-Bayonas, University of North Carolina at
   Greensboro
Diana Garcia-Denson, City College of San Francisco
Christine Garst-Santos, South Dakota State U
Felipe Gomez, Carnegie Mellon University
Jill Gomez, Miami U Hamilton
Andrew Gordon, Colorado Mesa University
Marlene Gottlieb, Manhattan College
Veronica Gutierrez, James Madison U
Ana Hansen, Pellissippi State
Terry Hansen, Pellissippi State
Marilyn Harper, Pellissippi State
Mark Harpring, University of Puget Sound
Dennis Harrod, Syracuse U
Mary Hartson, Oakland U
Catherine Hebert, Indiana U South Bend
Florencia Henshaw, University of Illinois, Urbana Champaign
Olmanda Hernández-Gue..., Eastern Carolina University
Cecilia Herrera, Lawrence University
Dan Hickman, Maryville University
Anne Hlas, University of Wisconsin Eau Claire
Joshua Hoekstra, Bluegrass Community and Technical College
Mary Horley, University of North Carolina at Greensboro
Todd Hughes, Vanderbilt University
Melissa Ibarra, Northern Kentucky U
Carmen Jany, California State University, San Bernardino
Kathleen Jeffries, Loras College
Bryan Jones, University of Pennsylvania
Fowler-Cordova Katherine, Miami University
Stephanie Katz, Lehigh U
Deborah Kessler, Bradley U
Kristin Kiely, Francis Marion U

Carmen King, Arizona State U- Downtown
Nieves Knapp, Brigham Young University
Manel Lacorte, University of Maryland-College Park
Luis Latoja, Columbus State CC
Lance Lee, Durham Technical Community College
Zulema Lopez, University of Denver
Gillian Lord, University of Florida
Alicia Lorenzo, Vanderbilt University
Maria Luque, DePauw U
Maria Manni, University of Maryland Baltimore County
Karoline Manny, Eastern Kentucky University
Mariam Manzur Leiva, Univeristy of Southern Florida
Peggy McNeil, Louisiana State University
Mercedes Meier, Coastal Carolina Community College
Claudia Mendez, Christopher Newport U
Ana Menendez-Collera, Suffolk County Community College
Adriana Merino, Villanova University
Nancy Minguez, Old Dominion University
Geoffrey Mitchell, Maryville University
Maria Teresa Moinette, University Of Central Oklahoma
Hugo Moreira, James Madison U
Rosa-Maria Moreno, Cincinnati State Technical and CC
Jacqueline Nanfito, Case Western Reserve U
Oksana Nemirovski, Tarrant County College S.E.
Elizabeth Olvera, University of Texas at San Antonio
Angela Palacios, Oregon State U
Marilyn Palatinus, Hardin Valley Main Campus
Victor Palomino, Heartland CC
Clara Pascual-Argente, Rhodes College
Peggy Patterson, Rice University
Mariola Perez, Western Michigan U
Kathleen Priceman, Aurora University
Kathryn Quinn-Sanchez, Georgian Court U
Debora Rager, Simpson University
Alma Ramirez-Trujillo, Emory & Henry College
Lea Ramsdell, Towson University
Jacqueline Ramsey, Concordia University
Lester Rapalo, Valencia College
Joy Renjilian-Burgy, Wellesley College
Danielle Richardson, Davidson County Community College
Maria Rivero-Davila, Pellissippi State
Regina Roebuck, University of Louisville
Jennifer Rogers, Metropolitan CC - Blue River
Nohelia Rojas-Miesse, Miami University
Kristin Routt, Eastern Illinois U
Laura Ruiz-Scott, Scottsdale Community College
Lester Sandres, Valencia College East Campus
Bethany Sanio, University of Nebraska-Lincoln
Roman Santos, Mohawk Valley CC
Gabriela Segal, Arcadia University
Waldir Sepulveda, Vanderbilt
Nina Shecktor, Kutztown University
Virginia Shen, Chicago Satte U
Maria Sills, Pellissippi State
Nancy Smith, Allegheny College
Wayne Steely, University of Saint Joseph, Connecticut
Jane Stribling, Pellissippi State
Dee Sundell, Hunter High School
Joe Terantino, Kennesaw State U
Gregory Thompson, Brigham Young University
Andrea Topash-Rios, University of Notre Dame
Victoria Uricoechea, Winthrop U
Laura Valentin, Texas Tech University
Raychel Vasseur, University of Iowa
Gloria Velez-Rendon, Purdue University Calumet
Phoebe Vitharana, UW-Parkside/ Syracuse University/ LeMoyne
   College
Sandra Watts, University of North Carolina Charlotte
Lawrence A Whartenby III, PACE U
Amanda Wilson, Appalachian State University
Catherine Wiskes, University of South Carolina
Marcia Payne Wooten, University of North Carolina at Greensboro
Olivia Yanez, College of Lake County
U. Theresa Zmurkewycz, Saint Joseph's University

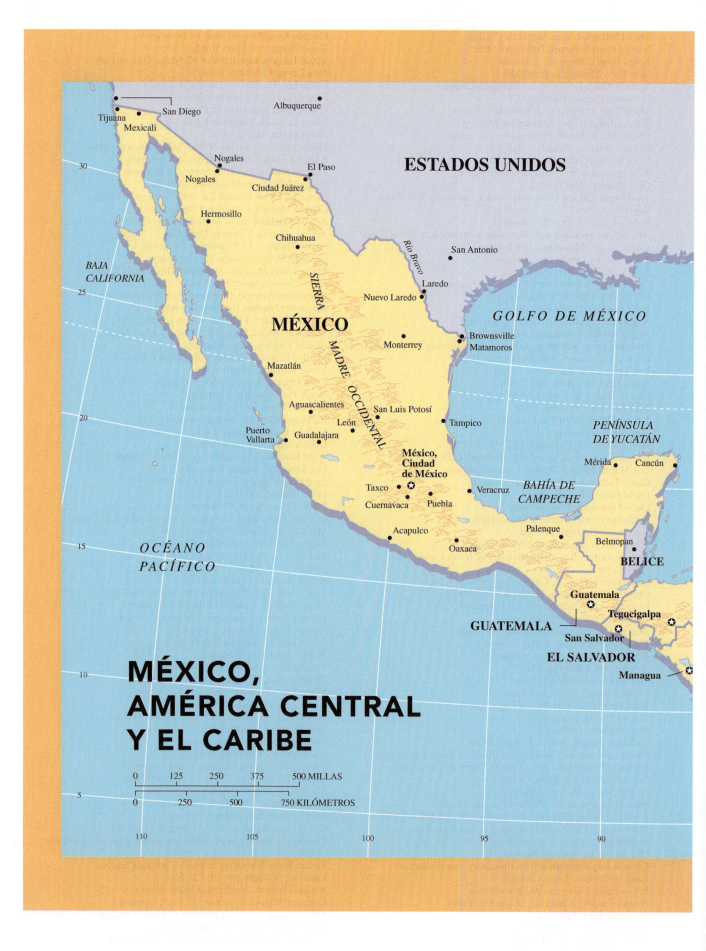

ESTADOS UNIDOS

Albuquerque

Tijuana
San Diego
Mexicali

Nogales
Nogales
El Paso
Ciudad Juárez

Hermosillo

Chihuahua

BAJA
CALIFORNIA

30

25

Río Bravo
San Antonio

Laredo

SIERRA

Nuevo Laredo

MÉXICO

GOLFO DE MÉXICO

Monterrey
Brownsville
Matamoros

Mazatlán

MADRE OCCIDENTAL

20

Aguascalientes
San Luis Potosí
Tampico

PENÍNSULA
DE YUCATÁN

León

Puerto
Vallarta
Guadalajara

México,
Ciudad
de México

Mérida
Cancún

Taxco
Veracruz
BAHÍA DE
CAMPECHE

Cuernavaca
Puebla

OCÉANO
PACÍFICO

15

Acapulco
Palenque
Belmopan

Oaxaca

BELICE

Guatemala

GUATEMALA
Tegucigalpa

San Salvador

EL SALVADOR

10

Managua

**MÉXICO,
AMÉRICA CENTRAL
Y EL CARIBE**

| 0 | 125 | 250 | 375 | 500 MILLAS |

| 0 | 250 | 500 | 750 KILÓMETROS |

5

110
105
100
95
90

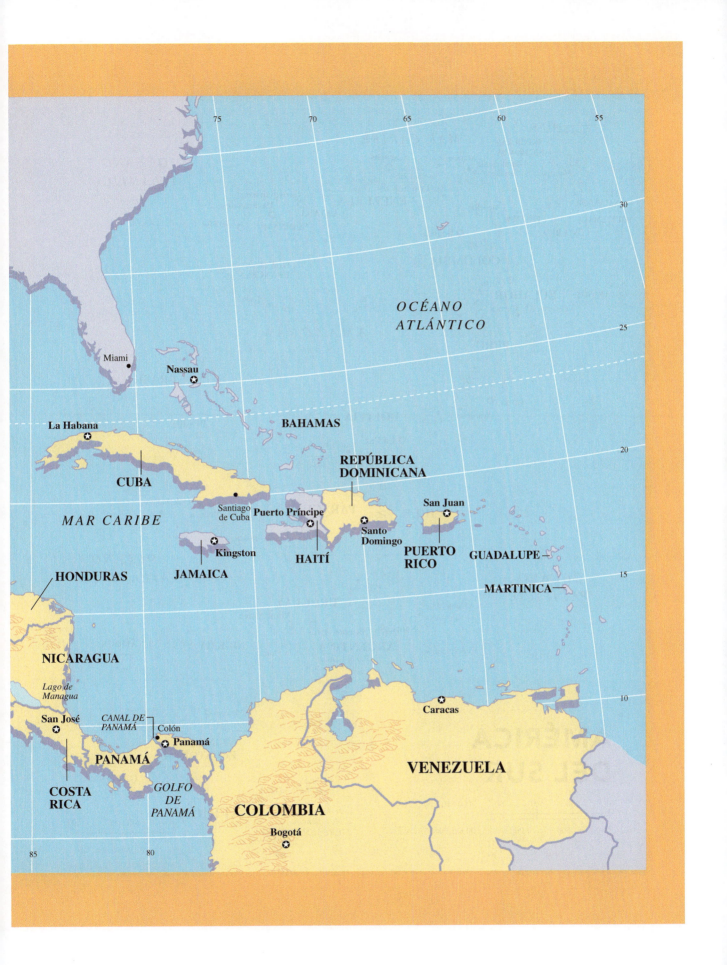

75 70 65 60 55

30

OCÉANO ATLÁNTICO

25

Miami

Nassau

BAHAMAS

20

La Habana

CUBA

REPÚBLICA DOMINICANA

San Juan

MAR CARIBE

Santiago de Cuba **Puerto Príncipe**

PUERTO RICO

Santo Domingo

GUADALUPE

Kingston

HAITÍ

HONDURAS

JAMAICA

MARTINICA

15

NICARAGUA

Lago de Managua

Caracas

10

San José

CANAL DE PANAMÁ

Colón

Panamá

PANAMÁ

VENEZUELA

COSTA RICA

GOLFO DE PANAMÁ

COLOMBIA

Bogotá

85 80

AMÉRICA
DEL SUR

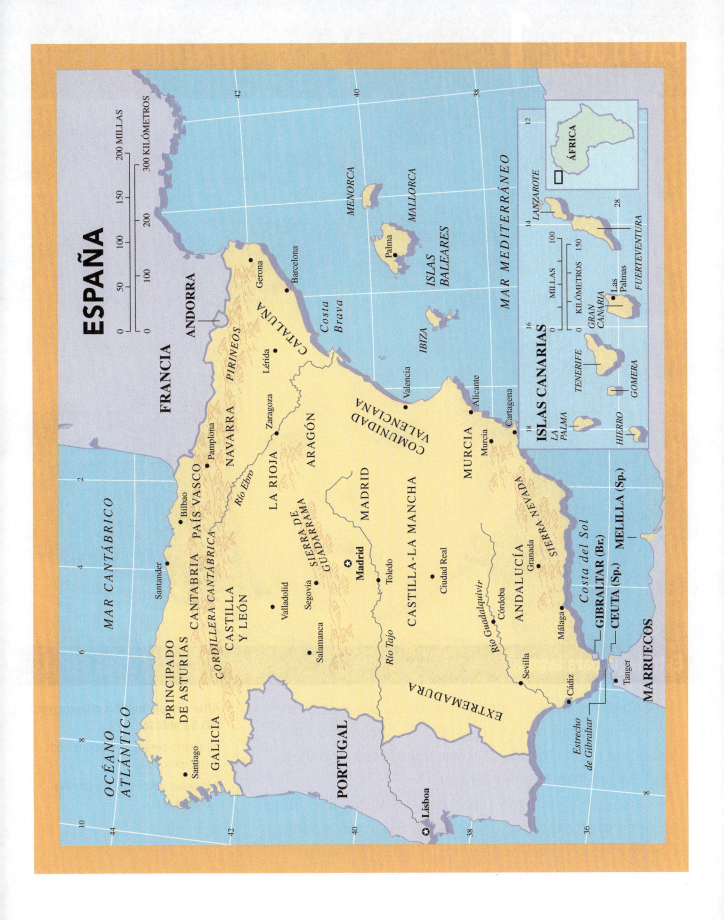

ESPAÑA

200 MILLAS
150
100
50
0

300 KILÓMETROS
200
100
0

FRANCIA

ANDORRA

OCÉANO
ATLÁNTICO

MAR CANTÁBRICO

PRINCIPADO
DE ASTURIAS

GALICIA

Santiago

Santander

Bilbao
PAÍS VASCO

CANTABRIA

CORDILLERA CANTÁBRICA

CASTILLA
Y LEÓN

Valladolid

Salamanca

Segovia

SIERRA DE
GUADARRAMA

Madrid

MADRID

NAVARRA

Pamplona

LA RIOJA

Río Ebro

Zaragoza

ARAGÓN

PIRINEOS

Lérida

CATALUÑA

Gerona

Barcelona

Costa
Brava

COMUNIDAD
VALENCIANA

Valencia

Alicante

Cartagena

MURCIA

Murcia

SIERRA NEVADA

Granada

ANDALUCÍA

Córdoba

Río Guadalquivir

Sevilla

Málaga

Costa del Sol

GIBRALTAR (Br.)

CEUTA (Sp.)

MELILLA (Sp.)

MARRUECOS

Tánger

Cádiz

Estrecho
de Gibraltar

EXTREMADURA

Río Tajo

Toledo

CASTILLA-LA MANCHA

Ciudad Real

PORTUGAL

Lisboa

MAR MEDITERRÁNEO

MENORCA

MALLORCA

Palma

ISLAS
BALEARES

IBIZA

ÁFRICA

ISLAS CANARIAS

LANZAROTE

FUERTEVENTURA

Las
Palmas

GRAN
CANARIA

LA
PALMA

TENERIFE

GOMERA

HIERRO

MILLAS
100
0

KILÓMETROS
150
0

42
40
38

2
4
6
8

44
42
40
38
36

10
8

12
14
16
18
28

CAPÍTULO 1

Estrategia para avanzar

Most students want to achieve advanced proficiency in Spanish, but what does that entail? Each chapter will describe a characteristic of advanced speech and then outline a practice strategy for you.

Language is naturally redundant—features like "time" are often expressed in multiple ways. Beginning speakers often rely on context (for instance, another person's question) or an adverb, such as **ayer,** to communicate the time of an event. As you work to become an advanced speaker, focus on consistently marking time using verb endings.

After completing this chapter, you will be able to:

- Discuss personal relations and cultural values
- Improve your ability to narrate past events

Generaciones y relaciones humanas

Una familia boliviana

Vocabulario

¿Qué tienen en común los jóvenes de antes con los de hoy?

1 — Doña Lucía, Don Alfonso, Doña Higinia, Olga, Joaquín, Guillermo, Patricia, Marta, Javier, Guadalupe, Karla, Toni, Carlitos

2 — Ramiro, Gloria, Manolo, Susana, Liliana

La familia y las relaciones personales

la amistad *friendship*
el asilo de ancianos *retirement home*
el (la) bisabuelo(a) *great-grandparent*
el (la) bisnieto(a) *great-grandchild*
la brecha generacional *generation gap*
el cambio *change*
la cita *date, appointment*
el divorcio *divorce*
la generación *generation*
hoy en día *nowadays*
el (la) huérfano(a) *orphan*
el matrimonio *marriage, married couple*
el noviazgo *relationship between a boyfriend and a girlfriend*
el (la) novio(a) *boyfriend / girlfriend*
el papel *role*
la pareja *couple, partner*
los parientes *relatives*
el (la) prometido(a) *fiancé(é)*
el reto *challenge*
la tercera edad *old age*
la vejez *old age*

La familia política / modificada

el (la) cuñado(a) *brother-in-law / sister-in-law*
el (la) hermanastro(a) *stepbrother / stepsister*

el (la) hijastro(a) *stepson / stepdaughter*
la madrastra *stepmother*
la nuera *daughter-in-law*
el padrastro *stepfather*
el (la) suegro(a) *father-in-law / mother-in-law*
el yerno *son-in-law*

Adjetivos

desintegrado(a) *broken (family)*
enamorado(a) (de) *in love (with)*
moderno(a) *modern*
tradicional *traditional*
unido(a) *tight, close (family)*

Estados civiles

casado(a) *married*
divorciado(a) *divorced*
separado(a) *separated*
soltero(a) *single*
la unión civil *civil union*
la unión libre *a couple living together, but without legal documentation*
viudo(a) *widowed*

Verbos

abrazar *to embrace, to hug*
adoptar *to adopt*
besar *to kiss*

cambiar *to change*
casarse (con) *to marry*
comprometerse (con) *to get engaged (to)*
coquetear *to flirt*
crecer *to grow up*
criar *to raise, to bring up*
divorciarse (de) *to divorce*
enamorarse (de) *to fall in love (with)*
envejecer *to age, to get old*
llevarse (bien/mal/regular) *to get along (well/poorly/okay)*
nacer *to be born*
odiar *to hate*
querer (a) *to love (a person)*
respetar *to respect*
romper (con) *to break up (with)*
salir con (una persona) *to go out with*
saludar *to greet*
separarse (de) *to separate (from)*

INVESTIGUEMOS EL VOCABULARIO

To say in Spanish that you are in a relationship, use the verb **tener: tengo novio(a)** or **tengo pareja.** When telling your civil status, you can use the verb **ser** or **estar: estoy casado(a)** or **soy casado(a).**

A practicar

1.1 **Escucha y responde** Observa la ilustración y responde las preguntas que vas a escuchar.

1-1

1.2 **Definiciones** Relaciona las definiciones de la primera columna con la palabra que definen.

1. Es la acción de anunciar que dos personas planean casarse.

2. Es el estado civil de una persona cuyo *(whose)* esposo murió.

3. Es la acción de terminar una relación de noviazgo.

4. Descripción de una familia en la que los miembros son cercanos.

5. Es la esposa de tu hijo.

6. Es la acción legal de criar a un niño que nació en otra familia.

7. Son los miembros de la familia.

8. Es el estado civil de una pareja que no está casada pero vive junta.

   a. nuera

   b. unión libre

   c. comprometerse

   d. adoptar

   e. unida

   f. viuda

   g. romper

   h. parientes

1.3 **No tiene sentido** Algunas de las ideas listadas abajo no son lógicas. Trabaja con un compañero para identificarlas y corregirlas.

1. En un matrimonio dos personas viven en unión libre.

2. El hermano de mi esposa es mi cuñado.

3. Mis abuelos adoptaron a mi madre porque era huérfana.

4. Mi cuñada y su esposo son solteros.

5. Mi esposo y yo nos divorciamos el año pasado y ahora somos viudos.

6. Yo rompí con mi novio porque no nos llevábamos muy bien.

7. Un asilo de ancianos es una institución adonde van a vivir las personas de la tercera edad.

> **INVESTIGUEMOS EL VOCABULARIO**
>
> In Mexico, the word **novio(a)** is used to refer to a boyfriend or a girlfriend, whereas in Peru the word **enamorado(a)** is used. In Spain the word **novio(a)** is used to refer to a very serious relationship; otherwise, they simply refer to a boyfriend or a girlfriend as **un(a) amigo(a)**.

Expandamos el vocabulario

The following words are listed in the vocabulary. They are nouns, verbs, or adjectives. Complete the table using the roots of the words to convert them to the different categories.

Verbo	Sustantivo	Adjetivo
adoptar		
	cambio	
		unido
	divorcio	

1.4 **Relaciones** Trabaja con un compañero y túrnense para explicar la relación entre cada par de palabras.

1. huérfano   adoptar
2. casarse   enamorarse
3. compromiso   matrimonio
4. cita   pareja
5. romper   separarse
6. viudo   soltero

1.5 **La familia desde tu perspectiva** Trabaja con un compañero. Observen la ilustración en la página 4 y respondan las preguntas.

1. ¿Cuántos parientes hay en la primera familia? ¿y en la segunda? ¿Qué generaciones puedes identificar?
2. La segunda familia es más pequeña que la primera y hay solamente un niño. ¿Qué parientes crees que hay en esta familia?
3. En la primera familia la generación de los abuelos y la de los padres parece de una edad cercana. ¿Cómo se puede explicar esto?
4. ¿Crees que estas familias son unidas? ¿Por qué?

1.6 **Experiencias personales** Trabaja con un compañero para preguntar y responder las siguientes preguntas.

1. En tu opinión, ¿qué significa "familia"? ¿Cuál es el papel de una familia? ¿Cuál es el papel de los abuelos dentro de una familia?
2. ¿Cómo es tu familia? ¿Qué miembros hay?
3. ¿Sabes dónde vivían tus abuelos cuando eran jóvenes? ¿En qué trabajaban? ¿De dónde vinieron tus bisabuelos o tus antepasados (*ancestors*)?
4. Piensa en los años de tu niñez. ¿Había actividades en las que participaba toda la familia o una parte? ¿Qué actividades?
5. ¿Existe ahora una brecha generacional entre tus padres y tú? Explica tu respuesta.

Una mascota (*pet*) es también miembro de la familia.

1.7 **Citas** ¿Están de acuerdo con las siguientes citas sobre la familia y las relaciones humanas? Expliquen sus opiniones.

- Por severo que sea un padre juzgando (*judging*) a su hijo, nunca es tan severo como un hijo juzgando a su padre. (Enrique Jardiel Poncela, escritor español, 1901–1952)
- ¡Cuán grande riqueza es, aun entre los pobres, el ser hijo de buen padre! (Juan Luis Vives, humanista y filósofo español, 1492–1540)
- Tener hijos no lo convierte a uno en padre, del mismo modo en que tener un piano no lo vuelve pianista. (anónimo)
- La sangre (*blood*) es más espesa (*thicker*) que el agua. (dicho popular, anónimo)

1.8 **La historia de estas familias** Trabaja con un compañero para crear la historia de una de las familias de las fotografías. Pueden usar las siguientes preguntas para guiarse.

¿De dónde es la familia? ¿Quiénes son los miembros? ¿Cuál es el estado civil de sus miembros? ¿Cómo se llaman y en qué trabajan o qué estudian? ¿Qué les gusta hacer? ¿Cómo es la personalidad de dos miembros de esta familia?

© Rob Marmion/Shutterstock.com

© lev radin/Shutterstock.com

© Tudor Catalin Gheorghe/Shutterstock.com

Uruguay regala *tablets* a sus jubilados

Antes de ver

1. En tu comunidad, ¿qué programas tiene el gobierno para ayudar a las personas de la tercera edad?
2. En tu opinión, ¿cuáles son algunas actividades favoritas entre los ancianos?

El mundo cambia rápidamente y este proceso se ha acelerado en tiempos recientes. Muchas personas de la tercera edad no se sienten cómodas con los cambios. Hay algunos que no se atreven *(dare)* a probar las nuevas tecnologías, y hay otras personas mayores que simplemente no tienen los medios económicos para hacerlo.

© AFP Footage/Getty Video

Vocabulario útil

abarrotado(a) *crowded*	**los pensionados** *retired workers*
facilitar *to provide*	
la jubilación *retirement*	**prever** *to foresee*

Comprensión

1. Los pensionados en el video están muy interesados en la tecnología.

2. Ibirapitá es el nombre de un plan para darles teléfonos celulares a los ancianos.

3. Para recibir una *tablet*, la persona debe estar jubilada y recibir menos de $750 al mes.

4. El gobierno también les da a los pensionados una conexión al Internet.

5. La señora entrevistada, Nelly Bagnoli, quiere usar su *tablet* para comunicarse con sus nietos.

6. El plan del gobierno es darles *tablets* a todos los habitantes de Uruguay.

Después de ver

1. En tu opinión, ¿usan las personas mayores la tecnología tanto como los jóvenes? ¿Cuáles son las semejanzas y las diferencias?

2. ¿Existen programas en tu comunidad para facilitar el acceso a la tecnología de las personas mayores?

3. ¿Cómo puede el acceso a Internet mejorar la vida de las personas mayores?

4. ¿Cómo usan la tecnología las personas jubiladas que conoces?

5. ¿Hay alguien mayor en tu familia que no quiera usar la tecnología? ¿Por qué?

Una sesión para apoyar a las personas de la tercera edad con la tecnología

© AFP Footage/Getty Video

A perfeccionar

A analizar

Elena compara las experiencias de su madre con sus propias experiencias. Después de ver el video, lee el párrafo y observa los verbos en negrita y subrayados *(underlined)*. Luego contesta las preguntas que siguen.

¿Cómo fueron diferentes las oportunidades que tuvo tu mamá comparadas con las de tu vida?

Mi mamá nunca **fue** a la escuela y ella <u>tenía</u> que quedarse en la casa con mi abuela ayudándole con los quehaceres de la casa. Solo **estudió** hasta segundo de primaria. Ella **se fue** para Bogotá cuando <u>tenía</u> dieciséis años y **empezó** a trabajar en un jardín de niños. Por mucho tiempo **cuidó** a niños con necesidades especiales. Luego, pues cuando mi mamá **tuvo** a sus hijos, ella nos **envió** al colegio. Entonces yo **fui** a un colegio católico y **estuve** interna varios años, o sea vivía allí. A mí me <u>gustaba</u> mucho este colegio porque <u>era</u> muy seguro y <u>estaba</u> con muchas niñas de mi misma edad. Pero cuando ya <u>tenía</u> dieciséis años, yo ya <u>quería</u> tener un poco más de libertad. Entonces **fui** al mismo colegio, pero <u>estaba</u> externa. <u>Iba</u> todas las mañanas al colegio y <u>salía</u> por la tarde y <u>regresaba</u> a mi casa. Todos nosotros **estudiamos, terminamos** el bachillerato y la universidad.

—Elena, Colombia

1. ¿En qué tiempo *(tense)* están los verbos en negrita? ¿En qué tiempo están los verbos subrayados?

2. ¿Por qué los verbos en negrita están en este tiempo? ¿Por qué aparecen los verbos subrayados en otro tiempo? ¿Cómo son diferentes estos dos grupos de verbos?

> **INVESTIGUEMOS LA GRAMÁTICA**
>
> Throughout the textbook, you will be given examples of structures in Spanish and asked to analyze them. When you figure out the pattern and how the structure is used, you are more likely to remember its use. You will also develop important skills such as recognizing patterns and making educated guesses that will make you a better language learner.

A comprobar

El pretérito y el imperfecto I

El pretérito

1. To form the preterite of regular verbs as well as **-ar** and **-er** verbs that have stem changes, add the following endings to the stem of the infinitive.

hablar	
hablé	hablamos
hablaste	hablasteis
habló	hablaron

volver	
volví	volvimos
volviste	volvisteis
volvió	volvieron

escribir	
escribí	escribimos
escribiste	escribisteis
escribió	escribieron

2. Verbs ending in **-car, -gar,** and **-zar** have spelling changes in the first person singular (**yo**) in the preterite. Notice that the spelling changes preserve the original sound of the infinitive for **-car** and **-gar** verbs. For a complete list of stem-changing and irregular preterite verbs, see Appendix G.

-car	c → qué	tocar	yo **toqué**, tú **tocaste**…
-gar	g → gué	jugar	yo **jugué** , tú **jugaste**…
-zar	z → cé	empezar	yo **empecé**, tú **empezaste**…

3. The preterite of **hay** is **hubo** (*there was, there were*). There is only one form in the preterite regardless of whether it is used with a plural or singular noun.

> **Hubo** un problema con la adopción.
> ***There was*** *a problem with the adoption.*

> **Hubo** varias discusiones sobre el divorcio.
> ***There were*** *several discussions about divorce.*

4. To talk about how long ago something happened, use the preterite with a specific unit of time (**día, semana, mes, año**) in the following structure:

> **hace** + period of time (+ **que**)

> Se casaron **hace dos años**.
> *They got married **two years ago**.*

> **Hace una hora (que)** salió la pareja.
> ***An hour ago*** *the couple left.*

¡OJO! This structure cannot be used with specific expressions of time, such as **ayer, a las tres de la tarde** or **el 8 de abril.**

5. There are several ways to ask how long ago something happened. The following questions all translate to: *How long ago did you meet her?*

> **¿Hace cuánto tiempo (que)** la conociste?
> **¿Cuánto tiempo hace que** la conociste?
> **¿Hace cuánto** la conociste?

El imperfecto

1. To form the imperfect, add the following endings to the stem of the verb. There are no stem-changing verbs in the imperfect. All verbs that have changes in the stem in the present or the preterite are regular.

-ar verbs

respetar	
respet**aba**	respet**ábamos**
respet**abas**	respet**abais**
respet**aba**	respet**aban**

-er verbs

crecer	
crec**ía**	crec**íamos**
crec**ías**	crec**íais**
crec**ía**	crec**ían**

-ir verbs

dormir	
dorm**ía**	dorm**íamos**
dorm**ías**	dorm**íais**
dorm**ía**	dorm**ían**

2. Only **ser, ir,** and **ver** are irregular in the imperfect.

ser	
era	éramos
eras	erais
era	eran

ir	
iba	íbamos
ibas	ibais
iba	iban

ver	
veía	veíamos
veías	veíais
veía	veían

El uso del pretérito y del imperfecto

1. When narrating in the past, the preterite is used to express an action or condition that is *beginning* or *ending* while the imperfect is used to express an action or condition *in progress (middle)*. Here is an overview of how the two tenses are used:

Pretérito

a. A past action or series of actions that are completed as of the moment of reference
Lucía y Alfredo **se enamoraron** y **se casaron.**
Vivieron en Nicaragua por tres años.

b. An action that is beginning or **ending**
Empezó el proceso en junio y **finalizó** la adopción ayer.

c. A change of condition or emotion
Estuve feliz cuando me propuso matrimonio.

Imperfecto

a. A habitual action
Siempre **peleaba** con sus hermanos.

b. An action in progress with no emphasis on the beginning or end of the action
Llovía y **hacía** viento.

c. Description of a physical or mental condition
Era soltero y **estaba contento** con su vida.

d. Other descriptions, such as time, date, and age
Eran las cinco de la tarde.
Era 2017 y **tenía** veinte años.

2. As with action verbs, using the imperfect with a verb that expresses a mental or physical condition implies an ongoing condition, whereas using it in the preterite indicates the beginning or end of the condition.

> Mi abuelo estaba en el hospital porque **se sentía** mal.
> *My grandfather was in the hospital because he **felt** ill.* (an ongoing condition)

> **Se sintieron** tristes cuando escucharon de su muerte.
> *They **felt sad** when they heard about his death.* (a change in emotion)

A practicar

1.9 **Familias famosas** Lee las siguientes afirmaciones y complétalas con el número de años correcto.

Modelo Selena y sus dos hermanos formaron el grupo Selena y los Dinos en 1980.
Selena y sus dos hermanos formaron el grupo Selena y los Dinos hace __¿?__ años.

1. Jennifer López y Marc Anthony se divorciaron en el año 2014.
2. Shakira tuvo su primer hijo en 2013.
3. Ricky Martin adoptó a sus dos hijos en 2008.
4. Sofía Vergara nació en 1972.
5. Eva Perón, esposa del presidente argentino, murió en 1952.
6. Los Reyes Católicos, Isabel y Fernando, se casaron para unir a España en 1469.

1.10 **En busca de...** Circula por la clase para buscar estudiantes que respondan afirmativamente a las preguntas. Después pregúntales hace cuánto tiempo ocurrió la acción. **¡OJO!** La primera pregunta incial requiere el presente indicativo y la segunda requiere el pretérito.

Modelo Ser estudiante de español (empezar a estudiar español)

> Estudiante 1: *¿Eres estudiante de español?*
> Estudiante 2: *Sí, soy estudiante de español.*
> Estudiante 1: *¿Hace cuánto tiempo empezaste a estudiar español?*
> Estudiante 2: *Empecé a estudiar español hace tres años.*

1. Estar casado (casarse)
2. Llevar *(to have been)* más de un semestre en esta universidad (comenzar a estudiar en esta universidad)
3. Tener un trabajo (conseguir trabajo)
4. Tener un auto (comprar el auto)
5. Tener novio (conocer al novio)
6. Vivir en un apartamento (mudarse *(to move)* al apartamento)
7. Tener un diploma de la escuela secundaria (graduarse)
8. Viajar durante las vacaciones (hacer un viaje a otro estado o a otro país)

INVESTIGUEMOS LA GRAMÁTICA

The verb **llevar** can be used to tell how long someone has been in the place or situation he or she is currently in.

Llevo dos horas aquí.	*I **have been** here for two hours.*
Ellos **llevan** seis meses de casados.	*They **have been** married for six months.*

1.11 **La fiesta sorpresa** Trabaja con un compañero y túrnense para describir lo que pasaba cuando llegó la pareja. **¡OJO!** Deben usar el imperfecto.

1.12 **Diferencias de generación** Hilda habla de las diferencias entre su generación y la de su hija. Completa las oraciones con las formas apropiadas del pretérito y del imperfecto.

1. Cuando yo _____ (ser) adolescente, las chicas no _____ (llamar) a los chicos para invitarlos a salir. En cambio mi hija siempre _____ (sentirse) bien llamando a un muchacho.

2. Mi esposo _____ (ser) amigo de mi hermano, y él nos _____ (presentar). En cambio mi hija _____ (buscar) pareja por Internet.

3. Después de que mi esposo me _____ (proponer) matrimonio, le _____ (pedir) mi mano a mi padre. En cambio mi hija _____ (estar) feliz viviendo con su pareja y _____ (decidir) no casarse.

4. Mi primer hijo _____ (nacer) cuando yo _____ (tener) 20 años, pero a los 37 años mi hija _____ (adoptar) a un niño.

1.13 **Experiencias personales** Trabaja con un compañero y completen las oraciones hablando sobre sus experiencias. Atención al uso del pretérito y del imperfecto.

1. Mis padres / Mis abuelos se conocieron porque...
2. Cuando yo nací...
3. Cuando era niño, mi familia y yo...
4. Tuve mi primer novio cuando...
5. En una cita que tuve...
6. Conozco a alguien que se divorció porque...

1.14 **Avancemos** Habla con un compañero acerca de tu niñez *(childhood)*. Primero describe cómo eras de niño. Incluye tu personalidad y tu aspecto físico. Luego cuéntale una anécdota de algo que ocurrió o qué hiciste en tu niñez. Atención al uso del pretérito y del imperfecto.

Modelo *Yo era una niña rubia con ojos azules. Era delgada y alta. Tenía el pelo largo y me gustaba llevar ropa rosada. Una vez, cuando tenía 8 años, fui a la tienda con mi mamá. Quería mirar las Barbies, entonces fui a buscarlas. De repente me di cuenta de que mi mamá no estaba conmigo y empecé a llorar. Mi madre me encontró y me puse muy contenta.*

Conexiones . . . a la economía

Los tiempos cambian

Todo cambia con el tiempo. La gente cambia sus hábitos, aparecen nuevos productos en el mercado y otros desaparecen[1]... ¿Qué puede hacer la gente cuando los productos que le gustan desaparecen de las tiendas? Esta es una pregunta que se están haciendo los habitantes del centro de Santa Ana, en California. Por mucho tiempo los comercios de esta zona se dedicaron a vender productos de la cultura hispana, pero hoy en día estas tiendas tradicionales están desapareciendo rápidamente.

Las nuevas tiendas son para el público angloparlante[2] y para los hispanos que nacieron en Estados Unidos y tienen una cultura diferente a la de sus padres. A estos jóvenes no les interesa consumir los productos que les gustaban a sus padres. Por ejemplo, en la Calle 4 no es posible encontrar ya[3] mariachis. Tampoco hay tacos, sino[4] hamburguesas. Los negocios quieren atraer a jóvenes con dinero, no a familias. Muchas ciudades invierten recursos para atraer a los jóvenes y a nuevos negocios a ciertas zonas, y esta revitalización puede ser positiva para algunos, pero negativa para otros.

El distrito comercial en Santa Ana, California

Source: BBC Mundo.

---

[1] *disappear* [2] *English-speaking* [3] *anymore* [4] *but rather*

Hablemos del tema

1. ¿Qué puedes hacer cuando los productos que te gustan desaparecen de las tiendas?

2. ¿Qué tipos de negocios hay en tu comunidad para las generaciones jóvenes? ¿y para las personas de la tercera edad? ¿Hay alguno para todas las edades? ¿Tienes tú una tienda favorita? ¿Qué venden?

3. De los negocios en tu comunidad, ¿cuáles crees que tienen más éxito? ¿Por qué?

Hay señal en el paso El Álcazar, en Argentina

De generación en generación

Como dice la canción de Mercedes Sosa, todo cambia. Aunque se considera la responsabilidad de los jóvenes el cuestionar las tradiciones de la generación anterior y proponer cambios, a veces los cambios no son producto del espíritu de innovación, sino de cambios sociales, económicos o tecnológicos. ¿Puedes imaginar una sociedad sin computadoras y sin teléfonos celulares? Los jóvenes de antes se divertían saliendo con sus amigos y charlando[1] en persona. Es más probable que los jóvenes de ahora se comuniquen con amigos a través de teléfonos y computadoras. La televisión también es más prominente ahora que en el pasado. En muchos países hispanohablantes es una de las formas de entretenimiento más popular. En las zonas urbanas de Argentina, por ejemplo, un niño ve televisión un promedio[2] de tres horas al día. En los Estados Unidos, en promedio, la televisión permanece encendida por más de siete horas todos los días, pero cada adulto le dedica solo 15 minutos a la interacción personal.

En contraste con la popularidad de la televisión, los periódicos[3] están en peligro de desaparecer y la lectura de libros no es popular en muchos países. Los adultos contemporáneos piensan que a las nuevas generaciones no les interesa la política ni comprometerse con la sociedad. Existe la creencia[4] de que a los jóvenes de ahora les interesa solamente su situación personal. Si esto es cierto, no cabe duda de que en el futuro próximo vendrán cambios importantes en la forma en que operen la política y la sociedad de cada país.

---

[1]*chatting* [2]*average* [3]*newspapers* [4]*belief*

Hablemos del tema

1. ¿Cuál de los cambios mencionados tiene el efecto más negativo en la sociedad? ¿Cuál tiene el impacto más positivo?
2. ¿Miras la televisión tanto como las personas mencionadas en la lectura? ¿Por qué?
3. ¿Piensas que a los jóvenes estadounidenses les interesa la política? ¿Por qué?

INVESTIGUEMOS LA MÚSICA

Mercedes Sosa (1935–2009) fue una cantante argentina muy popular en toda Latinoamérica, en particular por la corriente latinoamericana conocida como el canto nuevo. Busca su canción *Todo cambia* y escúchala. ¿Cuáles son tres cosas que cambian, según la letra? ¿Qué es lo único que no cambia?

Cultura

Piensa en el tema

¿Cómo son las familias de hoy diferentes a las familias de generaciones pasadas?

Cambios en la sociedad y en las familias mexicanas

Hace 20 años Antonio Russo vivía con su esposa, su hijo y sus dos gatos en una casita que él y su esposa compraron en la Ciudad de México. Él trabajaba, ella era ama de casa y su hijo asistía a una escuela privada. Los fines de semana visitaban a sus parientes o veían películas en su casa. En pocas palabras, eran una familia tradicional. Cinco años después su vida era completamente diferente: Él y su esposa se divorciaron, y ella se fue a vivir a España con su hijo. Antonio aprendió a cocinar y ahora vive con un gato y un perro. Su historia es un ejemplo de lo mucho que han cambiado las familias mexicanas en pocos años.

Antonio forma parte de un grupo que antes prácticamente no existía: los hogares unipersonales. Ahora este grupo es el 9% de la población, según CONAPO (Consejo Nacional de Población). Este cambio es producto de los divorcios y del envejecimiento[1] de la población, pues el 44% de estos hogares está integrado por personas viudas de más de 60 años.

_____

[1]aging

Tres generaciones de una familia

¿Están desapareciendo los hogares tradicionales?

Los hogares tradicionales (papá, mamá e hijos) eran el 75% de los hogares en 1990, pero en 2015 eran solo el 63%. Ahora es común ver familias con mamá o papá, pero no ambos[2]. En el año 2000 solo el 14.6% de los hogares era monoparental. Para 2015 la cifra era 21%. El divorcio es ahora más frecuente y es natural que haya más hogares dirigidos por una persona. También es más común ver parejas que viven juntas sin casarse. Entre 1970 y el 2015 el número de parejas en unión libre se duplicó a casi 16%.

¿Es mejor tener pocos hijos?

Félix y Nuria se casaron hace cinco años. Ellos tienen solo un hijo porque hicieron cuentas[3]. El costo de la educación, la comida y la ropa los desalienta[4] a tener una familia más numerosa.

El gobierno ha creado campañas[5] para educar a la gente sobre las ventajas económicas de tener pocos hijos, y estos programas han ayudado a transformar el país. En 1970 la familia promedio[6] tenía 5.2 miembros, pero en 2015 era solamente de 3.7 personas.

El caso de México refleja cambios que se pueden ver en la mayoría de los países hispanos. La economía y la tecnología han acelerado[7] la transformación de la sociedad. ¿Cuál será el siguiente cambio?

Sources: INEGI (Instituto Nacional de Estadísticas y Geografía)
http://www.elsiglodetorreon.com.mx/noticia/407353.cambia-el-mapa-de-familias-mexicanas.html

---

[2]*both* [3]*they did the math* [4]*discourage* [5]*campaigns* [6]*average* [7]*sped up*

Hablemos del tema

1. ¿Cómo es tu familia? ¿Cómo se clasifica tu familia?
2. ¿Crees que hay cambios similares en las familias de Estados Unidos? Explica.

Comunidad

Busca a una persona en tu comunidad que sea de un país hispanohablante y hazle una entrevista con estas preguntas. Después repórtale la información a la clase.

- ¿Cuántas personas hay en tu familia?
- ¿Quiénes son?
- ¿Son muy unidos?
- ¿Qué parientes todavía viven en tu país de origen?
- ¿Con qué frecuencia los ves?

Estructuras 1

A analizar

Mayté describe la formación de una relación sentimental. Después de ver el video, lee el párrafo y observa los verbos subrayados y en negrita. Luego contesta las preguntas que siguen.

¿Cómo se desarrolla una relación sentimental?

Primero <u>debes</u> conocer a la persona y **relacionarte** con ella. La <u>vas</u> conociendo más y **te haces** amigo de la persona, y si es especial empiezan a salir. Luego, de repente te toma de la mano, de repente hay un beso… ¡pero todavía no lo <u>lleves</u> a tu casa! ¡Ay, no, Dios mío, que mi mamá **se persigna** (*crosses herself*)! En mi caso, por lo menos <u>tienen</u> que pasar seis meses a un año para que gane el respeto de mi madre, y entonces <u>puedo</u> traerlo a mi casa e invitarlo a **sentarse** en la sala. Cuando las dos personas **se involucran** (*get involved*) más y pasa más tiempo, entonces ya es algo más serio. Es normal que después de dos años decidan **casarse**.

—Mayté, México

1. ¿Qué tienen en común las formas de los verbos en negrita? ¿Cómo son diferentes los verbos subrayados?
2. Como sabes, un pronombre reflexivo implica que la persona que hace la acción también recibe la acción. ¿Cuál(es) de los verbos en negrita se usa(n) de esta manera? ¿Qué significado tienen en común los otros verbos con un pronombre reflexivo?

A comprobar

Verbos pronominales

1. Pronominal verbs are verbs that appear with a reflexive pronoun. Reflexive pronouns are often used when the subject performing the action also receives the action of the verb. In other words, they are used with verbs to describe actions we do to ourselves. It is very common to use reflexive pronouns when discussing your daily routine.

> Ella **se pone** un vestido azul.
> She **puts on** (*herself*) a blue dress.

> Yo **me levanto** temprano.
> I **get** (*myself*) **up** early.

> **¿RECUERDAS?**
>
> Remember that it is necessary to use a personal **a** when the direct object of the verb is a person or a pet.
>
> El niño despertó **a** su hermanito.
> *The child woke his little brother up.*

2. Some verbs can be used with or without a reflexive pronoun, depending on who (or what) receives the action. The following verbs can be used with a reflexive pronoun or not.

callar(se)	*to quiet (to be quiet)*
lastimar(se)	*to hurt (oneself)*
meter(se) (en)	*to put (to go [in], to get [in], to meddle)*
separar(se) (de)	*to separate*

La niña **se lastimó** cuando se cayó.
*The girl **hurt herself** when she fell down.*

La niña **lastimó** a su hermano sin querer.
*The girl **hurt** her brother unintentionally.*

You probably have already learned most of the following reflexive verbs to discuss your routine:

acostar(se) (ue, o)	*to put to bed (to go to bed)*
afeitar(se)	*to shave (oneself)*
arreglar(se)	*to get (oneself) ready*
bañar(se)	*to bathe (oneself)*
cepillar(se)	*to brush (one's hair or teeth)*
despertar(se) (ie, e)	*to wake (oneself) up*
ducharse	*to shower*
lavar(se)	*to wash (oneself)*
levantar(se)	*to get (oneself) up*
poner(se)	*to put on (clothing)*
quitar(se)	*to take off (clothing)*
secar(se)	*to dry (oneself)*
ver(se)	*to see (oneself), to look at (oneself)*
vestir(se) (i, i)	*to dress (oneself)*

3. The reflexive pronoun may be placed in front of a conjugated verb or attached to the end of an infinitive. The pronoun can also be attached to the present participle, but you must add an accent to maintain the original stress. The reflexive pronoun always agrees with the subject of the verb.

> Los novios **se** despidieron de los invitados.
> *The bride and groom said good-bye to the guests.*

> **Nos** estamos divorciando. / Estamos divorciándo**nos**.
> *We are divorcing.*

> Cuidado, vas a meter**te** en problemas. / Cuidado, **te** vas a meter en problemas.
> *Careful, you're going to get into trouble.*

4. Some Spanish verbs need reflexive pronouns, although they do not necessarily indicate that the action is performed on the subject. In some cases, the reflexive pronoun changes the meaning of the verb, for example, **ir** *(to go)* and **irse** *(to leave, to go away).*

acostumbrarse (a)	*to get used (to)*
burlarse (de)	*to make fun of*
despedirse (i, i)	*to say good-bye*
darse cuenta (de)	*to realize*
divertirse (ie, i)	*to have fun*
irse	*to go away, to leave*
llevarse (con)	*to get along (with)*
mudarse	*to move (residences)*
preguntarse	*to wonder*
quedarse	*to stay*
quejarse (de)	*to complain (about)*
reconciliarse (con)	*to make up (with)*
reírse (de) (i, i)	*to laugh (at)*
relacionarse	*to get to know, to spend time with socially*
reunirse	*to get together*
sentirse (ie, i) + (bien, mal, celoso, feliz, etc.)	*to feel (good, bad, jealous, happy, etc.)*

> **Me llevo** bien con mi hermana.
> *I get along well with my sister.*

> La familia **se reunió** el sábado.
> *The family got together on Saturday.*

5. Reflexive pronouns can also be used with verbs to indicate the process of physical, emotional, or mental changes. In English, this is often expressed with the verbs *to become* or *to get.*

aburrirse	*to become bored*
alegrarse	*to become happy*
asustarse	*to get scared*
casarse	*to get married*
divorciarse	*to get divorced*
dormirse (ue, u)	*to fall asleep*
enamorarse	*to fall in love*
enfermarse	*to get sick*
enojarse	*to become angry*
frustrarse	*to become frustrated*
hacerse	*to become*
ponerse + (feliz, triste, nervioso, furioso, etc.)	*to become (happy, sad, nervous, furious, etc.)*
sentarse (ie, e)	*to sit down*
sorprenderse	*to be surprised*
volverse	*to turn into, to become*

> **Me puse triste** cuando mis padres **se divorciaron**.
> *I became sad when my parents got divorced.*

> Mis dos hijos **se enfermaron**.
> *My two children got sick.*

A practicar

1.15 **¿Cuándo?** ¿En qué circunstancias hace una persona las siguientes actividades?

Modelo se casa

Una persona se casa cuando encuentra a la persona perfecta.

1. se mete en problemas con la policía
2. se muda a otra casa
3. se queja en un restaurante
4. se siente celoso
5. se divierte en la universidad
6. se reúne con toda la familia
7. se queda en un hotel de lujo *(luxury)*
8. se ríe muy fuerte

1.16 **Entre familia** Completa el siguiente texto con la forma apropiada del pretérito del verbo lógico entre paréntesis. Atención al uso del pronombre reflexivo.

La rutina de mi hermana y la mía son muy diferentes. Esta mañana ella
(1.) _____ (despertar/despertarse) tarde y (2.) _____ (meter/meterse) al
baño por una hora. Allí (3.) _____ (duchar/ducharse), _____ (peinar/
peinarse) y (4.) _____ (maquillar/maquillarse). Cuando por fin salió del baño,
(5.) _____ (ir/irse) a su dormitorio donde (6.) _____ (vestir/vestirse).
(7.) _____ (poner/ponerse) una falda y una blusa.

En cambio, yo (8.) _____ (levantar/levantarse) temprano. (9.) _____
(despertar/despertarse) a mis dos hijos. Ellos (10.) _____ (arreglar/arreglarse)
para ir a la escuela, y luego bajaron para desayunar. Después de desayunar nosotros
(11.) _____ (cepillar/cepillarse) los dientes. Ellos (12.) _____
(poner/ponerse) las chaquetas y (13.) _____ (despedir/despedirse) de mí.

1.17 **Con qué frecuencia** Trabaja con un compañero y hablen de la frecuencia con la cual hacen las siguientes actividades. Den información adicional.

Modelo ducharse por la noche

> Estudiante 1: *Yo nunca me ducho por la noche. ¿Y tú?*
> Estudiante 2: *A veces me ducho por la noche cuando salgo a correr.*

1. enfermarse
2. acostarse después de medianoche
3. reunirse con los tíos y los primos
4. quejarse del jefe o de los profesores
5. divertirse en un club
6. ponerse ropa elegante
7. dormirse en clase
8. quedarse en un hotel

> **¿RECUERDAS?**
>
> To tell how often you do something, use the word **vez**.
>
> **una vez a la semana**   *once a week*
>
> **dos veces al mes**   *twice a month*

1.18 **La vida en pareja** Trabaja con un compañero para hablar de sus reacciones en las siguientes situaciones. Deben explicar cómo se sienten y qué hacen.

Modelo Tu pareja te llama al trabajo y te dice que está muy enfermo.

> Estudiante 1: *Me preocupo por él y voy a verlo. ¿Qué haces tú?*
> Estudiante 2: *Yo también me siento preocupado y lo llevo al hospital.*

1. Tu pareja invita a unos amigos a la casa sin decírtelo primero.
2. Tu pareja te busca después del trabajo y te lleva al aeropuerto sin decir adónde van.
3. Tu pareja te prepara una cena romántica, pero quema *(burn)* la comida.
4. Tu pareja baila con otra persona en una fiesta.
5. Tu pareja te dice que quiere adoptar a un niño.
6. Tu pareja tiene un accidente y el auto queda destruido.
7. Tu pareja te compra un auto nuevo para tu cumpleaños.
8. Tu pareja llega tarde a una cita y no te llama.

En busca de un compañero Imagina que necesitas buscar un compañero de casa. Entrevista a un estudiante de la clase para determinar si sería *(would be)* un buen candidato. Da información adicional cuando respondas las preguntas. Al final de la entrevista, decidan si serían buenos compañeros de casa o no, y compartan su decisión con la clase, explicando por qué.

Modelo acostarse tarde

> Estudiante 1: *¿Te acuestas tarde?*
> Estudiante 2: *Sí, normalmente me acuesto a medianoche.*

1. levantarse muy temprano
2. reunirse con amigos en casa con frecuencia
3. dormirse en la sala con la tele encendida *(turned on)*
4. irse de la casa sin limpiar la cocina
5. quejarse mucho
6. enojarse fácilmente
7. bañarse por la mañana o por la noche
8. quedarse en el baño mucho tiempo para arreglarse

Avancemos Trabaja con un compañero y túrnense para contar la historia de esta pareja. Deben usar el pretérito y el imperfecto, incluir muchos detalles y usar algunos de estos verbos pronominales: **alegrarse, casarse, comprometerse, divertirse, divorciarse, enamorarse, enojarse, frustrarse, quejarse, sentirse.**

Un día de estos

Dirigido por Fali Álvarez

**Un joven no llega a una entrevista de trabajo y su madre va en su lugar.
¿Conseguirá el trabajo?**

(España, 2013. 6 min.)

Antes de ver

Habla con un compañero sobre las siguientes preguntas.

1. En tu opinión, ¿cuáles son las responsabilidades de una madre hacia su hijo?

2. El concepto de "padres helicóptero" nació en 1969. ¿Qué son? ¿Cuáles pueden ser las consecuencias de tener "padres helicóptero"?

Vocabulario útil

el currículum vitae *résumé*   **el idioma** *language*
el enchufe *connection*
       (slang, Spain)

Un día de estos, directed by Fali Álvarez, produced by Plano Subjetivo. Screenplay by Fali Álvarez and Vladimir Ráez. Music: "Rumba swing!" by Rafa Insausti. Used with permission of the director.

Comprensión

Ve el cortometraje y decide si las siguientes oraciones son ciertas o falsas. Corrige las oraciones falsas.

1. Según la madre, su hijo José Carlos quiere trabajar.

2. La madre llega a la entrevista porque su hijo está enfermo.

3. Según su currículum vitae, José Carlos habla varios idiomas.

4. Por la respuesta de la madre, es obvio que su hijo sabe mucho de la nueva tecnología.

5. José Carlos tiene mucha experiencia de trabajo.

6. La madre ofrece venderle al gerente *(manager)* discos de los Beatles.

7. La hija de la señora tiene un buen trabajo.

8. El jefe va a darle una entrevista a José Carlos.

Después de ver

1. La señora dice que nadie conoce mejor a un hijo que su madre. ¿Estás de acuerdo? ¿Por qué?

2. Hoy en día hay padres que acompañan a sus hijos a entrevistas de trabajo. ¿Qué opinas?

Estructuras 2

A analizar

La manera en que se saluda a una persona es algo cultural. Mayté describe las convenciones en México. Después de ver el video, lee el párrafo y observa los verbos en negrita. Luego contesta las preguntas que siguen.

¿Cuáles son las convenciones para saludar a alguien en México?

Cuando una mujer es presentada, aunque no conozcas bien al hombre que te es presentado, los dos **se besan** para **saludarse** y para **despedirse**. Es algo que no se hace en los Estados Unidos, ¿verdad?, pero que se hace todo el tiempo en México. Aunque no lo conozcas, si no **se besan**, es de mala educación. Si me encuentro en la calle con una buena amiga, siempre **nos besamos** en la mejilla. Sé que en los Estados Unidos es más común **abrazarse**. En México es más común **besarse,** también entre un hombre y una mujer. **Se besan** y **se saludan. Se pueden** dar la mano y **besarse** al mismo tiempo. Entre dos hombres, nunca se besan, ellos nada más **se dan** la mano. Depende de la situación, creo que los hombres mayores **se palmean** más en la espalda, pero los jóvenes solamente **se dan** la mano.

—Mayté, México

1. Todos los verbos en negrita tienen un pronombre. ¿Tienen un significado reflexivo?
2. ¿Los sujetos de estos verbos son singulares o plurales?
3. ¿Qué significa el pronombre en estos casos? ¿Es igual para los infinitivos?

A comprobar

Verbos recíprocos

1. In the **Estructuras 1** section, you reviewed the use of reflexive pronouns when the subject of the sentence does something to himself or herself. Reflexive pronouns are also used when people do something to each other or to one another. These are known as reciprocal verbs.

> Ellos **se miraron** con amor.
> They **looked at each other** with love.
>
> **Nos comprendemos.**
> We **understand each other**.

2. Only the plural forms (**nos, os,** and **se**) are used to express reciprocal actions as the action must involve more than one person.

> Los amigos **se abrazan.**
> Friends **hug each other**.
>
> Mi amiga y yo **nos escribimos** por muchos años.
> My friend and I **wrote to each other** for many years.

3. It is usually evident by context whether the verb is reflexive or reciprocal. However, if there is need for clarification **el uno al otro** can be used. The expression must agree with the subject(s); however, if there are mixed sexes, the masculine form is used.

> Se cortan el pelo **la una a la otra.**
> They cut **each other's** hair.
>
> José y Ana se presentaron **el uno al otro.**
> José and Ana introduced themselves to **each other**.
>
> Todos se respetan **los unos a los otros.**
> They all respect **each other**.

4. When using the infinitive of the reflexive verb, the pronoun may be placed before the conjugated verb or be attached to the infinitive.

> **Nos** vamos a amar para siempre.
> We will love each other forever.
>
> Quieren conocer**se.**
> They want to meet each other.

A practicar

1.21 Una relación Pon en orden las siguientes oraciones para indicar el posible desarrollo *(development)* de una relación.

1. Se besan.
2. Se reconcilian.
3. Se conocen.
4. Empiezan a llamarse por teléfono.
5. Se casan.
6. Se enamoran.
7. Se pelean.

Comunicarse bien puede ser difícil.

1.22 Una historia de amor Completa el párrafo usando los verbos de la lista en la forma apropiada del pretérito o del infinitivo.

casarse	despedirse	presentarse
comprometerse	enamorarse	saludarse
conocerse	mirarse	sonreírse

Adela estaba en un restaurante con una amiga cuando vio a un hombre alto y guapo sentado cerca de ellas. Él levantó la mirada *(looked up)* y los dos (1.) _____ y (2.) _____. Carlos se levantó y se acercó a la mesa donde estaban Adela y su amiga. (3.) _____ y (4.) _____. Las dos amigas lo invitaron a sentarse con ellas y él aceptó. Cuando terminaron de cenar, Carlos le pidió su número de teléfono a Adela y (ellos) (5.) _____.

Durante los siguientes meses salieron y empezaron a (6.) _____ muy bien y finalmente (7.) _____. Al final del año Carlos le compró un anillo *(ring)* y (8.) _____ y el verano siguiente (9.) _____.

1.23 **¿Quiénes?** Trabaja con un compañero. Los dos deben explicar quiénes hacen las siguientes actividades. Piensen en personas que conocen personalmente o en personas famosas.

Modelo quererse mucho

Estudiante 1: *Will Smith y Jada Pinkett Smith se quieren mucho.*
Estudiante 2: *Mi novio y yo nos queremos mucho.*

1. llamarse todos los días
2. abrazarse al verse
3. darse regalos
4. mandarse textos con frecuencia
5. pelearse mucho
6. odiarse
7. verse solo una o dos veces al año
8. llevarse muy bien
9. saludarse en la universidad
10. ayudarse

¿Se llevan bien?

© fizkes/Shutterstock.com

1.24 **Relaciones** Relaciona el verbo con la situación o el lugar y explica quién lo hace.

Modelo darse regalos – en Navidad

Los amigos se dan regalos en Navidad.

1. besarse   **a.** en una fiesta
2. ayudarse   **b.** en la clase de español
3. divorciarse   **c.** en casa
4. conocerse   **d.** en la oficina
5. darse la mano (*to shake hands*)   **e.** en la corte (*court*)
6. hablarse en español   **f.** en una boda

1.25 **Tu mejor amigo y tú** Trabaja con un compañero y túrnense para entrevistarse sobre su relación con su mejor amigo usando las siguientes preguntas. **¡OJO!** Algunas de las preguntas se refieren al presente y otras al pasado.

> **Modelo** Estudiante 1: *¿Cómo se saludan tu mejor amigo y tú?*
>
> Estudiante 2: *Nos saludamos con un abrazo.*

1. ¿Cuándo se conocieron tu mejor amigo y tú? ¿Dónde?
2. ¿Con qué frecuencia se comunican? ¿Cómo prefieren comunicarse: por teléfono, por correo electrónico o por mensajes?
3. ¿Con qué frecuencia se ven? ¿Dónde se encuentran?
4. ¿Se dan regalos? ¿Cuándo?
5. ¿Se ayudan con sus problemas? ¿Cómo se ayudan?
6. ¿Se pelean de vez en cuando? ¿Alguna vez dejaron de *(stopped)* hablarse?

1.26 **Avancemos** Vas a trabajar con un compañero y cada uno va a escoger a dos personas del dibujo. Luego van a contarse la historia de amor de la pareja. Atención al uso del pretérito y del imperfecto.

> **Modelo** *Se conocieron en un partido de fútbol profesional. Martín jugaba en el equipo del hermano de Lidia, y se conocieron después de un partido. En su primera cita jugaron al tenis porque a ella le gustaba mucho. Se enamoraron porque a los dos les encantan los deportes. Después de casarse van a abrir una academia de deportes para niños que viven en el centro de la ciudad.*

Deben incluir la siguiente información:

- ¿Cómo y dónde se conocieron? ¿Qué hacían?
- ¿Qué hicieron en su primera cita?
- ¿Por qué se enamoraron?
- ¿Qué va a pasar en el futuro?

| Lidia | Felicia | Carla | Inés | Rolando | Martín | Diego | Adrián |

Redacción

Un diario

A journal is where a writer records the events of each day. Journal entries often include feelings and thoughts about what happened. It is informal and usually personal although some people publish their journal entries online as part of a blog. For this writing assignment, you will create a journal entry based on a day in your life.

ESTRATEGIA PARA ESCRIBIR

As you go through each of the **Pasos** of the writing process, be sure to do them in Spanish rather than in English so that you are drawing on what you already know how to say in Spanish. Then, as you write your essay, you can look up any additional words you need.

Paso 1 Think of an eventful day in your life. Maybe it was a special day, a horrible day, or an exciting day. Then, think about where you were and jot down a list of phrases to set the scene. Consider physical elements, such as the location, the weather, and the circumstances as well as who was with you and how you were feeling.

Paso 2 Now, think about the sequence of events and write a list of short phrases that indicate what happened that day.

Paso 3 To begin your journal entry, write a few sentences to set the scene.

Paso 4 Write a few paragraphs that tell what happened using the information from **Paso 2** and elaborate on the development of the event, adding details.

Paso 5 To conclude your journal entry, write a few sentences in which you describe how you felt when the event was over and any thoughts you had.

Paso 6 Edit your journal entry:

    1. Is the information clearly organized in a logical sequence?

    2. Did you include ample details?

    3. Do your adjectives agree with the person or object they describe?

    4. Does each verb agree with the subject?

    5. Did you use the preterite and imperfect accurately?

    6. Did you check your spelling, including accent marks?

Monkey Business Images/Shutterstock.com

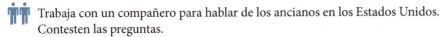

◄)) A escuchar

Los ancianos y su papel en la familia

Antes de escuchar

👥 Trabaja con un compañero para hablar de los ancianos en los Estados Unidos. Contesten las preguntas.

1. ¿Tus abuelos viven/vivían cerca de tu familia? ¿Son/Eran independientes o necesitan/necesitaban ayuda?

2. Si se enferman tus abuelos o tus padres en el futuro, ¿dónde van a vivir? ¿Quién los va a cuidar?

3. ¿Has visitado un asilo de ancianos? ¿Cómo era? ¿Qué hacían las personas que vivían allí? ¿Qué opinas de los asilos de ancianos?

A escuchar

◄)) Mayté va a hablar del papel de los ancianos en la sociedad mexicana. Tomen apuntes
1-2 sobre lo que dice. Después comparen sus apuntes y organicen la información para contestar las siguientes preguntas.

1. ¿Por qué es importante mostrarles mucho respeto a las personas de la tercera edad?

2. ¿Cuándo se lleva a un familiar a un asilo de ancianos? ¿Es bien visto esto? *(Is this viewed as acceptable?)*

3. ¿Dónde viven normalmente los ancianos?

4. Si los ancianos viven con su familia, ¿qué responsabilidades tienen?

5. A los ojos de la sociedad, ¿cuál es la mejor opción si uno tiene un abuelo que no puede vivir independientemente?

> **Vocabulario útil**
>
> **no se ve bien** *it looks bad*
> **tomar turnos** *to take turns*
> **estar pendiente de** *to look after, to look out for*
> **el privilegio** *privilege*

Después de escuchar

1. Comparado con lo que sabes de los Estados Unidos, ¿en qué son diferentes las costumbres en México? ¿En qué son semejantes? ¿Era igual en los Estados Unidos en el pasado?

2. Es difícil decidir dónde va a vivir un ser querido cuando ya no puede vivir independientemente. ¿Qué factores se tienen que considerar antes de tomar esta decisión?

Un juego de cartas en el parque

© Diego Cervo/Shutterstock.com

Literatura

Courtesy of Bentley Historical Library, University of Michigan

Nota biográfica

Enrique Anderson Imbert (1910–2000), escritor argentino, escribió cuentos, novelas y ensayos. Fue muy respetado como crítico literario. Trabajó durante varios años como profesor en la Universidad de Michigan y luego en Harvard. Entre sus obras literarias, es más conocido por sus "microcuentos", cuentos muy breves en los cuales mezcla la fantasía y el realismo mágico.

Antes de leer

Trabaja con un compañero para responder las siguientes preguntas.

1. ¿En qué ocasiones tomas fotos? ¿Qué intentas captar cuando tomas una foto?

2. ¿Cómo cambia el valor *(value)* o el significado de una foto con el paso de tiempo? ¿Hay unas fotos más significativas que otras? ¿Cuáles?

3. ¿Qué fotos tienes colgadas en tu casa / apartamento? ¿Por qué?

La foto

face / seed
sunflower / flowerpot /
indulged

1   Jaime y Paula se casaron. Ya durante la luna de miel fue evidente que Paula se moría. Apenas unos pocos meses de vida le pronosticó el médico. Jaime, para conservar ese bello rostro*, le pidió que se dejara fotografiar. Paula, que estaba plantando una semilla* de girasol* en una maceta*, lo complació*: sentada con la maceta en la falda sonreía y...

© Aleksandr Markin/Shutterstock.com

glass / frame
small spot
Maybe
superimposed / sprout
strangeness

5   ¡Clic!

Poco después, la muerte. Entonces Jaime hizo ampliar la foto —la cara de Paula era bella como una flor—, le puso vidrio*, marco* y la colocó en la mesita de noche.

Una mañana, al despertarse, vio que en la fotografía había aparecido una manchita*. ¿Acaso* de humedad? No prestó más atención. Tres días más tarde: ¿qué era eso? No una
10   mancha que se superpusiese* a la foto sino un brote* que dentro de la foto surgía de la maceta. El sentimiento de rareza* se convirtió en miedo cuando en los días siguientes comprobó que la fotografía vivía como si, en vez de reproducir a la naturaleza, se reprodujera en la naturaleza. Cada mañana, al despertarse, observaba un cambio. Era que la planta fotografiada crecía. Creció, creció hasta que al final un gran girasol cubrió la cara de Paula.

Anderson Imbert, Enrique, *Dos mujeres y un Julián, Cuentos 4, Obras Completas*, Buenos Aires, Corregidor, 1999. Used with permission.

There are often multiple interpretations of a literary piece. Each reader brings their own experience to the reading, and these experiences influence their interpretation. So, don't be afraid to express your ideas. Look for ways to support them with a part or parts of the text.

— What does the title suggest about the content? Why might the author have chosen it?

— What words or actions by a character stand out to you?

— What words are used to describe the characters' moods or to set the scene?

TERMINOLOGIA LITERARIA

el (la) autor(a)	*author*	**la metáfora**	*metaphor*
el cuento	*short story*	**los personajes**	*characters*
el (la) escritor(a)	*writer*		

Después de leer

A. Comprensión

1. ¿Quiénes son los personajes del cuento? ¿Qué relación tienen?

2. ¿Por qué le tomó Jaime la foto a Paula?

3. ¿Qué le pasó a la imagen de Paula con el tiempo?

4. El autor empleó el título "La foto" para su cuento. ¿Por qué es apropiado?

5. Lo que pasa con la foto es una metáfora. ¿Qué representa la foto? ¿Qué pasa con los recuerdos *(memories)* con el tiempo? ¿Cómo representa esto el autor?

6. Según FTDflores.com, "el significado del girasol varía de una cultura a otra. Para algunos, el girasol promete poder *(power)*, calor y alimento *(nourishment)*: todos los atributos propios *(belonging)* del sol mismo. Otros, sin embargo, sostienen que el aspecto majestuoso del girasol denota altanería *(arrogance)* y falsas apariencias, o un amor infeliz". ¿Por qué piensas que el autor escogió un girasol? ¿Cómo representa varios aspectos del amor entre Paula y Jaime?

B. Conversemos

1. El autor explora los recuerdos y el efecto del tiempo en este cuento. ¿Qué ideas comunica? ¿Estás de acuerdo o no?

2. ¿Qué emoción te evoca este cuento? ¿Es chistoso? ¿melancólico? ¿triste? ¿irónico?

3. El poeta Thomas Moore escribió "el corazón que ha amado de verdad nunca olvida, sino *(but rather)* que ama de verdad hasta el final, fiel como el girasol, que observa irse a su dios con la misma mirada con que lo ve aparecer". ¿Cómo puede cambiar la interpretación del cuento después de leer esta representación del girasol?

1.27 **La cita** Decide cuál es la relación entre las dos acciones. Luego combínalas en una oración usando la forma apropiada del pretérito o del imperfecto y una de las siguientes palabras: **cuando, mientras,** o **y.**

> **Modelo** Carlos (llegar) a la clase de español / (Él) (sentarse) al frente de la clase
> *Carlos llegó a la clase de español y se sentó al frente de la clase.*

1. Carlos (estar) sentado al lado de Tania / [Él] (decirle) hola
2. Los dos (empezar) a hablar / Carlos (invitarla) a comer una pizza después de las clases
3. Tania y Carlos (sonreírse) / Tania (aceptar)
4. Carlos y Tania (llegar) a la pizzería / (haber) mucha gente
5. [Ellos] (encontrar) una mesa / [Ellos] (sentarse)
6. [Ellos] (hablar) / El mesero (llegar) para tomar su orden
7. [Ellos] (conversar) / [Ellos] (comer)
8. Carlos (pagar) la cuenta / [Ellos] (irse) a sus casas

1.28 **La reunión** Completa el párrafo con la forma necesaria del verbo apropiado entre paréntesis. Debes usar el pretérito.

La familia de Regina es muy unida y cuando (1.) _____ (mudar/mudarse) a otra ciudad para estudiar, (2.) _____ (sentir/sentirse) muy triste. Sus exámenes ya terminaron y hoy (3.) _____ (volver/volverse) a su ciudad natal para pasar el verano con su familia. Regina (4.) _____ (levantar/levantarse) temprano y (5.) _____ (arreglar/arreglarse) rápido para llegar a la estación de tren a tiempo. Cuando llegó a la estación de tren (6.) _____ (ir/irse) al andén (*platform*) para esperarlo. El tren llegó a tiempo y ella subió y (7.) _____ (sentar/sentarse) junto a la ventanilla. Era un viaje largo, pero no (8.) _____ (dormir/dormirse) porque estaba muy emocionada de volver a su casa. Por fin el tren llegó a la estación de su ciudad natal y Regina bajó del tren. Sus padres (9.) _____ (alegrar/alegrarse) cuando la vieron y corrieron para abrazarla.

1.29 **¿Qué se hace?** Completa las oraciones y explica lo que las personas se hacen el uno al otro o lo que no se hacen. Puedes usar los siguientes verbos u otros verbos si lo prefieres.

abrazarse	ayudarse	comprenderse	darse	escribirse	escucharse
hablarse	llamarse	pelearse	respetarse	saludarse	verse

> **Modelo** El jefe y los empleados...
> *El jefe y los empleados se escriben correos electrónicos y se ven en reuniones.*

1. El profesor y los estudiantes…
2. Mi familia y yo…
3. Los jugadores de un equipo…
4. Los compañeros de clase…
5. Los hermanos…
6. Mi mejor amigo y yo...

1.30 **¿Qué pasó?** Trabaja con un compañero. Cada uno va a escoger *(choose)* una ilustración diferente y explicar lo que pasó. Den muchos detalles. **¡OJO!** Presten atención al uso del pretérito y del imperfecto.

1.31 **Entrevista** Trabaja con un compañero y entrevístense con las siguientes preguntas.

1. ¿Con qué frecuencia se reúne toda tu familia? ¿Qué tipo de actividades hacen para divertirse?

2. ¿Con qué miembro de tu familia te llevas mejor? ¿Con qué frecuencia se comunican? ¿Se escriben mensajes de textos o prefieren llamarse?

3. ¿Hay alguien con quién no te llevas muy bien? ¿Por qué?

1.32 **En familia** Con un compañero hablen del papel de la familia.

Paso 1 Habla con un compañero sobre las siguientes preguntas: ¿Es importante ser parte de una familia? ¿Qué determina que alguien sea parte de la familia?

Paso 2 Escribe una lista de ocho actividades que los miembros de una familia hacen el uno por el otro. Luego compara tu lista con la de un compañero. Entre los dos decidan cuáles son las cinco actividades más importantes.

Paso 3 Habla con tu compañero sobre las siguientes preguntas:

1. ¿Por qué creen que son las actividades más importantes?

2. En tu vida personal, ¿son siempre los parientes quienes hacen esto por ti? ¿Quién lo hace?

Paso 4 Comparte con la clase tu lista de las actividades que hacen los miembros de una familia el uno por el otro y explica por qué son importantes.

🔊
1-3

La familia y las relaciones personales

la amistad *friendship*	**el matrimonio** *marriage; married couple*
el asilo de ancianos *retirement home*	**el noviazgo** *relationship between a boyfriend and a girlfriend*
el (la) bisabuelo(a) *great-grandparent*	
el (la) bisnieto(a) *great-grandchild*	**el (la) novio(a)** *boyfriend / girlfriend*
la brecha generacional *generation gap*	**el papel** *role*
el cambio *change*	**la pareja** *couple, partner*
la cita *date, appointment*	**los parientes** *relatives*
el divorcio *divorce*	**el (la) prometido(a)** *fiancé(é)*
la generación *generation*	**el reto** *challenge*
hoy en día *nowadays*	**la tercera edad** *old age*
el (la) huérfano(a) *orphan*	**la vejez** *old age*

La familia política/modificada *Extended/blended families*

el (la) cuñado(a) *brother-in-law/sister-in-law*	**la nuera** *daughter-in-law*
el (la) hermanastro(a) *stepbrother / stepsister*	**el padrastro** *stepfather*
el (la) hijastro(a) *stepson / stepdaughter*	**el (la) suegro(a)** *father-in-law/mother-in-law*
la madrastra *stepmother*	**el yerno** *son-in-law*

Adjetivos

desintegrado(a) *broken*	**tradicional** *traditional*
enamorado(a) (de) *in love (with)*	**unido(a)** *tight, close (family)*
moderno(a) *modern*	

Estados civiles

casado(a) *married*	**la unión civil** *civil union*
divorciado(a) *divorced*	**la unión libre** *a couple living together, but without legal documentation*
separado(a) *separated*	
soltero(a) *single*	**viudo(a)** *widowed*

Verbos

abrazar *to hug, to embrace*	**criar** *to raise, to bring up*
aburrirse *to become bored*	**decidirse** *to make one's mind up*
acostumbrarse (a) *to get used (to)*	**despedirse (i, i)** *to say good-bye*
adoptar *to adopt*	**darse cuenta (de)** *to realize*
alegrarse *to become happy*	**divorciarse (de)** *to get divorced (from)*
asustarse *to get scared*	**divertirse (ie, i)** *to have fun*
besar *to kiss*	**dormirse (ue, u)** *to fall asleep*
burlarse (de) *to make fun of*	**enamorarse (de)** *to fall in love (with)*
cambiar *to change*	**enfermarse** *to get sick*
casarse (con) *to marry*	**enojarse** *to become angry*
comerse *to eat up*	**envejecer** *to age, to get old*
comprometerse (con) *to get engaged (to)*	**frustrarse** *to become frustrated*
coquetear *to flirt*	**hacerse** *to become*
crecer *to grow up*	**irse** *to go away, to leave*

llevarse (bien/mal/regular)   *to get along (well/poorly/okay)*
mudarse   *to move (residences)*
nacer   *to be born*
odiar   *to hate*
preguntarse   *to wonder*
ponerse + (feliz, triste, nervioso, furioso, etc.)   *to become (happy, sad, nervous, furious, etc.)*
quedarse   *to stay*
quejarse   *to complain*
querer (a)   *to love (a person)*
reconciliarse (con)   *to make up (with)*
reírse (de) (i, i)   *to laugh (at)*

relacionarse   *to get to know, to spend time with socially*
respetar   *to respect*
reunirse   *to get together*
romper (con)   *to break up (with)*
salir con (una persona)   *to go out with*
saludar   *to greet*
sentarse (ie, e)   *to sit down*
sentirse (ie, i) (bien, mal, celoso, feliz, etc.)   *to feel (good, bad, jealous, happy, etc.)*
separarse (de)   *to separate (from)*
sorprenderse   *to be surprised*
volverse   *to become*

Terminología literaria

el (la) autor(a)   *author*
el cuento   *story*
el (la) escritor(a)   *writer*

la metáfora   *metaphor*
los personajes   *characters*

Diccionario personal

_____

_____

_____

_____

_____

_____

_____

_____

_____

_____

_____

_____

_____

_____

_____

_____

CAPÍTULO 2

Estrategia para avanzar

All speakers have trouble retrieving the right word at times, but advanced speakers can talk their way around the problem word and continue to express their thoughts. This skill is called circumlocution. As you work to become an advanced speaker, focus on using circumlocution to describe concepts for which you don't know the word or for words that have slipped your mind. When you read a text, try to paraphrase the main ideas using words that are different from those the author used. Try not to resort to English at all, and you'll find yourself thinking more consistently in Spanish.

After completing this chapter, you will be able to:

- Discuss traditions and celebrations
- Describe cultural values and aspects of relationships
- Express opinions
- Express desires and give recommendations

Costumbres, tradiciones y valores

Carnaval en Barranquilla, Colombia

Vocabulario

¿Qué sabes de las tradiciones que se representan en los dibujos?

1

2

3

Costumbres, tradiciones y valores

los antepasados *ancestors*
las artesanías *handicrafts*
el asado *barbecue*
el Carnaval *Carnival (similar to Mardi Gras)*
el día feriado *holiday*
el disfraz *costume*
la gente *people*
la celebración *celebration*
la cocina *cuisine*
la costumbre *habit, tradition, custom*
la creencia *belief*
el desfile *parade*
el Día de los Muertos *Day of the Dead*

la fiesta *holiday*
el folclor *folklore*
el gaucho *cowboy from Argentina or Uruguay*
el hábito *habit*
la herencia cultural *cultural heritage*
la identidad *identity*
los lazos *bonds*
el legado *legacy*
el lenguaje *language*
la Noche de Brujas *Halloween*
la ofrenda *offering (altar)*
el parentesco *family relationship*
la práctica *practice*
las relaciones *relationships*

el ser humano *human being*
el valor *value*
el vaquero *cowboy*
la vela *candle*

Verbos

celebrar *to celebrate*
conmemorar *to commemorate*
disfrazarse *to put on a costume, to disguise oneself*
festejar *to celebrate*
heredar *to inherit*
recordar (ue) *to remember*
respetar *to respect*
sacrificarse *to sacrifice oneself*

INVESTIGUEMOS LA CULTURA

El Día de los Muertos is an ancient celebration in Mexico and Central America. It combines prehispanic traditions with Catholic ones. It is a day dedicated to those who have passed away. Their favorite foods are prepared, and an **ofrenda** is created in their honor. It is not a sad celebration, but a festive one.

Carnaval is celebrated throughout the Spanish-speaking world, although it differs from country to country. In the few days before Lent, there is a big celebration, often including music, dancing, costumes, and parades with floats. Like **Día de los Muertos, Carnaval** combines Christian traditions with older, pagan celebrations.

INVESTIGUEMOS LA GRAMÁTICA

La gente is a singular noun that refers to a group of people.

La gente llegó al desfile temprano.
People arrived at the parade early.

A practicar

2.1 🔊 **Escucha y responde.** Observa la ilustración en la página anterior e indica si las ideas que vas a escuchar son ciertas o falsas.

2-1

2.2 **¿Qué significa?** Busca la palabra de la segunda columna a la que se refiere la definición de la primera columna.

1. Es una relación de familia.

2. Se pone en una ofrenda para el Día de los Muertos y en un pastel de cumpleaños.

3. Es una barbacoa y es muy popular en Argentina, Paraguay y Uruguay.

4. Es un vaquero que vive en las pampas de Argentina y trabaja con las vacas.

5. Es algo que se ponen los niños durante la Noche de Brujas.

6. Significa celebrar.

a. un asado

b. un disfraz

c. festejar

d. una vela

e. un parentesco

f. un gaucho

2.3 **Ideas incompletas** Lee las siguientes ideas y complétalas con una palabra lógica del vocabulario.

1. La _____ típica de Costa Rica incluye platillos *(dishes)* como Gallo Pinto y Casado.

2. Un sinónimo de "hábito" es _____.

3. Mucha gente _____ para ir a una fiesta para la Noche de Brujas.

4. En muchas culturas se espera que los padres les den todo lo que puedan a sus hijos, trabajando muy duro por ellos y renunciando a muchas cosas. En otras palabras, los padres _____ por sus hijos.

5. El _____ es la cultura popular de los pueblos, como sus canciones, sus dichos, sus costumbres, sus artesanías y su música.

6. Nuestros _____ son los familiares que vivieron varias generaciones antes que nosotros.

7. El cariño y la sangre son dos de los _____ que unen a una familia.

8. Las _____, como la cerámica y los textiles, son diferentes en cada región de un país.

2.4 **Definiciones** Piensa en una definición para cada uno de los siguientes conceptos y después compáralas con las de un compañero. ¿Están de acuerdo en sus respectivas definiciones? ¿Cómo se pueden mejorar?

1. disfrazarse

2. el desfile

3. la herencia cultural

4. los valores

5. heredar

6. los antepasados

Expandamos el vocabulario

The following words are listed in the vocabulary. They are nouns, verbs, or adjectives. Complete the table using the roots of the words to convert them to the different categories.

Verbo	Sustantivo	Adjetivo
conmemorar		
	herencia	
		respetado
	celebración	

2.5 **Relaciones** Explica la relación entre cada par de palabras.

1. el asado / la cocina
2. la ofrenda / el Día de los Muertos
3. las artesanías / la herencia cultural
4. el vaquero / el gaucho
5. los antepasados / el legado

2.6 **Encuesta** Trabajen en grupos para saber qué tradiciones festejan y cómo lo hacen. Después repórtenle la información a la clase.

1. ¿Festejan su cumpleaños generalmente? ¿Cómo?
2. ¿Festejan el Año Nuevo ? ¿Qué hacen? ¿Con quién?
3. ¿Qué hacen el Día de la Independencia? ¿Por qué?
4. ¿Cuál es la celebración más antigua en la que participan?
5. Si tienen hijos, o cuando tengan hijos en el futuro, ¿qué tradiciones quieren heredarles y por qué?

2.7 **Las tradiciones desde tu perspectiva** Observa las ilustraciones en la página 40 y trabaja con un compañero para comentar sus respuestas a las siguientes preguntas.

1. ¿Qué tradiciones de las ilustraciones reconoces?
2. ¿Quiénes participan en cada una de estas tradiciones? ¿Qué otras tradiciones de países hispanos conoces?
3. ¿Por qué crees que las personas participan en las tradiciones que vemos en las ilustraciones?
4. ¿Cuáles son algunas tradiciones importantes en tu familia? ¿De dónde vienen?
5. ¿En qué tradiciones de otras culturas te gustaría participar? ¿Por qué?
6. ¿Cuál es el legado que te dejaron tus antepasados?
7. ¿Dónde creciste? ¿Cómo te influenció crecer en esa ciudad, estado o región? ¿Hay costumbres o tradiciones típicas de allí? ¿Cuáles?
8. ¿Piensas que los jóvenes de ahora están interesados en continuar las tradiciones de sus antepasados? Explica.

2.8 **Citas** ¿Están de acuerdo con las siguientes citas sobre las tradiciones? Expliquen sus opiniones.

- Un pueblo sin tradición es un pueblo sin porvenir (futuro). (Alberto Lleras Camargo, político, periodista y diplomático colombiano, 1906–1990)
- La tradición es la herencia que dejaron nuestros antepasados. (anónimo)
- El que vive de tradiciones jamás progresa. (anónimo)

> **INVESTIGUEMOS LA MÚSICA**
>
> Busca la canción "Mestizaje" del grupo español Ska-P (pronunciado "escape") en Internet. ¿Cuál crees que sea el mensaje de la canción?

2.9 **Festivales** Las siguientes fotografías muestran algunos festivales, carnavales o tradiciones importantes del mundo hispano. Túrnense para describir cada fotografía y decir lo que saben sobre el evento. Si no saben nada, hagan suposiciones lógicas sobre la celebración. Pueden hablar de dónde se hace la celebración, por qué, en qué época del año, quién participa y cuál es la función social del evento.

Las Fallas de Valencia

Procesión de Viernes Santo en Antigua

Festival de la Tomatina

Corpus Christi en Cuzco

Cometas gigantes para los muertos

Antes de ver

1. ¿Cuándo se celebra el Día de los Muertos y en qué países? ¿Qué más sabes acerca del Día de los Muertos?

2. ¿Qué creencias tiene la gente con respecto a lo que pasa después de que una persona muere?

En Sumpango, un pueblo de Guatemala, se piensa que todos los años el 1ero de noviembre los espíritus malignos invaden el cementerio del pueblo. A causa de la invasión, las almas buenas que viven allí salen del cementerio y vagan *(wander)* por las calles. Por eso, los pobladores consultaron con los ancianos y la solución sugerida por los guías espirituales fue hacer ruido *(noise)* con pedazos de papel contra el viento.

© AFP Footage/Getty Video

Vocabulario útil

ahuyentar	to make something go away	**la cometa**	kite
las almas	souls	**los difuntos**	deceased
los barriletes	kites	**plasmar**	to express, to capture
el camposanto	cemetery	**los pobladores**	inhabitants

Comprensión

Indica si las siguientes afirmaciones son ciertas o falsas, según la información del video. Corrige las falsas.

1. Sumpango es un pueblo maya.
2. Es tradicional poner mensajes de la religión católica en los barriletes.
3. Fabricar una cometa puede costar hasta mil dólares.
4. Gracias al ruido, las almas de los difuntos pueden venir a celebrar.
5. Esta tradición es considerada Patrimonio Cultural de Guatemala.
6. Otra tradición de Sumpango consiste en regalarles las cometas a los turistas.

Después de ver

1. ¿Piensas que esta tradición es muy antigua? ¿Por qué?
2. ¿Por qué crees que los pobladores de Sumpango estén dispuestos *(willing)* a gastar tanto dinero en una tradición?
3. ¿Qué tradición es muy importante para ti y por qué?
4. ¿Participaste alguna vez en una tradición de tu comunidad? Explica.
5. De las tradiciones que conoces de otros países, ¿cuál te interesa ver en persona? ¿Por qué?

La gente disfruta de la celebración.

© Lucy Brown - loca4motion/Shutterstock.com

A analizar ▶

Mayté recuerda las preparaciones de su familia para el día de la Navidad. Después de ver el video, lee el párrafo y observa los verbos en negrita. Presta atención al sujeto de los verbos. Luego contesta las preguntas que siguen.

¿Qué instrucciones te daba tu mamá el día de la Navidad?

¡Ah! Recuerdo muy bien el día de Navidad. Siempre teníamos invitados y mi mamá nos tenía ocupados: "Niños, **pongan** la mesa", "Niños, **abran** la puerta", "**Saluden**", "**Ayúdenme** a servir la cena". Y mi padre también tenía sus prioridades. Él me decía: "Mayté, **corre** y **vístete** ya, que van a llegar los invitados", "No **te olvides** de peinarte", "**Ayuda** a tu hermano a arreglarse". Todavía puedo escuchar la voz de mis padres diciéndonos: "¡No **se duerman**! ¡Abramos los regalos!", o "No **coman** más dulces, **déjenles** algo a nuestros invitados". ¡Eran tiempos divertidos!

—Mayté, México"

1. Los verbos en negrita son mandatos. ¿Cuáles son para más de una persona (**ustedes**)? ¿Qué diferencia hay entre esta conjugación y su conjugación en el presente?

2. ¿Cuáles de los mandatos en negrita son para una persona (**tú**)? ¿Qué diferencia hay entre las formas afirmativas y las formas negativas?

3. Observa los verbos que tienen pronombres. ¿Dónde está el pronombre cuando el mandato es afirmativo? ¿y cuando es negativo?

A comprobar

El imperativo

Commands, known as **imperativos** or **mandatos**, are used to tell someone what to do.

Formal commands

1. As in English, personal pronouns (*tú, usted, ustedes, nosotros*) are omitted when using commands in Spanish. You use formal commands with people you would address as **usted** and **ustedes.** Notice that the base for the imperative form is the first-person (**yo**) present tense and that the verbs have the opposite ending [-**e**(**n**) for -**ar** verbs and -**a**(**n**) for -**er** and -**ir** verbs]. Negative formal commands are formed by placing **no** in front of the verb.

infinitive	present tense first person		formal command
habl**ar**	hablo	→	habl**e**(**n**)
hac**er**	hago	→	hag**a**(**n**)
escog**er**	escojo	→	escoj**a**(**n**)
serv**ir**	sirvo	→	sirv**a**(**n**)

*Notice that verbs that have a stem change or are irregular in the present follow the same pattern in formal commands.

Decore la sala.		***Decorate** the room.*
No encienda las velas ahora.		***Don't light** the candles now.*
Vengan a las ocho.		***Come** at eight o'clock.*

2. Infinitives that end in -**car**, -**gar** and -**zar** have spelling changes.

-**car**		buscar	→	bus**que**(n)
-**gar**		llegar	→	lle**gue**(n)
-**zar**		empezar	→	empie**ce**(n)

3. The following verbs have irregular command forms.

dar	**dé (den)**	saber	**sepa(n)**
estar	**esté(n)**	ser	**sea(n)**
ir	**vaya(n)**		

Nosotros commands

1. **Nosotros** commands are the equivalent of the English *Let's* and are used to make suggestions. These commands are very similar to formal commands.

> **Pongamos** las flores en la ofrenda.
> *Let's put the flowers on the altar.*

> **Seamos** respetuosos.   *Let's be respectful.*
> **Miremos** el desfile.   *Let's watch the parade.*

2. While **vayamos** can be used for both affirmative and negative commands, the present tense form **vamos** is often used for affirmative commands.

> **Vayamos** a la iglesia. / **Vamos** a la iglesia.
> *Let's go to the church.*

> **No vayamos** tan temprano.
> *Let's not go so early.*

3. **-Ar** and **-er** verbs with stem changes do not change in **nosotros** commands. However, **-ir** verbs do have a stem change.

infinitive	present tense	*nosotros* command
cerrar	cerramos	cerremos
volver	volvemos	volvamos
pedir	pedimos	pidamos
dormir	dormimos	durmamos

> **Volvamos** a la plaza.
> *Let's go back to the square.*

> **Sirvamos** champán en la fiesta.
> *Let's serve champagne at the party.*

Informal commands

1. Informal commands are used with individuals you would address with **tú**. Unlike formal commands, informal **tú** commands have two forms, one for negative commands and one for affirmative commands. To form the affirmative informal **tú** commands, use the third-person singular (**él/ella**) of the present indicative.

infinitive	affirmative *tú* command
celebrar	celebra
beber	bebe
servir	sirve

> **Compra** tamales para la celebración.
> *Buy tamales for the celebration.*

> **Recuerda** la historia de tus antepasados.
> *Remember the history of your ancestors.*

Notice that stem-changing verbs keep their changes in the informal command forms.

2. The following verbs have irregular forms for the affirmative informal **tú** commands.

decir	**di**	salir	**sal**
hacer	**haz**	ser	**sé**
ir	**ve**	tener	**ten**
poner	**pon**	venir	**ven**

3. Negative **tú** commands are similar to formal commands; add an **-s** to the formal **usted** command.

infinitive	negative *tú* command
ayudar	**no ayudes**
conducir	**no conduzcas**
ir	**no vayas**

> **No llegues** tarde.
> *Don't arrive late.*

> **No seas** irrespetuoso.
> *Don't be disrespectful.*

Commands with pronouns

1. When using affirmative commands, the pronouns are attached to the end of the verb. When adding the pronoun(s) creates a word of three or more syllables, an accent is added to the syllable where the stress would normally fall.

> **Hazlo** ahora mismo.   *Do it now.*
> **Tráemela.**   *Bring it to me.*
> **Despiértense.**   *Wake up.*

2. When using negative commands, the pronouns are placed directly before the verb.

> **No te acuestes** antes de terminar las preparaciones.
> *Don't go to bed before finishing the preparations.*

> **No los olviden.**
> *Don't forget them.*

INVESTIGUEMOS LA GRAMÁTICA

In Spain, the **ustedes** commands are formal. To give commands to two or more friends or family members, the informal **vosotros** commands are used. **Vosotros** affirmative commands are formed by dropping the **-r** from the infinitive and replacing it with a **-d**. Negative commands are formed by using the base of the **usted** commands and adding the **vosotros** ending (**-éis, -áis**).

Infinitive	affirmative *vosotros* commands	negative *vosotros* commands
cerrar	cerr**ad**	**no cerréis**
hacer	hac**ed**	**no hagáis**
ir	**id**	**no vayáis**

A practicar

2.10 **¿Cliente o amigo?** Héctor es agente de viajes y organiza muchos viajes a España para sus clientes y sus amigos. Todos le hacen preguntas sobre lo que deben hacer mientras estén en España. Lee sus respuestas e indica si habla con un cliente (**usted**) o con un amigo (**tú**).

1. Duerma la siesta porque en Andalucía hace mucho calor por la tarde.
2. No comas mucho por la noche; come más a mediodía.
3. Aprende a bailar sevillanas; es divertido.
4. En reuniones de negocios no le dé besos al saludar a la otra persona.
5. No alquile (*rent*) un auto; camine o tome un taxi.
6. No se acueste temprano; los españoles suelen acostarse tarde.
7. Compra una botella de vino; España produce muy buenos vinos tintos.
8. Ve al banco por la mañana porque no están abiertos por la tarde.

2.11 **El Día de los Muertos** El Día de los Muertos es una celebración en la cual se recuerda a las personas queridas que han muerto. Marianela quiere poner una ofrenda para el Día de los Muertos y necesita la ayuda de su esposo y de sus dos hijos. Completa las oraciones con la forma apropiada del mandato del verbo entre paréntesis.

A su esposo (**tú**):

1. _____ (Comprar) las flores de cempasúchitl (*marigolds*).
2. _____ (Traer) la foto de tu madre para ponerla en la ofrenda.
3. No _____ (encender) las velas ahora.
4. No _____ (romper) la calavera (*candy skull made from sugar*).
5. _____ (Ir) a la cocina por las frutas.

A sus hijos (**ustedes**):

6. _____ (Venir) a ayudar a poner la ofrenda.
7. No _____ (comer) las calaveras; son para la ofrenda.
8. _____ (Colgar) el papel picado (*tissue paper cut with decorative designs*).
9. _____ (Buscar) las velas.
10. No _____ (jugar) con los fósforos (*matches*).

Una calavera de azúcar

© Suriel Ramzal/Shutterstock.com

2.12 **La Noche de Brujas** Es la Noche de Brujas y tu hermanito te hace preguntas. Respóndelas con mandatos informales y los pronombres necesarios.

Modelo ¿Tengo que quedarme en casa esta noche?
Sí, quédate en casa. / No, no te quedes en casa.

1. ¿Puedo ponerme el disfraz ahora?
2. ¿Tengo que llevar la linterna (*flashlight*) conmigo?
3. ¿Puedo visitar la casa de mis abuelos?
4. ¿Puedo ver una película de terror?
5. ¿Puedo comer estos dulces?
6. ¿Tengo que acostarme temprano?

2.13 **El Día de Acción de Gracias** Imagina que estás organizando una cena para el Día de Acción de Gracias con algunos estudiantes internacionales. Usando los mandatos en forma de **tú** y de **ustedes**, diles a los otros lo que tienen que hacer.

Modelo Ronaldo / cocinar
Ronaldo, cocina unas papas.

1. Javier / traer
2. Aracely y Sebastián / prepararnos
3. Magdalena / no olvidarse de
4. Jaime / comprar
5. Lucero / hacer
6. Osvaldo y Alex / conseguir
7. Enrique y Alicia / poner
8. Leticia / no invitar a

2.14 **Querida Alma** Trabaja con un compañero para pedirse consejos y responderse. Denle dos sugerencias a su compañero usando los mandatos formales. ¡Presten atención a la forma del verbo!

1. Soy estudiante de español y quiero hablar mejor. ¿Qué me aconseja?

2. Quiero viajar a Puerto Rico, pero no conozco a nadie allí. ¿Qué me sugiere?

3. Mi esposa y yo somos de El Salvador y vivimos en Chicago ahora. Queremos que nuestros hijos sean bilingües, pero ellos solo quieren hablar inglés. ¿Qué podemos hacer?

4. Yo soy estadounidense y mi novio es guatemalteco. Queremos casarnos, pero tenemos un poco de miedo de tener problemas por las diferencias culturales. ¿Qué nos recomienda?

5. Voy a cumplir 15 años en el verano. Mis padres quieren organizar una fiesta de quinceaños para mí, pero prefiero hacer un viaje con mis amigas. ¿Qué debo hacer?

6. La familia de mi novio es de Argentina y comen carne una o dos veces al día. Me gusta pasar tiempo con ellos, pero soy vegetariana y es difícil comer juntos. ¿Qué hago?

2.15 **Mandatos lógicos** Trabaja con un compañero para hablar de quiénes son las personas en los dibujos y explicar qué pasa. Luego decidan qué mandatos se podrían (could) escuchar en cada situación. **¡Ojo!** Presten atención a la forma (**tú, usted, ustedes**).

2.16 **Avancemos** Es difícil saber lo que se debe hacer y lo que no se debe hacer cuando uno viaja a otro país. Con un compañero van a crear una lista de recomendaciones para un estudiante de otro país que viene a estudiar en su universidad.

Paso 1 Escribe una lista de ocho hábitos o costumbres típicos de tu región. Piensa en la universidad, en lugares públicos, en tradiciones, etcétera. Luego compara tu lista con la de tu compañero. ¿Tienen algunas ideas en común?

Paso 2 Con tu compañero decidan cuáles son los cinco hábitos o costumbres más importantes que un estudiante extranjero debe saber, y escriban cinco recomendaciones en forma de mandatos. Luego compartan sus recomendaciones con la clase.

Conexiones culturales

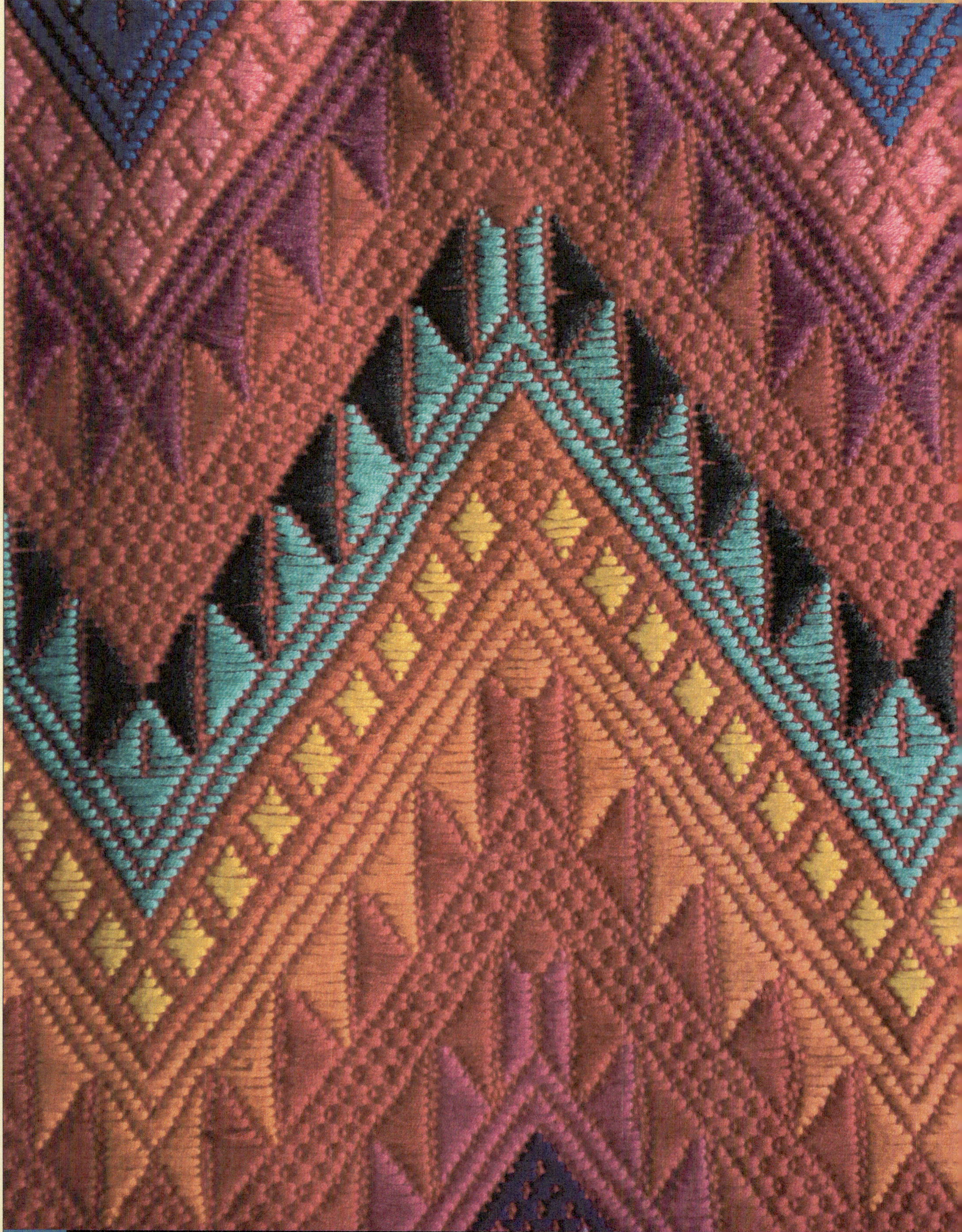

Conexiones . . . a la antropología

Los valores culturales

Desde pequeños los niños aprenden los comportamientos y valores de su sociedad, así como las tradiciones de sus antepasados. Aunque hay muchas diferencias entre las prácticas y los valores de diferentes grupos culturales, algunos antropólogos piensan que hay aspectos que existen en todos los grupos. Estos valores o conductas se conocen como universales humanos. Algunos ejemplos son las relaciones de amistad y de parentescos, o gestos como la sonrisa.

Por otra parte, otro grupo de antropólogos niega[1] la existencia de los universales humanos y considera que todo es una conducta aprendida. Independientemente de estas diferencias de opinión, es evidente que hay grandes variaciones en el peso[2] de los valores. Por ejemplo, en muchas culturas hispanohablantes el valor de los lazos familiares tiene más peso en la sociedad que cualquier otro, lo que puede explicar por qué el divorcio fue ilegal en Chile hasta el 2004.

Dos amigas se saludan con un beso en la mejilla.

A veces las reglas son convenciones sociales. En muchos países hispanos, la gente se saluda besándose en la mejilla.[3] Si una persona no saluda con un beso a sus amigos, ellos pensarán que uno está enojado, y quizás se ofendan.

Para facilitar el análisis de las culturas, los antropólogos crearon el concepto de cultura material (objetos físicos) y cultura inmaterial (elementos intangibles como las creencias, la moral y el lenguaje). El lenguaje es una de las características culturales de mayor influencia, porque a través de un idioma describimos nuestras percepciones del mundo. Los idiomas son una herramienta[4] fundamental para la comprensión de una cultura.

---

[1]*deny* [2]*weight* [3]*cheek* [4]*tool*

Hablemos del tema

1. ¿Cuál es un ejemplo de un valor cultural evidente en una expresión (del inglés o del español)? ¿Qué valores se consideran los más importantes en tu cultura?

2. ¿Piensas que es apropiado hablar de una cultura de "hispanohablantes" o de una cultura de "anglohablantes"? ¿Por qué?

3. ¿Has observado alguna diferencia cultural entre el idioma inglés y el español? Explica.

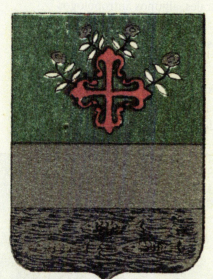

25 Neira

26 Fernandez
de la Puente

27 Acosta

28 Ponce de
Leon.

Escudos de armas de la Edad Media

Los apellidos: Tradición y cultura

El uso de nombres para distinguir a una persona de otra viene de tiempos muy remotos. La identidad de una persona mediante un nombre de pila[1], su lugar de origen y el nombre de su padre comenzó a documentarse durante la Edad Media. Esta información terminó por convertirse en los apellidos que hoy conocemos. Muchos apellidos modernos son toponímicos, es decir que están basados en el lugar de origen de una persona (Arroyo, Costa, Cuevas, Montes). Otros apellidos se originaron en las profesiones de los padres (Manzanero, Herrero, Zapatero), y aún en descripciones físicas (Calvo, Bello, Delgado).

En la España medieval también se hizo común el uso de apellidos patronímicos, es decir, apellidos que se originaron a partir de un nombre propio. Los sufijos "ez", "is" e "iz" se usan en Galicia, Cataluña y el País Vasco respectivamente para significar "hijo de". Por ejemplo, el apellido "Pérez" significaba "hijo de Pedro".

Algunas familias, sobre todo de nobles, comenzaron a usar apellidos compuestos —aquellos que combinan dos linajes en uno— para distinguirse de otras familias. Se piensa que familias de otros estratos económicos comenzaron a usar el apellido materno junto al paterno para crear el efecto de nobleza de los apellidos compuestos. Surgió así el uso simultáneo de los dos apellidos. El orden tradicional en el que se listan los apellidos es usar primero el apellido paterno, seguido por el apellido materno. Sin embargo, este método está cambiando. En España, a finales del 2010, se aprobó una reforma al registro civil que permite a los padres de un niño decidir el orden de los apellidos.

---

[1] *first name*

Hablemos del tema

1. ¿Cuáles son los apellidos más comunes en inglés?
2. ¿Tienen algún significado tus apellidos? ¿Cuál?
3. ¿Hay apellidos toponímicos, patronímicos o relacionados con profesiones en inglés? Da algunos ejemplos.
4. ¿Cuáles son las ventajas y desventajas de usar uno o dos apellidos?
5. En algunas culturas, cuando una mujer se casa debe tomar el apellido de su esposo. ¿Por qué crees que es así? ¿Qué opinas tú de esta tradición?

El directorio incluye los números de teléfono en orden alfabético, empezando con el primer apellido.

Cultura

Piensa en el tema

1. ¿Qué es una artesanía? ¿Qué artesanías hispanas conoces?
2. ¿Por qué crees que a los turistas les gusta comprar artesanías como recuerdos de sus viajes?

Artesanías del mundo hispanohablante

Pocos objetos son tan representativos de una comunidad como las artesanías, testigos[1] de la historia, tradiciones y economía de una cultura. Una artesanía es un objeto producido a mano por un artesano. Por eso, cada artesanía es única, a diferencia de objetos producidos industrialmente. Más allá del valor artístico de las artesanías y de su papel en la preservación de las tradiciones, las artesanías son muy importantes para la economía de algunas comunidades.

Desafortunadamente, cada vez hay menos artesanos porque no pueden competir con empresas que fabrican productos "artesanales" industrialmente, mucho más baratos[2], y que a veces hasta son importados de otros países. La siguiente lista presenta ejemplos de artesanías de varios países hispanos.

Bolivia: En este país existe gran variedad de artículos artesanales producidos en cooperativas. Miles de familias bolivianas viven del trabajo artesanal. Entre los productos textiles sobresalen los gorros tejidos[3], los ponchos y los aguayos, un textil andino de origen precolombino cuyos colores y diseños hablan de la historia de la comunidad.

Un aguayo boliviano

---

[1]*witnesses* [2]*cheaper* [3]*woven*

Las carretillas son artesanías típicas de Costa Rica.

Colombia: Colombia se distingue por su diversidad de culturas, tradiciones y artesanías. Entre las artesanías más destacadas está la mochila arhuaca, o tutu iku, tejida por mujeres de la etnia arhuaca. La mochila es una bolsa decorada en colores de la tierra (como café o beige). Aunque originalmente se hacía con fibras naturales nativas, tras la llegada de los europeos se empezó a elaborar con lana de oveja[4]. Todavía se decora con representaciones indígenas de animales y cada diseño identifica a la familia que la hizo.

Costa Rica: La artesanía más conocida de Costa Rica es la carretilla[5], decorada en colores vistosos. Está hecha de madera[6] y simboliza el trabajo, la paciencia, el sacrificio y la constancia. La carretilla tiene su origen en las plantaciones de café, donde se usaba un tipo de carretilla con ruedas macizas[7] para evitar la acumulación del barro[8].

Nicaragua: Uno de los centros artesanales más importantes es la ciudad de Masaya, donde se produce gran variedad de artesanías. Entre ellas se destacan las coloridas hamacas elaboradas a mano. Las técnicas para producir las hamacas han pasado de una generación a otra, y aunque los materiales han cambiado, muchos de los diseños siguen intactos.

Mochila arhuaca colombiana

© William Bello/Camara Lucida RF/Age Fotostock

---

[4]*lamb's wool* [5]*cart* [6]*wood* [7]*solid wheels* [8]*mud*

Hablemos del tema

1. ¿Cuál es la diferencia entre una artesanía y un objeto producido industrialmente?
2. ¿Compras artesanías cuando viajas? ¿Por qué?
3. Piensa en una artesanía de tu país. ¿Quién la hace? ¿Con qué materiales? ¿Está en peligro de desaparecer? ¿Por qué?

Comunidad

Busca a alguien de un país hispano y hazle una entrevista con las siguientes preguntas.

- ¿Cuáles son las artesanías más típicas de su país?
- ¿De qué se hacen?
- ¿Quién las compra?
- ¿Para qué sirven?
- ¿Qué artesanías de los Estados Unidos conoce? ¿Cuáles ha comprado?

A analizar ▶

Salvador describe la celebración de la feria en su pueblo natal. Después de ver el video, lee el párrafo y observa los verbos en negrita y las frases subrayadas. Luego contesta las preguntas que siguen.

Describe una celebración de tu pueblo.

En el verano durante la Feria de la Patrona *(patron saint)*, <u>es probable que</u> **haya** mucha gente en el pueblo. <u>Es normal que</u> ese día los padres y los hijos **salgan** por la tarde a ver la procesión y los juegos que hay para todos. <u>Es raro</u> *que* la gente **se quede** en casa. <u>Es común que</u> la gente **se reuna** en la plaza, que la gente **pasee,** que **beba** refrescos, y también que **coma** algunas tapas. También <u>es lo habitual que</u> las personas por la noche **vayan** a oir la música. Tal vez juguemos a la tómbola y ganemos un premio.

—Salvador, España

1. ¿Qué tienen en común las frases subrayadas?
2. ¿Qué observas con los verbos en negrita?

> **INVESTIGUEMOS LA CULTURA**
>
> **Tómbola** is a game where there are several simple prizes, like toys or stuffed animals. People purchase tickets, which indicate whether or not they have won a prize similar to a raffle.

A comprobar

El subjuntivo con expresiones impersonales

The verb tenses you have previously studied (present, preterite, imperfect) have been in the indicative. The indicative is an objective mood that is used to state facts and to talk about things that you are certain have occurred or will occur.

> El 6 de enero es el Día de los Reyes Magos.
> *January 6 is Three Kings' Day.*

In contrast, the subjunctive is a subjective mood that is used to convey uncertainty, anticipated or hypothetical events, or the subject's wishes, opinions, fears, doubts, and emotional reactions.

> Es importante que la familia se reúna.
> *It is important that the family get together.*

The present subjunctive

1. The present subjunctive verb forms are very similar to formal commands. The base is the first-person (**yo**) present tense and the verbs have the opposite ending (the **-er** endings for **-ar** verbs, and the **-ar** endings for **-er** and **-ir** verbs).

hablar		comer		vivir	
hable	habl**emos**	coma	com**amos**	viva	viv**amos**
habl**es**	habl**éis**	comas	com**áis**	vivas	viv**áis**
hable	habl**en**	coma	com**an**	viva	viv**an**

2. Verbs that are irregular in the first person present indicative have the same stem in the present subjunctive.

> Es posible que **tengamos** una fiesta para su cumpleaños.

> Es triste que muchos niños **crezcan** sin las tradiciones de sus antepasados.

3. In the present subjunctive, stem-changing **-ar** and **-er** verbs follow the same pattern as in the present indicative, changing in all forms except the **nosotros** and **vosotros** forms.

> Es necesario que todos **piensen** en la importancia de preservar las tradiciones.

4. Stem-changing **-ir** verbs follow the same pattern as in the present indicative, but there is an additional change in the **nosotros** and **vosotros** forms similar to that in the third person preterite (e → i and o → u).

> Es probable que no **durmamos** para celebrar el fin del año, pero quiero que mis hijos se **duerman** a la medianoche.

5. You will recall that the formal commands of verbs whose infinitives end in **-car**, **-gar**, and **-zar** have spelling changes. These same spelling changes occur in the subjunctive.

> Es buena idea que **te disfraces**.
> No es necesario que **saques** tantas fotos.

6. Notice that the irregular verbs in the present subjunctive are also similar to the formal command forms. The imperfect subjunctive of **hay** is **haya**.

dar	dé, des, dé...
estar	esté, estés, esté...
ir	vaya, vayas, vaya...
saber	sepa, sepas, sepa...
ser	sea, seas, sea...

> Es imposible que **vayamos** a la celebración.
> Es interesante que **haya** tantas tradiciones con raíces indígenas.

7. Impersonal expressions do not have a specific subject and can include a large number of adjectives: **es bueno, es difícil, es importante, es triste,** etc.

They can be negative or affirmative. The following are some examples of impersonal expressions:

es buena/mala idea	es mejor	es recomendable
es horrible	es necesario	es ridículo
es imposible	es posible	es terrible
es increíble	es probable	es una lástima *(it's a shame)*
es justo *(it's fair)*	es raro	es urgente

8. When using an impersonal expression to convey an opinion or an emotional reaction, it is necessary to use the subjunctive in the clause that follows the impersonal expression. While in English the conjunction *that* can be optional, in Spanish it is necessary to use the conjunction **que** between the clauses.

> **Es una lástima que se pierdan** algunas tradiciones.
> ***It is a shame (that)** some traditions **are lost.***

> **Es posible que lleguen** tarde al desfile.
> ***It is possible (that) they will arrive** late to the parade.*

9. When there is no specific subject for the verb that follows the impersonal expression, the infinitive is generally used.

> **Es increíble ver** los bailes folclóricos.
> ***It is incredible to see** the folk dances.*

> **Es mejor comprar** las artesanías en el pueblo.
> ***It is best to buy** the handicrafts in the village.*

A practicar

2.17 **El Año Nuevo** ¿Qué sabes de la celebración del Año Nuevo en Latinoamérica? Lee las oraciones e indica si la tradición se practica en Latinoamérica o no.

1. Es típico que todos cenen con su familia.
2. Si uno quiere dinero para el año que empieza, es necesario que lleve ropa interior verde.
3. Es tradicional que se coman doce uvas a la medianoche.
4. Es buena idea que se camine en círculos con una maleta.
5. Es importante que todas las puertas y las ventanas estén cerradas.
6. Es común que se escuche la canción "Auld Lang Syne".

Celebración del Año Nuevo en la Plaza de España, en Barcelona, España

© Iakov Filimonov/Shutterstock.com

2.18 **Es buena idea** Adrián y Aída van a ver las procesiones de Semana Santa por primera vez. Su amigo Rigoberto les hace las siguientes recomendaciones.

1. Es necesario que ustedes _____ (saber) a qué hora comienzan.
2. Es mejor que _____ (llegar) temprano.
3. Es mala idea que _____ (ir) en auto porque hay mucho tráfico.
4. Es importante que _____ (tener) cuidado porque habrá mucha gente.
5. Es buena idea que _____ (sacar) muchas fotos.
6. No es recomendable que _____ (llevar) a su perro.

2.19 **Reacciones** Imagina que escuchas los siguientes comentarios de tus amigos. Reacciona o haz una recomendación usando las expresiones impersonales y el subjuntivo.

Modelo Quiero ir al desfile para el 4 de julio.
Es buena idea que no conduzcas porque siempre hay mucho tráfico.
Es necesario que llegues temprano.

1. Quiero asistir a una fiesta para el Año Nuevo, pero no quiero conducir.
2. No me gusta el Día de San Valentín porque no tengo novio.
3. Quiero hacer una gran fiesta para mi cumpleaños.
4. No sé qué disfraz llevar para la Noche de Brujas.
5. Siempre recibo muchas invitaciones para el Día de Acción de Gracias y no sé qué hacer.
6. No tengo mucho dinero para comprar regalos de Navidad.
7. Mi cumpleaños es durante las vacaciones y todos mis amigos van a estar de viaje.
8. Mañana es el santo de mi novia y quiero hacer algo especial para ella.

2.20 **La fiesta de San Juan** En Paraguay se celebra la fiesta de San Juan el 24 de junio con varias actividades, algunas de las cuales requieren fuego. En parejas lean la siguiente información y túrnense para expresar sus reacciones y recomendaciones usando expresiones impersonales y la forma necesaria del presente del subjuntivo.

Modelo Se juega con fuego.
Es interesante que haya una fiesta con fuego.

1. Se paga para entrar en la fiesta y el dinero ayuda a organizaciones y escuelas.
2. Se juega con la pelota tatá, una pelota de fuego.
3. Algunas personas caminan sobre brasas *(burning coals)*.
4. Se trepa *(climb)* un poste muy alto y enjabonado *(soapy)* para conseguir un premio.
5. Los niños rompen una piñata para conseguir dulces.
6. Se venden comidas típicas hechas con mandioca *(a root similar to yucca)* como el mbeyú y pastel mandi'o.
7. Las mujeres hacen juegos para saber si se van a casar.
8. Muchas veces hay danzas folclóricas.

Courtesy of Juan José Zaldívar

2.21 **San Fermín** En Pamplona, España, se celebra la fiesta de San Fermín, su santo patrón, del 6 al 14 de julio. La parte más famosa de la fiesta es cuando corren con los toros (**el encierro**) hasta la plaza de toros, en donde hay una corrida de toros (*bullfight*) cada día del festival. Trabaja con un compañero y expresen opiniones y recomendaciones usando expresiones impersonales y el subjuntivo.

El encierrro

Una protesta contra las corridas de toros

2.22 **Avancemos** Imagina que tienes que explicarle varias celebraciones de los Estados Unidos a alguien de otro país. Trabaja con un compañero y túrnense para explicar cuándo es la celebración. Descríbanla y digan lo que se hace ese día, y luego expresen sus opiniones o den recomendaciones. Usen las expresiones impersonales y el subjuntivo.

1. El Día de Acción de Gracias
2. El Día de San Valentín
3. El Día de San Patricio
4. La Noche de Brujas
5. El Día de la Independencia
6. Memorial Day
7. La Pascua *(Easter)*
8. April Fool's Day

Rogelio

dirigido por Guillermo Arriaga

Rogelio, un hombre que murió, regresa a este mundo. ¿Cuál será la reacción de sus familiares y amigos?

(México, 2000, 5 mín.)

Antes de ver

Hay muchas creencias diferentes sobre lo que pasa después de la muerte. Imagina que puedes regresar a la Tierra *(Earth)* después de morir.

1. ¿A quiénes vas a visitar?
2. ¿Qué vas a hacer?

Vocabulario útil

aparecer   *to appear*
atropellado(a)   *run over (adj.)*
enterrar (ie)   *to bury*
la fosa   *grave*
incinerar   *to incinerate*

el panteón   *cemetery*
percatarse   *to notice*
¡Salud!   *To your health!*
sepultado(a)   *buried*

Rogelio directed by Guillermo Arriaga, OUAT! Media, Inc.

Comprensión

Ve el cortometraje e indica si las siguientes oraciones son ciertas o falsas. Corrige las ideas falsas.

1. Rogelio no quería aceptar que estaba muerto.
2. Rogelio murió hace un año.
3. Rogelio prefería visitar a sus amigos y no ver a su familia.
4. Rogelio y su amigo pasaron una noche en el cementerio divirtiéndose.
5. La mujer que vieron en el cementerio visitaba a su esposo muerto.

Después de ver

1. ¿Quién narra la historia?
2. Al final de la película el narrador menciona que nunca vio a Rogelio otra vez. ¿Por qué?
3. La película está dedicada a "todos los muertos que no debieron morir". Habla con un compañero sobre el significado de esta dedicatoria.

Estructuras 2

A analizar ▶

En todas las culturas los padres se preocupan por la conducta de sus hijos. Elena describe unas reglas impuestas a los adolescentes colombianos. Después de ver el video, lee el párrafo y observa los verbos en negrita y subrayados. Luego contesta las preguntas que siguen.

¿Qué reglas les imponen los padres a sus hijos adolescentes?

Cuando los adolescentes empiezan a salir con sus amigos, socializan más y van a más fiestas, entonces los padres empiezan a darles muchas recomendaciones a sus hijos. Muchas veces ellos <u>prohíben</u> que sus hijos **lleguen** a casa después de las doce de la noche. También los padres <u>prefieren</u> que sus hijos **hagan** las fiestas en su casa porque así ellos pueden controlar un poco más la situación. Los padres nunca <u>dejan</u> que sus hijos **manejen** sus carros. El chico tiene que tener más de dieciocho o veinte años para poder manejar el carro. También <u>insisten</u> mucho en que los hijos **hagan** las tareas y los quehaceres de la casa antes de salir con sus amigos. Y a veces <u>prohíben</u> que sus hijos **salgan** a socializar los fines de semana si ellos no han hecho las tareas o si sacan malas notas en las clases.

—Elena, Colombia

1. ¿Qué observas con los verbos en negrita?
2. ¿Qué tienen en común los verbos subrayados?
3. ¿Quién es el sujeto de los verbos subrayados? ¿y el sujeto de los verbos en negrita?

A comprobar

El subjuntivo con verbos de deseo e influencia

1. When expressing the desire to do something, you use a verb such as **querer** or **preferir** followed by an infinitive.

   Prefiero ir a la procesión contigo.
   I prefer to go to the procession with you.

   Él quiere reunirse con su familia.
   He wants to get together with his family.

2. When expressing the desire for someone else to do something, you use a verb that expresses desire plus **que** followed by the subjunctive. The verb in the main clause is in the indicative, and the verb in the second clause (the dependent clause) is in the subjunctive.

Main clause		Dependent clause
Prefiero	**que**	**vayas** a la procesión conmigo.
I prefer	*(that)*	*you go to the procession with me.*
Él quiere	**que**	**su familia se reúna.**
He wants		*his family to get together.*

3. Other verbs besides **querer** and **preferir** express desire or influence. These verbs also require the use of the subjunctive when there are different subjects in the two clauses.

aconsejar	to advise
dejar	to allow
desear	to desire
esperar	to hope, to wish
insistir (en)	to insist
mandar	to order
necesitar	to need
pedir (i)	to ask for, to request
permitir	to permit, to allow
preferir (ie)	to prefer
prohibir	to prohibit, to forbid
recomendar (ie)	to recommend
sugerir (ie)	to suggest

Edwin **espera que ellos vayan** a Puerto Rico p.
las Fiestas de la Calle de San Sebastián.
*Edwin **hopes that they will go** to Puerto Rico for
San Sebastian Street Festival.*

Sus padres **prohíben que él estudie** fuera del país
*His parents **forbid him to study** out of the country.*

4. **Ojalá** is another way to express hope. This expression
does not have a subject and therefore does not change
forms. It always requires the use of the subjunctive
in the dependent clause; however, the use of **que** is
optional.

Ojalá (**que**) tus valores no **cambien**.
*Hopefully your values don't **change**.*

INVESTIGUEMOS EL VOCABULARIO

The word **ojalá** originated from the Arabic expression *God (Allah) willing*. There are many words of Arabic influence in Spanish due to the Muslim rule of Spain from 711 to 1492.

A practicar

2.23 **Los cumpleaños** Todos celebran su cumpleaños de manera diferente. Usa tu conocimiento (*knowledge*) y un poco de lógica para relacionar las dos columnas y saber cómo quieren celebrar su cumpleaños estas personas.

1. Julia es mexicana y espera que su novio...
2. Vilma es dominicana y prefiere que sus amigos...
3. Piedad es española y quiere que ella y sus amigas...
4. Lázaro es uruguayo y desea que su esposa...
5. Leo es estadounidense y les pide a sus amigos que...

a. prepare un asado.
b. le lleve una serenata.
c. vayan a un bar con él para bailar country.
d. salgan por tapas y sangría.
e. hagan una fiesta para poder bailar merengue.

2.24 **Visita a El Salvador** Laura vive en los Estados Unidos y va a El Salvador para pasar el verano con sus abuelos. Completa las oraciones con la forma apropiada del subjuntivo de los verbos entre paréntesis.

1. Sus padres recomiendan que _____ (conocer) sus raíces (*roots*).
2. Su profesor de español espera que _____ (mejorar) su vocabulario.
3. Su abuela insiste en que _____ (aprender) sobre la cocina salvadoreña mientras esté en El Salvador.
4. Su novio desea que _____ (volver) pronto.
5. Sus hermanos prefieren que ella _____ (quedarse) en El Salvador.
6. Su mejor amiga le pide que le _____ (comprar) una artesanía.

...magina que tu compañero y tú se encuentran en las siguientes
...resen sus recomendaciones o deseos.

...rmana va a cumplir quince años y va a tener una fiesta para celebrar. ¿Qué le dicen?

...udiante 1: Ojalá que... *vengan todos tus amigos.*

...Estudiante 2: Deseo que... *sea una fiesta increíble.*

...ompañero y tú van a dar una fiesta para celebrar el Día de los Reyes Magos.
...ué quieres que haga tu compañero para ayudarte?

a. Quiero que...

b. Te pido que...

2. Un amigo quiere saber más de sus antepasados. ¿Qué le recomiendas?

a. Le recomiendo que...

b. Le sugiero que...

3. Sus amigos van a casarse. ¿Qué les deseas?

a. Espero que...

b. Ojalá...

4. Su hijo va a asistir a una fiesta de Año Nuevo. ¿Qué esperas de él?

a. Insisto en que...

b. Necesito que...

© elisekurenbina/Shutterstock.com

2.26 **¿Qué quieren?** En parejas hablen sobre lo que las personas indicadas quieren que
los otros hagan o no hagan en los siguientes días festivos.

Modelo el Día de la Acción de Gracias (los padres)

Estudiante 1: *Los padres esperan que toda la familia se lleve bien.*
Estudiante 2: *Los padres quieren que los hijos ayuden a cocinar y*
a limpiar la cocina.

1. el Día de la Madre (una madre)

2. el Día del Amor y la Amistad (San Valentín) (un novio)

3. El Día de los Reyes Magos (los niños)

4. el Día del Estudiante (los estudiantes)

5. la Noche de Brujas (los niños)

6. en su cumpleaños (el cumpleañero)

> **INVESTIGUEMOS LA CULTURA**
>
> **El Día de los Reyes Magos** is celebrated on
> January 6. Children leave out their shoes
> the night before for the Three Wise Men to visit and
> leave them gifts.
>
> **El Día del Estudiante** is celebrated in many
> Spanish-speaking countries. While it varies from
> country to country, it is often celebrated in the
> spring, and students are given the day off from
> classes.

2.27 **¿Qué me recomiendas?** Túrnate con un compañero y para expresar los
siguientes deseos y recomendarse cómo alcanzar estas metas *(achieve these goals)*.
Luego cada uno debe expresar una meta personal y recomendarle a su compañero
cómo alcanzarla.

Modelo tener éxito en la clase de español

Estudiante 1: *Quiero tener éxito en la clase de español.*
Estudiante 2: *Te recomiendo que estudies mucho, que hagas la tarea y que asistas*
a clase todos los días.

1. saber más de la cultura de los países donde se habla español

2. viajar a un país hispanohablante

3. conocer a más gente hispana

4. tener una boda espectacular

5. comprar el regalo ideal para un amigo en su cumpleaños

6. enseñarles a los hijos las tradiciones familiares

7. aprender a cocinar una comida tradicional

2.28 **Avancemos** Trabaja con un compañero para explicar lo que pasa en los dibujos. Luego usen los verbos indicados y la expresión **ojalá** para explicar: 1) lo que quiere hacer cada persona y 2) lo que quiere que haga otra persona. ¡Presten atención al uso del subjuntivo!

desear   esperar   necesitar   pedir   querer   ojalá

Redacción

Ensayo informativo

The purpose of expository writing is to explain something to the reader, in other words, to provide information on a topic. In this essay, you will explain a tradition common in a Spanish-speaking country.

ESTRATEGIA PARA ESCRIBIR

When writing your essay, try to avoid looking up too many new words. It can make writing seem very difficult, and there is more of a chance that you will use a word incorrectly. Instead, try to come up with simpler ways of expressing yourself that draw on vocabulary you already know.

Paso 1 Do a little research to find out about some of the traditions or celebrations important in Spanish-speaking countries. Choose one that interests you and investigate it a little further. Be sure to answer the questions: Why is it celebrated or important? What is the historical background? How is it practiced or celebrated?

Paso 2 Look over your information and find an interesting piece of information that might intrigue a reader. Then use it to write an introductory paragraph that grabs your reader's attention. Now introduce your topic. Do not begin with: *Voy a explicar la celebración de...*

> **Modelo**   *La fiesta de San Juan en Paraguay es una de las celebraciones más peligrosas. El 24 de junio los paraguayos celebran con diferentes tipos de actividades, pero todas incluyen el fuego.*

Paso 3 In the second paragraph, give a brief explanation of the historical background of the celebration or tradition.

Paso 4 In the next paragraph or two, explain the principal practices associated with the celebration or tradition. Remember this is not a full-length research paper but only a brief introduction to the topic.

Paso 5 For the conclusion, you have a couple of options.

1. You can write your thoughts as to why the celebration or tradition is important.
2. You can make a prediction as to the future of the celebration or tradition.
3. You can state whether or not you would want to participate and explain why.

Paso 6 Be sure to include a bibliography for the source(s) you used to find your information.

Paso 7 Edit your informative essay:

1. Did you use the appropriate verb tenses?
2. Does each adjective agree with the person or object it describes?
3. Does each verb agree with its subject?
4. Did you check your spelling, including accents?

¿Cómo son las fiestas?

Antes de escuchar

Trabaja con un compañero de clase para hablar de las fiestas en los Estados Unidos y contestar las preguntas.

1. ¿Cuándo es necesario llevar un regalo a una fiesta? ¿Qué tipo de regalo es apropiado? ¿Dónde se puede conseguir un regalo?

2. ¿Qué costumbres se asocian con las fiestas? ¿Qué hace la gente en una fiesta? ¿Hay algo que se deba hacer un invitado al entrar a y salir de una fiesta?

Vocabulario útil

a lo mejor *maybe*
hecho a mano *handmade*
Suena raro. *It sounds strange.*

A escuchar

◀)) Elena va a hablar de las costumbres asociadas con los regalos y las fiestas en Colombia.
2-2 Toma apuntes sobre lo que dice. Después compara tus apuntes con un compañero y organiza la información para contestar las siguientes preguntas.

1. Según Elena, ¿qué tipo de regalo es mejor? ¿Cómo ha cambiado esta tradición? ¿Es bueno este cambio?

2. ¿Cuándo se debe llegar a una fiesta? ¿Por qué?

3. ¿Qué debe hacer un invitado cuando llega a la fiesta? ¿Y cuando sale?

Después de escuchar

Considerando lo que sabes de las fiestas en los Estados Unidos, ¿son muy diferentes las costumbres en Colombia? ¿Cuáles son semejantes? ¿Cuáles son diferentes?

Debes traer un regalo a la fiesta.

© Syda Productions/Shutterstock.com

Literatura

Nota biográfica

Eduardo Galeano (1940–2015) fue un escritor y periodista uruguayo. Su libro más conocido es "Las venas abiertas de Latinoamérica", en el que detalla cinco siglos de historia de la región. Comenzó su carrera en periodismo cuando tenía 14 años, cuando lo contrataron para crear caricaturas *(cartoons)* para el periódico socialista *Sol*. Seis años después se hizo editor de otro periódico, *Marcha*. Después del golpe de estado *(military overthrow)* de 1973, tuvo que exiliarse a Argentina, pero tres años después Argentina también experimentó un golpe de estado y Galeano se exilió a España. En 1985 derrocaron *(overthrew)* la dictadura uruguaya y Galeano volvió a Montevideo y restableció *Marcha* bajo el nombre *Brecha*. Galeano pasó el resto de su vida en Montevideo donde publicó varios libros más.

Antes de leer

 Con un compañero contesten las siguientes preguntas.

1. ¿Quiénes tienen mucha imaginación? ¿Por qué?

2. ¿Crees que sea importante tener imaginación? ¿Por qué?

3. ¿Qué es una "fantasía"?

Celebración de la fantasía

1 Fue a la entrada del pueblo de Ollantaytambo, cerca de Cuzco. Yo me había despedido de un grupo de turistas y estaba solo, mirando de lejos las ruinas de piedra, cuando un niño del lugar, enclenque*, haraposo*, se acercó a pedirme que le regalara una lapicera*.

No podía darle la lapicera que tenía, porque la estaba usando en no sé qué aburridas anotaciones, pero le ofrecí dibujarle un cerdito* en la mano.

5 Súbitamente*, se corrió la voz. De buenas a primeras* me encontré rodeado de un enjambre* de niños que exigían, a grito pelado, que yo les dibujara bichos* en sus manitas cuarteadas* de mugre* y frío, pieles de cuero quemado*: había quien quería un cóndor y quien una serpiente, otros preferían loritos* o lechuzas* y no faltaban los que pedían un fantasma* o un dragón.

10 Y entonces, en medio de aquel alboroto*, un desamparadito* que no alzaba más de un metro del suelo* me mostró un reloj dibujado con tinta negra en su muñeca:

-Me lo mandó un tío mío, que vive en Lima -dijo.

-Y ¿anda* bien? -le pregunté.

15 -Atrasa* un poco -reconoció.

Glosas (margin):
- weak / dressed in rags / bolígrafo
- little pig
- Unexpectedly / Suddenly
- crowd / creatures
- cracked / dirt / burned
- small parrots / owls
- ghost
- commotion / young
- homeless person / ground
- work
- It runs behind

Investiguemos la literatura: El protagonista

A protagonist is the central character in a literary work. He or she is sometimes referred to as the hero. The narrator helps shape your view of the protagonist through characterization—the description of the protagonist's actions, appearance, and attributes.

— What words are used to describe the protagonist's personality? Physical appearance?

— What "heroic acts" does the protagonist perform? What makes these acts heroic?

TERMINOLOGÍA LITERARIA

la caracterización	*characterization*	**el (la) narrador(a)**	*narrator*
caracterizar	*to characterize*	**el (la) protagonista**	*protagonist*

Después de leer

A. Comprensión

1. ¿Qué quería el primer niño que se acercó al protagonista?

2. ¿Qué le dio el protagonista al niño?

3. ¿Qué pasó cuando los otros niños del pueblo supieron del regalo?

4. ¿Qué le muestra el último niño al protagonista?

5. El autor no nos da mucha información sobre el protagonista. ¿Qué profesión piensa que tiene el protagonista? ¿Puedes considerarlo un "héroe"? ¿Por qué?

6. ¿Por qué crees que el título del cuento sea "Celebración de la fantasía"?

B. Conversemos

1. La imaginación es un elemento fundamental de la niñez. ¿Cómo empleabas la imaginación en tus juegos cuando eras niño(a)?

2. ¿Qué beneficios reciben los niños cuando usan su imaginación? ¿Es importante también que los adultos usen su imaginación? ¿Por qué?

3. ¿Hay celebraciones o tradiciones que se basan en la imaginación de los niños? ¿Cuáles?

© Ammit Jack/Shutterstock.com

2.29 **Los Reyes Magos** Es 5 de enero, la víspera *(evening before)* del Día de los Reyes Magos. Completa las oraciones con los mandatos apropiados.

Los padres le dicen al niño **(tú)**:

1. _____ (ser) muy bueno si quieres recibir regalos.

2. _____ (poner) heno *(hay)* para los camellos de los Reyes Magos.

3. No _____ (olvidarse) de poner tus zapatos al lado de la puerta.

4. _____ (Escribir) una carta para los Reyes Magos.

5. No _____ (acostarse) muy tarde.

El niño les dice a los Reyes Magos en su carta **(ustedes)**:

6. _____ (Venir) pronto.

7. _____ (Leer) también la carta de mi hermanito.

8. _____ (Recordar) que fui un buen niño todo el año.

9. _____ (Darles) este heno a sus camellos.

10. Por favor, _____ (traerme) una bicicleta.

2.30 **El Día de Acción de Gracias** Imagina que un estudiante internacional va a pasar el Día de Acción de Gracias con tu familia. Completa las siguientes oraciones usando el subjuntivo del verbo entre paréntesis y una conclusión personal.

1. Es buena idea que (tú) (llegar)...

2. Es necesario que (tú) (traer)...

3. Es probable que nosotros (comer)...

4. Es posible que (haber)...

5. Es importante que (tú) (tener)...

6. Es recomendable que tú y yo (ponerse)...

7. Es posible que mi familia (estar)...

8. Es mejor que nosotros (ayudar)...

2.31 **El Año Nuevo** Lorenzo está planeando una fiesta para celebrar el Año Nuevo con sus amigos y les escribe un mensaje. Completa su mensaje con la forma apropiada del verbo entre paréntesis. **¡OJO!** No todos los verbos necesitan del subjuntivo.

¡Amigos! Quiero (1.) _____ (celebrar) el Año Nuevo con todos ustedes. Deseo (2.) _____ (tener) una fiesta en mi casa, pero necesito un poco de ayuda. Yo voy a preparar la comida. Sandra y Mónica: Necesito que ustedes (3.) _____ (traer) los refrescos. Alberto: Quiero que tú (4.) _____ (comprar) las uvas. Toni y Marcelo: Les pido a ustedes que me (5.) _____ (ayudar) a decorar. Gaby: Ojalá (6.) _____ (poder) traer un postre. Recomiendo que todos (7.) _____ (llegar) temprano. ¡Los espero (8.) _____ (ver) a todos en la fiesta! ¡Quiero que nosotros (9.) _____ (divertirse) mucho! ¡Ojalá este nuevo año (10.) _____ (ser) muy bueno para todos nosotros!

2.32 **¿Qué deben hacer?** Trabaja con un compañero. Cada uno va a escoger *(choose)* una foto diferente y explicar lo que pasa. Luego denle(s) algunos mandatos a la(s) persona(s) de las fotos. **¡OJO!** Decidan si los mandatos son formales o informales.

Una celebración para el Día de los Reyes Magos

Courtesy of Mary Ann Blitt

El baile de las botellas en Paraguay

© O. Louis Mazzatenta/National Geographic/Getty Images

2.33 **Preferencias** Trabaja con un compañero para hablar de lo que quieren que sus amigos y familiares hagan en las celebraciones de la lista. **¡OJO!** Usen el subjuntivo.

Modelo el Día de la Independencia
Estudiante 1: *Quiero que mis padres hagan una barbacoa.*
Estudiante 2: *Prefiero que mis amigos vayan conmigo al parque para ver los fuegos artificiales.*

1. tu cumpleaños
2. el Día del Amor y la Amistad (San Valentín)
3. el Día de Acción de Gracias
4. la Navidad o Jánuca
5. la Noche de Brujas
6. el Año Nuevo

2.34 **La fiesta** En parejas van a planear una fiesta para la clase de español.

Paso 1 Habla con tu compañero y decidan cuándo y dónde va a ser la fiesta, qué van a servir para comer y beber y si van a tener decoraciones o música para bailar.

Paso 2 Decidan lo que debe hacer cada *(each)* persona para preparar la fiesta. ¡Atención al uso del imperativo y del subjuntivo!

Paso 3 Compartan sus planes con el resto de la clase.

2-3

Nombres

los antepasados   *ancestors*
las artesanías   *handicrafts*
el asado   *barbecue*
el Carnaval   *Carnival (a celebration similar to Mardi Gras)*
la celebración   *celebration*
la cocina   *cuisine*
la costumbre   *habit, tradition, custom*
la creencia   *belief*
el desfile   *parade*
el Día de los Muertos   *Day of the Dead*
la fiesta   *holiday*
el folclor   *folklore*
el gaucho   *cowboy from Argentina and Uruguay*
el hábito   *habit*

la herencia cultural   *cultural heritage*
la identidad   *identity*
los lazos   *bonds*
el legado   *legacy*
el lenguaje   *language*
la Noche de Brujas   *Halloween*
la ofrenda   *offering (altar)*
el parentesco   *family relationship*
la práctica   *practice*
las relaciones   *relationships*
el ser humano   *human being*
el valor   *value*
el vaquero   *cowboy*
la vela   *candle*
el día feriado   *holiday*
el disfraz   *costume*
la gente   *people*

Verbos

aconsejar   *to advise*
celebrar   *to celebrate*
conmemorar   *to commemorate*
dejar   *to allow*
desear   *to desire*
disfrazarse   *to put on a costume, to disguise oneself*
esperar   *to hope, to wish*
festejar   *to celebrate*
heredar   *to inherit*
insistir (en)   *to insist*

mandar   *to order*
necesitar   *to need*
pedir (i)   *to ask for, to request*
permitir   *to permit, to allow*
preferir (ie)   *to prefer*
prohibir   *to prohibit, to forbid*
recomendar (ie)   *to recommend*
recordar (ue)   *to remember*
respetar   *to respect*
sacrificarse   *to sacrifice oneself*
sugerir (ie)   *to suggest*

Expresiones impersonales

es buena/mala idea   *it's a good/bad idea*
es horrible   *it's horrible*
es imposible   *it's impossible*
es increíble   *it's incredible*
es justo   *it's fair*
es mejor   *it's better*
es necesario   *it's necessary*
es posible   *it's possible*

es probable   *it's probable*
es raro   *it's rare*
es recomendable   *it's recommended*
es ridículo   *it's ridiculous*
es terrible   *it's terrible*
es una lástima   *it's a shame*
es urgente   *it's urgent*
ojalá (que)   *hopefully*

Terminología literaria

la caracterización *characterization*
caracterizar *to characterize*

el (la) narrador(a) *narrator*
el protagonista *protagonist*

Diccionario personal

_____

_____

_____

_____

_____

_____

_____

_____

_____

_____

_____

_____

_____

_____

_____

_____

_____

_____

_____

_____

_____

_____

_____

_____

CAPÍTULO 3

Estrategia para avanzar

Advanced speakers differ from intermediate speakers in the quantity of language they produce—they function at a "paragraph" level rather than a "sentence" level. As you work to become an advanced speaker, listen for phrases that speakers use to connect one sentence to another in different contexts. For example, **sin embargo** *(however)* is used to indicate a contrast, **entonces** or **primero** to indicate chronological sequence, **en fin** or **de todos modos** to introduce a conclusion.

After completing this chapter, you will be able to:

- Discuss eating habits
- Express your opinions on what is healthy
- Express preferences and make food recommendations
- Compare and contrast eating habits across cultures

A la mesa

Dulces tradicionales de Ecuador

Vocabulario

¿Vivir para comer o comer para vivir?

La alimentación

el alimento   food
las calorías   calories
los carbohidratos   carbohydrates
los cereales   grains
el colesterol   cholesterol
la comida chatarra   junk food
la dieta   diet
la fibra   fiber
la grasa   fat
la harina   flour
los lácteos   dairy
las legumbres   legumes
los mariscos   seafood
el mate   a tea popular in Argentina and other South American countries
la merienda   light snack or meal
la porción   portion
las proteínas   proteins
el sabor   flavor
el sodio   sodium

el (la) vendedor(a) ambulante   street vendor
las vitaminas   vitamins

Los envases y las medidas

la bolsa   bag
la botella   bottle
el frasco   jar
el gramo   gram
el kilo   kilo
la lata   can
la libra   pound
el litro   liter
el paquete   packet, box

Adjetivos

congelado(a)   frozen
descremado(a)   skimmed
dulce   sweet
embotellado(a)   bottled
enlatado(a)   canned
fresco(a)   fresh
magro(a)   lean
picante   spicy

rico(a)   delicious
salado(a)   salty
saludable   healthy (food, activity)
sano(a)   healthy (person)
vegetariano(a)   vegetarian

Verbos

adelgazar   to lose weight
asar   to grill
aumentar   to increase
consumir   to consume
disfrutar   to enjoy
eliminar   to eliminate
engordar   to gain weight
evitar   to avoid
freír (i, i)   to fry
hornear   to bake
limitar   to limit
ponerse a dieta   to put oneself on a diet
probar (ue)   to taste
reducir   to reduce

A practicar

3.1 **Escucha y responde** Observa la ilustración y responde las preguntas que vas a escuchar.

3-1

3.2 **¿Cómo se pide?** Empareja cada producto con el tipo de envase o la modalidad en la que se compra.

1. el vino
2. la mermelada
3. las papas fritas
4. el atún *(tuna)*
5. las galletas *(cookies)*
6. la leche
7. el queso
8. las manzanas

a. la lata
b. el litro
c. la botella
d. el paquete
e. la bolsa
f. el frasco
g. un kilo
h. 250 gramos

3.3 **La palabra lógica** Completa las ideas con una palabra del vocabulario que sea lógica.

1. Cuando quiero adelgazar, prefiero beber leche _____.
2. Para preparar la carne con menos _____ podemos asarla.
3. Nuestro cuerpo necesita _____ como la A, B, C y D.
4. En una dieta saludable se deben _____ los azúcares y las harinas muy refinadas.
5. La comida enlatada por lo general contiene mucho _____.
6. Los lácteos proveen al cuerpo de _____.
7. En un _____ hay mil gramos.

> **INVESTIGUEMOS EL VOCABULARIO**
>
> The concept of **la merienda** varies throughout the Spanish-speaking world. In Spain, it is often a light snack in the afternoon, whereas in Mexico it is often in the evening and can be considered a light dinner. In Argentina and Uruguay, it is the afternoon tea during which people will have something hot to drink, along with bread, pastries, or cookies.

Expandamos el vocabulario

The following words are listed in the vocabulary. They are nouns, verbs, or adjectives. Complete the table using the roots of the words to convert them to the different categories.

Verbo	Sustantivo	Adjetivo
embotellar		
	lata	
		merendado
hornear		

3.4 **La comida desde tu perspectiva** Observa la ilustración una vez más y responde las preguntas trabajando en parejas.

1. En tu opinión, ¿cuál de estos grupos de personas come mejor? ¿Por qué?
2. Piensa en tus hábitos alimenticios. ¿Te identificas con alguna de las personas de la ilustración? ¿Por qué?
3. ¿Tienes algún consejo para mejorar la dieta de cada una de estas personas?
4. ¿Qué tipo de bebidas toman en las diferentes escenas? ¿Te parece aceptable consumir agua embotellada? ¿Por qué?
5. ¿Alguien come solo en la ilustración? ¿Comes tú en compañía de alguien generalmente? ¿Crees que comer en compañía es más agradable que comer solo? ¿Por qué?
6. ¿Comes comida de vendedores ambulantes? ¿Por qué?
7. ¿Piensas que es caro comprar comida de los vendedores en la calle? ¿Crees que todas las clases sociales de un país acostumbran comer en la calle? ¿Por qué?

3.5 **No pertenence** Indica cuál de las palabras es diferente y explica por qué.

1. congelado   embotellado   descremado   enlatado
2. dulce   picante   salado   magro
3. la fibra   los lácteos   los cereales   las legumbres
4. reducir   eliminar   aumentar   limitar
5. disfrutar   hornear   asar   freír

3.6 **Relaciones** Túrnense para explicar la relación entre las palabras de cada grupo.

1. adelgazar / ponerse a dieta
2. vitaminas / proteínas
3. descremado / magro
4. aumentar / eliminar
5. dulce / salado
6. fresco / congelado

3.7 **Tus experiencias** Trabajen en grupos de tres para responder las preguntas. Den mucha información y comenten las respuestas de todos los integrantes del grupo.

1. ¿Prestas atención al contenido de calorías de tu comida? ¿Por qué?
2. ¿Tomas vitaminas? ¿Por qué?
3. ¿Meriendas con frecuencia? ¿Cuál es tu merienda favorita?
4. ¿Evitas algún alimento? ¿Cuál? ¿Por qué?
5. En tu opinión, ¿es más importante comer sanamente o comer para disfrutar?

3.8 **Opiniones personales** Trabaja con un compañero para comentar si están de acuerdo con las afirmaciones. Deben explicar por qué.

1. Ser vegetariano no es natural. Necesitamos los nutrientes que hay en la carne.
2. Las comidas enlatadas son tan buenas como las congeladas.
3. Cuando hago una fiesta, me gusta tener mucha comida para mis invitados. Es la obligación de un anfitrión (host).
4. En la mayoría de los países se come mejor que en los Estados Unidos.
5. Para mí es normal comer en mi automóvil.
6. Es fácil y barato comer alimentos nutritivos y buenos para la salud.
7. Hay problemas de obesidad en muchos países porque hay mucha comida chatarra.
8. Los restaurantes deben limitar la cantidad de grasa o azúcar en los alimentos que sirven.

3.9 **Refranes** Lean los siguientes refranes sobre la comida y determinen qué significan. Digan si están de acuerdo y por qué.

- A buen hambre no hay mal pan.
- Al dolor de cabeza, el comer lo endereza [cura].
- Al freír, será el reír.
- Del plato a la boca se cae la sopa.
- El amor nunca muere de hambre, con frecuencia de indigestión.

3.10 **Haz una entrevista** Elige una ilustración y escribe seis posibles preguntas acerca de ella. Después entrevista a un compañero con tus preguntas y respóndele las suyas.

Modelo   Estudiante 1: *¿Piensas que al niño le gusta la comida?*
          Estudiante 2: *No, no creo que quiera comerla.*
          Estudiante 1: *¿Qué quiere su mamá que haga el niño?*
          Estudiante 2: *Probablemente desea que su hijo termine de comer porque tiene otras cosas que hacer.*

Las tapas: Las reinas de la revolución gastronómica

Antes de ver

¿Qué comidas típicas de España conoces? ¿Qué sabes sobre las tapas?

Las tapas son probablemente una de las tradiciones gastronómicas más famosas de España. Aunque no se sabe con exactitud cuándo comenzaron a servirse, es un hecho que con los años ha cambiado tanto su forma como su papel en la sociedad española.

Vocabulario útil

concurso *contest*
cursillo *short course or class*
degustación *tasting*
gratuita *free*

gustos *likes, preferences*
jurado *judges*
pinchos *appetizers*
taller *workshop*

Comprensión

Indica si las siguientes afirmaciones son ciertas o falsas. Corrige las oraciones falsas.

1. Las tapas siempre son gratuitas.
2. Las tapas se sirven como postre.
3. Para algunas personas, comer tapas es un momento para conectar con otras personas.
4. En la Edad Media las tapas se ponían encima de los vasos para proteger las bebidas de los insectos.
5. Algunos cocineros están abriendo restaurantes especializados en tapas, con precios más económicos.
6. Cada año hay un concurso internacional de tapas en Valladolid.
7. Hay escuelas privadas que enseñan a preparar tapas tradicionales.
8. Al final del cursillo, los participantes pueden vender sus creaciones.

Después de ver

Habla con un compañero para responder las siguientes preguntas.

1. ¿Crees que las tapas atraen a españoles de todas las edades, o solamente a los españoles mayores? Explica tu respuesta.
2. En tu opinión, ¿está en peligro *(danger)* la tradición de las tapas? Explica tu respuesta.
3. En el video se habla de un concurso internacional de tapas. ¿Hay concursos para preparar ciertos *(certain)* tipos de comidas en tu cultura? ¿Cuál crees que sea el objetivo de estos concursos?
4. ¿Hay comidas en tu cultura que se sirven gratuitamente en los bares y restaurantes? ¿Qué?
5. ¿Cuáles son las comidas tradicionales en tu cultura? ¿Te interesa poder cocinar comidas tradicionales? ¿Por qué?

Unas tapas

© Konstantin Kopachinsky/Shutterstock.com

A perfeccionar

A analizar

La comida es más que sustento *(sustenance)*—¡es cultura! Elena habla del ajiaco, un plato tradicional de Colombia. Después de ver el video, lee el párrafo y observa el uso de los verbos en negrita. Luego contesta las preguntas que siguen.

¿Cuál es un plato típico de Colombia?

En Bogotá **hay** como cinco o seis platos típicos, pero el más popular **es** el ajiaco. **Es** una sopa de papa. Como en la Sabana de Bogotá **hay** muchos tipos de papas, esta sopa necesita principalmente tres tipos de papa. Una **es** la papa roja y otra la papa sabanera, pero nunca puedo encontrar cuál **es** su equivalente estadounidense. Otra papa es la papa criolla, y esa no la **hay** en los Estados Unidos. **Es** una papa muy especial porque **es** una papa pequeña, amarilla y con una textura indescriptible. Los ajiacos **son** deliciosos. El ajiaco debe **estar** caliente cuando se come. En Bogotá se encuentran muchos restaurantes donde la comida principal **es** el ajiaco. Por ejemplo, en la Plaza de Bolívar **está** el restaurante con el mejor ajiaco del mundo, cerca de la Alcaldía de Bogotá. ¡Siempre **estoy** feliz cuando vamos a comer allí!

—Elena, Colombia

1. Identifica los usos de **ser** y **estar** en el fragmento.
2. ¿Cuándo se usa el verbo **haber** (**hay**)? ¿Y cuándo se usa **ser**?

> **INVESTIGUEMOS LA CULTURA**
>
> **Ajiaco** is a classic Colombian soup made with chicken, potatoes, corn on the cob and a local herb called **guascas**. It is usually served with small bowls of rice, onion, cilantro, capers, sour cream, and avocado so that each person can garnish as he or she chooses.

A comprobar

Ser, estar y haber

1. **Hay,** a form of the verb **haber,** is used to mean *there is* or *there are*. It indicates the existence of something. It is used with the indefinite article (**un**) or a plural noun, never with a definite article (**el**).

   Hay muchas calorías en ese pastel.
   There are a lot of calories in that cake.

   En el paquete solo **hay** una galleta.
   In the package, **there is** only one cookie.

2. The verb **ser** is used in the following ways:

   a. to describe general characteristics of people, places, and things

   La ensalada de fruta **es** muy saludable.
   Fruit salad is very healthy.

   b. to identify something or someone

   El mate **es** un té.
   Mate is a tea.

   c. to identify a relationship or occupation

   Santiago **es** mi hermano y **es** cocinero.
   Santiago is my brother, and he is a chef.

   d. to express origin and nationality

   Darío **es** peruano y **es** de Lima.
   Darío is Peruvian and is from Lima.

   e. to express possession

   La botella de agua **es** de Angélica.
   The bottle of water belongs to Angélica.

   f. to give time and dates

   Es dos de abril y **son** las seis.
   It is April second, and it is six o'clock.

   g. to tell where or when an event is taking place

   La fiesta **es** en la casa de Paco.
   The party is (taking place) at Paco's house.

   La cena **es** a las nueve.
   The dinner is (taking place) at nine o'clock.

3. The verb **estar** is used in the following ways:

   a. to indicate location

   Los mariscos **están** en el refrigerador.
   The seafood is in the refrigerator.

b. to express an emotional, mental, or physical condition

Mi primo **está** cansado porque **está** enfermo.
My cousin is tired because he is sick.

c. in progressive tenses

Mi tía **está** preparando la merienda.
My aunt is preparing the afternoon snack.

4. It is important to remember that the use of **ser** and **estar** with some adjectives can change the meaning of the adjective. The use of **ser** indicates a characteristic or a trait, while the use of **estar** indicates a condition. Some common adjectives that change meaning are **aburrido, alegre, feliz, bueno, malo, guapo, listo,** and **rico.**

Algunas legumbres **son** ricas en proteína.
Some legumes are rich in protein.

Esta comida **está** muy rica.
This food is very delicious.

La comida chatarra no **es** buena para la salud.
Junk food is not good for one's health.

Esta sopa de verduras **está** buena.
This vegetable soup is (tastes) good.

A practicar

3.11 **Una foto** Francisco le muestra a su amiga Lola una foto de su tío participando en un concurso *(contest)* de cocina. A Lola le parece muy interesante y le hace muchas preguntas. Relaciona sus preguntas con las respuestas. Hay una respuesta que no se necesita.

1. ¿Quién es?

2. ¿De dónde es?

3. ¿Dónde está?

4. ¿Qué está preparando?

5. ¿Qué hay en la paella?

6. ¿Por qué es tan grande?

a. Es de Valencia.

b. Es una paella.

c. Hay arroz y mariscos.

d. Está en el festival de Las Fallas.

e. Es mi tío Manuel.

f. Está muy ocupado.

g. Es un festival muy grande y siempre hay mucha gente.

© Mikhail Zahranichny/Shutterstock.com

3.12 **¿Ser o estar?** Indica cuáles son las frases que pueden completar correctamente las oraciones. Es posible que haya más de una opción para cada oración.

1. Mary Ely está…

    a. interesada en la cocina. **b.** a dieta.   **c.** vegetariana.

2. Carlos es…

    a. chef.   **b.** preocupado por su salud. **c.** comiendo cereal.

3. Paco está…

    a. diabético.   **b.** preparando la comida. **c.** en la cocina.

4. Rocío es…

    a. una buena cocinera. **b.** enfrente de la estufa. **c.** alérgica a los mariscos.

5. En la cocina hay…

    a. la carne.   **b.** muchas verduras. **c.** una bolsa de mate.

3.13 En el extranjero Lee sobre la experiencia de un estudiante en Paraguay y completa el párrafo con la forma apropiada del verbo **ser, estar** o **haber**.

Yo (1.) _____ Ricky y (2.) _____ de San Francisco. Ahora (3.) _____ en Asunción, Paraguay donde (4.) _____ estudiando español y viviendo con una familia paraguaya. La verdad, yo (5.) _____ muy feliz aquí. La señora Ortiz (6.) _____ una buena cocinera y su comida (7.) _____ muy rica. La comida más fuerte (8.) _____ al mediodía y siempre (9.) _____ carne porque la industria del ganado *(cattle)* (10.) _____ muy importante aquí en esta parte de Sudamérica. (11.) _____ varias comidas típicas paraguayas que me gustan mucho, como las chipás y la sopa paraguaya. La sopa paraguaya no (12.) _____ una sopa, sino un pan parecido *(similar)* al pan de maíz que (13.) _____ en los Estados Unidos. Bueno, tengo que irme. (14.) _____ la hora de comer y la comida (15.) _____ lista.

INVESTIGUEMOS LA GRAMÁTICA

You have learned that the word **pero** means *but*. However, after a negative clause, it is necessary to use the word **sino** when the word or phrase that follows corrects the initial statement. **Sino** means *but* (in the sense of *rather*) in a negative sentence.

No es salado **sino** dulce.
*It isn't salty **but (rather)** sweet.*

3.14 En busca de... Primero decide qué verbo necesitas en cada oración. Después circula por la clase y convierte las oraciones en preguntas. Haz la pregunta adicional cuando un compañero responda afirmativamente.

Modelo (Ser/Estar) diabético.

> Estudiante 1: *¿Eres diabético?*
> Estudiante 2: *No, no soy diabético.*

1. (Ser/Estar) vegetariano. (¿Desde *[Since]* cuándo?)
2. (Ser/Estar) un buen cocinero. (¿Cuál es su especialidad?)
3. (Ser/Estar) ocupado y tiene poco tiempo para cocinar. (¿Qué come?)
4. (Ser/Estar) alérgico a alguna comida. (¿A qué?)
5. (Ser/Estar) cliente frecuente de restaurantes. (¿Qué tipo de restaurantes?)
6. (Ser/Estar) pensando en comer en un restaurante este fin de semana. (¿Cuál?)
7. (Ser/Estar) interesado en la cocina de otros países. (¿Cuáles?)
8. (Ser/Estar) una persona sana. (¿Por qué se considera sano?)

¡La comida está deliciosa!

3.15 **¿Qué opinas?** Completa las siguientes oraciones con la forma apropiada del verbo necesario. Después compara tus respuestas con un compañero y explícale lo que opinas tú y por qué.

1. La comida orgánica (ser/estar/haber) muy cara.

2. (Ser/Estar/Haber) muy buenos restaurantes en donde vivo.

3. Una persona puede (ser/estar/haber) vegetariana y no tener una dieta saludable.

4. La carne (ser/estar/haber) la mejor fuente *(source)* de proteínas.

5. Una dieta sin carbohidratos (ser/estar/haber) mejor para la salud.

6. En una dieta saludable (ser/estar/haber) más frutas y verduras que proteínas.

7. Para (ser/estar/haber) sano es importante tener una dieta variada.

8. El sodio y el azúcar (ser/estar/haber) muy malos para la salud y se deben eliminar por completo de la dieta.

3.16 **Avancemos** Trabaja con un compañero y túrnense para describir las escenas usando los verbos **ser, estar** y **haber** cuando sea posible. Contesten las siguientes preguntas: ¿Quiénes son estas personas? ¿Cuál es su relación? ¿Dónde están? ¿Cómo son? ¿Cómo están? ¿Qué está pasando? ¡Sean creativos!

Conexiones . . . a la gastronomía

El pan dulce: ¿Una tradición en peligro?

Pocos alimentos han sido tan importantes en la historia de la humanidad como el pan. Latinoamérica no es la excepción y tiene una rica tradición en la elaboración de panes, muchos de ellos llegados de Europa, pero modificados por la cultura de cada país. Entre estos panes, el pan dulce goza de gran predilección en todo el continente. Ya sea el desayuno o la merienda, es probable que una cesta[1] de pan dulce acompañe la taza de café, chocolate caliente, atole[2] o té. Entre las variedades más conocidas están las conchas, los churros, las orejas, los buñuelos[3] y los cuernitos[4] (también llamados medialunas).

La tradición panadera llegó a América con los españoles tras la introducción del trigo[5] y el azúcar. A México llegaron unas 200 variedades de pan, pero con el tiempo se empezaron a producir más de mil tipos diferentes, gracias a la influencia indígena y a la creatividad de los panaderos. La tradición del pan dulce es muy fuerte en países hispanos como Argentina, Chile y Uruguay, donde se le conoce como bizcocho.

El pan dulce es un producto barato y popular que se encuentra en las mesas de todas las clases sociales. Sin embargo, hoy en día crece el número de personas que lo evitan, preocupadas por su contenido de calorías y grasas. Una pieza de pan dulce tiene generalmente entre 300 y 500 calorías. Las famosas medialunas que se consumen tanto en Argentina y Chile tienen en promedio 300 calorías y un alto contenido de grasas. ¿Es posible que las viejas tradiciones culinarias sean malas para la salud?

Pan dulce típico de México

Courtesy of Margarita Casas

---

[1]basket [2]thick hot drink made with corn starch [3]fritters [4]croissants [5]wheat

Hablemos del tema

1. ¿Has probado el pan dulce? ¿Qué es lo más parecido al pan dulce que se consume en los Estados Unidos?

2. Identifica tres comidas típicas de los Estados Unidos. ¿Son buenas para la salud? ¿Por qué?

La terraza de un café en Palermo, Buenos Aires

CREATISTA/Shutterstock.com

Comparaciones

La hora del café

¿Qué imaginas cuando escuchas la palabra "café"? ¿Piensas en un gran vaso desechable[1] que bebes mientras conduces? ¿O piensas en una taza humeante[2] que bebes con un amigo? Tu respuesta probablemente depende de la cultura en la que vives.

En muchos países la invitación a beber un café es una invitación a pasar tiempo charlando[3] con los amigos. En los restaurantes se conoce bien esta tradición y es común que los meseros llenen la taza de sus clientes una y otra vez (aunque en tiempos recientes, por cuestiones económicas, algunos cafés han limitado el servicio a dos tazas).

Si hay tiempo después de la comida, el café de sobremesa[4] es otra oportunidad para conversar con la familia o los amigos, con la ventaja adicional de que el café ayuda a mejorar la digestión.

En una página de una red social muy popular se lanzó la pregunta "¿Qué es para ti tomar café?" Las siguientes fueron algunas de las respuestas.

"Muchas horas de charla con buenas amigas delante del mismo café".

"Para mí tomar un café es acabar de comer y estar lista para el dulce... charlar con los amigos... empezar la digestión e ir a hacer la siesta...[...]".

"Café = platicar[5] de todo y de nada. Para mí cada vez que se sirve un café es momento de hablar. Pueden ser momentos dulces o amargos, justo como el café, je je."

"Detrás de un café hay mucho mundo... Es lo que se dice siempre cuando queremos quedar con alguien: '¿Tomamos un café?'[...]"

"¡¡El café!! ¡es conversar... es poesía... es reconciliarme con el mundo!"

Además de ser un rito social muy popular, el café es un modo de vida para millones de personas involucradas[6] en su producción y distribución... ¡Que viva el café!

---

[1]*disposable* [2]*steaming* [3]*chatting* [4]*after-dinner conversation* [5]*to chat* [6]*involved*

Hablemos del tema

1. Para ti, ¿qué significa tomar café?
2. ¿Con qué frecuencia vas a un café para conversar con amigos?
3. ¿Qué prácticas sociales alrededor de la comida hay en tu comunidad?

Piensa en el tema

1. ¿Por qué a mucha gente no le gusta comer sola?

2. ¿Por qué la gente se reúne para hacer una barbacoa?

La comida y los valores culturales

Cuando se habla de comida, se habla de diferencias culturales. En muchos países hispanos, la idea de comer mientras se maneja un automóvil es algo extraña. En estas culturas comer significa socializar, empezando por las comidas con la familia, tan importantes para muchos. Otras costumbres que reúnen a los amigos son la yerba mate en Argentina y Uruguay, o el tapeo en España. A continuación explicamos estas tradiciones.

La yerba mate

La yerba mate es una bebida que se consume mucho en Argentina y Uruguay y es de particular importancia social porque se comparte con los amigos. Implica tomar tiempo para salir del ajetreo[1] de la vida. En Argentina es más común beberlo en una taza hecha con la piel de calabazas[2] y con una bombilla[3]. En Uruguay muchas personas prefieren llevar su mate en un termo y lo beben durante el día.

Una variante menos conocida del mate es el tereré, una bebida popular en Paraguay, en el norte de Argentina y en parte de Brasil. Desde 2010 el tereré es considerado patrimonio cultural de Paraguay, donde se bebe a todas horas y se acostumbra agregarle hierbas refrescantes o medicinales. En ese caso, se le conoce como "yuyo", y lo venden las "yuyeras", mujeres que caminan por las calles ofreciendo el té en sus diferentes versiones.

---

[1]*bustle* [2]*gourds* [3]*metal straw*

Mate servido de forma tradicional

El tapeo

Las tapas son bocados o aperitivos que se sirven en los bares o restaurantes de España. Algunos ejemplos de alimentos que se sirven como tapas son mariscos, aceitunas[4] y tortilla española. Las tapas se sirven para acompañar las bebidas alcohólicas, y el tapeo es la costumbre de ir de bar en bar con los amigos, bebiendo y comiendo tapas.

Hay muchas versiones acerca del origen de las tapas, algunas muy antiguas. Una versión dice que la tradición surgió para vender más porque las personas sienten sed cuando consumen comida salada, y por eso comprarán más bebidas. Otra explicación es que antes, hace mucho tiempo, en los bares o posadas se acostumbraba tapar[5] las bebidas con un plato para protegerlas de los insectos, y en este plato se ponían pequeñas raciones de comida. Independientemente de su origen, en España el tapeo es de gran importancia cultural: es un momento para reunirse con los amigos.

---

[4] olives [5] cover

Hablemos del tema

1. ¿Sabes qué comidas o bebidas se consideran patrimonio cultural de tu país?
2. ¿Qué alimentos puedes nombrar que tengan importancia social como el mate o el tereré?
3 ¿Hay en tu cultura algún equivalente social a tapear?

Comunidad

Busca una persona en tu comunidad que sea de un país hispanohablante y hazle una entrevista para conseguir la siguiente información:

- Algunos platillos típicos de su región, los ingredientes principales, cómo se prepara y si se prepara para un evento en particular
- Su platillo favorito
- Lo que (no) le gusta de la comida de Estados Unidos
- Las diferencias más grandes entre la cocina de su país y la de los Estados Unidos

Estructuras 1

A analizar

Salvador habla de la comida chatarra en la dieta española. Después de ver el video, lee el párrafo y observa las expresiones subrayadas y los verbos en negrita. Luego contesta las preguntas que siguen.

¿Cómo es la dieta en España?

Yo <u>creo</u> que la comida en España **es** saludable en general, pero últimamente han aparecido tendencias nuevas. <u>No estoy seguro</u> de que estas tendencias **sean** buenas para la salud de los españoles porque ahora la gente come comida chatarra. <u>No creo</u> que **sea** bueno el comer hamburguesas o el pedir pizzas. <u>Pienso</u> que la gente **debe** volver a la comida tradicional, sobre todo a las sopas y los potajes. <u>No pienso</u> que la gente hoy en día los **coma** mucho.

—Salvador, España

1. Identifica los verbos en negrita que están en el subjuntivo. ¿Por qué se utilizó el subjuntivo?
2. ¿Por qué no se utilizó el subjuntivo en las otras oraciones?

> **INVESTIGUEMOS LA CULTURA**
>
> **El potaje** is a vegetable and legume-based stew seasoned with onion, garlic, tomato, pepper, and, depending on the cook, egg, chorizo, meat, or spinach.

A comprobar

El subjuntivo con expresiones de duda

1. When expressing doubt or uncertainty about an action or a condition, you must use the subjunctive. The following are some common expressions of doubt that require the use of the subjunctive.

(no) dudar que	*(not) to doubt that*
(no) negar (ie) que	*(not) to deny that*
no creer que	*not to believe that*
no parecer que	*to not seem that*
no pensar (ie) que	*not to think that*
no suponer que	*not to suppose that*
no estar seguro(a) que	*not to be sure that*
no ser cierto/verdad/	*not to be certain/true/*
obvio/evidente que	*obvious/evident that*

> **Dudo que tenga** muchas calorías.
> *I doubt that it has a lot of calories.*

> **No pienso que sea** una buena idea.
> *I don't think that it is a good idea.*

¡OJO! The expressions **negar** *(to deny)* and **dudar** *(to doubt)* always require the subjunctive; however, there is some variation in the use of **no negar** and **no dudar.** With these expressions, some speakers will use the subjunctive (indicating a margin of doubt) or the indicative (indicating certainty), depending upon their intention.

2. When using the following expressions to affirm a belief or to express certainty, you must use the indicative.

constar que	*to be certain (having witnessed something)*
creer que	*to believe that*
parecer que	*to seem that*
pensar (ie) que	*to think that*
suponer que	*to suppose that*
estar seguro(a) de que	*to be sure that*
ser cierto/verdad/	*to be certain/true/obvious/*
obvio/evidente que	*evident that*

> **Creo que** la carne **tiene** mucha grasa.
> *I believe that the meat has a lot of fat.*

> **Es obvio que** les **gustan** los tamales.
> *It is obvious that they like the tamales.*

When using the verb **constar,** the indirect object will indicate the person to whom something is evident while the verb will generally be conjugated in the third-person singular form. When expressing an opinion, it is also very common to use the indirect object pronoun with the verb **parecer.**

Al médico **le consta** que no comen lo suficiente.
The doctor is certain (because he has seen it) that they don't eat enough.

Me parece que es una dieta saludable.
It seems to me that it is a healthy diet.

3. When using the verbs **pensar, creer,** and **parecer** in a question, it is possible to use the subjunctive in the dependent clause, as you are not affirming a belief.

¿Crees que sea muy picante?
Do you think it is very spicy?

¿Te parece que haya suficiente comida?
Does it seem (to you) that there is enough food?

4. The following words and phrases are used to express possibility. Because they express doubt rather than an affirmation, they should be followed by a verb in the subjunctive.

posiblemente	*possibly*
puede (ser) que	*it might be*
quizá(s)	*maybe, perhaps*
tal vez	*maybe, perhaps*

Tal vez Jorge **deba** ponerse a dieta.
Maybe Jorge should go on a diet.

Puede ser que no **consuma** suficientes calorías.
It might be that he doesn't consume enough calories.

A practicar

3.17 **¿Estás de acuerdo?** El profesor Medina enseña una clase de nutrición y hoy, durante una discusión, unos estudiantes hicieron los siguientes comentarios. Indica si estás de acuerdo o no y explica por qué.

1. Matilde: No creo que la comida chatarra sea tan mala como todos dicen.
2. Uriel: Me parece que muchos de los productos procesados contienen demasiado sodio.
3. Gerardo: Pienso que las comidas orgánicas son mejores.
4. Nuria: No dudo que muchos restaurantes sirvan porciones demasiado grandes.
5. Sandra: Puede ser que el agua embotellada tenga tantos contaminantes como el agua del grifo *(faucet)*.
6. Lorenzo: Supongo que una persona vegetariana puede tener una dieta poco saludable.

3.18 **La nutricionista** Olga y Max son atletas y quieren mejorar su salud. Hablan con su entrenadora para saber cómo hacerlo. Completa la conversación con la forma apropiada del indicativo o del subjuntivo del verbo entre paréntesis.

Olga: ¿Cree que nosotros (1.) _____ (poder) perder 5 kilos sanamente antes de la próxima temporada *(season)*?

Entrenadora: Estoy segura de que (2.) _____ (ser) posible, pero van a tener que cambiar su forma de comer. Supongo que ustedes, como muchas personas, (3.) _____ (salir) a comer con frecuencia.

Olga: Sí, es cierto, pero no creo que nosotros (4.) _____ (tener) muchas opciones porque los dos trabajamos y no tenemos tiempo para cocinar.

Entrenadora: No dudo que ustedes (5.) _____ (estar) ocupados, pero quizá (6.) _____ (poder) encontrar tiempo durante el fin de semana para preparar comida para la semana.

Max: No pienso que yo (7.) _____ (ir) a querer comer en casa todos los días. Me encanta salir a restaurantes.

Entrenadora: Tal vez ustedes (8.) _____ (deber) limitarse a comer en un restaurante una vez a la semana.

Max: Me parece una buena solución.

3.19 **¿Qué crees?** Indica si son ciertas o no las siguientes oraciones. Luego habla con un compañero y usen las expresiones de duda para expresar sus creencias. Deben explicar por qué. **¡OJO!** Usa el presente del subjuntivo solo si tienes duda.

Modelo Beben mate en Nicaragua.

Estudiante 1: *Dudo que beban mate en Nicaragua porque es una bebida argentina.*
Estudiante 2: *Estoy de acuerdo. Me parece que solo beben mate en Argentina y Uruguay.*

1. En El Salvador se sirven tacos con frecuencia.
2. Las papas forman una parte importante de la dieta boliviana.
3. En Perú se puede encontrar la quinoa fácilmente.
4. Hay muchos vegetarianos en Argentina.
5. La comida más importante en Chile es por la noche.
6. Se comen muchos mariscos en la República Dominicana.
7. Se preparan tamales tanto en México como en Centroamérica.
8. A los españoles les gusta la comida picante.

La quinoa, un grano muy nutritivo

3.20 **Oraciones incompletas** Completa las siguientes oraciones para expresar tus ideas sobre la comida. ¡Atención al uso del indicativo y del subjuntivo!

Modelo Supongo que los restaurantes (tener) que…

Supongo que los restaurantes tienen que servir una variedad de comidas.

1. Tal vez los supermercados (poder)…
2. No creo que los niños (enfermarse) por comer…
3. Pienso que mi dieta (ser)…
4. Dudo que un buen cocinero (usar)…
5. Quizás alguien que quiere bajar de peso (deber) comer…
6. Me parece que una dieta saludable (consistir) en…
7. Posiblemente en Estados Unidos (haber)…
8. Estoy seguro de que la comida procesada (tener)…

3.21 **¿Qué te parece?** Trabaja con un compañero. Miren los dibujos y describan la situación. Después expresen sus opiniones usando expresiones de duda y certeza, y el presente del subjuntivo o del indicativo, según la expresión.

3.22 **Avancemos** Con un compañero van a planear una cena para cuatro personas.

Paso 1 Haz una lista de cuatro personas a quienes quieres invitar a una cena y escribe las restricciones o preferencias alimenticias para cada uno (si no las sabes, invéntalas). Después tu compañero y tú deben compartir sus listas y decidir los cuatro a quiénes van a invitar, dos de cada lista.

Paso 2 Expresen sus opiniones sobre lo que deben servir. Tomen en consideración las restricciones y preferencias de los invitados.

Paso 3 Repórtenle a la clase a quienes van a invitar, lo que van a servir y por qué.

La suerte de la fea a la bonita no le importa

dirigido por Fernando Eimbcke

Susy es una joven que quiere adelgazar. Su hada madrina le va a conceder tres deseos. ¿Por fin tendrá la apariencia que quiere?

(México, 2002, 8 min.)

Antes de ver

👥 Habla con un compañero sobre las siguientes preguntas.

1. En español existe un refrán que dice "La suerte de la fea la bonita la desea". ¿Qué crees que significa y cómo es diferente al título de este cortometraje?

2. Muchas personas tienen algún dilema con la comida, ya sea ético, emocional o físico. ¿Cuáles son algunos de los más comunes?

3. Muchas personas no están conformes (satisfied) con su apariencia física. ¿Cuáles son algunas de las quejas (complaints) comunes?

Vocabulario útil

aparecer to appear	**flaco(a)** skinny
la belleza beauty	**el hada madrina** fairy
el (la) cirujano(a) surgeon	godmother
conceder to grant	**las nalgas** buttocks (vulgar)

La suerte de la fea a la bonita no le importa directed by Fernando Eimbcke. OUATI Media, Inc.

Comprensión

Ve el cortometraje y después indica si las oraciones son ciertas o falsas. Corrige las oraciones falsas.

1. Susy está frustrada porque no puede adelgazar.

2. El hada madrina le concede un deseo a Susy.

3. Susy no puede comer el sushi porque es alérgica a los mariscos.

4. El hada madrina tiene un cuerpo "tan bueno" porque ha ido al cirujano.

5. Susy es la mujer más bella del mundo por su interior.

Después de ver

1. En tu opinión, ¿cuál es el mensaje del cortometraje?

2. ¿Qué recomendaciones le darías (would you give) a la protagonista?

3. Imagina que tu hada madrina te concede tres deseos. ¿Qué le pides?

A analizar ▶

Elena habla de cómo se debe portar *(behave)* a la mesa. Después de ver el video, lee el párrafo y observa los verbos en negrita y las expresiones que los preceden. Luego contesta las preguntas que siguen.

Si uno está invitado a la casa de alguien para comer, ¿qué se debe saber?

Creo que algo muy importante en los países hispanos son los modales a la mesa. Es muy importante que todas las personas sepan usar los modales y se comporten adecuadamente a la mesa. Desde pequeños nos enseñan sobre los modales. Por ejemplo, a mi papá <u>le disgusta</u> mucho que nosotros **pongamos** los codos *(elbows)* sobre la mesa. Tenemos que tener los brazos sobre la mesa, pero de la mitad del brazo para abajo, el codo nunca puede estar sobre la mesa. Y a mi mamá <u>le frustra</u> que nosotros **hagamos** ruido cuando masticamos *(chew)*. Mi mamá siempre <u>está feliz</u> de que **usemos** muy bien todos los cubiertos, y de que no **hagamos** ruido a la mesa. No <u>le gusta</u> que **hablemos** con la boca llena, <u>le alegra</u> que **comamos** con la boca cerrada. Pero cuando estamos a la mesa y estamos comiendo, <u>me frustra</u> que mi mamá a toda hora **esté observándonos**.

—Elena, Colombia

1. ¿En qué forma están los verbos en negrita?

2. ¿Qué tienen en común las expresiones subrayadas que preceden a esos verbos?

A comprobar

El subjuntivo con expresiones de emoción

1. When expressing an emotion or feeling about something, it is necessary to use the subjunctive if the subject in the first clause is different from the subject in the second clause. As with the other uses of the subjunctive you have learned, the verb in the main clause is in the indicative, and the verb in the second (dependent) clause is in the subjunctive.

Main clause		Dependent clause
Me alegra	que	mis hijos **coman** bien.
El doctor tiene miedo de	que	su paciente no **siga** su dieta.

2. The following are some common ways to express emotions:

estar contento (triste, frustrado, etc.) **de** *to be pleased; to be content (sad, frustrated, etc.)*
sentir (ie) *to be sorry, to regret*
sentirse contento (triste, frustrado, etc.) **de** *to feel content (sad, frustrated, etc.)*
temer *to fear*
tener miedo (de) *to be afraid (of)*

Siento que no **haya** más sopa.
I am sorry that there isn't any more soup.

Están cansados de que su doctor les **prohíba** el sodio.
They are tired of their doctor forbidding them sodium.

Me siento bien de que la familia **esté comiendo** más saludable ahora.
I feel good that the family is eating healthier now.

3. The following verbs are used with an indirect object pronoun in order to express that an object, event, or person provokes an emotion or reaction in a person:

alegrar	to make happy
asustar	to scare
dar igual	to not matter
disgustar	to dislike, to upset
emocionar	to thrill, to excite
encantar	to love
enojar	to anger
frustrar	to frustrate
gustar	to like
importar	to be important
molestar	to bother
parecer bien/mal	to seem good/bad
preocupar	to worry
sorprender	to surprise

¡OJO! You must use the personal **a** if you identify the indirect object.

A la gente **le encanta** que el nuevo producto **tenga** más proteína.
*People **love** that the new product **has** more protein.*

A su madre **le preocupa** que ellos no **coman** suficientes cereales.
*Their mother **worries** that they don't **eat** enough grains.*

In **Estructuras 1** you learned that the expression **me parece** does not require the subjunctive because it affirms a belief. Notice that when using **me parece bien/mal** you need to use the subjunctive because it expresses an opinion.

Me parece que tiene mucha grasa.
It seems like it has a lot of fat.

Me parece bien que quieras reducir tu colesterol.
It seems good (a good idea) to me that you want to lower your cholesterol.

4. If there is only one subject, the **que** is not necessary and the infinitive is used with the expression of emotion rather than the subjunctive.

Sentimos no poder asistir a la cena.
We regret not being able to attend the dinner.

Me sorprende ver cuántos productos tienen mucha azúcar.
It surprises me to see how many products have a lot of sugar.

INVESTIGUEMOS LA GRAMÁTICA

Some verbs that express an emotion, such as **alegrar, asustar, enojar, frustrar,** and **sorprender,** can be used with the reflexive pronoun **se** (conjugated like a reflexive verb) to indicate that one feels a particular emotion. They must be used with the preposition **de** and will require the subjunctive if there are two subjects.

Se alegra de que haya una buena selección de frutas.
She is happy that there is a good selection of fruit.

A practicar

3.23 **¿De dónde es?** Algunos estudiantes latinoamericanos están estudiando en una universidad estadounidense y hablan de sus preferencias en una reunión. Lee sus reacciones sobre la comida e identifica de dónde son.

Argentina   Cuba   El Salvador   España   México   Perú

1. Laura: A mí no me gusta que a veces me sirvan comida sin carne de res.

2. Nuria y Humberto: Nos emociona que vayan a abrir un nuevo restaurante de tapas.

3. Vanesa: Me gusta que me den tortillas de harina con mi comida.

4. Yenisleidys: Me encanta que algunos restaurantes tengan una buena selección de ron *(rum)*.

5. Alberto: Me sorprende que no haya mucha variedad de papas en los Estados Unidos.

6. Fernando y Violeta: Nos frustra que muchas personas no conozcan las pupusas.

3.24 **Preferencias** Completa las siguientes oraciones con la forma apropiada del verbo entre paréntesis. **¡OJO!** Algunos verbos requieren el subjuntivo y otros el infinitivo.

1. A Jorge le gusta que la comida _____ (ser) muy picante.
2. A Paola le parece bien que la etiqueta _____ (dar) la información nutricional.
3. A Gustavo le preocupa que el chef _____ (preparar) la comida con mucha sal.
4. A Rosaura no le gusta _____ (comer) muchos carbohidratos.
5. A Daniela le molesta que las tiendas _____ (vender) tanta comida chatarra.
6. A Ernesto no le importa _____ (consumir) muchas calorías.
7. A Cynthia le disgusta _____ (cocinar) con mucha grasa.
8. A los niños les encanta que los postres _____ (tener) chocolate.

3.25 **¿Cómo reaccionan?** En un programa de televisión hablan sobre la nutrición. Imagina la reacción de las personas de la audiencia y explica por qué reaccionan así. Luego expresa tu reacción. Usa los siguientes verbos: **alegrar, asustar, enojar, disgustar, emocionar, encantar, frustrar, gustar, importar, molestar, parecer bien/ mal, preocupar, sorprender.**

Modelo En muchos restaurantes en los Estados Unidos sirven porciones muy grandes. (un mesero)

Al mesero le encanta que sirvan porciones muy grandes porque la comida cuesta más, y así gana más de propina. A mí me gusta que sirvan porciones grandes porque llevo parte de la comida a casa para comerla más tarde en la semana.

1. La comida chatarra cuesta menos que la comida saludable. (una madre)
2. Los supermercados venden más productos orgánicos. (un científico)
3. Hay mucho sodio en la comida procesada. (un doctor)
4. El chocolate oscuro tiene antioxidantes que son buenos para el cuerpo. (un niño)
5. Más restaurantes están comprando productos locales. (un granjero *[farmer]*)
6. La información nutricional de los alimentos no siempre dice la verdad. (un nutricionista)
7. Los restaurantes tienen que informar del contenido de calorías, grasas y sodio de todos sus platillos. (un dueño *[owner]* de un restaurante)
8. Los puestos ambulantes de comida son peligrosos. (el dueño de un puesto ambulante)

¿Es cierto que la comida chatarra cuesta menos que la comida saludable?

3.26 **¿Te gusta o no?** Trabaja con un compañero para hablar de sus preferencias. Si no tienes preferencias, siempre puedes usar la expresion **me da igual**. Deben explicar por qué.

Modelo una bebida – tener mucha azúcar

> Estudiante 1: *No me gusta que una bebida tenga mucha azúcar porque soy diabético.*
> Estudiante 2: *A mí tampoco me gusta que una bebida tenga mucha azúcar porque no me gustan las bebidas muy dulces. / Me da igual que una bebida tenga mucha azúcar o no.*

1. la comida
   a. ser muy picante
   b. tener mucha grasa
   c. estar enlatada

2. un restaurante
   a. servir porciones muy grandes
   b. cobrar *(to charge)* por servirse otro vaso
   c. no tener una barra de ensaladas

3. los cocineros
   a. cocinar con mucha sal
   b. usar productos orgánicos
   c. poder preparar platos que no están en el menú

4. un supermercado
   a. vender verduras y frutas locales
   b. ofrecer clases de cocina y nutrición
   c. mandarles un volante *(flyer)* con ofertas a los clientes

3.27 **En el colegio** Con un compañero miren la escena frente a un colegio y túrnense para explicar lo que pasa y las reacciones de las diferentes personas.

3.28 **Avancemos** Con un compañero van a decidir qué aspectos de comer saludablemente les importan.

Paso 1 Hoy en día se habla mucho sobre la importancia de comer saludablemente. Escribe una lista de 10 hábitos que en tu opinión son importantes en una dieta saludable. Piensa en lo que deben comer y en lo que no deben comer, cuándo comerlo y cómo.

Paso 2 Compara tu lista con la de un compañero. Después hablen de los puntos que más les importan y escojan los cinco más importantes para ti y para tu compañero. Compartan con la clase los cinco hábitos más importantes para los dos con la clase y expliquen por qué les importan.

Redacción

Descripción

Descriptive writing is usually detailed and appeals to the senses. You will discuss your own eating preferences and describe one of your favorite dishes.

ESTRATEGIA PARA ESCRIBIR

When looking up a word in the dictionary that has multiple translations, do not just take the first word listed. Look through all of the possible translations and check to see if there are any indications as to the one that fits the context best, for example **arrancar** *to start (a machine)* versus the verbs **empezar** and **comenzar**, which mean *to begin*.

Paso 1 Think about your eating habits. What types of foods do you prefer? What do you not like? Do you have any allergies or dietary restrictions?

Paso 2 Choose one of your favorite dishes and jot down some ideas about what makes the dish special. Think about the following questions: Where or whom is the recipe from? Does it have a particular ingredient that you especially like? When is it served?

Paso 3 Think about how you would describe the dish, appealing to as many of the senses as possible. What does it look like? How is it served? Is it hot or cold? Is it juicy or crunchy? Is it chewy or does it melt in your mouth? Is it sweet, salty, or spicy?

Paso 4 Write an introductory paragraph in which you discuss your eating habits using the information you generated in **Paso 1.**

Paso 5 Write a second paragraph in which you introduce your reader to your favorite dish using the information you generated in **Paso 2.**

Paso 6 Using the information you generated in **Paso 3,** write a third paragraph in which you describe the dish in as much detail as possible so that your reader will be able to imagine the dish.

Paso 7 Write a concluding statement in which you give a final commentary about your dish. Think about the final impression you want to leave your reader with.

Paso 8 Edit your descriptive essay.

1. Do all sentences in every paragraph support their topic sentences?
2. Are your paragraphs cohesive?
3. Does each verb agree with its subject?
4. Have you used **ser, estar,** and **haber** appropriately?
5. Do adjectives and articles agree with the nouns they describe?
6. Did you use any expressions that require the subjunctive?

¿Cómo es la dieta en España?

Antes de escuchar

👥 Con un compañero, hablen sobre el horario para comer en los Estados Unidos y los alimentos que se sirven típicamente para cada comida en los Estados Unidos. Llenen la columna correspondiente del cuadro abajo con esta información.

Comida	EE.UU.	España
Desayuno	Hora:	Hora:
	Alimentos:	Alimentos:
Comida principal	Hora:	Hora:
	Alimentos:	Alimentos:
Meriendas	Hora:	Hora:
	Alimentos:	Alimentos:

Vocabulario útil

soler (ue) + infinitivo   *to usually (do something)*
se adereza   *is seasoned or dressed*

A escuchar

🔊 Vas a escuchar a Salvador mientras describe las costumbres alimenticias en España.
3-2 Toma apuntes sobre lo que dice. Después compara tus apuntes con los de un compañero y organiza la información en la columna apropiada de la tabla.

Después de escuchar

1. ¿En qué se parecen las costumbres en España y los Estados Unidos? ¿Cómo son diferentes?

2. ¿Suelen los españoles hornear pasteles y tortas? En tu opinión, ¿la gente continúa horneando mucho en los Estados Unidos?

Un café con ensaimadas para la merienda

© nito/Shutterstock.com

Literatura

Nota biográfica

Hjalmar Flax (1942–) es un poeta puertorriqueño. Actualmente reside en San Juan. Al terminar sus estudios de literatura estudió para ser abogado en la Universidad de Puerto Rico y ejerció esta profesión por muchos años. Sin embargo, considera que la poesía es su vocación y ha escrito nueve libros de poemas, además de ensayos y artículos. Ha recibido premios del Instituto de Literatura Puertorriqueña, del PEN Club de Puerto Rico y del Instituto de Cultura Puertorriqueña. Entre los temas que Flax contempla en su obra están la memoria, la soledad y el amor.

Antes de leer

Trabaja con un compañero para responder las siguientes preguntas.

1. ¿Te gusta tomar el café o el té caliente? ¿Cuándo empezaste a tomarlo? ¿Por qué (no) te gusta? ¿Cómo te sientes al tomarlo?

2. Para muchas personas el café es un rito *(ritual)*. Cuando te preparas el café u otra bebida, ¿siempre sigues los mismos pasos? ¿Lo tomas con crema o azúcar o con otro condimento? ¿Sueles comer algo cuando lo bebes?

3. ¿Hay una persona con quien asocies el café o el té? ¿Asocias alguna comida con una persona en particular?

4. ¿Cómo le explicas la palabra **poema** a otra persona? ¿Qué intenta hacer un poeta al escribir un poema? ¿Te gusta escribir poemas? ¿Te gusta leer poesía? ¿Por qué?

Packets

Sobrecitos* de azúcar

(para Ángela)

you gather
shake
all at once

1 Recuerdo cómo juntas* tres,
  cómo los sacudes* (suave sonido),
  cómo los abres de un tirón*
  y haces llover azúcar en tu taza de café.

5 Aprendí a juntarlos,
  a sacudirlos (suave sonido),
  a abrirlos de un tirón
  y hacer llover azúcar en mi taza de café.

  Hoy, en este lugar que te conoce,
10 los sacudo, uno a uno.
  Oigo el suave sonido.

sweetens

  Miro llover azúcar que no endulza*
  el suave son ido de tu ausencia.

Hjalmar Flax, "Sobrecitos de azúcar," from *Abrazos partidos y otros poemas*. Reproduced with permission of the author.

When an author uses words or phrases to create images in the reader's mind, it is known as imagery. Figurative language can appeal not only to the reader's sense of sight, but also to their sense of smell, sound, taste, and touch.

— When reading, try to picture the scene or image in your mind and add details as the story or poem unfolds.

— Think about whether the imagery evokes a certain feeling or mood.

TERMINOLOGÍA LITERARIA

la imagen *image*

el poema *poem*

la poesía *poetry, poem*

el poeta (la poetisa) *poet*

el verso *line in a poem*

Después de leer

A. Comprensión

1. ¿Qué hace la persona antes de tomar su taza de café?

2. Al final del poema, ¿qué emoción siente la persona? ¿Por qué?

3. En este poema hay un "tú" y un "yo" (la persona que habla). ¿Cuáles son las palabras que nos permiten llegar a esta conclusión?

4. ¿Piensas que la persona que se describe como "tú" cambiaba su rito para preparar el café de vez en cuando? ¿Por qué?

5. La poesía a veces se puede interpretar de distintas maneras. En tu opinión, ¿qué relación (novios, esposos, hijo/a y madre/padre, mejores amigos) existía entre el "tú" y el "yo" del poema? ¿Por qué piensas esto? ¿Hay palabras en el poema que apoyen tus ideas?

6. Basándote en la misma relación que eligiste en la pregunta 5, ¿piensas que la relación terminó bien? ¿Dónde está el "tú" ahora? ¿Por qué piensas esto?

7. El poeta habla del "suave sonido" del azúcar, pero al final es "el suave *son ido* de tu ausencia". ¿Por qué juega con la palabra **sonido** de esta manera? ¿Cómo son diferentes los significados de las palabras **son** e **ido**? (Puedes usar un diccionario si lo necesitas.) ¿Qué comunica el poeta con este pequeño cambio?

B. Conversemos

1. ¿Hay ritos así de definidos en tu vida? ¿Cómo o de quiénes aprendiste estos ritos? ¿Qué valor personal tiene el compartir estos ritos con otra(s) persona(s)?

2. Haz una lista de unos ritos o prácticas que existen en nuestra sociedad. Después comparte tu lista con las de los otros compañeros. ¿Tienen ritos o prácticas en común?

3.29 **Un buen restaurante** Completa las oraciones para expresar tus opiniones sobre un restaurante que te gusta. **¡OJO!** Atención a los usos de **ser**, **estar** y **haber.**

1. El mejor restaurante está...
2. Los meseros del restaurante son...
3. Uno de los mejores platos del restaurante es...
4. En el restaurante siempre hay...
5. Los clientes del restaurante están...
6. Nunca hay...

3.30 **Dieta estricta** Completa el párrafo con la forma necesaria del verbo entre paréntesis. **¡OJO** con el uso del subjuntivo, del indicativo y del infinitivo!

A los Valdez no les gusta que su hijo Mario (1.) _____ (comer) comida chatarra. Creen que él sólo (2.) _____ (deber) comer comida saludable. A Édgar le molesta que sus padres nunca le (3.) _____ (comprar) dulces y que no le (4.) _____ (permitir) los postres. Esta noche tal vez (5.) _____ (cenar) en casa de su amigo Jorge. Jorge piensa que (ellos) (6.) _____ (ir) a cenar pizza y está seguro de que (7.) _____ (haber) helado como postre. Édgar duda que sus padres le (8.) _____ (dar) permiso, pero se sorprende de que (ellos) le (9.) _____ (decir) que sí. Está feliz de _____ (poder) cenar con su amigo.

3.31 **Mi comida?** Expresa tus opiniones sobre las siguientes ideas usando una expresión de duda o de emoción.

Modelo Hay mucho ruido *(noise)* en la cafetería.
No es cierto que haya mucho ruido en la cafetería. / Me molesta que haya mucho ruido en la cafetería.

1. Mis profesores nos permiten tener comida en clase.
2. Durante el día no tengo mucho tiempo para comer.
3. La comida en la cafetería es económica.
4. Mi comida normalmente es saludable.
5. Mi familia siempre come junta.
6. Hay restaurantes cerca de la universidad donde podemos comer.

iStock.com/skynesher

3.32 **La comida es social** Trabajen en grupos de tres. Cada estudiante va a escoger una foto y describirla con muchos detalles. Piensen en lo siguiente: ¿Dónde están? ¿Por qué? ¿Cómo están? ¿Qué comen? ¿Cómo es la comida? Después cada uno debe explicar en cuál de las comidas prefiere participar y por qué.

3.33 **Opiniones** En grupos de dos o tres expresen sus opiniones sobre las siguientes ideas. Expliquen por qué.

Es importante...

1. comer en familia.
2. comprar comida local.
3. evitar la comida chatarra.
4. tener una dieta baja en carbohidratos.
5. desayunar todos los días.

3.34 **¡A comer!** En grupos de tres o cuatro estudiantes van a decidir dónde van a comer.

Paso 1 Piensa en un restaurante que te guste y escribe una lista de los detalles del restaurante, incluyendo lo siguiente: qué tipo de restaurante es, dónde está, cómo es la comida, cómo son los empleados y el ambiente, cuál es tu plato preferido, por qué te gusta, etcétera.

Paso 2 Forma un grupo con dos o tres compañeros que hayan seleccionado restaurantes diferentes. Cada estudiante debe mencionar algo que le importa al escoger un restaurante (precio, comida, ubicación [location], etcétera). Luego cada uno debe proponer su restaurante, dando una muy buena descripción con la información que generó antes y explicando por qué deben ir a comer allí.

Paso 3 Considerando lo que es importante para todos, decidan en cuál de los restaurantes van a comer. Luego compartan su decisión con la clase y explíquenle por qué decidieron comer allí.

3-3

La alimentación

el alimento *food*	**las legumbres** *legumes*
las calorías *calories*	**los mariscos** *seafood*
los carbohidratos *carbohydrates*	**el mate** *a tea popular in Argentina and other South American countries*
los cereales *grains*	**la merienda** *light snack or meal*
el colesterol *cholesterol*	**la porción** *portion*
la comida chatarra *junk food*	**las proteínas** *proteins*
la dieta *diet*	**el sabor** *flavor*
la fibra *fiber*	**el sodio** *sodium*
la grasa *fat*	**el (la) vendedor(a) ambulante** *street vendor*
la harina *flour*	**las vitaminas** *vitamins*
los lácteos *dairy*	

Los envases y las medidas

la bolsa *bag*	**la lata** *can*
la botella *bottle*	**la libra** *pound*
el frasco *jar*	**el litro** *liter*
el gramo *gram*	**el paquete** *packet, box*
el kilo *kilo*	

Adjetivos

congelado(a) *frozen*	**picante** *spicy*
descremado(a) *skimmed*	**rico(a)** *delicious*
dulce *sweet*	**salado(a)** *salty*
embotellado(a) *bottled*	**saludable** *healthy (food, activity)*
enlatado(a) *canned*	**sano(a)** *healthy (person)*
fresco(a) *fresh*	**vegetariano(a)** *vegetarian*
magro(a) *lean*	

Verbos

adelgazar *to lose weight*	**freír (i, i)** *to fry*
alegrar *to make happy*	**frustrar** *to frustrate*
asar *to grill*	**gustar** *to like*
asustar *to scare*	**hornear** *to bake*
aumentar *to increase*	**importar** *to be important*
constar *to be certain (having witnessed something)*	**limitar** *to limit*
consumir *to consume*	**molestar** *to bother*
creer *to believe*	**negar (ie)** *to deny*
dar igual *to not matter*	**parecer (bien/mal)** *to seem (good/bad)*
disfrutar *to enjoy*	**pensar (ie)** *to think*
disgustar *to dislike, to upset*	**ponerse a dieta** *to put oneself on a diet*
dudar *to doubt*	**preocupar** *to worry*
eliminar *to eliminate*	**probar (ue)** *to taste*
emocionar *to thrill, to excite*	**reducir** *to reduce*
encantar *to love*	**sentir (ie)** *to be sorry, to regret*
engordar *to gain weight*	**sorprender** *to surprise*
enojar *to anger*	**suponer** *to suppose*
evitar *to avoid*	**temer** *to fear*
	tener (ie) miedo (de) *to be afraid (of)*

Expresiones adicionales

estar contento (triste, frustrado, etc.) de *to be pleased; to be content (sad, frustrated, etc.)*

estar seguro(a) *to be sure*

posiblemente *possibly*

puede (ser) que *it might be*

quizá(s) *maybe*

sentirse contento (triste, frustrado, etc.) de *to feel content (sad, frustrated, etc.)*

ser (cierto/verdad/obvio/evidente) *to be (certain/true/obvious/evident)*

tal vez *maybe*

Terminología literaria

la imagen *image*

el poema *poem*

la poesía *poetry, poem*

el poeta / la poetisa) *poet*

el verso *verse*

Diccionario personal

_____

_____

_____

_____

_____

_____

_____

_____

_____

_____

_____

_____

_____

_____

_____

_____

_____

_____

_____

CAPÍTULO 4

Estrategia para avanzar

You've probably realized that clearly expressing the time of an event makes your speech more easily understood; however, expressing time can be difficult for learners. Advanced speakers automatically differentiate present, past, and future in their speech, although they may struggle with the contrast between preterite and imperfect. As you work to become an advanced speaker, focus on rehearsing past or future narratives. Every night before you go to bed, recount your day to yourself or plan the next day.

After completing this chapter, you will be able to:
- Discuss the characteristics of leaders
- Narrate and describe past events with more accuracy

Líderes del presente y del pasado

Monumento a los héroes Simón Bolivar y San Martín, en Guayaquil, Ecuador

Vocabulario

¿Quiénes son los héroes en estas escenas?

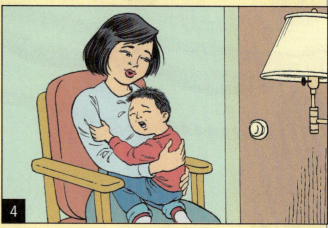

La historia y la política

la Conquista   the Conquest
el (la) criminal   criminal
la democracia   democracy
la derecha   right wing
el derecho   legal right
la dictadura   dictatorship
el ejército   army
las elecciones   elections
la estabilidad   stability
la ética   ethics
el gobierno   government
el golpe de estado   military coup
   (the military overthrowing of a
   government)
el héroe (la heroína)   hero (heroine)
la injusticia   injustice
la izquierda   left wing
la justicia   justice
la ley   law
el (la) líder   leader

el liderazgo   leadership
el país   country
el partido (político)   (political) party
el valor   bravery
el (la) villano(a)   villain

Adjetivos

abnegado(a)   selfless
cobarde   cowardly
compasivo(a)   compassionate
débil   weak
dedicado(a)   dedicated
egoísta   selfish
fuerte   strong
heroico(a)   heroic
honrado(a)   honest
humilde   humble
idealista   idealist
justo(a)   fair
leal   loyal
poderoso(a)   powerful

traidor(a)   traitorous
valiente   brave

Verbos

acosar   to bully, to harrass
apoyar   to support
asesinar   to assassinate, to murder
cooperar   to cooperate
derrocar   to overthrow
derrotar   to defeat
desarrollar   to develop
durar   to last
elegir (i, i)   to elect, to choose
fortalecer   to strengthen
liderar   to lead
lograr   to achieve
luchar   to struggle, to work hard in order
   to achieve something
motivar   to motivate
vencer   to defeat
votar   to vote

A practicar

4.1 **Escucha y responde** Vas a escuchar varios adjetivos. Para cada uno, indica si describe a un héroe o a un villano, o a los dos.

4-1

4.2 **La palabra lógica** Relaciona las dos columnas para encontrar la definición de cada palabra.

1. Lo opuesto a la justicia
2. Cuando las personas votan para elegir representantes
3. Lo opuesto de débil
4. La acción de hacer fuerte a algo o alguien
5. Verbo que significa lograr una victoria
6. Sistema en el que una persona gobierna un país sin ser elegida
7. Inspirar a otros a hacer lo mejor
8. Un partido o una tendencia liberal
9. Organización militar que existe para defender a un país; ni Costa Rica ni Panamá tienen uno
10. Cuando no hay cambios frecuentes e inesperados

a. fortalecer
b. vencer
c. dictadura
d. injusticia
e. fuerte
f. motivar
g. ejército
h. elecciones
i. estabilidad
j. izquierda

4.3 **Diferencias y semejanzas** Túrnense para explicar la relación entre cada par de palabras. Después elijan una de las palabras y úsenla en una oración.

1. liderar / apoyar
2. votar / elegir
3. héroe / villano
4. cobarde / débil
5. partido de izquierda / partido de derecha
6. elecciones / golpe de estado
7. lograr / luchar
8. justo / leal

En una democracia la gente participa activamente.

Expandamos el vocabulario

The following words are listed in the vocabulary. They are nouns, verbs, or adjectives. Complete the table using the roots of the words to convert them to the different categories.

Verbo	Sustantivo	Adjetivo
acosar		
	elecciones	
derrotar		
	fortalecimiento	

4.4 **Líderes desde tu perspectiva** Observa la ilustración en la página 112 y trabaja con un compañero para responder las preguntas con sus opiniones.

1. ¿Qué están haciendo las personas en cada una de las escenas? ¿Por qué piensas que lo hacen?

2. ¿Alguna vez has participado en una actividad como la de la primera escena?

3. Además de las iglesias, ¿qué otras instituciones pueden ayudar a personas que tienen necesidades? En tu opinión, ¿hay suficiente apoyo *(support)*?

4. Las personas en las ilustraciones pueden considerarse héroes modernos. ¿Qué otras personas pueden ser consideradas héroes? ¿Por qué?

4.5 **No pertenece** Indica cuál de las palabras es diferente y explica por qué.

1. humilde   abnegado   egoísta   leal

2. democracia   dictadura   elecciones   partido político

3. acosar   apoyar   motivar   fortalecer

4. valor   heroico   valiente   débil

5. ley   derecho   injusticia   ética

4.6 **¿Lógico o ilógico?** Indica si las oraciones son lógicas. Si son ilógicas, corrígelas.

1. Este gobierno comete muchas injusticias. ¡Debemos derrocarlo!

2. Un ejército sirve para defender a un país.

3. Hay estabilidad en un país cuando la economía es buena y se respetan los derechos de todos.

4. En una dictadura las personas votan por sus representantes.

5. Asesinar a otra persona es ilegal.

6. Un líder debe ser valiente, justo y cobarde.

7. Los partidos de izquierda y los de derecha tienen los mismos ideales.

4.7 **Opiniones: Un poco de todo** Habla con un compañero y compartan sus respuestas sobre las siguientes preguntas.

1. ¿Admiras a alguien? ¿Por qué?

2. En tu opinión, ¿cuáles son las cualidades importantes de un líder?

3. En tu experiencia, ¿es el acoso un problema grave en las escuelas? ¿Por qué? ¿Qué se debe hacer para eliminarlo? ¿Por qué hay acosadores?

4. ¿Qué responsabilidad tiene una persona que observa el acoso de otra persona? ¿Qué acciones debe/puede tomar?

¿Por qué fue Tupac Amaru un líder?

© vkilikov/Shutterstock.com

> **INVESTIGUEMOS LA MÚSICA**
>
> Busca la canción "Héroe", del cantante español Enrique Iglesias en Internet. ¿A quién le habla? ¿Por qué quiere ser su héroe?

4.8 **Un héroe imaginario** Trabaja con un compañero y elijan una de las personas de las ilustraciones. Indiquen si es héroe o villano y después hagan una breve biografía de la persona, citando al menos cinco ideas sobre lo que hizo. Después compartan la biografía con la clase, y la clase adivinará de cuál de las personas se habla.

© iStock.com/real444

© Comstock/Stockbyte/Getty Images

© Itummy/Shutterstock.com

© iStock.com/redstallion

© Nestor Rizhniak/Shutterstock.com

¿Dónde está Colón?

Antes de ver

¿Piensas que Cristóbal Colón fue un héroe? Explica tu respuesta.

Debido a las repercusiones de su descubrimiento, Cristóbal Colón es uno de los individuos más famosos en la historia del mundo. Sin embargo, lo que ocurrió con los restos *(remains)* mortales de Colón ha sido un misterio.

© AFP Footage/Getty Video

Vocabulario útil

asegurar *to assure, to state*
la autenticidad *authenticity*
heredar *to inherit*
el hueso *bone*
podría encontrarse *could be located*

la prueba *proof; test*
los restos *remains*
el sarcófago *sarcophagus*
trascender *to go beyond*

Comprensión

Indica cuál es la mejor respuesta para completar las ideas según la información del video.

1. Muchos turistas enfrentan…
   a. el calor.
   b. el paso del tiempo.
   c. una invasión.

2. En Santo Domingo está la casa donde…
   a. Colón murió.
   b. Colón vivió.
   c. se encontraron los restos de Colón.

3. El hijo de Colón gobernó…
   a. Sevilla.
   b. Santo Domingo.
   c. España.

4. Según pruebas de ADN, los restos de Colón…
   a. no han sido encontrados.
   b. están en Santo Domingo.
   c. están en Sevilla.

5. Algunos piensan que los restos de Colón…
   a. están perdidos.
   b. están en Sevilla y en Santo Domingo.
   c. son un misterio.

6. La prueba más importante para los dominicanos es que los restos de Colón…
   a. estaban en una caja con el nombre de Colón.
   b. pasaron una prueba de ADN.
   c. se encontraron en 1877.

Después de ver

Trabaja con un compañero para responder las preguntas y dar su opinión.

1. ¿Por qué crees que sea importante para la República Dominicana que los restos de Cristóbal Colón estén en la isla?

2. En tu opinión, ¿crees que los restos de Cristóbal Colón estén en los dos países?

3. ¿Has visitado alguna vez la tumba de una persona importante? ¿De quién? ¿Por qué?

Francisco Pizarro, un conquistador español, es otra figura controversial de la historia.

A perfeccionar

A analizar

Mayté habla de la Malinche, una figura histórica que algunos consideran heroína y otros traidora. Mientras ves el video, lee el párrafo y observa los verbos en negrita. Luego contesta las preguntas que siguen.

¿Puedes hablar de una figura ambigua de la historia mexicana?

La Malinche **era** una mujer indígena que le fue obsequiada *(given)* a Cortés cuando él **llegó** a conquistar México. Ella **podía** comunicarse en náhuatl y en un idioma maya porque **sabía** esos idiomas, **era** multilingüe. **Fue** muy importante en la conquista porque **ayudó** a Cortés a comunicarse con Moctezuma. Cortés también **recibió** la ayuda de un padre español, Gerónimo de Aguilar, quien había aprendido un idioma maya. Cuando **se descubrió** que la Malinche **podía** comunicarse con Aguilar en el idioma maya, **se facilitó** la comunicación entre Cortés y Moctezuma. La Malinche **se comunicaba** con Moctezuma en náhuatl, y ella le **comunicaba** la información a Aguilar en el idioma maya, y entonces Aguilar **traducía** al español. La Malinche siempre **estuvo** presente en las interacciones entre Cortés y los aztecas.

—Mayté, México

1. ¿Cuáles de los verbos en negrita están en pretérito? ¿Cúales están en el imperfecto?

2. ¿Por qué se usó el pretérito o el imperfecto en cada caso?

A comprobar

El pretérito y el imperfecto II

1. When narrating in the past, the point of reference or perspective is important. While the duration of an action or a condition varies, it technically has a beginning, a middle, and an end. You will recall from **Capítulo 1** that the preterite is used to express an action that is *beginning* or *ending* while the imperfect is used to express an action *in progress (middle)*.

Preterite (beginning/ending)

a. When narrating a series of actions, the focus is on the idea that each of the actions has taken place (either begun or ended) before the next action occurs.

Después de la clase, Enrique **empezó** a acosar a uno de sus compañeros. Poco después **llegó** el maestro y lo **llevó** a la oficina del director.

b. When the focus is on the duration or the period of time as a whole, the action or condition is perceived as completed.

Él **fue** uno de los mejores líderes de ese país.

Su gobierno **duró** solo tres años.

c. When expressing a change of condition or emotion, the focus is on the beginning of the new state.

Me alegré cuando escuché los resultados de las elecciones en la radio.

El país **estuvo** tranquilo después del cambio de presidente.

d. When an action interrupts another action, the focus is on the beginning of the interrupting action.

Mientras ella le hablaba a la gente, **empezaron** a aplaudir.

Imperfect (middle)

a. Description of a physical or mental condition as well as time, date, and age do not place emphasis on the beginning or the end. Instead, the focus is on the condition in progress at a particular point in time.

Era el tres de febrero y **eran** las cinco de la tarde.

El nuevo presidente **tenía** sesenta años, y **era** un hombre fuerte.

La gente **estaba** frustrada con el gobierno.

b. When expressing a habitual action, the focus is on the action as ongoing. There is no emphasis on the beginning or the end.

Siempre **cooperaba** con sus compañeros de clase.

Todos los días **luchaba** para hacer lo mejor por su país.

c. When expressing simultaneous actions, the focus is on the two or more actions in progress at the same time rather than when they began or ended. Similarly, when an action is interrupted by another action, the focus is not on the beginning or the end of the interrupted action, but rather on the fact that it's in progress.

La gente **protestaba** mientras la policía **arrestaba** a los estudiantes.

Mientras ella le **hablaba** a la gente, empezaron a aplaudir.

2. The imperfect of the periphrastic future (**ir** + **a** + infinitive) is used to express past plans or intentions that were not completed.

Iba a votar, pero no llegué a tiempo por el tráfico.

3. The verbs **conocer, saber, haber, poder, querer,** and **tener que** are commonly used to express mental or physical states. Notice that the English meanings of the verbs in the preterite focus on the beginning and/or end of the state, while the meanings of the imperfect verbs are considered ongoing or incomplete conditions.

	imperfect (middle)	preterite (beginning/end)
conocer	to know, to be acquainted with	to meet (for the first time)
saber	to know (about)	to find out
haber	there was/were (descriptive)	there was/were (occurred)
poder	was able to (circumstances)	succeeded in (completed successfully)
no poder	was not able to (circumstances)	failed to (do something)
querer	wanted (mental state)	tried to (do something)
no querer	didn't want (mental state)	refused to (and did not do something)
tener que	was supposed to (but didn't necessarily do something)	had to do something (and did it)

Cuando llegué no **sabía** del golpe de estado; lo **supe** al ver las noticias.
*When I arrived, I **did not know** about the coup; I **found out** when I saw the news.*

A practicar

4.9 **Características** Lee las siguientes situaciones e identifica el adjetivo que corresponde a cada persona.

cobarde   egoísta   justo   leal   valiente

1. Alonso escuchó un grito (*scream*) y miró por la ventana. Vio que había fuego (*fire*) saliendo de la ventana de la casa de su vecino y entró en la casa para salvar al gato.

2. Los padres de Jazmín la esperaban en casa para cenar, pero ella decidió salir a cenar con sus amigas y no los llamó para avisarles.

3. Mientras su hermana estaba en el hospital, Marcela la acompañaba todos los días.

4. Wilson recibió el cheque por su trabajo y le dio parte del dinero al amigo que lo ayudó.

5. Mi hermanito tenía miedo y no quiso entrar en la casa de espantos (*haunted*).

4.10 Emiliano Zapata Emiliano Zapata fue un líder importante en la Revolución mexicana. Para informarte sobre sus raíces *(roots)*, completa el párrafo con las formas apropiadas del pretérito o del imperfecto de los verbos entre paréntesis.

Emiliano Zapata (1.) _____ (nacer) en 1879 en un pueblo de Morelos, México. Su padre (2.) _____ (vender) caballos, y (3.) _____ (mantener) bastante bien a su esposa y a sus 10 hijos. Cuando Emiliano (4.) _____ (tener) 17 años, su padre (5.) _____ (morir) y él (6.) _____ (asumir) la responsabilidad de su familia.

En 1909, (7.) _____ (llegar) a ser alcalde *(mayor)* de su pueblo, Anenecuilco. Aunque (8.) _____ (ser) muy joven, los habitantes del pueblo (9.) _____ (tener) mucha confianza en él. Por varios años Zapata (10.) _____ (defender) los derechos de los campesinos *(farm laborers)* contra el gobierno, el cual (11.) _____ (querer) robarles su tierra *(land)*. Cuando Zapata no (12.) _____ (ver) resultados de las negociaciones con el gobierno, (13.) _____ (decidir) recurrir a las armas.

Por otra parte, en 1910, Porfirio Díaz (14.) _____ (ganar) las elecciones contra Francisco I. Madero. Madero (15.) _____ (pedir) que los mexicanos se rebelaran contra el gobierno de Díaz. Así, Zapata (16.) _____ (unirse) a las fuerzas *(forces)* de Madero, buscando la posibilidad de obtener justicia para los campesinos.

4.11 Eventos Túrnense para hablar de los siguientes temas.

 Modelo Algo divertido que hubo en tu comunidad recientemente

> Estudiante 1: *Hubo un concierto el fin de semana pasado.*
> Estudiante 2: *Hubo una celebración para el cuatro de julio.*

1. Algo que querías hacer pero no pudiste
2. Alguien simpático que conociste recientemente
3. Alguien de la clase a quien ya *(already)* conocías antes del comienzo del semestre
4. Algo que tuviste que hacer esta semana
5. Algo interesante que supiste recientemente
6. Algo que alguien te pidió hacer pero no quisiste

4.12 Baldoa, un héroe canino Baldoa es un perro que salvó la vida de su dueña *(owner)*. En parejas miren los siguientes dibujos y túrnense para narrar lo que pasó usando el pretérito y el imperfecto. Den muchos detalles.

Vocabulario útil

el bombero *firefighter*
el incendio *fire*
incendiarse *to catch fire*
la mecedora *rocking chair*
quemarse *to burn*
salvar (la vida) *to save (someone's life)*

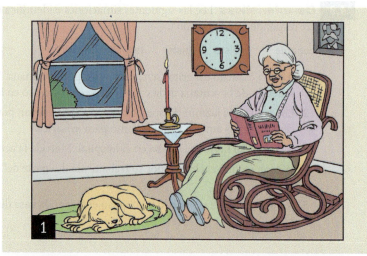

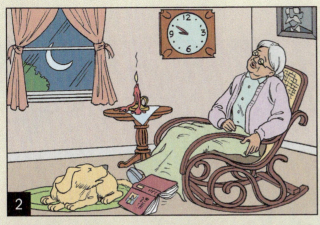

4.13 **Pequeños actos heroicos** Trabaja con un compañero para contarse sobre un momento en sus vidas cuando mostraron su buena voluntad *(will)*. Escojan dos de los siguientes temas o piensen en otros que muestren su carácter. Den muchos detalles. ¡Atención al uso del pretérito y del imperfecto!

1. Una vez que ayudaste a alguien que necesitaba ayuda
2. Una vez que sacrificaste lo que querías hacer por lo que otra persona quería hacer
3. Una vez que trabajaste como voluntario
4. Una vez que hiciste algo especial para alguien
5. Una vez que querías hacer algo malo, pero tu conciencia te lo impidió
6. Una vez que apoyaste a un amigo en crisis

4.14 **Avancemos** En parejas van a escoger a la persona que mejor demuestre su idea de un líder.

Paso 1 Escribe una lista de características que piensas que son importantes en un líder. Luego compara tu lista con la de tu compañero. Entre los dos decidan cuáles son las tres cualidades más importantes.

Paso 2 Escribe una lista de tres personas que piensas que demuestran las características que los dos eligieron. Luego compara tu lista con la de tu compañero, y entre los dos decidan quién personifica mejor su imagen de un héroe. Deben hablar de hechos *(actions)* específicos que hicieron que demuestran las características.

Conexiones culturales

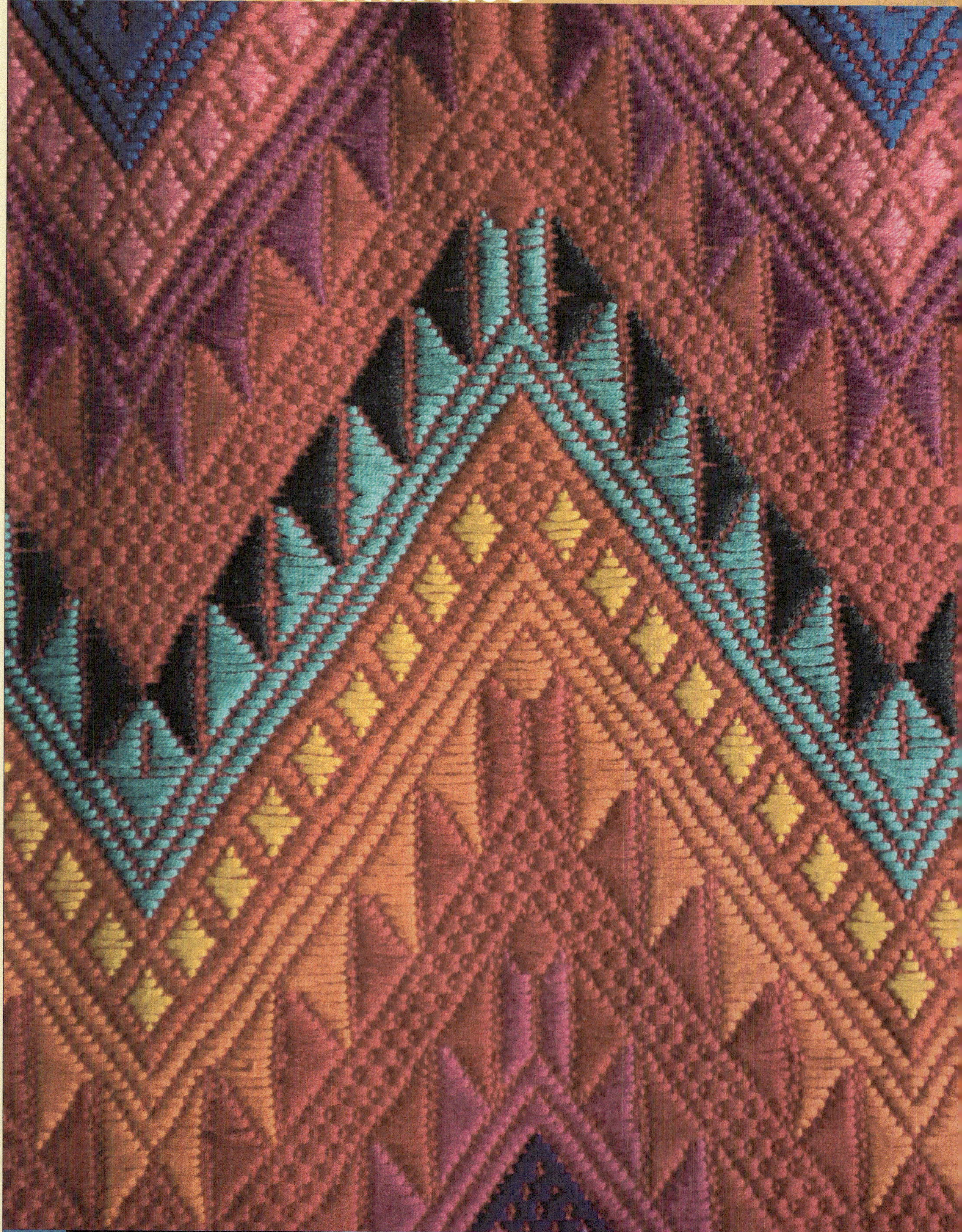

Conexiones . . . a la historia

César Chávez y Dolores Huerta

Muchos grandes líderes de la historia han surgido para enfrentar circunstancias difíciles. Un ejemplo es César Chávez, hijo de inmigrantes mexicanos. En 1939, cuando solo tenía doce años, Chávez dejó la escuela y se fue a trabajar a los campos[1] de California. Allí presenció las malas condiciones de los trabajadores, como contratistas[2] corruptos, campamentos inhumanos, pagos muy bajos y racismo. Después de servir en la Marina de los Estados Unidos, volvió a California a seguir trabajando en los campos hasta que conoció al padre Donald McDonnell en 1952 y se unió a su organización de servicio comunitario (CSO), la que luchaba por los derechos de los mexico-americanos. Así inició su carrera como activista.

Mientras trabajaba para esta organización conoció a Dolores Huerta, otra activista que compartía su pasión por ayudar a los trabajadores agrícolas. En 1962, los dos dejaron la CSO y formaron la Asociación Nacional de Trabajadores Agrícolas, que más tarde se convirtió en el Sindicato[3] de Trabajadores Agrícolas. En 1965, Chávez y Huerta se unieron a la huelga[4] de la uva de una organización de trabajadores agrícolas filipino-americanos en Delano, California. Pedían sueldos[5] justos con prestaciones[6] y la eliminación de pesticidas peligrosos. La huelga, que duró cinco años e involucró[7] a más de 2000 trabajadores, llevó a conseguir un contrato justo en 1970.

César Chávez siguió luchando por los derechos de los trabajadores hasta su muerte en 1993. Dolores Huerta continúa trabajando hoy como una voz de la comunidad latina y de las mujeres.

Sources: National Women's History Museum https://www.nwhm.org/education-resources/biography/biographies/dolores-fernandez-huerta/; History Channel http://www.history.com/topics/cesar-chavez

Dolores Huerta y César Chávez (undated photo)

© Arthur Schatz/The LIFE Picture Collection/Getty Images

---

[1]fields [2]contractors [3]Union [4]strike [5]salaries [6]benefits [7]involved

Hablemos del tema

1. ¿Has liderado o participado en un movimiento? ¿Por qué?
2. ¿Hay un líder, del pasado o de ahora, a quién admiras? ¿Por qué?

© Chris Hellier/Alamy Stock Photo

Hernán Cortés con Malintzín

Comparaciones

La Malinche

Se sabe que el nombre de la Malinche era originalmente Malintzín. Aunque hay diferentes versiones acerca de ella, en general se acepta la versión de Bernal Díaz del Castillo, un historiador que viajó con Hernán Cortés durante la conquista de América. De acuerdo a su versión, Doña Marina (como llamaron los españoles a Malintzín) era hija de un noble azteca. Cuando el padre de Malintzín murió, su madre volvió a casarse y el padrastro de Malintzín la convenció de regalar[1] a su hija. Así la joven se convirtió en esclava[2] y llegó a vivir a Tabasco, donde aprendió varios dialectos mayas.

Cuando Hernán Cortés llegó a Tabasco, antes de la Conquista, recibió como regalo a varias esclavas entre las que estaba Malintzín. Cortés supo que Malintzín hablaba náhuatl (la lengua de los aztecas) y varias lenguas mayas, y le ofreció su libertad a cambio de[3] su ayuda como intérprete.

Malintzín se transformó así en doña Marina y ayudó a Hernán Cortés como intérprete y con sus conocimientos de las culturas indígenas. Algunos piensan que Malintzín se enamoró de Cortés. Lo que es un hecho es que ella y Cortés tuvieron un hijo, quien es considerado el primer mestizo (mezcla de europeos e indígenas). Por eso la Malinche representa a la madre de México, un país de mestizos, pero su nombre es también sinónimo de traición porque prefirió ayudar a los españoles en vez de[4] ayudar a sus hermanos indígenas.

Al finalizar la conquista Cortés se deshizo de[5] doña Marina casándola con uno de sus hombres, Juan Jaramillo. A partir de ese punto, la Malinche y su hijo desaparecieron de la historia.

---

[1]*to give away* [2]*slave* [3]*in exchange for* [4]*instead of* [5]*got rid of*

Hablemos del tema

1. En tu opinión, ¿la Malinche fue heroína, víctima o traidora? ¿Por qué?
2. Otro personaje histórico controversial fue Pocahontas. ¿En qué se parece o se diferencia la historia de la Malinche a la de Pocahontas? ¿Crees que la imagen de Pocahontas sea positiva hoy en día? ¿Por qué?

Cultura

Piensa en el tema

1. ¿Qué es un superhéroe y cuál es un ejemplo?
2. ¿En qué se diferencia un héroe de un superhéroe?
3. ¿Qué piensas que es un antihéroe?

La cultura de los antihéroes

En cada cultura hay héroes reales y héroes ficticios a quienes los niños pueden admirar y de quienes pueden aprender valores como la honestidad y el concepto de justicia.

Algunos superhéroes de países hispanos se conocen internacionalmente. Unos son héroes de las tiras cómicas, otros de películas o de la televisión. Un tipo de héroe que es particularmente popular en el mundo hispano es el antihéroe, definido como una parodia humorística en la que el héroe, siempre de buenas intenciones, defiende la justicia, pero todo le sale mal[1].

Mortadelo y Filemón

Mortadelo y Filemón son personajes de historietas de España. Fueron creados por Francisco Ibáñez y se publicaron por primera vez en 1958. Desde entonces, estos dos detectives (ahora agentes secretos) han resuelto cientos de crímenes y misterios. Sus aventuras se distinguen por sus equivocaciones[2] y malos entendidos. Mortadelo y Filemón se originaron como una parodia de Sherlock Holmes y Watson, pero su mundo era el de la gente común de la calle, sin muchos recursos[3]. Con el tiempo sus historias evolucionaron para reflejar los cambios de la sociedad. En la actualidad sus aventuras ocurren en eventos y lugares reales, como los juegos olímpicos y los campeonatos mundiales de fútbol.

---

[1]*everything goes wrong* [2]*mistakes* [3]*resources*

Mortadelo y Filemón

El superpoder de Mortadelo es su capacidad de inventar artefactos, y el de Filemón es su facilidad para disfrazarse. Como típicos antihéroes, sus misiones siempre fallan[4] de una manera cómica. Mortadelo y Filemón se han traducido a 12 idiomas, y también han aparecido en películas, video juegos, obras de teatro y televisión.

El Chapulín[5] Colorado

Igual que Mortadelo y Filemón, el Chapulín Colorado es la parodia de un héroe a quien todo le sale mal. El Chapulín nació como un segmento de un programa de televisión mexicana en 1970 y todavía puede verse en la televisión de muchos países hispanoamericanos.

El Chapulín viste un traje rojo (colorado) ajustado[6] y una capa y se aparece para ayudar cuando alguien con problemas dice: "Y ahora ¿quién podrá ayudarme?". Su superpoder consiste en hacerse tan pequeño como un ratón. Su lema[7] es: "Más ágil que una tortuga... más fuerte que un ratón... más noble que una lechuga... su escudo[8] es un corazón... es ¡el Chapulín Colorado!". Gran parte del éxito de este personaje se debe a su humor blanco —es decir, un humor que es adecuado para toda la familia.

Es probable que estos antihéroes se hayan hecho populares por su capacidad de reflejar e identificarse con las clases populares, así como por su humor blanco, poco común hoy en día.

El Chapulín Colorado

---

[4]*fail* [5]*grasshopper* [6]*tight* [7]*motto* [8]*emblem*

Hablemos del tema

1. ¿Por qué a veces los antihéroes son más populares que los superhéroes?

2. ¿Qué antihéroes conoces? ¿Te caen bien? ¿Por qué?

Comunidad

Entrevista a un hispanohablante y pregúntale quiénes son sus héroes favoritos de la televisión o de las historietas y por qué.

Estructuras

A analizar

Elena no ve a la Malinche como traidora, sino como heroína. Después de ver el video, lee el párrafo y observa los verbos en negrita. Luego contesta las preguntas que siguen.

¿Qué opinas de la Malinche?

Creo que la Malinche fue un elemento fundamental para que Cortés conquistara a los aztecas, pero yo la veo a ella como heroína. Estoy segura que ella no deseaba que Cortés **venciera** a los aztecas. Creo que ella esperaba que Cortés **entendiera** más a los indígenas, que **fuera** una persona un poco más amable con ellos y que él **tratara** de integrarse más a los aztecas y que los **conociera** un poco más. Desafortunadamente, la historia demuestra otra cosa. Todos los hechos la condenan, pero yo creo que tenía buenas intenciones.

—Elena, Colombia

1. Mira las expresiones subrayadas. ¿Qué expresan? ¿El verbo que sigue está en el indicativo o el subjuntivo? ¿Por qué?
2. Los verbos en negrita son parecidos a otra conjugación. ¿A cuál?
3. Si **fuera** es la forma para el verbo **ser**, ¿cuál es la forma para el verbo **tener**? ¿y el verbo **dar**?

A comprobar

El imperfecto del subjuntivo

1. In the last two chapters, you learned to use the present subjunctive. You will notice in the following examples that the verb in the main clause is in the present tense and that the verb in the dependent clause is in the present subjunctive.

Main clause		Dependent clause
Espero	que	Villalba **gane** las elecciones.
Es posible	que	la situación del país **cambie.**

2. When the verb in the main clause is in the past (preterite or imperfect), the verb in the dependent clause must be in the imperfect subjunctive.

Main clause		Dependent clause
El presidente les **pidió**	que	**llegaran** a un acuerdo.
Era necesario	que	el ejército **entrara.**

3. The imperfect subjunctive is formed using the third-person plural (**ellos, ellas, ustedes**) of the preterite. Eliminate the **-on** and add the endings as indicated below. You will notice that the endings are the same, regardless of whether the verb ends in **-ar, -er,** or **-ir.** Verbs that are irregular in the preterite are also irregular in the imperfect subjunctive.

	hablar	tener	pedir
yo	hablara	tuviera	pidiera
tú	hablaras	tuvieras	pidieras
él, ella, usted	hablara	tuviera	pidiera
nosotros(as)	habláramos*	tuviéramos*	pidiéramos*
vosotros(as)	hablarais	tuvierais	pidierais
ellos, ellas, ustedes	hablaran	tuvieran	pidieran

*Notice that it is necessary to add an accent in the **nosotros** form.

> **INVESTIGUEMOS LA GRAMÁTICA**
>
> Verbs that end in **-cir**, such as **conducir, decir** and **traducir**, have slightly different forms in the imperfect subjunctive. The base ending is **-era** rather than **-iera**. The verb **decir** would be conjugated in the following manner: **dijera, dijeras, dijera, dijéramos, dijérais, dijeran.**

4. The imperfect subjunctive form of **haber** is **hubiera**.

> **No creía** que **hubiera** tantas personas.
> *I didn't think that there would be so many people.*

5. In general, the same rules that apply to the usage of the present subjunctive also apply to the past subjunctive. Remember that, except with expressions of doubt, there must be two subjects.

To express an opinion using impersonal expressions:

> **Era importante** que **habláramos** con la gente.
> *It was important that we spoke with the people.*

To express desire:

> Él **esperaba** que el movimiento **lograra** un cambio.
> *He hoped that the movement would achieve a change.*

To express doubt:

> El presidente **dudaba** que **eligieran** al candidato de la derecha.
> *The president doubted they would elect the right-wing candidate.*

To express an emotional reaction:

> Me **gustó** que al final el bien **triunfara**.
> *I liked that in the end good triumphed.*

INVESTIGUEMOS LA GRAMÁTICA

The imperfect subjunctive can also be conjugated with **-se** rather than **-ra**. Of the two imperfect subjunctive forms, the **-ra** form is the more frequently used, particularly in speech. You will most likely encounter the **-se** form in written texts.

hablase	tuviese	pidiese
hablases	tuvieses	pidieses
hablase	tuviese	pidiese
hablásemos	tuviésemos	pidiésemos
hablaseis	tuvieseis	pidieseis
hablasen	tuviesen	pidiesen

A practicar

4.15 **En la ficción** La ficción está llena de héroes y villanos. Lee las siguientes oraciones e indica si son ciertas o falsas.

1. Era posible que Superman <u>muriera</u> al *(by)* tocar kryptonita.
2. Harry Potter y sus amigos querían que el señor Voldemort <u>fuera</u> inmortal.
3. A Captain Hook no le gustó que Pedro Pan le <u>cortara</u> la mano.
4. La Mala Bruja *(Witch)* del Oeste pidió que Dorothy le <u>diera</u> sus zapatos.
5. La Bruja Blanca no deseaba que <u>llegara</u> la primavera a Narnia.

4.16 **En la historia** Completa las oraciones con la forma apropiada del imperfecto del subjuntivo.

1. Rigoberta Menchú esperaba que _____ (haber) más justicia para la gente indígena.
2. Era imposible que Hernán Cortés _____ (entender) a los indígenas sin la ayuda de la Malinche.
3. Cristóbal Colón les pidió a los Reyes Católicos que le _____ (dar) el dinero para su viaje.
4. Eva Perón deseaba que las mujeres _____ (tener) el derecho de votar.
5. Francisco Franco no dudaba que en España _____ (hacer) falta un gobierno con mano dura.
6. Fue sorprendente que por primera vez un expresidente, Alberto Fujimori, _____ (ser) condenado *(convicted)* por violación a los derechos humanos.
7. El subcomandante Marcos siempre llevaba un pasamontañas *(ski mask)* porque no quería que nadie _____ (saber) quién era.

4.17 **Mamá y papá…nuestros héroes** Cuando somos niños muchas veces nuestros padres son nuestros héroes. Luis habla con su hijo sobre lo que él quería que sus padres hicieran cuando era niño. Menciona lo que le dijo usando el imperfecto del subjuntivo.

Modelo mamá – cuidarlo

Luis quería que su mamá lo cuidara.

1. mamá

   a. curarlo
   b. enseñarle a leer
   c. protegerlo de los monstruos

2. papá

   a. arreglar la bicicleta
   b. construir una casa de madera *(wood)*
   c. ayudarlo a nadar

4.18 **Héroes modernos** En parejas túrnense para hablar de las fotos. Indiquen quién fue el héroe y qué querían los otros de él o ella. Usen un ejemplo del imperfecto del subjuntivo en la descripción.

Modelo *Las heroínas fueron las jóvenes. Uno de sus maestros quería que buscaran una oportunidad de ayudar en su comunidad. Vieron que había mucha basura en el parque y decidieron limpiarlo. Querían que sus amigos ayudaran también. Después de dos horas, el parque estaba limpio y regresaron a sus casas muy cansadas pero felices.*

4.19 **Nuestros profesores** En parejas hablen de las clases que más les han gustado *(have liked)* y de las que menos les han gustado. Pueden ser clases en cualquier nivel de su educación.

1. La clase que más me ha gustado es...

   a. El maestro/profesor quería que nosotros...
   b. Permitía que nosotros...
   c. Me gustaba que el maestro/profesor...
   d. Para el maestro/profesor era importante que...

2. La clase que menos me ha gustado es...

   a. El maestro/profesor quería que...
   b. Prohibió que nosotros...
   c. No me gustaba que el maestro/profesor...
   d. El maestro/profesor no creía que...

4.20 **Avancemos** En parejas hablen de las personas importantes en su vida al responder las siguientes preguntas. ¡Atención al uso del presente/pasado, del indicativo y del subjuntivo!

1. Cuando eras niño o adolescente, ¿quiénes eran tus amigos? ¿Qué características eran importantes en tus amigos? ¿Qué querías que hicieran contigo?

2. ¿Había un adulto que fuera un modelo a seguir para ti? ¿Por qué lo considerabas un modelo? ¿Qué quería que hiciera por ti?

3. ¿Qué tipo de amigos quieres ahora? ¿Qué esperas de ellos?

¿Qué cualidades debe mostrarles a los niños un adulto?

© Zurijeta/Shutterstock.com

▶ Cortometraje

Lo importante

dirigido por Alauda Ruiz de Azúa

Lucas es miembro de un equipo de fútbol. El entrenador es muy exigente *(demanding)*, pero Lucas se esfuerza *(makes every effort)* para poder jugar en un partido. ¿Tendrá la oportunidad?

(España, 2006, 12 min.)

Antes de ver

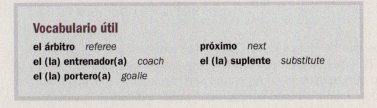 Trabaja con un compañero para responder las siguientes preguntas.

1. ¿Cuáles son los beneficios de participar en un equipo deportivo?

2. ¿Te acuerdas de algún partido en el que una jugada crucial convirtiera a un jugador en el héroe del equipo? ¿Qué pasó?

> **Vocabulario útil**
>
> **el árbitro** *referee*   **próximo** *next*
> **el (la) entrenador(a)** *coach*   **el (la) suplente** *substitute*
> **el (la) portero(a)** *goalie*

Manuel Calvo/Encanta Films

Comprensión

Ve el cortometraje e indica si las siguientes oraciones son ciertas o falsas. Corrige las oraciones falsas.

1. El entrenador les dice a los jugadores que lo importante es ganar.

2. El entrenador le promete a Lucas que puede jugar en el próximo partido.

3. Cuando el entrenador ve a Lucas practicando por la noche, hace un comentario sobre su progreso.

4. En el partido final Lucas sabe que no va a jugar y se va para llamar a su madre.

5. El árbitro le dice al entrenador que necesita un suplente para el jugador herido *(injured)*.

Después de ver

1. En el partido final Lucas tiene la oportunidad de ser el héroe. Explica sus acciones al final de la película.

2. ¿Qué significa el título del cortometraje?

Estructuras 2

A analizar

Todos quieren que su líder tenga cualidades de un héroe. Marcos no es la excepción. Después de ver el video, lee el párrafo y observa los verbos en negrita. Luego contesta las preguntas que siguen.

¿Qué cualidades son necesarias en un buen presidente?

Personalmente quisiera una persona que **sea** honesta y justa. Quiero que **esté** comprometida con el país porque a veces los políticos se olvidan de sus promesas *(promises)* cuando ven todo el dinero y el poder *(power)*. Quisiera que el candidato que **tengamos** en Argentina sea alguien con muchos estudios, no un inexperto que pretenda ser presidente simplemente porque tiene poder y dinero. Y quisiera finalmente un candidato o un presidente que no **mienta**, que **diga** la verdad, y que **luche** por la gente.

—Marcos, Argentina

1. ¿Los verbos en negrita están en el indicativo o el subjuntivo?
2. Todos estos verbos forman parte de cláusulas que describen un sustantivo. Identifica los sustantivos que describen.
3. Considerando lo que sabes del uso del subjuntivo, ¿por qué crees que se usó el subjuntivo en estas cláusulas?

A comprobar

El subjuntivo con cláusulas adjetivales

1. Adjective clauses are dependent clauses used to describe a noun. They often begin with **que** or **quien.** When using an adjective clause to describe something that the speaker knows exists, the indicative is used.

   Hay muchas personas que no **votan.**
   There are many people who don't vote.

   Tenemos un gobierno que **es** estable.
   We have a government that is stable.

2. However, when using an adjective clause to describe something that the speaker does not know exists or believes does not exist, the subjunctive is used. The subjunctive is also used when the speaker does not have something specific in mind.

   Quiero tener un gobierno que **sea** fuerte pero justo.
   I want a government that is strong but fair.

   ¿Hay alguien a quien le **motive** la justicia?
   Is there anyone motivated by justice?

   No había nada que **pudiéramos** hacer.
   There was nothing we could do.

3. Some common verbs used with adjective clauses that can require either the subjunctive or the indicative are **buscar, necesitar,** and **querer.**

   Queremos un candidato que **sea** honrado.
   We want a candidate who is honest.

   Queremos al candidato que **es** honrado.
   We want the candidate who is honest.

   In the first sentence the person does not have a specific person in mind and does not necessarily know if one exists, while in the second sentence he/she has a specific person in mind.

4. When asking about the existence of something or someone, it is necessary to use the subjunctive, as you do not know whether or not it exists.

¿Conocías a alguien que **fuera** abnegado?
Did you know anyone that was selfless?

¿Hay dictaduras que **sean** necesarias?
Are there dictatorships that are necessary?

5. When using a negative statement in the main clause to express the belief that something does not exist, it is also necessary to use the subjunctive in the adjective clause.

No conocía a nadie que **fuera** abnegado.
I didn't know anyone that was selfless.

No hay ninguna dictadura que **sea** necesaria.
There is no dictatorship that is necessary.

6. When you do not have a specific person in mind or do not know if someone exists, it is not necessary to use the personal **a** in the main clause, except with **alguien** or **nadie**.

La gente buscaba un líder que pudiera remediar la situación.
The people were looking for a leader who could remedy the situation.

No encontraron **a** nadie que tuviera suficiente experiencia.
They didn't find anyone who had enough experience.

A practicar

4.21 **El presidente** El presidente tiene la gran responsabilidad de liderar un país. Es tiempo de elecciones y un grupo de estudiantes ha expresado sus esperanzas para el nuevo presidente. ¿Estás de acuerdo con ellos?

1. Laura quiere un presidente que gaste menos en programas sociales.
2. Nuria y Humberto prefieren tener un presidente que apoye la educación.
3. Vanesa espera tener un presidente que sea justo.
4. Yenisleidys prefiere un presidente que entienda la economía global.
5. Fernando y Violeta quieren un presidente que tenga mucha experiencia en política.
6. Alberto prefiere un presidente que sepa escuchar a la gente.

4.22 **Necesitamos más héroes** Conjuga los verbos entre paréntesis en el presente del subjuntivo para completar las ideas.

Necesitamos más personas que...

1. (ser) valientes.
2. (tener) valores.
3. (cooperar) con los otros sin tener un beneficio personal.
4. (querer) tomar riesgos *(risks)*.
5. no (pensar) solo en sus necesidades.
6. (estar) dispuestos *(willing)* a liderar, y no simplemente a mirar.
7. (dedicarse) al servicio de otros.
8. no (callarse) cuando vean una injusticia.

Hay muchos tipos de héroes.

© Monkey Business Images/Shutterstock.com

4.23 **En la escuela secundaria** En parejas túrnense para preguntarse sobre las personas que conocían en la escuela secundaria.

Modelo trabajar como voluntario

> Estudiante 1: *¿Conocías a alguien que trabajara como voluntario?*
> Estudiante 2: *Sí, había un estudiante en mi clase de química que trabajaba como voluntario. / No, no conocía a nadie que trabajara como voluntario.*

1. defender a otros estudiantes
2. trabajar para la justicia social
3. no cooperar con otros
4. apoyar a sus compañeros al enfrentar algún problema
5. acosar a otros estudiantes
6. crear algo para el beneficio de otros
7. luchar para lograr algo
8. liderar un proyecto

4.24 **Lo ideal** Trabaja con un compañero para hablar de cómo quieren estas personas que sean los otros.

Modelo una mascota / un dueño *(owner)*
> *Una mascota quiere un dueño que la quiera y juegue con ella.*

1. un hijo / un padre
2. un estudiante / un maestro
3. una persona / un amigo
4. un trabajador / un jefe
5. un empleado / un compañero de trabajo
6. una persona / un líder
7. la gente / el presidente
8. un villano / un cómplice

4.25 **Preferencias** Completa las siguientes oraciones con tus preferencias. Luego busca un compañero que esté de acuerdo contigo.

Modelo Quiero tomar una clase que...

> Estudiante 1: *Quiero tomar una clase que sea interesante. ¿y tú?*
> Estudiante 2: *Yo también quiero tomar una clase que sea interesante. / No, yo quiero tomar una clase que sea fácil.*

1. Me gustan las películas que...
2. Prefiero leer un libro que...
3. Quiero viajar a un lugar que...
4. Espero tener un trabajo que...
5. Prefiero conducir un coche que...
6. Quiero vivir en un lugar que...
7. Prefiero tener una pareja que...
8. Me gusta pasar tiempo con personas que...

Me gusta conducir un auto que siempre funcione bien.

© AXL/Shutterstock.com

4.26 **Avancemos** Con un compañero túrnense para explicar lo que pasó en los siguientes dibujos. Luego, usando el imperfecto del subjuntivo con una cláusula adjetival, expliquen qué tipo de "héroe" necesitaban. Presten atención al uso del pretérito, del imperfecto del indicativo y del imperfecto del subjuntivo!

Redacción

La biografía

While a biography tells the story of a person's life, a biographical sketch focuses on specific times or incidents that illustrate who a person is/was.

Paso 1 Think of someone whom you admire, maybe someone you consider a role model or a mentor. Jot down the qualities that you admire in that person.

Paso 2 Find some information about the person you have chosen to write about. If he/she is famous, you can research online or in the library. If not, you can interview him/her or someone that knows/knew the person. Think about their accomplishments, major events in life, and impact on others or society.

Paso 3 Once you have completed your research, decide which two or three aspects of his/her life illustrate the quality that you find admirable about the person and that you would like to highlight in your paper.

Paso 4 Write an introductory statement in which you introduce your reader to the person. You should include a thesis statement that tells why this person is to be admired. Do *not* simply tell your reader what you are going to do: "En esta composición, voy a describir a..."

Paso 5 Using the information from **Pasos 2** and **3,** write the body of your paper in which you narrate two or three events that demonstrate why this person is admirable.

Paso 6 Write a concluding paragraph. You should restate your thesis in a different manner and include a final commentary on the person you admire.

Paso 7 Edit your biographical sketch:

1. Is your paper clearly organized?
2. Did you present the events in detail?
3. If you looked up any words, did you double-check in the Spanish-English section of your dictionary for accuracy of meaning within the context?
4. Do adjectives agree with the person or object they describe?
5. Did you use the preterite and imperfect appropriately?
6. Did you use the imperfect subjunctive when necessary?
7. If you used books or online resources, did you cite the sources?

ESTRATEGIA PARA ESCRIBIR

Idiomatic expressions are a type of informal language that have a meaning different from the meaning of the individual words used in the expression. Be careful with the use of idiomatic expressions because they do not always translate literally, for example, the English phrase *"It's a piece of cake."* would be **"Es pan comido."** in Spanish. Pick a key word or two to look up in the dictionary, such as *cake* in this case.

◄)) A escuchar

¿Fue heroína o villana la Malinche?

Antes de escuchar

👥 En la sección **A perfeccionar,** Mayté habló de la Malinche. También leíste acerca de ella en la sección de **Comparaciones.** Con un compañero de clase contesta estas preguntas sobre ella.

1. ¿De dónde era? ¿Qué lenguas hablaba?

2. ¿Cómo conoció a Cortés? ¿Qué hizo para ayudarlo?

3. ¿Por qué se considera a la Malinche polémica o controversial?

Vocabulario útil

el aliado *ally* **la esclava** *slave*
la colonia *colony* **obsequiado(a)** *given*
el emperador *emperor*

A escuchar

◄)) Ahora vas a escuchar el discurso entero de Mayté y a aprender más sobre sus
4-2 impresiones y opiniones personales sobre la Malinche. Toma apuntes sobre lo que
dice. Después compara tus apuntes con los de un compañero y organiza la información para
contestar las siguientes preguntas en forma de párrafo.

1. ¿Quién fue Gerónimo de Aguilar? ¿Cómo facilitó la comunicación entre Cortés y la Malinche? ¿Por qué no fue necesaria su ayuda después de un tiempo?

2. ¿Cómo logró Cortés conquistar a los aztecas con pocos soldados españoles? ¿Qué papel tuvo la Malinche en esto?

3. ¿Cuál era la percepción de la Malinche durante el período colonial? ¿Cómo cambió el mito de la Malinche después de la Independencia?

4. ¿Piensa Mayté que la Malinche es una heroína o una villana? ¿Por qué?

Después de escuchar

Combinando la información de la lectura y la de la grabación, ¿qué opinas de la Malinche?
¿Fue heroína, villana o víctima? Explica tu respuesta.

Pintura de Graeff (1892) en la que muestra a Cortés destruyendo sus barcos
para que sus hombres no lo abandonaran.

Literatura

Nota biográfica

Augusto Monterroso (1921–2003) fue un escritor guatemalteco que luchó contra la dictadura de Jorge Ubico. Por su activismo político tuvo que exiliarse a México en 1944. Cuando terminó la dictadura se hizo diplomático y representó a Guatemala en México, Bolivia y Chile. En 1956, volvió a México y trabajó como académico y editor mientras seguía escribiendo. Se considera una figura importante del "Boom literario" de Latinoamérica, una generación de escritores que experimentaron con la literatura y tuvieron gran éxito crítico y comercial. Monterroso es conocido por sus cuentos, uno de los cuales se presenta aquí.

Antes de leer

Trabaja con un compañero para contestar las siguientes preguntas.

1. A veces los niños no se portan bien. ¿Qué hacías tú cuando te portabas mal de niño?

2. ¿Cómo reaccionaban tus padres cuando hacías algo malo? ¿Cómo te sentías después?

3. ¿Piensas que el comportamiento de los niños inspira su comportamiento como adultos? ¿Por qué?

La honda* de David

slingshot

markmanship
slingshot

1   Había una vez un niño llamado David N., cuya puntería* y habilidad en el manejo de la resortera* despertaba tanta envidia y admiración en sus amigos de la vecindad y de la escuela, que veían en él —y así lo comentaban entre ellos cuando sus padres no podían escucharlos— un nuevo David.

5   Pasó el tiempo.

target shooting /
*   shooting / stones*
gifted
undertook

Cansado del tedioso tiro al blanco* que practicaba disparando* sus guijarros* contra latas vacías o pedazos de botella, David descubrió que era mucho más divertido ejercer contra los pájaros la habilidad con que Dios lo había dotado*, de modo que de ahí en adelante la emprendió* con todos los que se ponían a su

within his range / linnets /   10   alcance*, en especial contra Pardillos*, Alondras*, Ruiseñores* y Jilgueros*,
*   skylarks / nightingales /*   cuyos cuerpecitos sangrantes caían suavemente sobre la hierba, con el corazón
*   goldfinches / fright /*   agitado aún por el susto* y la violencia de la pedrada* .
*   blow from stone*   David corría jubiloso hacia ellos y los enterraba cristianamente.

Cuando los padres de David se enteraron* de esta costumbre de su buen hijo, se
15 alarmaron mucho, le dijeron que qué era aquello, y afearon* su conducta en términos tan
ásperos* y convincentes que, con lágrimas en los ojos, él reconoció su culpa, se arrepintió*
sincero y durante mucho tiempo se aplicó a disparar exclusivamente sobre los otros niños.

found out
criticized
stern / was sorry

Dedicado años después a la milicia, en la Segunda Guerra Mundial David fue
ascendido a general y condecorado con las cruces más altas por matar él solo a treinta y
20 seis hombres, y más tarde degradado y fusilado* por dejar escapar con vida una Paloma
mensajera* del enemigo.

shot
messenger pigeon

Augusto Monterroso, "La honda de David," *La oveja negra y demás fábulas*, p. 81. Biblioteca Era,
1996. Used with permission.

Investiguemos la literatura: La ironía

An author may use irony when choosing events for a story's plot, characters' dialogue, or narrative stance. An event is
considered ironic when it turns out to be the opposite of what was expected. When people say the opposite of what they
mean, often for humorous effect, they're using ironic language.

— What events in the story lead to unexpected outcomes?

— Does the narrator seem sincere in his characterization of David?

TERMINOLOGÍA LITERARIA

la ironía	*irony*	**referirse**	*to refer to*
irónico(a)	*ironic*	**el tono**	*tone*
el punto de vista	*point of view*	**la trama**	*plot*

Después de leer

A. Comprensión

1. ¿Cuál es el talento especial de David? Cuando empieza a aburrirse, ¿cómo ejerce su talento?

2. ¿Cómo reaccionan sus amigos al ver su talento? ¿Cuál es el punto de vista de sus padres?

3. Obviamente, David aprende algo del regaño (*scolding*) que recibe de sus padres. ¿Qué aprende? ¿Qué no aprende?

4. ¿Qué eventos inesperados ocurren mientras David es soldado?

5. El título del cuento es "La honda de David". ¿A qué historia famosa se refiere Monterroso? ¿Cómo son semejantes estos dos Davides? ¿Cómo son diferentes?

6. ¿Es irónico el final del cuento? Explica tu opinión.

7. El tono es la actitud del escritor (o narrador) hacia el cuento. ¿Cómo se podría describir el tono del cuento? ¿Por qué piensas esto?

8. ¿Presenta el narrador a David como héroe o villano? Usa ejemplos del texto para apoyar tu opinión.

B. Conversemos

1. ¿Qué cualidades positivas tiene David? ¿Qué cualidades le faltan (*lack*)? ¿Qué defectos de villano tiene? Explica tu opinión.

2. Piensa en otro caso de héroe (o villano) literario ambiguo. ¿Qué hizo este personaje? ¿Por qué se considera una figura ambigua? ¿Es semejante al caso de David?

4.27 **Figuras históricas** Lee las siguientes oraciones sobre algunas figuras históricas de Latinoamérica y complétalas con las formas apropiadas del pretérito y del imperfecto de los verbos entre paréntesis.

1. La Malinche _____ (ser) indígena y Hernán Cortés le _____ (pedir) que interpretara para él porque no _____ (saber) hablar náhuatl.

2. El padre Hidalgo _____ (llamar) a los habitantes de Dolores a la iglesia y los _____ (animar) a rebelarse contra el gobierno de los peninsulares (españoles).

3. Ponce de León _____ (querer) encontrar nuevas tierras y riquezas *(riches)* cuando _____ (llegar) a Florida.

4. El Che Guevara _____ (mantener) un diario donde _____ sus pensamientos mientras _____ (viajar) de Argentina a Guatemala.

5. Simón Bolívar _____ (liberar) Nueva Granada (Panamá, Colombia, Venezuela y Ecuador) de España, y más tarde (ellos) _____ (nombrar *to name*) a la República de Bolivia en su honor.

4.28 **Cuando era niño** Completa las siguientes oraciones con la forma apropiada del imperfecto del subjuntivo.

Cuando era niño...

1. quería que mis padres me _____ (ayudar) con mi tarea.

2. mis padres esperaban que yo _____ (sacar) buenas notas.

3. era importante que mis maestros _____ (ser) simpáticos.

4. era necesario que yo _____ (hacer) mi tarea.

5. me gustaba que mis amigos _____ (jugar) conmigo.

6. a mis amigos les importaba que yo _____ (pasar) tiempo con ellos.

4.29 **Lo ideal** Completa las oraciones de una forma original. **¡Ojo!** Presta atención al uso del presente del subjuntivo y del presente del indicativo.

1. Tengo un profesor que...

2. Me gusta tener un profesor que...

3. En el mundo hay muchas personas que...

4. Necesitamos más personas que...

5. Tenemos un presidente que...

6. En el futuro espero que tengamos un presidente que...

4.30 **Definiciones** Túrnate con un compañero para escoger una palabra de la lista y explicarla. Tu compañero debe identificar la palabra.

el cobarde	el criminal	la democracia	la dictadura	egoísta	las elecciones
fuerte	el gobierno	el golpe de estado	la heroína	el país	vencer

---

4.31 **¿Qué pasó?** Trabaja con un compañero. Cada uno *(each one)* de ustedes va a elegir una foto y a describir lo que pasó. Usen las preguntas como guía. **¡Ojo!** Presten atención al uso del pretérito y del imperfecto.

    1. ¿Dónde estaban? ¿Por qué?   **3.** ¿Qué pasó?

    2. ¿Qué hacían?   **4.** ¿Cómo se resolvió la situación?

4.32 **Los derechos** En parejas van a decidir cuáles son los derechos humanos más importantes.

Paso 1 Escribe una lista de los derechos que piensas que todos los humanos deben tener.

Paso 2 Compara tu lista con la de tu compañero y decidan cuáles son los tres derechos más importantes.

Paso 3 Compartan su decisión con la clase y expliquen porque piensan que son los más importantes.

4-3

La historia y la política

la Conquista *The Conquest*	**el héroe (la heroína)** *hero (heroine)*
el (la) criminal *criminal*	**la injusticia** *injustice*
la democracia *democracy*	**la izquierda** *left wing*
la derecha *right wing*	**la justicia** *justice*
el derecho *right (legal)*	**la ley** *law*
la dictadura *dictatorship*	**el (la) líder** *leader*
el ejército *army*	**el liderazgo** *leadership*
las elecciones *elections*	**el país** *country*
la estabilidad *stability*	**el partido (político)** *(political) party*
la ética *ethics*	**el valor** *bravery*
el gobierno *government*	**el (la) villano(a)** *villain*
el golpe de estado *military coup (the military overthrowing of a government)*	

Adjetivos

abnegado(a) *selfless*	**humilde** *humble*
cobarde *cowardly*	**idealista** *idealist*
débil *weak*	**justo(a)** *fair*
dedicado(a) *dedicated*	**leal** *loyal*
egoísta *selfish*	**poderoso(a)** *powerful*
fuerte *strong*	**traidor(a)** *traitorous*
heroico(a) *heroic*	**valiente** *brave*
honrado(a) *honest*	

Verbos

acosar *to bully, to harrass*	**fortalecer** *to strengthen*
apoyar *to support*	**liderar** *to lead*
asesinar *to assassinate, to murder*	**lograr** *to achieve*
cooperar *to cooperate*	**luchar** *to struggle, to work hard in order to achieve something*
derrocar *to overthrow*	
derrotar *to defeat*	**motivar** *to motivate*
desarrollar *to develop*	**vencer** *to defeat*
durar *to last*	**votar** *to vote*
elegir (i, i) *to elect*	

Terminología literaria

la ironía *irony*
irónico(a) *ironic*
el punto de vista *point of view*

referirse a *to refer to*
el tono *tone*
la trama *plot*

Diccionario personal

_____

_____

_____

_____

_____

_____

_____

_____

_____

_____

_____

_____

_____

_____

_____

_____

_____

_____

_____

_____

_____

_____

CAPÍTULO 5

Estrategia para avanzar

Everyone makes a slip of the tongue or a mistake every now and then. Restarts and self-correction, therefore, are common features in everyday conversation. If you hear yourself make a mistake, it's okay to try to fix it. After all, noticing your mistakes is a big step toward being able to improve your speech.

After completing this chapter, you will be able to:
- Discuss contemporary issues
- Talk about what you have done
- Discuss opinions and emotional reactions to current and prior events

Sociedades en transición

Los mariachis son un símbolo cultural de México.

Vocabulario

¿Cuáles son los mayores retos de la sociedad actual?

La sociedad moderna

la causa   *cause*
el conflicto   *conflict*
el empleo   *job, employment*
el feminismo   *feminism*
la globalización   *globalization*
la huelga (de hambre)   *(hunger) strike*
los impuestos   *taxes*
la libertad (de prensa)   *freedom (of the press)*
el machismo   *chauvinism*
la manifestación   *demonstration*
la marcha   *march, protest*
la migración   *migration*
la modernidad   *modernity*
el movimiento (ecologista, pacifista, social)   *(environmental, pacifist, social) movement*
la opinión pública   *public opinion*
la participación   *participation, involvement*
la petición   *petition*
el progreso   *progress*
la reforma   *change, reform*

La tecnología

la aplicación   *app*
el archivo   *file*
la arroba   *"at" sign @*
el blog   *blog*

la carpeta   *folder*
la computadora portátil   *laptop*
la contraseña   *password*
el correo electrónico   *email*
el lector electrónico   *e-reader*
las redes sociales   *social networks*
la tableta   *tablet*
el teclado   *keyboard*
la transmisión por demanda   *streaming*

Adjetivos

actual   *current*
contemporáneo(a)   *contemporary*
convencional   *conventional*

Verbos

actualizar   *to update*
adjuntar   *to attach*
bajar   *to download*

borrar   *to delete, to erase*
chatear   *to chat online*
comprometerse   *to make a commitment, to agree formally*
conseguir (i, i)   *to get, to obtain*
descargar   *to download*
donar   *to donate*
empeorar   *to get worse, to deteriorate*
enterarse   *to find out*
evolucionar   *to evolve*
firmar   *to sign*
grabar   *to record*
hacer clic (en)   *to click (on)*
involucrarse (en)   *to get involved (in)*
mejorar   *to improve*
subir   *to upload*
valorar   *to value*

INVESTIGUEMOS EL VOCABULARIO

Many words related to technology entered the Spanish language from English. In some cases, although a Spanish word has been created, the English is more commonly used, such as **el blog** (**la bitácora**) and **el hashtag** (**la almohadilla**). **El USB** is used in Latin America, while **el pincho** is used in Spain. There are other regional variations as well, such as **el ordenador** (Spain) and **la computadora** (Latin America), in addition to **hacer clic**, **pinchar**, and **pulsar**.

Additionally, just as English speakers use acronyms such as LOL, Spanish speakers have their own: **MDR** (muero de risa), **Xfa** (por favor), and **TQM** (te quiero mucho).

A practicar

5.1 **5-1**
5.1 **Escucha y responde** Observa la ilustración de la página anterior y responde las preguntas que vas a escuchar.

5.2 **Explicaciones** A continuación aparecen explicaciones de varias palabras del vocabulario. Decide cuál es la palabra a la que se refiere cada explicación.

1. Es un adjetivo que describe a una persona típica, alguien que se comporta de forma tradicional.
2. Es un verbo que significa lo opuesto de empeorar.
3. Es un fenómeno que ocurre cuando la gente se va a vivir a un lugar diferente en otra región.
4. Es lo que piensa la mayoría de las personas sobre un tema determinado.
5. Es cuando las mujeres no reciben el mismo trato que los hombres.
6. Es un adjetivo para describir aquello que es nuevo y de actualidad.

5.3 **Tus definiciones** En parejas túrnense para escoger una palabra de la lista y explicarla sin decir cuál es.

actualizar	comprometerse	empleo	movimiento
arroba	conflicto	feminismo	progreso
adjuntar	contraseña	globalización	reformas
archivo	donar	huelga	tableta
carpeta	ecologista	marcha	valorar

Los teléfonos celulares son populares en todo el mundo.

© iStock.com/Uller Doetsch

5.4 **Relaciones** Trabaja con un compañero y túrnense para explicar la relación entre cada par de palabras.

1. convencional / contemporáneo
2. la marcha / la huelga
3. empeorar / mejorar
4. feminismo / machismo
5. descargar / bajar
6. la tableta / la computadora portátil

Expandamos el vocabulario

The following words are listed in the vocabulary. They are nouns, verbs, or adjectives. Complete the table using the roots of the words to convert them to the different categories.

Verbo	Sustantivo	Adjetivo
	adjunto	
	progreso	
valorar		
		comprometido
firmar		

5.5 **La participación cívica desde tu perspectiva** Habla con un compañero sobre sus respuestas a las preguntas.

1. ¿Has participado *(Have you participated)* en alguna manifestación como la de la ilustración? ¿Cuándo, dónde y por qué? En general, ¿piensas que las manifestaciones dan resultados?

2. En las ilustraciones en la página 148, podemos ver una manifestación y una petición en una red social. ¿Cuál crees que sea más efectiva y por qué?

3. En una de las ilustraciones unos jóvenes piden firmas. ¿Cuáles son algunas causas que los jóvenes de hoy defienden?

4. ¿Has firmado *(Have you signed)* alguna petición en línea? ¿Qué causas te parece importante defender?

5. ¿Simpatizas con algún movimiento social? ¿Cuál?

5.6 **¿Con qué frecuencia?** En grupos de tres, averigüen con qué frecuencia usan la tecnología. Después repórtenselo a la clase.

¿Con qué frecuencia...?

1. participar en redes sociales
2. apagar su teléfono cuando está en clase
3. olvidar su contraseña para entrar a alguna página en Internet
4. adjuntar archivos a un correo
5. usar una computadora portátil
6. grabar videos y subirlos al Internet

¿Con qué frecuencia usas una computadora portátil?

5.7 **Cambios** ¿Ha cambiado *(Has changed)* mucho la sociedad? Piensa en los siguientes aspectos: cómo son ahora y cómo eran hace cincuenta años. ¿Qué cambió?

Modelo Las familias → *Hace cincuenta años las familias eran más grandes. Ahora son más pequeñas.*

1. el gobierno
2. la tecnología
3. la forma de socializar
4. la forma de viajar
5. el entretenimiento *(entertainment)*
6. la política
7. el matrimonio
8. los movimientos sociales
9. la salud de la gente
10. la esperanza de vida *(life expectancy)*

5.8 **Opiniones diferentes** Trabaja en un grupo de tres o cuatro estudiantes para responder las preguntas. Toma notas para reportarle a la clase después.

1. En tu opinión, ¿qué es lo mejor de la tecnología? ¿Cuáles pueden ser algunas consecuencias negativas de la tecnología?

2. ¿Cuánto tiempo pasas al día usando computadoras, tabletas o teléfonos inteligentes?

3. ¿Cuáles son tus aplicaciones favoritas? ¿Por qué?

4. ¿Qué tipo de información compartes en Internet? ¿Con quién? ¿Qué método prefieres para compartir archivos?

5. ¿Hay diferencias en cómo usas la tecnología y cómo la usa la generación de tus padres? Explica.

6. ¿Piensas que la tecnología impulse cambios en la sociedad? ¿Cuáles son dos ejemplos?

5.9 **Citas** En parejas lean las siguientes citas sobre la juventud y la sociedad y expresen si están de acuerdo o no y por qué.

- Nuestra sociedad es masculina, y hasta que no entre en ella la mujer no será humana. (Henrik Ibsen, dramaturgo noruego, 1828–1906)

- Las personas debemos el progreso a los insatisfechos *(unsatisfied)*. (José Ingenieros, físico, filósofo y ensayista argentino, 1877–1925)

- Puede juzgarse *(One can judge)* el grado de civilización de un pueblo por la posición social de la mujer. (Domingo Sarmiento, presidente, escritor e intelectual argentino, 1811–1888)

- El progreso consiste en el cambio. (Miguel de Unamuno, escritor español, 1864–1936)

- El verdadero progreso es el que pone la tecnología al alcance *(the reach)* de todos. (Henry Ford, industrial estadounidense, 1863–1947)

5.10 **La tecnología en la vida cotidiana** En parejas miren las fotos e improvisen una historia sobre quiénes son las personas, qué están haciendo y por qué, y cuál será la conclusión. Después compartan sus historias con la clase.

Los primeros universitarios gratis de Chile

Antes de ver

En los Estados Unidos, ¿qué recursos tiene un estudiante para no acumular deudas pagando su educación?

En varios países del mundo el gobierno proporciona educación universitaria de forma gratuita. Argentina, Cuba, Ecuador, Mexico, Uruguay y Venezuela se cuentan entre esos países, pero… ¿cuál es el caso de Chile?

© AFP Footage/Getty Video

Vocabulario útil

alcanzar	*to have enough*	**la jornada**	*day*
la beca	*scholarship*	**gratis**	*free of cost* (adv)
el crédito	*loan*	**gratuito(a)**	*free of cost* (adj)
la deuda	*debt*	**los pobres**	*the poor*
la falta de recursos	*lack of resources*		

Comprensión

Indica si las afirmaciones son ciertas o falsas. Corrige las falsas.

1. Antes de la reforma educativa, muchos estudiantes no podían ir a la universidad.
2. Hubo muchas protestas sociales para lograr que la educación sea gratuita.
3. Ninguna de las hijas de Elsa Ahumada tuvo que pagar sus estudios.
4. Bajo el gobierno de Augusto Pinochet, las becas eran la única opción para estudiar.
5. El gobierno de Bachelet solo quiere ofrecer la universidad gratuita para los estudiantes más pobres.

Después de ver

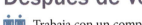 Trabaja con un compañero para responder las siguientes preguntas.

1. En tu opinión, ¿qué ventajas tiene una educación universitaria gratuita? ¿Qué desventajas tiene?
2. ¿De qué manera contribuye la educación a encontrar un mejor trabajo?
3. ¿Es necesario tener una licenciatura (título universitario) para encontrar buenos trabajos? Explica.
4. ¿Has cambiado tu manera de pensar sobre algo como resultado de tus clases en la universidad? ¿Qué?

En muchos países el acceso a la educación superior es un derecho.

A perfeccionar

A analizar

La inmigración sigue transformando muchas sociedades. Marcos describe a los inmigrantes que han ido a la Argentina durante los últimos 30 años. Después de ver el video, lee el párrafo y observa los verbos en negrita. Luego contesta las preguntas que siguen.

¿Cómo ha cambiado la inmigración a la Argentina durante los últimos veinte años?

Los Estados Unidos no es el único país que **ha tenido** mucha inmigración. La Argentina también **ha recibido** un montón *(a bunch)* de inmigrantes desde el siglo XIX. De hecho, **ha contado** con olas *(waves)* de inmigración de Italia, España y Alemania, entre otras. Hoy en día se está cambiando la cosa. Durante los últimos 20 o 30 años han venido muchos hombres de Bolivia para trabajar la tierra en granjas. Se lo ve mucho ahora en las partes rurales. En los últimos cinco años **ha inmigrado** mucha gente de China. Siempre **hemos tenido** una relación cercana con los países europeos, pero últimamente estamos tratando de formar una alianza con China.

—Marcos, Argentina

1. ¿Los verbos en negrita hacen referencia al pasado, al presente o al futuro?
2. ¿Puedes identificar el infinitivo de cada verbo? ¿Cómo se ha transformado?

A comprobar

El presente perfecto

1. The present perfect is used to express actions that you have or have not done. It combines the present tense of the auxiliary verb **haber** with the past participle.

haber	
yo	**he**
tú	**has**
él, ella, usted	**ha**
nosotros(as)	**hemos**
vosotros(as)	**habéis**
ellos, ellas, ustedes	**han**

2. To form the regular past participle, you need to drop the verb ending and add **-ado** to the end of the stem of **-ar** verbs, and **-ido** to the stem of **-er** and **-ir** verbs. The past participle of verbs with stem changes in either the present tense or the preterite do not have stem changes.

hablar	**hablado**
tener	**tenido**
servir	**servido**

The following verbs have accents in the past participles:

creer	**creído**
leer	**leído**
oír	**oído**
traer	**traído**

El papel de la mujer **ha cambiado.**
*The role of women **has changed.***

Los inmigrantes **han encontrado** nuevas oportunidades.
*Immigrants **have found** new opportunities.*

3. Because the participle is part of a verb phrase, it does not change in number or gender to agree with the subject.

La situación **ha mejorado** en los últimos años.
*The situation **has gotten better** in the last few years.*

Ellos **han firmado** el contrato.
*They **have signed** the contract.*

4. The following are the most common irregular past participles:

abrir	**abierto**	morir	**muerto**
decir	**dicho**	poner	**puesto**
devolver	**devuelto**	romper	**roto**
escribir	**escrito**	ver	**visto**
hacer	**hecho**	volver	**vuelto**

5. Direct object, indirect object, or reflexive pronouns are placed in front of the conjugated form of **haber.**

No **se** han comprometido todavía.
They have not yet made a commitment.

Ya **lo** he visto.
I have already seen it.

6. In Spanish, the present perfect is generally used as it is in English to talk about something that has happened or something that someone has done. It is usually either unimportant when it happened or it has some relation to the present. It is not used with specific expressions, such as **ayer** or **el año pasado.**

Es la segunda vez que **he participado** en una manifestación.
This is the second time I have participated in a protest.

Las condiciones **han mejorado.**
Conditions have gotten better.

7. The following expressions are often used with the present perfect.

alguna vez	*ever*
todavía no	*not . . . yet, still . . . not*
nunca	*never*
recientemente	*recently*
ya	*already*

Ya han organizado la marcha.
*They have **already** organized the march.*

Todavía no han hablado.
*They have **not** spoken **yet**.*

¿**Alguna vez** has participado en una huelga?
*Have you **ever** participated in a strike?*

> **INVESTIGUEMOS LA GRAMÁTICA**
>
> In some areas of Spain, it is much more common to use the present perfect than the preterite when referring to events that happened that same day.
>
> **Hemos llegado** a un acuerdo esta mañana.
> *We arrived at an agreement this morning.*

A practicar

5.11 **Los logros** Lee las oraciones e indica cuál de las organizaciones lo ha hecho.

Amnistía Internacional	Organización de Alimentación y Agricultura
Comercio Justo	UNICEF
Greenpeace	World Wildlife Organization

1. Ha protegido a millones de niños de la violencia y el abuso.
2. Ha conseguido mejores precios para los productos de países en vías de desarrollo.
3. Ha trabajado para reducir el número de personas con hambre en el mundo.
4. Ha llamado la atención a los abusos de los derechos humanos.
5. Ha interferido en actividades que consideran dañinas *(harmful)* para el medio ambiente.
6. Ha luchado por la protección de los animales.

5.12 El medio ambiente El movimiento ecologista se ha fortalecido en los últimos años. Di si tú o alguien a quien conoces ha hecho las siguientes actividades.

Modelo (reducir) la cantidad de carne que consume

> *Mi hermana ha reducido la cantidad de carne que consume.*
> *Mi novia y yo hemos reducido la cantidad de carne que consumimos.*

1. (poner) un huerto (jardín con verduras) al lado de su casa
2. (ir) al mercado para comprar frutas y verduras
3. (dejar) de comprar agua en botellas
4. (comprar) un auto que consume menos gasolina
5. (ver) un documental relacionado con el medio ambiente
6. (hacer) abono (*compost*)
7. (comenzar) a reciclar más
8. (utilizar) el transporte público para usar menos gasolina

5.13 Sondeo En grupos de tres o cuatro estudiantes hagan un sondeo para saber cómo usan la tecnología en su vida diaria. Túrnense para preguntar y responder. Añadan información adicional cuando puedan y tomen notas para reportarle los resultados a la clase.

Modelo ver una película por Internet

> Estudiante 1: *¿Quiénes han visto una película por Internet?*
> Estudiante 2: *Yo no, pero he visto muchos programas de televisión en Internet.*

1. llamar por teléfono usando un disco para marcar los números
2. mandar un mensaje secreto que desaparece después de unos segundos
3. tomar una foto en secreto en su teléfono
4. darle un "me gusta" a una actualización de un amigo, aunque (*although*) no le guste
5. investigar varias fuentes antes de compartir las noticias de las redes sociales
6. chatear usando Skype
7. seguir a alguien famoso en Twitter
8. leer un libro para una clase con un lector electrónico
9. usar aplicaciones para practicar el español
10. editar información en Wikipedia

Un teléfono de disco

5.14 En busca de... Las siguientes actividades son maneras de mejorar la sociedad. Circula por la clase para buscar personas que las hayan hecho. Encuentra una persona diferente para cada una y pídeles información adicional.

Modelo firmar para una petición (¿Para qué?)

> Estudiante 1: *¿Has firmado una petición?*
> Estudiante 2: *Sí, he firmado una petición.*
> Estudiante 1: *¿Para qué?*
> Estudiante 2: *Para prohibir el uso de bolsas de plástico.*

1. trabajar como voluntario (¿Para qué organización?)
2. participar en una marcha o una protesta (¿Por qué?)
3. asistir a un evento para una causa benéfica (*charitable*) (¿Cuál?)
4. hacer servicio comunitario (¿Qué hiciste?)
5. donar dinero para una causa (¿Cuál?)
6. votar en una elección (¿Cuándo?)
7. ser una buena influencia en la vida de alguien (¿De quién?)
8. escribirle a un representante en el gobierno (¿Por qué?)

5.15 **Cambios personales** Habla con un compañero sobre los cambios que tú, tu familia o tus amigos han realizado en las siguientes áreas.

Modelo vivienda

> Estudiante 1: *Mi esposa y yo hemos comprado nuestra primera casa.*
> Estudiante 2: *Mis padres se han mudado a Florida.*

1. educación
2. relaciones personales
3. tecnología
4. trabajo
5. comunidad
6. salud
7. dieta
8. ¿?

5.16 **Avancemos** Trabaja con un compañero y túrnense para describir los dibujos. Incluyan la siguiente información: ¿Quiénes son las personas? ¿Dónde están? ¿Qué están haciendo? ¿Qué ha pasado para causar la situación? ¿Qué va a pasar después?

Conexiones . . . a la sociología

Los migrantes y las nuevas generaciones

Las sociedades están siempre evolucionando y la inmigración es uno de los aspectos que más influye en los cambios sociales de cualquier país. Se calcula que hay 244 millones de migrantes en el mundo—alrededor de un 3,3% de la población.

Entre los motivos más comunes para emigrar se cuentan la búsqueda de mejores oportunidades laborales, educativas o de salud. Sea cual sea la razón por la que una persona deja su país, los inmigrantes traen diversidad cultural a su nueva comunidad y son un factor importante de cambio social. La inmigración viene acompañada de cambios socioculturales como la apertura[1] de restaurantes étnicos y publicaciones en otros idiomas.

Los detractores de la inmigración argumentan que los migrantes no adoptan la cultura de su nuevo país, pero no es realista exigirle a una persona que abandone su identidad cultural y que inmediatamente adopte hábitos diferentes. Adaptarse a un nuevo país es un proceso que toma tiempo —a veces más de una generación. Otra crítica que se les hace a los inmigrantes es que muchos no aprenden el idioma del país. La realidad es otra: en el caso de los Estados Unidos, por ejemplo, las estadísticas muestran que la primera generación de inmigrantes batalla[2] más con el idioma, especialmente cuando son personas mayores. Sin embargo, para la segunda generación, la gran mayoría habla inglés con fluidez. Al llegar a la tercera generación, solo un pequeño porcentaje habla el idioma de sus abuelos.

Los países hispanohablantes han recibido a muchos grupos de inmigrantes a través de su historia. El estado de Chihuahua, en México, por ejemplo, tiene la comunidad menonita más grande del mundo.

Ya sea que[3] se esté a favor o en contra de la inmigración, es un hecho que juega un papel importante en la transformación de nuestras sociedades.

Source: Centro Hispano Pew

----

[1]*opening* [2]*struggles* [3]*whether*

Hablemos del tema

La inmigración tiene un impacto no solo sobre la nueva comunidad de los migrantes, sino también sobre el lugar de donde vienen. ¿Cuáles son algunos de los efectos?

Hoy en día no solo los jóvenes usan los teléfonos inteligentes, como puede verse en esta foto de Argentina.

Las redes sociales en Hispanoamérica

La tecnología tiene una gran influencia en las sociedades y afecta toda la experiencia humana: nuestra alimentación, nuestro trabajo, y hasta nuestra forma de socializar. Un ejemplo de estos cambios es la manera de buscar pareja. Hasta hace pocos años no era común buscar pareja en Internet, pero hoy en día es algo normal.

Las redes sociales también han cambiado las relaciones sociales entre amigos y le han permitido a la gente restablecer contacto con viejos conocidos, permitiendo que todos estén bien informados de sus actividades y de los cambios en sus vidas.

El impacto también es económico y político, ya que la información recaudada[1] por estas redes se usa para fines de mercadotecnia[2], para apoyar y promover causas políticas ¡y hasta para la litigación de divorcios!

Latinoamérica y España participan plenamente en estos cambios, como se puede ver en las siguientes estadísticas.

- Por tiempo dedicado a redes sociales, 5 de los 10 mercados principales del mundo están en América Latina. Los mexicanos y los argentinos son los hispanos que pasan más tiempo en las redes sociales, con un promedio[3] de 3,2 y 3,0 horas al día respectivamente.

- La Ciudad de México es la ciudad con más usuarios de Facebook de todo el mundo. Argentina, México, Brasil y España están en la lista de países con más usuarios de Google+.

- El 88% de los usuarios de Internet en Latinoamérica usan redes sociales. En el 2018, México contaba con más de 83 millones de usuarios de Facebook, seguido por Argentina y España, con más de 30 y 24 millones respectivamente.

Sources: comScore; FasttrackMedia; Global Webindex, Internet World Stats

---

[1]*gathered* [2]*marketing* [3]*average*

Hablemos del tema

1. Generalmente, ¿cuánto tiempo pasas al día en las redes sociales? ¿Cómo te comparas con los mexicanos y los argentinos?

2. ¿Se comportan tus amigos y tú de forma diferente en Internet a cuando están frente a frente con una persona? Explica.

3. ¿Tienes amigos en otros países en tus redes sociales? ¿De dónde son? ¿Has usado estas redes en español?

Cultura

Piensa en el tema

¿Cómo pueden ayudar las redes sociales en una emergencia?

Las redes sociales y su impacto social en situaciones de emergencia

Sin duda, la tecnología ha cambiado muchos aspectos de nuestra vida. Hoy en día los teléfonos nos permiten conectarnos al Internet y usar aplicaciones de mensajería[1] que han hecho la comunicación más fácil. Las aplicaciones más populares entre los hispanos son WhatsApp y el servicio de mensajería de Facebook, el que tiene más de mil millones de usuarios.

Además de su función como herramienta de comunicación cotidiana, los servicios de mensajería han sido usados en muchos casos de emergencia. Un ejemplo ocurrió tras el terremoto[2] del 2010 en Chile, uno de los más fuertes de la historia. En esa ocasión, cientos de jóvenes se organizaron para llevarles ayuda a miles de damnificados[3]. Dos jóvenes instalaron una carpa[4] de ayuda fuera de una estación del metro y en pocas horas empezaron a recibir comida, pañales[5] y muchos otros artículos. Las contribuciones se multiplicaron sustancialmente después de que se anunciaron en Twitter.

Más recientemente, los usuarios de la Ciudad de México demostraron ser líderes mundiales en el uso de estas comunicaciones durante una emergencia: el 19 de septiembre del 2017, en el aniversario de otro terremoto devastador, la Ciudad de México sufrió un sismo que derribó cientos de edificios, atrapando a muchas personas. En cuestión de[6] horas los habitantes de la ciudad se habían

---

[1]*messaging* [2]*earthquake* [3]*disaster victims* [4]*tent* [5]*diapers* [6]*in a matter of*

© RONALDO SCHEMIDT/AFP/Getty Images

Voluntarios reconfortándose durante las labores de rescate tras el terremoto del 2017

organizado a través de redes para comunicar en dónde estaban las emergencias, en dónde urgían voluntarios y cómo solicitar lo que se necesitaba. Antes de 24 horas se habían organizado albergues[7], centros de acopio[8] y hasta centros para reunir a mascotas perdidas. Al terminar las operaciones de rescate[9], las aplicaciones se enfocaron en dar información a quienes perdieron sus casas y en organizar las donaciones para la reconstrucción. Además, muchas imágenes de voluntarios se compartieron miles de veces, creando aún más deseos de ayudar.

Otro ejemplo del uso de las redes sociales en emergencias ocurrió después del huracán María, en Puerto Rico.

No son pocos los casos en los que los ciudadanos se han organizado eficazmente para hacerle frente a una emergencia con la ayuda de la tecnología, cuyo costo es más reducido que otras alternativas. El acceso a Internet es también una prioridad para grupos de refugiados, ya que les permite verificar peligros[10], conseguir servicios de rescate y decidir sus rutas.

Para aprovechar la tecnología no hace falta que la emergencia sea masiva. Las redes se han usado para firmar peticiones y apoyar causas, para recaudar fondos para gente necesitada y para dar apoyo emocional. Las maneras en las que se puede usar la tecnología para una buena causa se siguen multiplicando.

Source: http://www.lavanguardia.com/internacional/20170131/413876317755/aplicaciones-de-mensajeria-adquieren-importancia-vital-en-crisis-humanitarias.html

---

[7]*shelters* [8]*collection* [9]*rescue* [10]*dangers*

Hablemos del tema

1. ¿Usas la tecnología para participar en tu comunidad? ¿Cómo?
2. ¿En qué otras situaciones de emergencia la tecnología o las redes sociales han ayudado recientemente?

Comunidad

La migración es un fenómeno social que tiene mucho impacto en las sociedades y las cambia. Busca a una persona en tu comunidad que sea de un país hispanohablante y hazle una entrevista con las siguientes preguntas:

- ¿Por qué emigró?
- ¿Cuáles son las diferencias más grandes entre la sociedad de donde era y la sociedad donde vive ahora?
- ¿Qué es lo que más extraña de su país?
- ¿Mejoró su vida después de emigrar?

Repórtale las respuestas a la clase.

Estructuras 1

A analizar

España ha sufrido varios cambios durante la crisis económica global. Salvador reacciona a algunas de las consecuencias de esta crisis. Después de ver el video, lee el párrafo y observa los verbos en negrita. Luego contesta las preguntas que siguen.

¿Cómo le ha afectado a España la crisis económica?

Recientemente, por la crisis económica, la pobreza ha aumentado en España. No creo que **haya habido** tantas personas haciendo cola *(standing in line)* para recibir comida. Tampoco creo que antes **hayan ido** niños al colegio sin haber desayunado. Espero que **se haya creado** en la sociedad española una consciencia de que estamos ante un problema nuevo. Es probable que **hayamos vivido** una de las crisis más traumáticas recientemente, pero es importante que aprendamos a vivir con ella.

—Salvador, España

1. Los verbos en negrita están en el subjuntivo. ¿Qué frase indica el uso del subjuntivo para cada verbo?

2. Compara estos verbos con los del presente perfecto. ¿Qué es diferente?

A comprobar

El presente perfecto del subjuntivo

1. Just as there is a present and imperfect form of the subjunctive, there is also a present perfect form of the subjunctive. It consists of using the present subjunctive form of the verb **haber** along with the past participle.

haber		
yo	**haya**	
tú	**hayas**	
él, ella, usted	**haya**	+ past participle
nosotros(as)	**hayamos**	
vosotros(as)	**hayáis**	
ellos, ellas, ustedes	**hayan**	

Me alegra que él **haya aceptado** ayudarnos.
*I am happy that he **has agreed** to help us.*

No creo que **hayan visto** ese documental.
*I doubt that they **have seen** that documentary.*

Es posible que **haya mejorado** la situación.
*It is possible that the situation **has improved**.*

2. You have learned to use the subjunctive to indicate doubt or a lack of certainty, to express emotions, desires, and influence, and to indicate that something is indefinite (nonspecific). Remember that the present subjunctive is used to refer to an action that either takes place in the present or in the future.

Busco una organización que **tenga** una buena reputación.
*I am looking for an organization that **has** a good reputation.*

Esperamos que les **guste** el cambio.
*We hope they **will like** the change.*

No creo que todos **voten** este año.
*I don't believe everyone **will vote** this year.*

Me sorprende que **haya** tanta gente en la manifestación.
*It surprises me that **there are** so many people at the demonstration.*

The present perfect subjunctive is used in these same circumstances; however, it is used when the main clause expresses doubt, emotions, desires, opinions, or uncertainty about something that has already happened or that someone has already done. Notice that the verb in the main clause is in the present indicative.

Busco una organización que **haya existido** por más de 5 años.
*I am looking for an organization that **has existed** for more than 5 years.*

Esperamos que **les haya gustado** el cambio.
*We hope that they **liked** the change.*

No creo que todos **hayan votado** este año.
*I don't believe everyone **voted** this year.*

Me sorprende que tanta gente **haya llegado** a la manifestación.
*It surprises me that so many people **came** to the demonstration.*

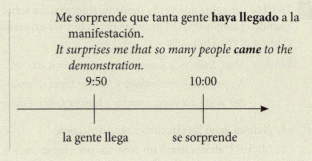

A practicar

5.17 **¿Estás de acuerdo?** Lee las siguientes oraciones y di si estás de acuerdo o no. Prepárate para explicarle a la clase tus respuestas.

1. Es probable que la tecnología haya tenido efectos negativos en la comunicación.
2. No creo que la tecnología haya reducido la cantidad *(quantity)* de trabajo.
3. Me alegra que las redes sociales hayan hecho posible el contacto entre personas en diferentes países.
4. Dudo que la tecnología haya tenido un gran impacto en la educación.
5. Quizás el invento del Internet haya sido uno de los más importantes.

5.18 **¿Es probable?** Eduardo no es muy amante de (*fond of*) la tecnología. Decide si es probable o no que él haya hecho las siguientes actividades y completa las oraciones con la forma necesaria del presente perfecto del subjuntivo de los verbos.

Es probable que…

1. (no) resistirse a comprar un teléfono inteligente
2. (no) aprender a navegar Internet
3. (no) escribir un blog
4. (no) mantener contacto con sus amigos por teléfono
5. (no) conocer a su esposa en línea
6. (no) conservar su colección de CDs
7. (no) recibir un lector electrónico como regalo
8. (no) mandar tarjetas *(cards)* electrónicas en Navidad

Eduardo no es muy amante de la tecnología.

© Drksknn/Shutterstock.com

5.19 **Twitter** Imagina que ves la siguiente información sobre estas celebridades en Twitter. Usando el subjuntivo del presente perfecto y las expresiones de duda o de emoción, expresa tu reacción.

Modelo Marc Anthony y Jennifer López se casaron otra vez.

No creo que Marc Anthony y Jennifer López se hayan casado otra vez.

Me alegra que Marc Anthony y Jennifer López se hayan casado otra vez.

1. Shakira ganó las elecciones presidenciales.
2. Miguel Cabrera firmó un contrato para jugar con los Vaqueros de Dallas.
3. Pitbull recibió el Premio Nobel de Literatura.
4. Cancelaron la Copa del Mundo este año.
5. Sofía Vergara perdió su fortuna.
6. El rey de España abdicó el trono y se mudó a las Bahamas.
7. Don Quijote despidió *(fired)* a Sancho Panza.
8. Enrique Iglesias canceló todos sus conciertos.

5.20 **¿Conoces a alguien?** Trabaja con un compañero y túrnense para preguntar y contestar las preguntas. Si respondes afirmativamente, identifica a la persona a quien conoces y añade un poco más de información.

Modelo tener un televisor en blanco y negro

Estudiante 1: *¿Conoces a alguien que haya tenido un televisor en blanco y negro?*
Estudiante 2: *No conozco a nadie que haya tenido un televisor en blanco y negro. /*
Sí, mi padre tenía un televisor en blanco y negro cuando era niño.

¿Conoces a alguien que... ?

1. tener problemas por poner información en una red social
2. crear un meme
3. nunca mandar mensajes electrónicos
4. nunca comprar un teléfono celular
5. vender algo por Internet
6. perder un documento porque su computadora falló *(crashed)*
7. no aprender a usar computadoras
8. conocer a su pareja en Internet

5.21 **Este año** Trabaja con un compañero y usen los temas de abajo para hablar de sus vidas el año pasado. Reaccionen a los comentarios de su compañero. Decidan ustedes el tema para el número seis.

Modelo la diversión

Estudiante 1: *No pude ir al concierto de Becky G.*
Estudiante 2: *Es una lástima que no hayas podido ir al concierto de Becky G. Yo salí a bailar con mi novia el fin de semana pasado.*
Estudiante 1: *Me alegra que hayas salido con tu novia el fin de semana pasado.*

1. los estudios
2. los viajes
3. las relaciones personales
4. el trabajo
5. la familia
6. ¿?

5.22 **Avancemos** Trabaja con un compañero. Cada uno va a elegir un dibujo diferente para inventar una historia. ¿Quiénes son? ¿Dónde están? ¿Qué problema tuvieron? ¿Cuál es una explicación al problema o una reacción probable?

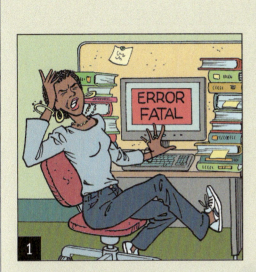

Connecting People

Dirigido por Álvaro de la Hoz

Dos jóvenes solteros quieren encontrar su pareja ideal. ¿Podrán encontrar el amor?

(España, 2008, 6 min.)

Antes de ver

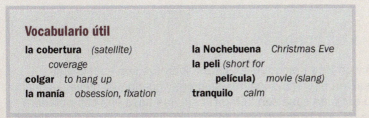 Habla con un compañero para responder las siguientes preguntas.

1. El título del cortometraje es "Connecting People". ¿Cómo ayuda la tecnología a conectar a las personas?

2. ¿Cómo y dónde se puede conocer una pareja?

Vocabulario útil

la cobertura *(satellite)*
coverage
colgar *to hang up*
la manía *obsession, fixation*

la Nochebuena *Christmas Eve*
la peli *(short for*
película) *movie (slang)*
tranquilo *calm*

Alvaro de la Hoz/Burbuja Films

Comprensión

Ve el cortometraje e indica si las siguientes oraciones son ciertas o falsas. Corrige las oraciones falsas.

1. Ella lleva la camiseta del pijama debajo de su blusa.

2. En la noche es probable que él se acueste temprano.

3. En la noche ella cenará con amigos.

4. Ella quiere ir a la casa de su amiga.

5. Él quiere tener una novia muy activa a quien le guste salir mucho.

6. A ella le gusta el tipo de chico que está en el bar con un café y un libro.

7. A los dos les gusta leer libros de Stephen King.

8. Él tiene una nueva compañía de celular y es mejor que la compañía anterior.

Después de ver

1. ¿Por qué se pueden considerar irónicas las acciones de los personajes *(characters)*?

2. ¿Por qué piensas que el corto se llama "Connecting People"?

3. En tu opinión, ¿cuál es el mensaje de la película?

A analizar

La tecnología introduce cambios al nivel social tanto como personal. Marcos describe cómo la tecnología ha cambiado su vida. Después de ver el video, lee el párrafo y observa las expresiones subrayadas y los verbos en negrita. Luego contesta las preguntas que siguen.

¿Cómo ha cambiado tu vida la tecnología?

Ahora tengo un teléfono celular, un MP3 y un lector electrónico. Estos aparatos son esenciales <u>para que</u> yo ahora **pueda** hacer más cosas en diferentes lugares <u>siempre y cuando</u> los **lleve** conmigo. Siempre están en mi mochila. No puedo estar en casa con la familia <u>sin que</u> **haya** una computadora o un objeto electrónico encendido. <u>Antes de que</u> **llegue** la hora de comer, se puede ver en la cocina de mi casa a mis hermanos o a mis padres o a mí mismo mirando el correo electrónico o mandando mensajes de texto. Mis padres han decidido eliminar estos objetos del comedor <u>para que</u> **podamos** comer sin interrupciones.

—Marcos, Argentina

1. ¿En qué modo y tiempo están los verbos en negrita?
2. Mira las frases subrayadas. Considerando lo que sabes del uso del subjuntivo, ¿por qué piensas que se usa el subjuntivo después de estas frases?

A comprobar

El subjuntivo con cláusulas adverbiales

Adverbial clauses are dependent clauses that tell where, when, why, or how, and begin with a conjunction.

1. The following adverbial conjunctions always require the subjunctive. Because they indicate that the action is dependent upon another action, the outcome is unknown.

a fin de que	*in order that, so that*
a menos que	*unless*
antes (de) que	*before*
con tal (de) que	*as long as, in order that, so that*
en caso de que	*in case*
mientras que	*as long as*
para que	*in order that, so that*
siempre y cuando	*as long as, provided that*
sin que	*without*

La situación va a empeorar **a menos que hagamos** algo.
*The situation is going to get worse **unless** we **do** something.*

Firmé la petición **para que** nuestros representantes **supieran** de las injusticias.
*I signed the petition **so that** our representatives **would know** about the injustices.*

2. Note that the expressions **con tal de que, mientras que,** and **siempre y cuando** translate as *as long as* in English, yet their uses differ. While **con tal de que** and **siempre y cuando** both communicate that a condition must be met in order to obtain a positive end result, **con tal de que** generally implies that the subject doesn't really want to do it but is willing to because of the end result. **Mientras que,** however, generally refers to a situation that currently exists.

Javier va a tener dos empleos **con tal de que** sus hijos puedan estudiar.
*Javier is going to have two jobs (although he really doesn't want to) **so that** his children can study.*

Javier va a continuar con dos empleos **siempre y cuando** sus hijos sigan estudiando.
*Javier is going to continue to have two jobs **as long as** his children continue to study.*

Javier va a seguir trabajando para la compañía **mientras (que)** gane un buen sueldo.
*Javier is going to continue working for the company **as long as** he continues to earn a good salary.*

3. With the exception of **a menos que,** the adverbial conjunctions on the previous page are often used with the infinitive if there is no change of subject. The **que** after the preposition is omitted.

> **Antes de votar,** debes informarte.
> *Before voting, you should become informed.*

> No podemos simplemente mirar **sin hacer** nada.
> *We can't simply watch **without doing** anything.*

4. These adverbial conjunctions require the indicative because they communicate something that is perceived as a fact.

porque	*because*
puesto que	*since, as*
ya que	*since, as*

> **Ya que** tienes 18 años, puedes votar.
> *Since you are 18, you can vote.*

INVESTIGUEMOS LA GRAMÁTICA

Porque cannot be used to begin a sentence. Instead, use **como**.

Como tienes Internet, puedes buscar la información.

***Because** you have Internet, you can search for the information.*

5. The following temporal (time) adverbial conjunctions require the subjunctive when referring to future events or actions that have not yet occurred. When referring to actions that already took place or that are habitual, they require the indicative.

cuando	*when*
después (de) que*	*after*
en cuanto	*as soon as*
hasta que*	*until*
tan pronto (como)	*as soon as*

*If there is no change of subject, it is possible to omit the **que** from the expressions **Después de que** and **hasta que** and use the infinitive.

Indicative

> **Tan pronto como llega** a casa, mi hermano enciende su computadora.
> *As soon as he gets home, my brother turns on his computer.*
> **Cuando estábamos** en España, vimos las protestas de "los indignados".
> *When we were in Spain, we saw the protests of (los indignados).*

Subjunctive

> **En cuanto llegues** a casa, puedes mirar tu correo.
> *As soon as you get home, you can check your email.*
> **Cuando vayamos** a Bolivia, quiero ver todo.
> *When we go to Bolivia, I want to see everything.*

6. The following adverbial conjunctions require the indicative when referring to something that is known or is definite. However, when referring to something that is unknown or indefinite, they require the subjunctive.

aunque	*although, even though, even if*
como	*as, how, however*
(a)donde	*where, wherever*

> Quiero comprarlo **aunque es** caro.
> *I want to buy it **even though** it **is** expensive.*

> Quiero comprarlo **aunque sea** caro.
> *I want to buy it **even if** it **may be** expensive.*

> **Adonde vamos** hay mucha gente.
> *Where we are going, there are a lot of peole.*

> **Adonde vayamos** hay mucha gente.
> *Wherever we may go, there are a lot of people.*

A practicar

5.23 **¿Lo sabe?** Las siguientes personas hablan sobre dónde quieren vivir. Lee las oraciones e indica si la persona habla de un lugar específico o no.

1. Édgar: Quiero vivir donde haya empleos.

2. Rebeca: Quiero vivir en la comunidad donde tienen un buen sistema de educación.

3. Martín: Quiero vivir donde los derechos humanos sean respetados.

4. Ángel: Quiero vivir donde haya muchos parques.

5. Manuela: Quiero vivir en el estado donde no se pagan impuestos en las compras.

5.24 **Promesas** Durante las elecciones los candidatos siempre hacen promesas de lo que van a hacer para mejorar el país. Completa las promesas de estos candidatos, eligiendo el adverbio más lógico y conjugando el verbo en la forma apropiada del presente del subjuntivo.

1. Voy a reducir los impuestos (para que / antes de que) la gente _____ (tener) más dinero para gastar.

2. Quiero mejorar la infraestructura (sin que / en caso de que) _____ (haber) un desastre natural.

3. Pienso crear nuevas leyes (a menos que / a fin de que) la educación _____ (ser) gratuita *(free)* para todos.

4. No voy a aumentar los impuestos (sin que / para que) la gente _____ (votar) por un aumento.

5. Prometo encontrar una solución al estatus de los migrantes (antes de que / con tal de que) _____ (terminarse) mi primer año en la presidencia.

6. Voy a hacer grandes cambios (en caso de que / a menos que) el congreso no me _____ (apoyar).

5.25 **¿Estás de acuerdo?** Completa las siguientes oraciones con el presente del subjuntivo del verbo entre paréntesis. Luego menciona si estás de acuerdo o no y explica por qué.

La educación en Estados Unidos va a ser mejor...

1. cuando el gobierno le (pagar) mejor a los maestros.

2. en cuanto la educación universitaria (ser) gratuita *(free)*.

3. tan pronto como las escuelas (ofrecer) más clases de arte y música.

4. después de que todos los estudiantes en el país (tener) acceso a la tecnología.

5. cuando los estudiantes (asistir) a clases todo el año.

6. siempre y cuando el gobierno (apoyar) más la educación.

5.26 **¿Cuándo?** Con un compañero túrnense para hacer y responder las preguntas. Deben usar uno de los siguientes adverbios en sus respuestas: **antes de que, cuando, después de que, en cuanto, hasta que** y **tan pronto como**. Atención al uso del subjuntivo y del indicativo.

Modelo a. Estudiante 1: *¿Cuándo adoptaste a tu primera mascota?*
Estudiante 2: *La adopté cuando tenía 6 años.*
b. Estudiante 1: *¿Cuándo vas a adoptar una mascota?*
Estudiante 2: *Voy a adoptar una mascota tan pronto como viva en una casa.*

1. a. ¿Cuándo conseguiste tu primer trabajo?
   b. ¿Cuándo vas a buscar un nuevo trabajo?

2. a. ¿Cuándo te mudaste a la casa o el apartamento donde vives ahora?
   b. ¿Hasta cuándo vas a vivir allí?

3. a. ¿Cuándo compraste tu auto?
   b. ¿Cuándo piensas comprar un auto nuevo?

4. a. ¿Cuándo llegaste a esta universidad?
   b. ¿Cuándo vas a terminar tus estudios aquí?

5.27 **El futuro** Puedes tener un efecto positivo en el futuro. Completa las oraciones con tus ideas. **¡Ojo!** No siempre necesitas **que** y el subjuntivo.

1. Voy a votar en cuanto...

2. Quiero donar dinero cuando...

3. Voy a poder trabajar como voluntario a menos que...

4. No voy a firmar una petición sin (que)...

5. Es posible que participe en una marcha siempre y cuando...

6. Me gustaría participar en un evento para una causa a fin de (que)...

7. Es posible que le escriba a mi representante en el gobierno para (que)...

8. El mundo no va a mejorar hasta que...

5.28 **Avancemos** Trabaja con un compañero. Escojan uno de los dibujos y expliquen las circunstancias en las que están las personas. Digan quiénes son, qué hacen y qué va a pasar más tarde. Usen algunas de las expresiones adverbiales y decidan si se requiere el indicativo o el subjuntivo.

a fin de que	cuando	hasta que	sin que
a menos que	después de que	mientras que	
antes de que	en caso de que	para que	

Modelo *El hombre está en la cárcel (jail) porque robó varias casas. Tiene que quedarse en la cárcel por cinco años, entonces decidió estudiar para terminar los estudios universitarios. Quiere buscar un buen trabajo después de que salga de la cárcel. Cuando termine su sentencia, él va a ser un miembro productivo de la sociedad.*

1

2

3

Redacción

Ensayo argumentativo

A persuasive essay attempts to convince the reader of a particular point of view.

ESTRATEGIA PARA ESCRIBIR

When supporting your ideas, you will want to provide specific examples. These could be personal experiences or they could be from published information. Remember, if you get information from outside sources, you will need to cite them in your paper.

Paso 1 Think of an issue that interests you. It can be local, national, international, or societal, such as the importance of buying organic produce or the negative effects of television.

Paso 2 Write a list of the specific reasons that explain why you feel that way.

> **Modelo** *Los miembros de la familia no hablan mucho porque pasan mucho tiempo mirando la tele.*
>
> *Muchos padres usan la tele para cuidar a los niños.*

Paso 3 Write a thesis statement that will present the issue and interest your reader.

> **Modelo** *A causa de los medios de comunicación, y en particular la televisión, la familia se está desintegrando.*

Paso 4 Develop your introductory paragraph, using your thesis statement, in which you present your belief. Then, choose two or three of the reasons you listed in **Paso 2,** and briefly state the arguments that you plan to develop in your paper.

Paso 5 Write two or three supporting paragraphs in which you elaborate on the stated reasons for your belief. There should only be one idea in each paragraph, and the entire paragraph should support that idea.

Paso 6 Write a concluding paragraph in which you bring together your ideas and express the importance or relevance of what you have discussed.

Paso 7 Edit your essay.

1. Does the introduction clearly state what you believe?
2. Do all of the sentences in each of the paragraphs support the topic sentence?
3. How well have you explained your reasons for believing as you do? Are they logical?
4. Have you avoided overgeneralizations or fallacies as support for your thesis?
5. If you looked up any words, did you double-check the Spanish-English section of your dictionary for accuracy of meaning?
6. Does each verb agree with its subject?
7. Did you check your spelling, including accents?
8. Did you use the subjunctive where necessary?

◀)) A escuchar

La inmigración en la Argentina

Antes de escuchar

👥 Trabaja con un compañero de clase y compartan información sobre sus experiencias para contestar las preguntas.

1. ¿Hay muchos inmigrantes en el lugar donde vives o estudiantes internacionales en tu universidad? ¿Por qué crees que hayan venido?

2. ¿Han tenido los inmigrantes (o los estudiantes internacionales) algún impacto en la economía? ¿Hay tiendas o restaurantes que se hayan abierto? ¿Hay eventos o celebraciones culturales que antes no se celebraban?

3. Los Estados Unidos se conoce como un país de inmigrantes. ¿Qué sabes de las distintas olas *(waves)* de inmigración a los EE.UU.?

Vocabulario útil

el convenio   *agreement*
la granja   *farm*
los impuestos   *taxes*
el patrón   *pattern*
**la Segunda Guerra
   Mundial**   *World War II*

A escuchar

◀)) Marcos va a hablar de varias olas de inmigración que han ido a la Argentina durante los
5-2 siglos XX y XXI. Toma apuntes sobre lo que dice. Después compara tus apuntes con los de un compañero y organiza la información para contestar las siguientes preguntas.

1. ¿Cuándo y por qué vino la ola más grande de inmigrantes? ¿Qué evento provocó su inmigración? ¿De dónde vino?

2. ¿Qué impacto tuvo este grupo de inmigantes en el país? ¿Por qué?

3. ¿Pertenece la familia de Marcos a una de estas olas? ¿Cuál?

4. ¿De dónde y cuándo vinieron las otras dos olas? ¿Por qué?

Después de escuchar

¿Qué opinas del convenio entre China y la Argentina? ¿Cuáles son los beneficios para cada país? En tu opinión, ¿cómo cambia este convenio la experiencia de los inmigrantes?

Hay ventajas y desventajas de
emigrar a otro país.

© iStock.com/rrodrickbeiler

Literatura

Nota biográfica

Victoria Pueyrredón (1920–2008) nació en Buenos Aires, Argentina. Publicó sus primeros cuentos y poemas en una revista cuando era adolescente y publicó su primer libro de poemas en francés a los veinte años. Más tarde trabajó como periodista en Montevideo donde fue corresponsal para *El País*. Era responsable de las entrevistas para el periódico del domingo y tuvo la oportunidad de entrevistar a grandes escritores como Jorge Luis Borges, Victoria Campo y Pablo Neruda. Escribió dos libros de cuentos, *Destinos* y *Acabo de morir*.

Antes de leer

1. Piensa en un objeto que consideres muy importante. ¿Qué es y por qué lo consideras importante?

2. Imagina que pierdes el objeto que mencionaste en la pregunta #1. ¿Cuál es tu reacción?

Drama moderno

hang on / threw myself	1	¡Ya se lo llevaron! Yo quise aferrarme*. Me arrojé* de la cama que se había aliado con mi
begged / tears		enfermedad para separarme de él...Pedí...Supliqué* ...Mis ojos se llenaron de lágrimas*, mi
sobs		garganta de sollozos* ...
		Imploré con timidez primero, luego ordené: -¡No me lo lleven!
disappear	5	Todo fue inútil. Lo vi desaparecer* poco a poco, hasta que la puerta se cerró bruscamente,
		dejándome más sola que nunca.
loneliness / scorn		Mi cuarto se llenó de una soledad* sin remedio, soledad que me miraba con desprecio*
arrogance		y altivez* porque yo no la conocía.
		¿Cuándo le volvería a ver? Nunca me había sentido como en ese instante...
	10	¡Y se lo llevaron!
tenderness		Antes de desaparecer, quizá por una eternidad, nos miramos con ternura*, con amor, con
		desesperación, con tristeza...¿Podríamos seguir viviendo separados?
voice / life / decreased		No. Él necesitaría siempre mi voz* que llenaba su vida*, que disipaba* su soledad...
sorrows		Yo, ¿cómo vivir sin él?... ¿En quién depositar mis penas* y alegrías? ¿Dónde encontrar
ear / complaints / silent	15	un oído* para mis quejas*?...¿Quién habría de escucharme, así, tan callado* pero lleno de
		vibraciones?...
screaming		¡No!... ¡Yo no podría seguir viviendo!...Y corrí hacia la puerta gritando* como una loca:
		-¡Devolvedme ese teléfono!...¡No me lo quitéis que es mi vida!...¡Por favor!...

Sources: Victoria Pueyrredón, *Doce escritoras argentinas*. AUDE Ediciones, 1990, p. 117.

Foreshadowing is a literary device in which an author gives hints of what is going to happen without spoiling the suspense. The reader cannot always tell if foreshadowing is being used until after the event occurs.

— If you're taken by surprise, read back through the text and find the clues the author left. Can they now be interpreted in a different way?

— What clues did the author choose to give? Why do you think those clues were chosen?

TERMINOLOGÍA LITERARIA

la personificación   *personification*   **presagiar**   *to foreshadow*
las pistas   *clues*

Después de leer

A. Comprensión

1. ¿Qué perdió el protagonista?
2. Ahora que sabes qué objeto perdió, ¿cuáles son las pistas *(clues)* que nos da la autora para presagiar la conclusión?
3. ¿Cuál es el tono del cuento? ¿Qué frases o imágenes se usan para establecer el tono?
4. ¿Cómo emplea Pueyrredón la personificación en el cuento?

B. Conversemos

1. ¿Piensas que la protagonista es una persona completamente normal? Explica.
2. ¿Te identificas con la protagonista? ¿Por qué?
3. ¿Alguna vez perdiste algo muy importante? ¿Qué hiciste?

© Voyagerix/Shutterstock.com

5.29 **¿Por qué?** Explica qué ha ocurrido para causar estas circunstancias. Usa el presente perfecto.

> **Modelo** Miguel ya no compra libros de papel.
> *Sus padres le han comprado un lector electrónico.*

1. Julio necesita cambiar su contraseña.
2. Los estudiantes están protestando.
3. Verónica ya no tiene empleo.
4. Rafael no puede entrar en su cuenta de Instagram.
5. Mis padres tienen que pagar muchos impuestos este año.
6. Mis mejores amigos no se hablan desde la semana pasada.

5.30 **Un organizador** Enrique habla sobre sus experiencias como organizador de eventos para la comunidad. Completa el texto usando la forma apropiada del presente perfecto (subjuntivo o indicativo) de los verbos indicados.

Yo (1) _____ (encontrar) un trabajo que me encanta –soy organizador. Es increíble que (2) _____ (trabajar) tanto tiempo en esto porque el sueldo *(salary)* no es mucho, pero (3) _____ (aprender) que el dinero no lo es todo. Las personas de mi comunidad con quienes trabajo me (4) _____ (enseñar) que es posible lograr cambios necesarios. Me alegro de que nosotros (5) _____ (tener) varias oportunidades de efectuar cambios positivos en nuestra comunidad. Nosotros (6) _____ (organizar) unas clases de computación en la biblioteca. Me encanta que mis vecinos ancianos (7) _____ (conectarse) con el mundo por medio del Internet. Esta (8) _____ (ser) una de mis experiencias favoritas.

Nuestro próximo proyecto es una guardería *(daycare)*. No creo que se (9) _____ (establecer) una segura, moderna y de precio razonable en esta comunidad. Conozco a varias persona que no (10) _____ (poder) encontrar un lugar adecuado para cuidar a sus hijos mientras trabajan. ¡Es bueno saber que yo (11) _____ (lograr) cambios positivos en mi comunidad!

5.31 **Nuevos proyectos** Enrique y los miembros de su comunidad han contemplado varios proyectos. Completa sus ideas. Atención al uso del subjuntivo y del indicativo.

1. Podemos organizar algunas actividades por la tarde para los niños de la escuela primaria en caso de que...
2. No podemos ofrecer clases de natación para los niños menores de 5 años sin que...
3. Podemos ofrecer programas culturales para que...
4. Es una buena idea ofrecer clases de lenguas porque...
5. Quiero comenzar un programa de reciclaje antes de que...
6. Es necesario plantar más árboles en los parques aunque...

5.32 **Mis experiencias** Piensa en cuando has hecho las siguientes actividades. Después, cuéntale los detalles a un compañero. **¡Ojo!** Vas a usar el pretérito y el imperfecto para contar los detalles.

Modelo escribirle a un representante del gobierno
Yo le he escrito a un representante del gobierno. El semestre pasado en mi clase de historia tuvimos que escribirle a un representante del gobierno como tarea. Yo decidí escribirle a nuestro senador. Iban a votar para subir los impuestos. Le escribí un correo electrónico y le dije que no estaba de acuerdo.

1. hacer algo para preservar el medio ambiente
2. protestar contra algo
3. resolver un conflicto
4. tener problemas con la tecnología
5. ayudar a otra persona con la tecnología

5.33 **En el futuro** Túrnense para preguntarse si van a hacer las siguientes actividades y responder explicando las circunstancias. Usen las expresiones adverbiales **a menos que, con tal de que, mientras que** y **siempre y cuando** para explicar más.

Modelo salir este fin de semana
Estudiante 1: *¿Vas a salir este fin de semana?*
Estudiante 2: *Voy a salir este fin de semana siempre y cuando haga buen tiempo. ¿y tú?*
Estudiante 1: *No voy a salir este fin de semana hasta que termine mi proyecto.*

1. estudiar esta noche
2. tomar otra clase de español
3. trabajar este verano
4. comprar un coche
5. viajar a otro país
6. graduarse este año

5.34 **El invento más importante** En un grupo de tres o cuatro estudiantes van a decidir cuál ha sido uno de los inventos más importantes.

Paso 1 Escribe una lista de ocho inventos que consideras muy importantes para la sociedad. ¡Sé específico! Luego compara tu lista con las de tus compañeros. ¿Hay algunos inventos que todos hayan escrito en sus listas?

Paso 2 Cada uno debe escoger un invento en su lista que crea que ha sido el más importante o el más impactante y explicarles a los otros sus razones. Luego pónganse de acuerdo sobre cuál es el invento más importante.

Paso 3 Repórtenle a la clase el invento que escogieron y por qué.

🔊
5-3

La sociedad moderna

la causa   *cause*
el conflicto   *conflict*
el empleo   *job, employment*
el feminismo   *feminism*
la globalización   *globalization*
la huelga (de hambre)   *(hunger) strike*
los impuestos   *taxes*
la libertad (de prensa)   *freedom (of the press)*
el machismo   *chauvinism*
la manifestación   *demonstration*
la marcha   *march (protest)*

la migración   *migration*
la modernidad   *modernity*
el movimiento (ecologista, pacifista, social)   *(environmental, pacifist, social) movement*
la opinión pública   *public opinion*
la participación   *participation, involvement*
la petición   *petition*
el progreso   *progress*
la reforma   *change, reform*

La tecnología

la aplicación   *app*
el archivo   *file*
la arroba   *"at" sign, @*
el blog   *blog*
la carpeta   *file*
la computadora portátil   *laptop*
la contraseña   *password*

el correo electrónico   *email*
el lector electrónico   *e-reader*
las redes sociales   *social networks*
la tableta   *tablet*
el teclado   *keyboard*
la transmisión por demanda   *streaming*

Adjetivos

actual   *current*
contemporáneo(a)   *contemporary*

convencional   *conventional*

Verbos

actualizar   *to update*
adjuntar   *to attach*
bajar   *download*
borrar   *to delete, to erase*
chatear   *to chat online*
comprometerse,   *to make a commitment, to agree formally*
conseguir (i, i)   *to get, to obtain*
descargar   *download*
donar   *to donate*
empeorar   *to get worse, to deteriorate*

enterarse   *to find out*
evolucionar   *to evolve*
firmar   *to sign*
grabar   *to record*
guardar   *to save*
ingresar   *to log in*
hacer clic (en)   *to click (on)*
involucrarse (en)   *to get involved (in)*
mejorar   *to improve*
subir   *to upload*
valorar   *to value*

Adverbios

a fin de que   *in order that, so that*
alguna vez   *ever*
a menos que   *unless*
antes (de) que   *before*
aunque   *although, even though, even if*
como   *as, how, however*
con tal (de) que   *as long as, in order that, so that*
cuando   *when*
después (de) que   *after*

(a)donde   *where, wherever*
en caso de que   *in case*
en cuanto   *as soon as*
hasta que   *until*
mientras que   *as long as*
todavía   *still*
todavía no   *not yet*
nunca   *never*
para que   *in order that, so that*

porque *because*
puesto que *since, as*
recientemente *recently*
siempre y cuando *as long as, provided that*

sin que *without*
tan pronto (como) *as soon as*
ya *already*
ya que *since, as*

Terminología literaria

la personificación *personification*
las pistas *clues*

presagiar *to foreshadow*

Diccionario personal

_____

_____

_____

_____

_____

_____

_____

_____

_____

_____

_____

_____

_____

_____

_____

_____

_____

_____

_____

CAPÍTULO 6

Estrategia para avanzar

Watching movies can allow you to hear and have time to analyze how speakers narrate, without feeling the pressure that you would encounter in normal conversation to understand and respond accordingly. When characters discuss their pasts or recount important events, listen for how they intertwine the preterite, imperfect, imperfect subjunctive, and other past forms. You can rewind as many times as you need and turn on subtitles if necessary.

After completing this chapter, you will be able to:

- Narrate and report past actions with more accuracy
- Express and support opinions about films and other forms of entertainment

Entretenimiento... ¡de película!

El Teatro Nacional Rubén Darío, en Managua, Nicaragua

Vocabulario

¿Cuál de los eventos te parece "de película"?

El entretenimiento

el acto *act*
la actuación *performance*
el (la) aficionado(a) *fan*
el (la) aguafiestas *party pooper*
el anfitrión / la anfitriona *host*
el baile *dance*
la balada *ballad*
la banda sonora *soundtrack*
la butaca *seat (at a theater or movie theater)*
la canción *song*
el (la) cantante *singer*
la cartelera *movie listing, movie billboard*
el chiste *joke*
el circo *circus*
el (la) comediante *comedian*
el cortometraje *short film*
la crítica *review of a film*
el (la) crítico(a) *critic*
el (la) director(a) *director*
los efectos especiales *special effects*
la escena *scene*
el espectáculo *show, performance*
el estreno *premiere*
el éxito *success*
el final *ending*

el fracaso *failure*
la función *show*
las golosinas *sweets, snacks*
el intermedio *intermission*
el medio tiempo *halftime*
las palomitas de maíz *popcorn*
la pantalla *screen*
el parque de diversiones *amusement park*
el partido *game (sport), match*
el payaso *clown*
el personaje *character (in a film or a book)*
el premio *prize, award*
el (la) protagonista *protagonist*
el público *audience*
el salón de baile *ballroom*
el talento *talent*
la taquilla *box office, ticket office*
la trama *plot*

Adjetivos

emocionante *exciting, thrilling*
gracioso(a) *funny*

Verbos

actuar *to act*

comentar *to comment*
conmover (ue) *to move (emotionally)*
entretener *to entertain*
estrenar *to premiere, to show (or use something) for the first time*
exhibir *to show (a movie)*
filmar *to film*
pasársela bien/mal *to have a good/bad time*
producir *to produce*

Clasificación de películas

la película... *movie, film*
  animada / de animación *animated*
  clásica *classic*
  cómica *funny, comedy*
  de acción *action*
  de aventuras *adventure*
  de ciencia ficción *science fiction*
  de horror *horror*
  de misterio *mystery*
  de suspenso *suspense*
  documental *documentary*
  dramática *drama*
  romántica *romantic*

INVESTIGUEMOS EL VOCABULARIO

The expression "two thumbs up" doesn't exist in Spanish. It is possible to express the same idea saying that it is recommendable (**es muy recomendable**), or that it is worth it (**vale la pena**). ¡**De película!** is used colloquially in Mexico and Central America to express that an event such as a party, vacation, trip, or romantic date was very good. If you want say that something is funny in addition to **gracioso**, you can use the word **chistoso**.

A practicar

6-1

6.1 **Escucha y responde** Observa las ilustraciones e indica si las ideas que vas a escuchar son ciertas, falsas o si no se sabe.

6.2 **¿Qué es?** Completa las ideas con una palabra lógica del vocabulario.

1. El asiento en donde nos sentamos cuando vamos al cine o al teatro se llama _____.

2. En el cine se usan _____ para ser realistas. Algunos ejemplos son las explosiones y los superhéroes que vuelan *(fly)*.

3. Las películas de aventuras generalmente son muy _____ porque hay mucha acción.

4. Escribir _____ de cine debe de ser un trabajo muy divertido.

5. Una película que no tiene éxito de taquilla y no les gusta a las personas es una película que _____.

6. Las obras de teatro generalmente se dividen en _____.

7. Para triunfar como actor se debe tener _____.

8. En una película _____ la trama es sobre el amor.

9. Los _____ son parte del entretenimiento de un circo, y a veces de las plazas y las fiestas para niños.

10. Una persona que no sabe divertirse y arruina las fiestas es un _____.

6.3 **Diferencias y semejanzas** Túrnense para explicar la relación entre cada par de palabras.

1. película de horror / película de misterio
2. personaje / protagonista
3. éxito / fracaso
4. intermedio / medio tiempo
5. golosinas / palomitas
6. canción / cantante
7. comentar / criticar
8. comediante / gracioso

Expandamos el vocabulario

The following words are listed in the vocabulary. They are nouns, verbs, or adjectives. Complete the table using the roots of the words to convert them to the different categories.

Verbo	Sustantivo	Adjetivo
actuar		
	estreno	
		finalizado
filmar		
entretener		

6.4 **El entretenimiento desde tu perspectiva** Comenten en parejas sus respuestas a las preguntas. Recuerden que el objetivo es tener una pequeña conversación, dando información adicional cuando sea posible.

1. ¿Cuál de los espectáculos en las ilustraciones es más popular entre tus amigos? ¿Cuál de estos tipos de entretenimiento prefieres tú?

2. En una de las ilustraciones unos jóvenes están en un concierto en una plaza. ¿Qué tipo de música piensas que escuchan? ¿Por qué? ¿Has asistido a un concierto al aire libre? ¿De quién?

3. Una de las ilustraciones muestra al público de un cine. ¿Crees que se están divirtiendo? ¿Hay personas mayores en el público? ¿Por qué? ¿Qué comen? ¿A ti te gusta ir al cine?

4. ¿Qué equipos crees que están jugando en el partido de fútbol que se muestra en la ilustración? ¿Por qué lo crees? ¿Has asistido a algún partido de fútbol? ¿Sabes qué hace la gente para entretenerse durante el medio tiempo?

5. En una de las escenas unos amigos están reunidos en la casa de uno de ellos. ¿De qué crees que hablan? ¿Qué hacen tus amigos y tú cuando se reúnen?

6.5 **Ideas incompletas** Túrnate con un compañero para completar las siguientes ideas con sus opiniones personales.

1. Las mejores películas son...

2. La peor película que he visto fue...

3. Un actor/Una actriz muy talentoso(a) es...

4. Un actor/Una actriz que me cae mal es...

5. Pienso que los críticos...

6. Un éxito de taquilla reciente fue...

7. Este mes en la cartelera hay...

8. Una película muy emocionante es...

6.6 **Tus experiencias** En grupos de tres hablen sobre sus experiencias con el entretenimiento.

1. ¿Qué tipo de entretenimiento es tu favorito? ¿Por qué?

2. ¿Qué te gusta o no te gusta de ir al teatro?

3. ¿Has visto películas de España o Hispanoamérica? ¿Cuáles?

4. ¿Conoces actores o actrices de España o Hispanoamérica? ¿Quiénes? ¿Qué opinas de ellos?

5. ¿Qué tipo de películas prefieres y por qué? ¿Puedes recomendar una?

6. ¿Cuál fue la última película que viste? ¿Dónde la viste? ¿Te gustó? ¿Por qué?

7. ¿Quiénes son tus cantantes favoritos? ¿Has asistido a algún concierto? ¿Cuál?

8. ¿Te gustan los circos? ¿Por qué?

6.7 **El sentido del humor** En las reuniones de amigos es común contar chistes, pero el sentido del humor es diferente en cada cultura. ¿Te parecen graciosos los chistes que aparecen a continuación? Después de leerlos, trabaja con un compañero y cuéntale un chiste en español.

1. — ¿Qué le dijo un pez a otro pez?

   — Nada.

2. — Papá, ¿qué se siente tener un hijo tan guapo?

   — No sé, hijo, pregúntale a tu abuelo.

3. — ¿Cuál es el único país que se puede comer?

   — Chile.

4. —Jaimito, ¿tú no rezas *(pray)* antes de comer?

   — No, mi madre es buena cocinera.

5. Iban dos ratas paseando por la calle, cuando pasa por encima un murciélago *(bat)*.

— ¿Qué es eso? —dice una de ellas.

— Mi novio, que es piloto.

6. Un hombre va al médico.

— Doctor, mi familia cree que estoy loco.

— ¿Por qué?

— Porque me gustan las salchichas *(sausages)*.

— No entiendo, a mí también me gustan.

— Pues tendría que ver mi colección. ¡Tengo miles!

6.8 **Citas** ¿Están de acuerdo sobre las siguientes citas acerca del entretenimiento? Expliquen lo que piensan que significan y después digan si están de acuerdo o no y por qué.

- Al pueblo *(masses)*, pan y circo. (Juvenal, poeta, circa, 100 a.c.)
- El entretenimiento es la felicidad de los que no saben pensar. (Anónimo)
- En los cines, lo último *(the last thing)* que queda de buen gusto *(taste)*, son las palomitas. (Mike Barfield, artista estadounidense, 1978–)
- Los matrimonios jóvenes no se imaginan lo que *(what)* deben a la televisión. Antiguamente había que *(it was necessary)* conversar con el cónyuge *(spouse)*. (Isidoro Loi, escritor chileno, 1940–)

6.9 **Un día en la vida de...** Trabaja con un compañero e imaginen que son una de las personas de la ilustración y que llegan a casa después de un día difícil. Cuéntenle a su familia lo que les ocurrió durante el día.

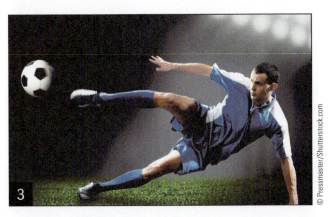

Revalorizando el quechua con música pop

Antes de ver

¿Has escuchado música en otros idiomas? ¿Qué idiomas?

La lengua quechua, originalmente llamada runasimi, era el idioma de los incas, y todavía lo hablan millones de personas en los países andinos (Argentina, Bolivia, Chile, Ecuador y Perú). De hecho, es el cuarto idioma más hablado en Latinoamérica. Además, en la actualidad hay varias iniciativas para preservar el idioma quechua, ya que la mayoría de los habitantes de estos países habla español.

© AFP Footage/Getty Video

Vocabulario útil

avergonzarse *to be ashamed*	**gozar** *to enjoy*
la cruzada *crusade*	**revalorizar** *to value*
encaminar *to direct*	**la vergüenza** *shame*

Comprensión

Responde las preguntas sobre el video en tus propias palabras.

1. ¿Cuántos años tiene Renata Flores y por qué es una sensación en Internet?
2. ¿Cuál es el objetivo de Renata?
3. ¿Quién promovió este objetivo y por qué?
4. ¿Cuántas personas hablan quechua en Perú?

Después de ver

 Habla con un compañero para responder las siguientes preguntas.

1. ¿Por qué crees que algunos jóvenes se avergüenzan de la lengua de sus antepasados?
2. ¿Piensas que esta idea de la madre de Renata es una buena manera de revalorizar la lengua? ¿Por qué?
3. ¿Qué influencia ha tenido el idioma español en el inglés? ¿y el inglés en el español?

Las ruinas incas de Sacsayhuamán, en Perú

© Christian Vinces/Shutterstock.com

A perfeccionar

A analizar ▶

Marcos habla sobre su experiencia ayudando a organizar una obra de teatro. Después de ver el video, lee el párrafo y observa los verbos en negrita y subrayados. Luego contesta las preguntas que siguen.

¿Cómo ayudaste al grupo de teatro para preparar la obra?

Cuando <u>fui</u> a verlos, ellos ya **habían hecho** mucho del trabajo. Ya **habían escogido** el vestuario, ya **habían practicado** sus parlamentos *(lines)*. También **habían investigado** el contexto socio-histórico-político y hasta **habían tomado** decisiones con respecto a la decoración del escenario. Todas esas cosas ya estaban listas. Entonces, solo <u>tuve</u> que hacer un par de cosas. En primer lugar, les <u>di</u> sugerencias sobre la música, y también les <u>propuse</u> un nuevo juego de luces *(lighting plan)* para ayudarlos a que la escena estuviera preparada.

—Marcos, Argentina

1. ¿Cómo se forman los verbos en negrita? ¿A qué otra forma verbal se parece?

2. Todos los eventos ocurrieron en el pasado, pero ¿qué eventos ocurrieron primero: los de los verbos en negrita o los de los verbos subrayados?

A comprobar

El pluscuamperfecto

1. Similar to the present perfect, the past perfect (also known as the pluperfect, or **el pluscuamperfecto** in Spanish) combines the imperfect form of the verb **haber** with the past participle (such as **cantado**, **comido**, **vivido**).

haber	
yo	**había**
tú	**habías**
él, ella, usted	**había**
nosotros(as)	**habíamos** + participle
vosotros(as)	**habíais**
ellos, ellas, ustedes	**habían**

La actriz **había trabajado** por muchos años cuando por fin recibió un premio.
*The actress **had worked** for many years before she finally received an award.*

¿**Habías visto** la película antes?
***Had you seen** the movie before?*

2. The past perfect is used to express a past action that was completed before another past action.

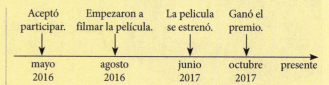

Aceptó participar.	Empezaron a filmar la película.	La película se estrenó.	Ganó el premio.	
mayo 2016	agosto 2016	junio 2017	octubre 2017	presente

Camilo ya **había aceptado** participar en la película cuando empezaron a filmar.
*Camilo **had** already **agreed** to participate in the film when they began filming.*

Antes de ganar el premio, la película se **había estrenado**.
*Before winning the award, the movie **had premiered**.*

3. Remember the irregular past participles from **Capítulo 5**.

abrir	**abierto**
decir	**dicho**
devolver	**devuelto**
escribir	**escrito**
hacer	**hecho**
morir	**muerto**
poner	**puesto**
romper	**roto**
ver	**visto**
volver	**vuelto**

4. As done with the present perfect, direct object, indirect object, and reflexive pronouns are placed in front of the conjugated form of **haber.**

No **se** habían ido cuando llegué.
They hadn't left when I arrived.

Ya **lo** habíamos visto.
We had already seen it.

A practicar

6.10 **Conclusiones lógicas** Relaciona las dos columnas para encontrar la conclusión lógica a cada situación.

1. El director no recibió ningún premio porque...
2. Le dieron un trofeo porque...
3. Todos se rieron porque...
4. Yo estaba contento durante la película porque...
5. El aficionado se enojó porque...
6. Los padres de Fonchito lo llevaron al circo porque...

a. había comprado golosinas antes de entrar.
b. ella había contado un chiste muy gracioso.
c. se lo habían prometido.
d. su equipo había perdido el partido.
e. su equipo había ganado todos los partidos.
f. la película había fracasado.

6.11 **¿Y antes?** Todas estas personas lograron la fama, ¿pero qué habían hecho antes?

Lorena García	Enrique Iglesias	Jennifer López	Shakira
Penélope Cruz	William Levy	Marc Anthony	Sofía Vergara

Logró la fama, pero antes...

1. recibir una beca *(scholarship)* para jugar al béisbol en la universidad
2. competir en atletismo *(track)* a nivel nacional
3. ser estudiante de negocios en la Universidad de Miami
4. trabajar en el Hotel Ritz-Carlton en París
5. casarse
6. estudiar el baile clásico por 9 años
7. ser rechazada *(rejected)* para el coro *(choir)* de la escuela
8. cantar como corista *(back-up)* para el grupo Menudo

6.12 **¿Qué habías hecho?** Habla con un compañero sobre lo que habías hecho antes de los siguientes momentos en tu carrera académica.

Modelo Cuando cumplí diez años ya...

Estudiante 1: *Cuando cumplí diez años, ya había vivido en Europa.*
Estudiante 2: *Cuando cumplí diez años, ya había viajado en avión.*

1. Cuando comencé la escuela primaria, ya...
2. Cuando terminé la escuela primaria, ya...
3. Cuando me gradué de la escuela secundaria, ya...
4. Cuando empecé a estudiar español, ya...
5. Cuando entré a la universidad, ya...
6. Cuando empezó el semestre, ya...
7. Cuando llegué a clase esta mañana, ya...

6.13 Problemas en el escenario Filiberto es productor y está trabajando en una nueva película. Tuvo una filmación ayer, pero no fue un buen día. Explica lo que había ocurrido para causar cada evento.

> **Modelo** Varios actores no llegaron. → *Habían decidido no trabajar en la película.*

1. El productor llegó tarde para la filmación.
2. La maquillista no pudo maquillar a los actores.
3. El actor principal no tenía voz *(voice)*.
4. El camarógrafo *(cameraman)* tuvo que ir al hospital.
5. Se apagaron las luces *(lights)* durante la filmación.
6. Uno de los actores no sabía lo que tenía que decir.
7. La directora tuvo que irse temprano.
8. Descubrieron que no se grabó la escena.

6.14 En preparación Trabaja con un compañero y mencionen dos o tres actividades que hicieron para prepararse para las siguientes actividades. Observen las actividades que tienen en común y repórtenle a la clase las actividades que los dos hicieron.

1. antes de cenar ayer
2. antes de acostarte anoche
3. antes de salir para la universidad
4. antes de tomar el último examen de español
5. antes de salir en tu último viaje
6. antes de una fiesta que diste o a la que asististe

6.15 En busca de... Circula por la clase para buscar a un compañero que haya hecho las siguientes actividades durante el último año. Cuando encuentres a alguien que responda que sí, averigua *(find out)* si había hecho la otra actividad antes.

> **Modelo** ir a una obra de teatro (comprar los boletos antes de llegar al teatro)
>
> Estudiante 1: *¿Fuiste a una obra de teatro el último año?*
> Estudiante 2: *Sí, fui a una obra de teatro.*
> Estudiante 1: *¿Habías comprado las entradas antes de llegar al teatro?*
> Estudiante 2: *No, las compramos en la taquilla cuando llegamos.*

1. ir a un concierto (asistir antes a otro concierto de este artista)
2. hacer una fiesta en casa (hacer muchas preparaciones antes de la fiesta)
3. asistir a un evento deportivo (tener un picnic en el estacionamiento antes del partido)
4. ver una película basada en un libro (leer el libro antes)
5. ir al teatro (cenar en un restaurante antes de la función)
6. ir a bailar (tomar lecciones de baile antes)
7. ver una película en casa de amigos (hacer palomitas antes)
8. hacer una presentación (de canto, baile, teatro, etcétera) (practicar mucho antes de la presentación)

¿Hiciste una presentación durante el último año?

6.16 **Avancemos** Los siguientes dibujos son escenas de diferentes películas. Túrnate con un compañero para explicar lo que pasó en las situaciones usando el pretérito y el imperfecto, y lo que había pasado antes usando el pluscuamperfecto. Den muchos detalles.

Conexiones culturales

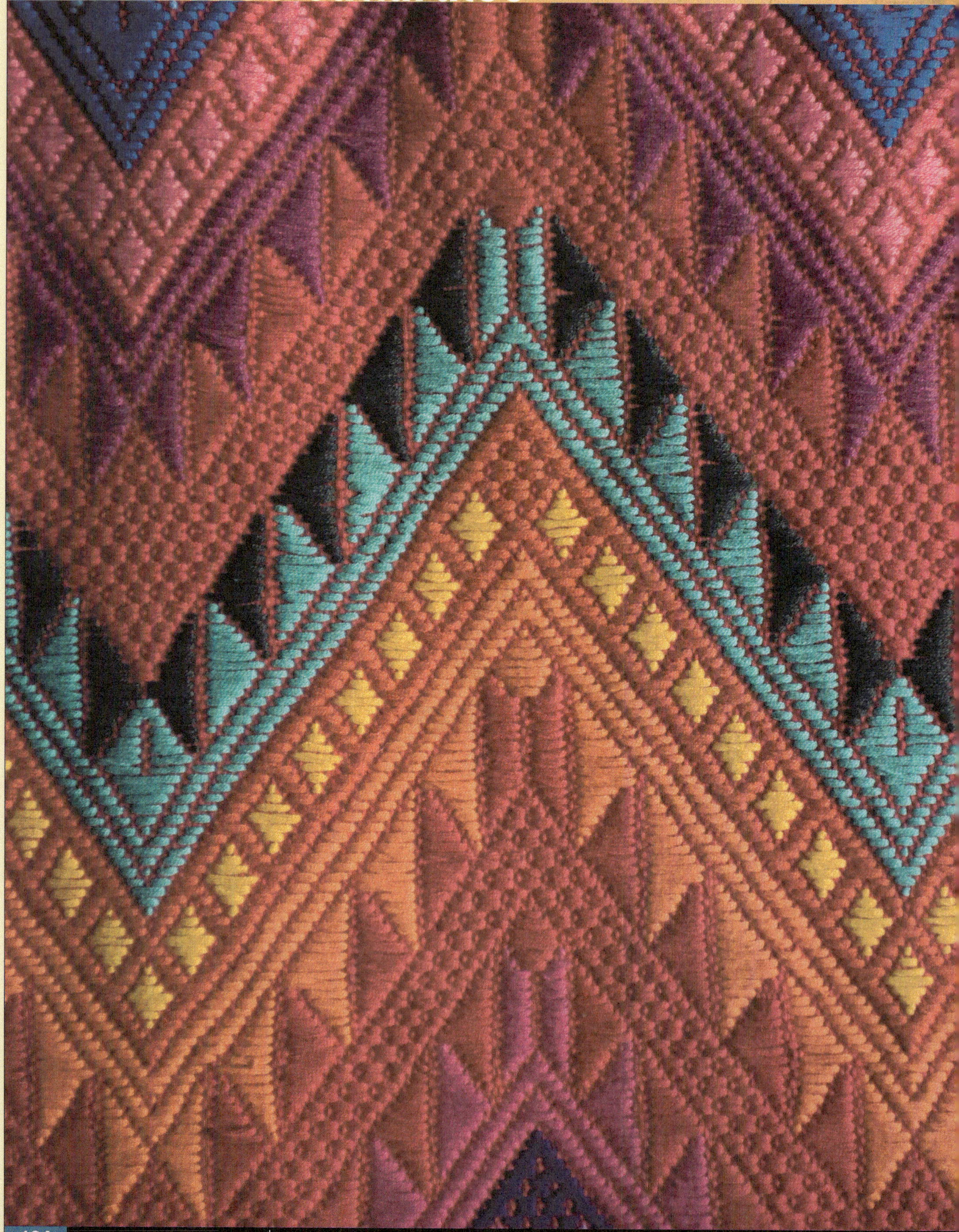

Conexiones . . . a la economía

El fútbol y la industria del entretenimiento

Los deportes no solo están entre los entretenimientos más populares en el mundo, sino también entre las industrias más lucrativas del planeta. Los aficionados a los deportes generan grandes ganancias[1] mediante los precios de las entradas a los estadios, la venta de productos con logotipos de los equipos y hasta con apuestas[2].

Un deporte que genera pasión entre millones de personas es el fútbol. Según un informe de la Federación Internacional de Fútbol Asociado (FIFA), más de 265 millones de personas practican este deporte de manera regulada, incluyendo fútbol masculino, femenil y juvenil. Además, la popularidad de este deporte sigue en aumento. En los Estados Unidos hay 24,4 millones de futbolistas, en Brasil más de 13 y en México 8,4.

Aunque en varios países europeos se jugaron deportes parecidos al fútbol durante toda la Edad Media[3], se considera que el fútbol moderno nació en 1863, en Inglaterra, cuando se promovió en Londres un código[4] de fútbol que fue aceptado por todos los países. El deporte se extendió primero por Europa, y luego por el mundo entero, haciéndose muy popular en Latinoamérica. La FIFA fue creada en 1904 y la primera Copa Mundial se jugó en 1930 en Uruguay.

El fútbol es una pasión mundial. En esta foto Ecuador juega contra México.

La FIFA y los clubes de fútbol alrededor del mundo ganan mucho dinero, pero también es cierto que la FIFA y algunos clubes devuelven algo a la sociedad: desde 1999 la FIFA trabaja con la UNICEF con propósitos benéficos, aportando dinero para el desarrollo[5] del deporte en comunidades de bajos recursos[6]. Además, organiza partidos amistosos para recaudar[7] fondos de beneficencia. Muchos clubes deportivos realizan también sus propios eventos para ayudar a su comunidad. Así, todos ganan con el deporte.

Source: FIFA; *Diario Uruguay*.

---

[1]*earnings* [2]*bets* [3]*Middle Ages* [4]*rules* [5]*development* [6]*low income* [7]*to gather*

Hablemos del tema

1. ¿Conoces a alguien que practique fútbol o que sea aficionado?
2. ¿Por qué crees que el fútbol sea el deporte más popular en el mundo?
3. ¿Crees que el deporte ayude a una comunidad de otra manera? Explica.

Una chica se entretiene con una tableta en la terraza de un café en Argentina.

© iStock.com/andresr

Comparaciones

El entretenimiento y las nuevas generaciones

Hoy en día las formas de entretenimiento más populares entre los adolescentes incluyen la música, las películas y los videojuegos. Según algunos estudios recientes en México, la televisión ya no es el principal medio de entretenimiento de las nuevas generaciones porque la mayoría prefiere el Internet. Los jóvenes mexicanos pasan 4,5 horas de su día conectados a Internet, y muchos reconocen no saber cómo sería su vida sin Internet. Además, 7 de cada 10 jóvenes juegan videojuegos en línea. Ocurre algo similar en España, donde el 22% de los jóvenes pasa más tiempo entreteniéndose con la computadora que con la televisión. En Argentina la tendencia es aun mayor, ya que los argentinos son los latinoamericanos que más tiempo pasan usando el Internet.

En los Estados Unidos, la edad también explica muchas diferencias. Por ejemplo, en promedio[1] las personas de la tercera edad, ven casi cinco horas de televisión diariamente, comparado con 2,2 horas para los jóvenes entre 15 y 19 años. Los jóvenes pasan dos veces más tiempo jugando en sus computadoras que el grupo de los mayores de 75 años. Este grupo dedica diez veces más tiempo a la lectura que los jóvenes de 15 a 19 años.

Sin embargo, no se puede inferir de esta información que las personas mayores de todos los países hagan las mismas actividades: en España los jóvenes son quienes más leen. En este país, los adultos mayores prefieren hacer actividades como salir a caminar. La conclusión es que no solo la edad, sino también la cultura de un país influencia cómo se entretienen las personas.

Source: *Vanguardia;* Bureau of Labor Statistics, *American Time Use Survey;* foros.softfonic.com; *Europa express; Telemundo47*

---

[1]*average*

Hablemos del tema

1. ¿Eran diferentes tus pasatiempos hace cinco años a los que tienes ahora?

2. ¿Estás de acuerdo en que la televisión ha perdido su papel como principal medio de entretenimiento? Explica.

Cultura

El nuevo cine latinoamericano

El cine, la música y los deportes siempre han sido formas populares de entretenimiento en los países hispanohablantes. En particular, ver películas es una de las formas favoritas para divertirse cuando se tiene tiempo libre. El costo de asistir a una función de cine es, en general, económico y en los últimos años la transmisión por demanda de películas en Internet también se ha hecho muy popular.

Aunque es evidente que el interés por las películas ha crecido gracias a la tecnología, no es tan evidente el entusiasmo latinoamericano por producir un cine propio, con nuevas propuestas[1], para dejar de ser solamente espectadores de películas producidas en otros países.

Durante muchos años, Brasil, Argentina y México han dominado la producción cinematográfica, produciendo casi el 90% de las películas filmadas en Latinoamérica. Además, estos países producen un número importante de filmes coproducidos con España, otro país muy activo en la cinematografía.

Para entender la explosión que ha tenido este medio artístico en Hispanoamérica, se puede citar el caso de Argentina, en donde se estudia cinematografía en números récord: de cada cuatro estudiantes de cinematografía en el mundo, uno está en Argentina. En Argentina se producen entre 50 y 60 películas al año con menos dinero del que Hollywood gasta en hacer solamente una película. A pesar del[2] bajo costo, un número importante de las películas argentinas recibe reconocimientos en los premios internacionales.

La explosión de la producción cinematográfica ha resultado en la creación de múltiples festivales de cine para estrenar estas películas. Sobresalen por su tradición el Festival de San Sebastián (España), el Festival de Cine de la Habana (Cuba), el Festival de Cartagena (Colombia) y el Festival de Viña del Mar (Chile), el que

---

[1]ideas [2]despite

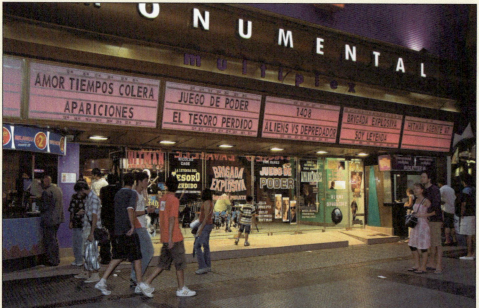

Brasil, Argentina y México producen el 90% de las películas filmadas en Latinoamérica.

con su inicio en 1967 marcó lo que se conoce como el comienzo del nuevo cine latinoamericano.

La tecnología ha influenciado la manera en que el público accede a las películas y es muy probable que nuevos canales de difusión como Internet también multipliquen las oportunidades de darse a conocer[3] al mundo entero. Hoy en día se puede filmar un corto hasta con una cámara fotográfica, y subirlo fácilmente a Internet. Quizás sea gracias a Internet que se den a conocer los nuevos directores y talentos del porvenir[4], de Latinoamérica y de todo el mundo.

Si te gusta el cine internacional, aquí hay una lista de algunos títulos populares:

El abrazo de la serpiente	*Nueve reinas*
Amores perros	*El laberinto del fauno*
Biutiful	*Diarios de motocicleta*
El secreto de sus ojos	*La misma luna*
Relatos salvajes	*Valentín*
No	*La Nana*

Source: Century Review

---

[3]*become known* [4]*future*

Hablemos del tema

1. ¿Por qué crees que el cine sea tan popular en tantos países?
2. ¿Has visto un cortometraje o película en español en clase o en Internet? ¿Te gustan los cortometrajes? ¿Por qué?

Comunidad

Busca una persona en tu comunidad que sea de un país hispanohablante y hazle una entrevista con las siguientes preguntas:

- ¿Cómo le gusta entretenerse a la gente en su país?
- ¿Hay diferencias en la forma en que le gusta entretenerse a la gente de diferentes edades?
- ¿Quiénes son algunos artistas (músicos, cantantes, actores, et cétera) populares y por qué?
- ¿Qué películas son populares?
- ¿Las películas extranjeras se doblan (*dub*) al español para exhibirse, o se usan subtítulos?

Estructuras 1

A analizar

Como forma de entretenimiento, la televisión ha cambiado con los años. Elena habla de las experiencias de su familia con la televisión. Después de ver el video, lee el párrafo y observa los verbos en negrita y las expresiones subrayadas. Luego contesta las preguntas que siguen.

¿Cómo ha cambiado la experiencia de ver la televisión?

Me acuerdo que cuando era niña teníamos un televisor enorme en la sala de la casa. Era muy pesado y no se veía muy bien. Mi abuela me contó que cuando ella era adolescente su familia compró un televisor de 20 pulgadas y que veían televisión en blanco y negro. Yo <u>no le creía</u> que su familia **hubiera comprado** un televisor tan pequeño y que **hubieran tenido** que ver la televisión en blanco y negro. También <u>me parecía imposible</u> que las películas **hubieran sido** producidas sin sonido, pero mi abuela dice que eran mudas. Mi abuela dice que <u>ojalá</u> ella **hubiera sido** artista de cine en esa época, porque los actores no tenían que memorizar ningún diálogo.

—Elena, Colombia

1. ¿Qué modo debe seguir las expresiones subrayadas: indicativo o subjuntivo?
2. ¿En qué tiempo aparecen las expresiones subrayadas: presente, pasado o futuro?
3. ¿Los verbos en negrita describen eventos que ocurrieron antes o después del tiempo de las expresiones?

A comprobar

El pluscuamperfecto del subjuntivo

1. You have learned the present perfect form of the subjunctive. There is also a past perfect, or pluperfect, form of the subjunctive. It consists of using the imperfect subjunctive form of the verb **haber** along with the past participle.

haber		
yo	**hubiera**	
tú	**hubieras**	
él, ella, usted	**hubiera**	
nosotros(as)	**hubiéramos**	+ participle
vosotros(as)	**hubierais**	
ellos, ellas, ustedes	**hubieran**	

Me alegré de que él **hubiera aceptado** ayudarnos.
*I was happy that he **had agreed** to help us.*

No creía que lo **hubieran hecho.**
*I didn't believe that they **had done** it.*

Era posible que se **hubieran quedado.**
*It was possible that they **had stayed.***

2. You have learned to use the subjunctive to indicate a lack of certainty or doubt about an event, as well as to indicate that something is indefinite or is dependent on a condition. The imperfect subjunctive is used to refer to an action that takes place in the past, but at the same time or after the action in the main clause.

Me molestaba que ella siempre **llegara** tarde.
*It bothered me that she always **arrived** late.*

Dudábamos que **entendieran** la película.
*We doubted that they **understood** the movie.*

Era posible que nos **dieran** el premio.
*It was possible that they **would give** us the award.*

The past perfect subjunctive, or pluperfect subjunctive, is used in these same circumstances when talking about something that occurred prior to the action in the main clause. Notice that the verb in the main clause is in the preterite or the imperfect indicative.

Me molestó que **hubiera llegado** tarde.
*It bothered me that she **had arrived** late.*

Dudábamos que **les hubiera gustado** la película.
*We doubted that they **had liked** the movie.*

Era posible que **hubieran ido** a ver otra película.
*It was possible that they **had gone** to see another movie.*

3. Ojalá is used with the past perfect subjunctive to express a wish that something had happened differently (contrary to fact) in the past.

Ojalá nuestro equipo **hubiera ganado.**
*I wish our team **had won.***

Ojalá **hubieras ido** al partido conmigo.
*I wish you **had gone** to the game with me.*

A practicar

6.17 **Clasificación** Las siguientes descripciones son escenas de diferentes películas. Léelas e indica qué tipo de película es.

1. Víctor dudaba que los extraterrestres hubieran llegado en son de paz *(peace)*.
2. Isabel empezó a creer que era posible que Héctor no le hubiera sido infiel *(unfaithful)* y que realmente la amara.
3. Rafael tenía miedo de que el monstruo hubiera matado a su amigo.
4. A los siete enanos les enojó que la madrastra de Blanca Nieves le hubiera dado una manzana envenenada *(poisoned)*.
5. El detective no creía que Leo hubiera cometido el crimen, pero tenía que buscar evidencia.
6. Antes de investigar, los científicos dudaban que los virus hubieran sido la causa de la contaminación del agua.

6.18 **Un mal fin de semana** Vanesa y su novio Bruno tuvieron un fin de semana muy decepcionante *(disappointing)*. El lunes ella habla con una amiga y le cuenta de su fin de semana. Termina sus ideas, expresando lo que le habría gustado *(she would have liked)* que hubiera pasado.

Modelo El viernes, salí tarde del trabajo.

Ojalá no hubiera trabajado hasta muy tarde.

1. El viernes, Bruno y yo fuimos a un restaurante italiano y descubrimos una cucaracha en la sopa.
2. Teníamos entradas para una obra de teatro. Llegamos tarde y perdimos el primer acto.
3. El sábado por la mañana, quería dormir hasta tarde, pero alguien me llamó a las ocho.
4. Por la tarde, el equipo de Bruno jugó un partido de fútbol muy importante y perdieron.
5. El sábado por la noche, fuimos a ver una película de horror y no me gustó para nada.
6. En el cine, compramos palomitas, pero estaban muy saladas.
7. El domingo, Bruno fue a una cena en casa de unos amigos, pero no pude ir porque estaba enferma.
8. Cuando regresaba a casa, un policía le dio una multa *(ticket)* a Bruno porque conducía demasiado rápido.

6.19 **Películas de niños** Las siguientes descripciones son de escenas de películas para niños. Completa las oraciones de una forma original usando el pluscuamperfecto del subjuntivo.

Modelo A la gente del pueblo le sorprendió que…

A la gente del pueblo le sorprendió que el dragón hubiera destruído el castillo.

1. A la princesa Rapunzel no le gustó que su madre…
2. A la bruja *(witch)* le molestó que la Bella Durmiente…
3. Los animales del bosque *(forest)* tenían miedo de que Blancanieves…
4. A la Bestia le enojó que la Bella…
5. El príncipe *(prince)* dudaba que la princesa…
6. Al hada madrina *(fairy godmother)* le alegró que Cenicienta *(Cinderella)…*
7. Al lobo *(wolf)* le gustó que Caperucita Roja…
8. A los osos les sorprendió que alguien…

6.20 **Me arrepiento** Trabaja con un compañero para compartir sus arrepentimientos *(regrets)* y completen las oraciones.

Modelo Ojalá que (yo) (tener)

Ojalá que (yo) hubiera tenido un hermanito.

1. Ojalá que (yo) (tomar) una clase de…
2. Ojalá que (poder)…
3. Ojalá que (tener)…
4. Ojalá que (asistir)…
5. Ojalá que (ver)…
6. Ojalá que (ir)…
7. Ojalá que (conocer)…
8. Ojalá que (¿?)…

Ojalá hubiéramos adoptado un perrito cuando era niña.

6.21 **El fin de semana** Trabaja con un compañero y túrnense para explicar lo que pasó usando el pretérito y el imperfecto, y luego hablen sobre la reacción de las personas usando el pluscuamperfecto del subjuntivo.

6.22 **Avancemos** Habla con un compañero sobre los siguientes temas. Explícale algo que hiciste. Luego dile lo que te habría gustado *(you would have liked)* que hubiera pasado. Usa la expresión **ojalá**. Decidan el último tema.

Modelo una clase

El semestre pasado tomé una clase de literatura inglesa. Fue muy difícil y saqué una C. Ojalá hubiera tomado una clase de arte.

1. una película
2. un concierto
3. una comida
4. un deporte
5. unas vacaciones
6. un examen
7. una cita romántica
8. ¿?

La mujer de mi vida

Dirigido por Diego Pérez y Alberto Rivas

Un hombre se enamora de la mirada de una mujer en el espejo retrovisor. ¿Será el amor de su vida?

(España, 2011, 5 min.)

© Panther Media GmbH/Alamy Stock Photo

Antes de ver

👥 Habla con un compañero sobre las siguientes preguntas.

1. ¿Te gustan las películas de amor? ¿Por qué?

2. En tu opinión, ¿existe el amor a primera vista?

Vocabulario útil

caducidad   *expiration*
el espejo retrovisor   *rearview mirror*
estar harto(a)   *to be fed up*
girar   *to turn*

la media naranja   *soul mate*
la mirada   *look*
precioso   *beautiful*
la señal   *sign*
el taller   *mechanic's garage*

La mujer de mi vida, directed by Alberto Rivas and Diego Pérez. Used with permission of Banatu Filmak S.

Comprensión

Ve el cortometraje y responde las preguntas.

1. ¿Por qué Alicia llama a Chema?

2. ¿Cómo se siente Chema después de recibir la llamada?

3. Según Chema, ¿cómo es la mujer que conduce el coche azul enfrente de él?

4. ¿Por qué decide seguir al coche azul?

5. ¿Por qué llama Alicia por segunda vez?

Después de ver

1. ¿Te sorprendió el final de la película? ¿Por qué? ¿Qué piensas que va a hacer Chema ahora?

2. En tu opinión, ¿qué hace que una película sea buena? ¿Piensas que *La mujer de mi vida* sea un buen cortometraje?

A analizar ▶

Después de ir al cine, todo el mundo les recomienda películas a sus amigos. Marcos habla de una recomendación que le hizo a una amiga. Después de ver el video, lee el párrafo y observa los verbos en negrita y subrayados. Luego contesta las preguntas que siguen.

> ### ¿Qué película les recomiendas a tus amigos?
>
> Bueno, estaba hablando con Sandra porque estaba buscando películas para presentar en una exhibición. Yo **le dije** que _tenía_ que poner "Un cuento chino". Ella **me respondió** que no la _había visto_. Entonces la invité y la vimos juntos ella, yo y otros amigos. A ella le gustó mucho y **me dijo** que la _iba_ a poner como una de las películas que se iban a ofrecer. Lo que a ella le impactó más que nada fue el final. Ella **me comentó** que no se lo _esperaba_. Es una película bárbara _(terrific)_ y me gusta mucho.
>
> —Marcos, Argentina

1. ¿Qué tienen en común todos los verbos en negrita?
2. ¿En qué formas están los verbos subrayados?
   ¿Por qué aparecen estas dos formas?

A comprobar

Estilo indirecto

1. Reporting what someone said is known as indirect speech or reported speech.

   Direct speech Efraín: Consuelo, voy a ver la nueva película de Cuarón. ¿Quieres ir conmigo? Ha recibido muy buenas críticas.

   Indirect speech Consuelo: Efraín me dijo que iba a ver la nueva película de Cuarón y me preguntó si quería ir con él. Me dijo que había recibido muy buenas críticas.

2. These are some of the more common reporting verbs.

añadir que	_to add that_
comentar que	_to comment that_
contar que	_to tell that_
contestar que	_to answer that_
decir que	_to say that_
explicar que	_to explain that_
mencionar que	_to mention that_
pedir que	_to ask that_
preguntar si (cuándo, dónde, qué, etc.)	_to ask if (when, where, what,_ etc._)_
responder que	_to respond that_

3. When the reporting verb is in the present, the verb tense of the action or state being reported does not change.

   "No puedo ir porque estoy enfermo." ⟶ Dice que no puede ir porque está enfermo.
   I can't go because I am sick. ⟶ _He says he can't go because he is sick._

   "Fui a un baile." ⟶ Dice que fue a un baile.
   I went to a dance. ⟶ _He says he went to a dance._

4. It is more common to use the reporting verb in the preterite. The verb tense of the reported action depends upon when it took place.

   a. Use the present when the event in the narration is still going on or the future (**ir** + **a** + infinitive) if the event has not yet happened at the time of reporting.

   "**Me gustan** las películas de terror."
   Me dijo que **le gustan** las películas de terror.

   "**Vamos a ir** al circo el próximo viernes."
   Mencionó que **van a ir** al circo el próximo viernes.

   b. If the event has already happened at the time of reporting, use the imperfect for narration in the present, with **ir a** + _infinitive_, or in the imperfect.

"Ulises **canta** en el club los viernes."
Mencionó que Ulises **cantaba** en el club los
    viernes.

"Mi hermana **va a estar** en el teatro el sábado."
Me dijo que su hermana **iba a estar** en el teatro
    el sábado.

"Los niños **tenían** miedo del payaso."
    Explicó que los niños **tenían** miedo del payaso.

c. Use the past perfect when the narration is in the
    preterite, the present perfect, or the past perfect.

"**¿Has asistido** a un concierto de Maná?"
Me preguntó si **había asistido** a un concierto
    de Maná.

"Sí, los **vi** el año pasado."
Respondió que los **había visto** el año pasado.

"Nunca **había estado** en ese teatro."
Comentó que nunca **había estado** en ese teatro.

5. When using indirect speech, time references will often
change.

hoy ⟶ ese día, el lunes, el martes, etc.
mañana ⟶ el día siguiente

"Voy al cine **hoy**." ⟶ Dijo que iba al cine **ese día.**
"Hay un concierto **mañana**." ⟶ Mencionó que
    iba a haber un concierto el día siguiente.

A practicar

6.23 **¿Cierto o falso?** Escucha la información e indica si las oraciones son ciertas o falsas.

6-2

1. Dijo que le gustan mucho las películas de horror.

2. Comentó que un amigo le había recomendado la película "Desaparecido".

3. Mencionó que había ido a ver una película con su hija.

4. Explicó que había sido una película sobre una mujer que buscaba a su esposo.

5. Comentó que la película era muy triste.

6. Añadió que creía que la película iba a recibir un premio.

6.24 **Chismoso** Lee la siguiente conversación. Imagina que vas a contarle a alguien lo que
dijeron Leandro y Gustavo. Cambia la conversación al estilo indirecto.

LEANDRO: ¿Vas a ir a la fiesta de Lupe el sábado?

GUSTAVO: No, no puedo porque tengo que trabajar.

LEANDRO: ¿Alguna vez has ido a una fiesta en su casa?

GUSTAVO: Sí, fui a la fiesta de su cumpleaños y me la pasé muy bien.

LEANDRO: No pude ir a su fiesta de cumpleaños porque estaba enfermo.

GUSTAVO: ¡Lupe tuvo un grupo de música fantástico!

LEANDRO: ¡No quiero perderme la fiesta el sábado!

GUSTAVO: Espero poder ir a su próxima fiesta.

6.25 **¿Qué dijo?** Miguel recibió un correo electrónico de su amigo Jacinto. Él le cuenta a su novia todo lo que Jacinto le dijo en el correo. ¿Qué le dijo a su novia?

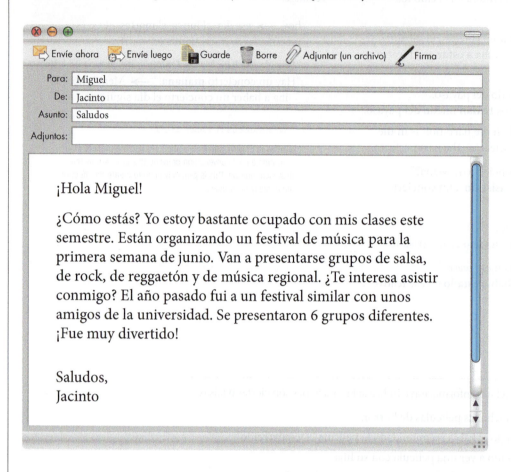

Envíe ahora   Envíe luego   Guarde   Borre   Adjuntar (un archivo)   Firma

Para: Miguel

De: Jacinto

Asunto: Saludos

Adjuntos:

¡Hola Miguel!

¿Cómo estás? Yo estoy bastante ocupado con mis clases este semestre. Están organizando un festival de música para la primera semana de junio. Van a presentarse grupos de salsa, de rock, de reggaetón y de música regional. ¿Te interesa asistir conmigo? El año pasado fui a un festival similar con unos amigos de la universidad. Se presentaron 6 grupos diferentes. ¡Fue muy divertido!

Saludos,
Jacinto

6.26 **A reportar** Entrevista a un compañero con las siguientes preguntas. Luego cambia de pareja y usa el estilo indirecto para reportarle lo que te dijo el primer compañero.

1. ¿Prefieres ir al cine o ver películas en casa?
2. ¿Qué tipo de películas te gusta?
3. ¿Tienes un actor o una actriz favorito? ¿Quién es?
4. ¿Tienes una película favorita? ¿Cuál es?
5. ¿Cuándo fue la última vez que viste una película?
6. ¿Qué película viste?
7. ¿Dónde viste la película?
8. ¿Te gustó la película?

Patricia Riggen, directora de cine mexicana

6.27 **Comentarios** Lee los siguientes comentarios y explica quién se lo dijo a quién y por qué.

Modelo ¿Puede abrir la boca?

Un dentista le preguntó a su paciente si podía abrir la boca porque quería ver sus dientes.

1. No estuve en clase porque estaba enferma.
2. El actor principal fue lo único bueno *(the only good thing)* de la película.
3. ¿El coche es para mí?
4. Necesito ver su licencia de conducir.
5. ¿No le gustó la comida?
6. Sí, quiero ir al baile.
7. No lo hice, soy inocente.
8. ¡Corte! Vamos a repetir la escena.

6.28 **Avancemos** A continuación aparecen dos tiras cómicas. Cuéntale a un compañero lo que pasó y lo que dijeron en una de las secuencias. Luego escucha mientras tu compañero te explica la otra secuencia.

Redacción

La reseña

Paso 1 Select a film for which you would like to write a review. Research some basic information about the film: director, actors, year, and any awards it might have won.

Paso 2 Jot down a basic outline of the plot. Do <u>not</u> go into great detail.

Paso 3 Did you like the movie or not? Think about the details of the film such as plot, characters, actors, special effects, cinematography, etc. Then jot down a couple of the details from the film that support your view.

Paso 4 Using the information you generated in **Paso 1,** write a brief introductory paragraph in which you introduce your reader to the film you plan to review. Remember that your introduction should entice your reader to want to read more, so don't begin with "Vi la película..."

Paso 5 Write a second paragraph in which you tell what type of film it is and then summarize the plot of the film. Remember, this is only a <u>brief</u> summary. It should not be more than a few sentences and should not give away the ending.

Paso 6 Write a third paragraph in which you give your critical evaluation of the movie. Be careful to maintain a mature tone and to use the specifics about the film that you generated in **Paso 3** to support your critique.

Paso 7 Write a concluding statement in which you tell your readers whether or not you recommend they see the film.

Paso 8 Edit your review.

1. Is the information clearly organized in a logical sequence?
2. Did you include ample details to support your opinion?
3. Do adjectives agree with the nouns they describe?
4. Do verbs agree with the subject?
5. Did you use verb tenses (present, preterite, imperfect, past perfect) accurately?

ESTRATEGIA PARA ESCRIBIR:

Keep your audience in mind as well as the purpose of your writing. When writing a review, you often want to convince your readers to see the film or to skip it. Be sure to provide evidence to support your opinion. For example, if you believe that the acting was superb, then state a reason, such as the actor's ability to provoke emotions or create a believable character.

◀)) A escuchar

La censura española y el cine estadounidense

Antes de escuchar

👥 Habla de lo siguiente con un compañero.

1. ¿Qué es la censura? ¿Qué métodos puede emplear un gobierno para censurar a su gente?

2. ¿Saben algo del cine negro *(film noir)*? ¿Qué características tienen estas películas?

3. ¿Es posible que el cine de un país tenga influencia a nivel social y a nivel político?

A escuchar

◀)) 6-3 Salvador va a describir la censura en España durante la dictadura de Franco (1936–1975) y la reacción de la gente hacia el cine americano. Toma apuntes sobre lo que dice. Compara tus apuntes con los de un compañero y organiza tu información para contestar las siguientes preguntas.

1. ¿Cómo era la televisión cuando Salvador era niño?

2. ¿Por qué fueron importantes las películas del cine negro? ¿Por qué les gustaban a los españoles?

3. ¿Cómo influyeron las películas de Doris Day? ¿Cómo era diferente esta influencia de la del cine negro?

4. ¿Tuvo un impacto positivo o negativo el turismo en los años sesenta y setenta? Explica tu respuesta.

Después de escuchar

1. ¿Por qué piensan que durante la dictadura la televisión y el cine eran tan populares en España, a pesar de que *(even though)* estuvieran censurados?

2. ¿Es bueno que se exporten "mensajes culturales" cuando se estrenan películas estadounidenses en otros países? ¿Cuáles son los efectos positivos? ¿y los negativos?

Las películas del cine negro de los Estados Unidos eran muy populares en España durante la época de la dictadura.

© Arman Novic/Shutterstock.com

Literatura

Nota biográfica

Sergio Vodanovic (1926 – 2001) nació en Split, Croacia, y poco después su familia se mudó a Chile. Más tarde fue a los Estados Unidos donde estudió técnica teatral en las universidades de Columbia y Yale. Regresó a Chile y se estableció como profesor en la Universidad Católica y la Universidad de Concepción. Comenzó a trabajar con los teatros universitarios, que en esa época tenían una gran influencia en el teatro chileno. En 1959 recibió el Premio Municipal de Drama en Chile por su obra "Deja que los perros ladren" y en 1964 por la obra "Viña" (subtitulada "Tres comedias en traje de baño") de la cual forma parte "El delantal blanco". La obra es una sátira que critica a la clase alta. En 1982 empezó a escribir para la televisión y dos años después se hizo un guionista conocido cuando se transmitió su primera telenovela "Los títeres", con personajes complejos y una crítica sutil de la sociedad contemporánea. Murió a la edad de 75 años en Croacia.

Antes de leer

 Trabaja con un compañero para responder las preguntas.

1. Imagina que otra persona y tú intercambian vidas. ¿Con quién te gustaría intercambiar vidas? ¿Por qué?

2. En español existe el dicho "Como te ven te tratan." Es similar a la expresión en inglés: *The clothes make the man.* ¿Estás de acuerdo? ¿Por qué?

El delantal* blanco

apron

tent
loose shirt
skin

cara

se levanta

1   *La playa. Al fondo, una carpa*. Frente a ella, sentadas a su sombra, LA SEÑORA y LA EMPLEADA. LA SEÑORA está en traje de baño y, sobre él, usa un blusón* de toalla blanca que le cubre hasta las caderas. Su tez* está tostada por un largo veraneo. LA EMPLEADA viste su uniforme blanco.*

5   *LA SEÑORA es una mujer de treinta años, pelo claro, rostro* atrayente aunque algo duro. LA EMPLEADA tiene veinte años, tez blanca, pelo negro, rostro plácido y agradable. [...]*

  LA EMPLEADA deja la revista y se incorpora* para ir donde está Alvarito.

  LA SEÑORA: ¡No! Lo puedes vigilar desde aquí. Quédate a mi lado, pero observa al niño. ¿Sabes? Me gusta venir contigo a la playa.

10   LA EMPLEADA: ¿Por qué?

  LA SEÑORA: Bueno... no sé... Será por lo mismo que me gusta venir en el auto, aunque la casa esté a dos cuadras. Me gusta que vean el auto. Todos los días, hay alguien que se para al lado de él y lo mira y comenta. No cualquiera tiene un auto como el de nosotros... Claro, tú no te das cuenta de la diferencia. Estás demasiado acostumbrada a lo bueno... Dime... ¿Cómo es tu casa?

countryside

15   LA EMPLEADA: Yo no tengo casa.

  LA SEÑORA: No habrás nacido empleada, supongo. Tienes que haberte criado en alguna parte, debes haber tenido padres... ¿Eres del campo*?

  LA EMPLEADA: Sí.

20   LA SEÑORA: Y tuviste ganas de conocer la ciudad, ¿ah?

  LA EMPLEADA: No. Me gustaba allá.

  LA SEÑORA: ¿Por qué te viniste, entonces?

  LA EMPLEADA: Tenía que trabajar. [...]

money

25   LA SEÑORA: Sin la plata* no somos nada. Yo tengo plata, tú no tienes. Ésa es toda la diferencia entre nosotras. ¿No te parece?

  LA EMPLEADA: Sí, pero - - -

  LA SEÑORA: ¡Ah! Lo crees ¿eh? Pero es mentira. Hay algo que es más importante que la plata: la clase. Eso no se compra. Se tiene o no se tiene. Álvaro no tiene clase. Yo sí la tengo. Y podría vivir

pigsty

30   en una pocilga* y todos se darían cuenta de que soy alguien. No una cualquiera. Alguien. Te das cuenta ¿verdad?

  LA EMPLEADA: Sí, señora. [...]

  LA SEÑORA: ¿Tienes calor?

  LA EMPLEADA: El sol está picando fuerte.

35   LA SEÑORA: ¿No tienes traje de baño?

  LA EMPLEADA: No.

  LA SEÑORA: ¿No te has puesto nunca traje de baño?

LA EMPLEADA: ¡Ah, sí!

LA SEÑORA: ¿Cuándo?

40 LA EMPLEADA: Antes de emplearme. A veces, los domingos, hacíamos excursiones a la playa en el camión del tío de una amiga.

LA SEÑORA: ¿Y se bañaban?

LA EMPLEADA: En la playa grande de Cartagena. Arrendábamos* trajes de baño y pasábamos todo *We rented*
el día en la playa. Llevábamos de comer y...

45 LA SEÑORA: *(Divertida.)* ¿Arrendaban trajes de baño?

LA EMPLEADA: Sí. Hay una señora que arrienda en la misma playa. [...]

LA SEÑORA: Debe ser curioso... Mirar el mundo desde un traje de baño arrendado o envuelta en un vestido barato... o con uniforme de empleada como el que usas tú... [...]¿Cómo se ve el mundo cuando se está vestida con un delantal blanco?

50 LA EMPLEADA: *(Tímidamente.)* Igual... La arena tiene el mismo color... las nubes son iguales... Supongo.

LA SEÑORA: Pero no... Es diferente. Mira. Yo con este traje de baño, con este blusón de toalla, tendida sobre la arena, sé que estoy en "mi lugar," que esto me pertenece... En cambio tú, vestida como empleada sabes que la playa no es tu lugar, que eres diferente... Y eso, eso te debe hacer ver

55 todo distinto.

LA EMPLEADA: No sé.

LA SEÑORA: Mira. Se me ha ocurrido algo. Préstame tu delantal.

LA EMPLEADA: ¿Cómo?

LA SEÑORA: Préstame tu delantal.

60 LA EMPLEADA: Pero... ¿Para qué?

LA SEÑORA: Quiero ver cómo se ve el mundo, qué apariencia tiene la playa cuando se la ve encerrada* en un delantal de empleada. *confined*

LA EMPLFADA ¿Ahora?

LA SEÑORA: Sí, ahora. [...]

65 LA SEÑORA: *(Se levanta y obliga a levantarse a LA EMPLEADA.)* Ya. Métete en la carpa y cámbiate. *Después de un instante sale LA EMPLEADA vestida con el blusón de toalla. Se ha prendido el pelo hacia atrás y su aspecto ya difiere algo de la tímida muchacha que conocemos. Con delicadeza se tiende de bruces sobre la arena. Sale LA SEÑORA abotonándose aún su delantal blanco. Se va a sentar delante de LA EMPLEADA, pero vuelve un poco más atrás.*

70 LA SEÑORA: No. Adelante no. Una empleada en la playa se sienta siempre un poco más atrás que su patrona. *(Se sienta sobre sus pantorrillas y mira, divertida, en todas direcciones.)*

LA EMPLEADA cambia de postura con displicencia. LA SEÑORA toma la revista de LA* *peevishly*
EMPLEADA y principia a leerla. Al principio, hay una sonrisa irónica en sus labios que desaparece luego al interesarse por la lectura. Al leer mueve los labios. LA EMPLEADA, con naturalidad, toma de

75 *la bolsa de playa de LA SEÑORA un frasco de aceite bronceador y principia a extenderlo con lentitud por sus piernas. LA SEÑORA la ve. Intenta una reacción reprobatoria*, pero queda desconcertada.* *reproachful*

LA SEÑORA: ¿Qué haces?

LA EMPLEADA no contesta. La SEÑORA opta por seguir la lectura. Vigilando de vez en vez con la vista lo que hace LA EMPLEADA. Ésta ahora se ha sentado y se mira detenidamente las uñas.* *nails*

80 LA SEÑORA: ¿Por qué te miras las uñas?

LA EMPLEADA: Tengo que arreglármelas.

LA SEÑORA: Nunca te había visto antes mirarte las uñas.

LA EMPLEADA: No se me había ocurrido.

LA SEÑORA: Este delantal acalora*. *is too hot*

85 LA EMPLEADA: Son los mejores y los más durables.

LA SEÑORA: Lo sé. Yo los compré. [...]

LA EMPLEADA: Alvarito se está metiendo muy adentro. Vaya a vigilarlo.

LA SEÑORA: *(Se levanta inmediatamente y se adelanta.)* ¡Alvarito! ¡Alvarito! No se vaya tan adentro... Puede venir una ola. *(Recapacita* de pronto y se vuelve desconcertada hacia LA* *She reconsiders*

90 *EMPLEADA.)* ¿Por qué no fuiste?

LA EMPLEADA: ¿Adónde?

LA SEÑORA: ¿Por qué me dijiste que yo fuera a vigilar a Alvarito?

LA EMPLEADA: *(Con naturalidad.)* Ud. lleva el delantal blanco.

LA SEÑORA: Te gusta el juego, ¿ah?

95 *La EMPLEADA busca en la bolsa de playa de LA SEÑORA y se pone sus anteojos para el sol.*

LA SEÑORA: *(Molesta.)* ¿Quién te ha autorizado para que uses mis anteojos?

LA EMPLEADA: ¿Cómo se ve la playa vestida con un delantal blanco?

LA SEÑORA: Es gracioso. ¿Y tú? ¿Cómo ves la playa ahora?

	LA EMPLEADA: Es gracioso.
100	LA SEÑORA: *(Molesta.)* ¿Dónde está la gracia?
	LA EMPLEADA: En que no hay diferencia.
	LA SEÑORA: ¿Cómo?
	LA EMPLEADA: Ud. con el delantal blanco es la empleada, yo con este blusón y los anteojos oscuros soy la señora. [...]
are being disrespectful	105 LA SEÑORA: *(Indignada.)* ¡Ud. se está insolentando*!
	LA EMPLEADA: ¡No me grites! ¡La insolente eres tú!
using the **tú** form	LA SEÑORA: ¿Qué significa eso? ¿Ud. me está tuteando*?
	LA EMPLEADA: ¿Y acaso tú no me tratas de tú?
	LA SEÑORA: ¿Yo?
	110 LA EMPLEADA: Sí.
It's over	LA SEÑORA: ¡Basta ya! ¡Se acabó* este juego!
	LA EMPLEADA: ¡A mí me gusta!
	LA SEÑORA: ¡Se acabó! *(Se acerca violentamente a LA EMPLEADA.)*
Back off	LA EMPLEADA: *(Firme.)* ¡Retírese*!
115	*LA SEÑORA se detiene sorprendida. [...]*
	LA SEÑORA: ¡Sácate esos anteojos! ¡Sácate el blusón! ¡Son míos!
	LA EMPLEADA: ¡Vaya a ver al niño!
	LA SEÑORA: Se acabó el juego, te he dicho. O me devuelves mis cosas o te las saco.
	LA EMPLEADA: ¡Cuidado! No estamos solas en la playa.
120	LA SEÑORA: ¿Y qué hay con eso? ¿Crees que por estar vestida con un uniforme blanco no van a reconocer quién es la empleada y quién la señora?
voice	LA EMPLEADA: *(Serena.)* No me levante la voz*.
	LA SEÑORA exasperada se lanza sobre LA EMPLEADA y trata de sacarle el blusón a viva fuerza.
Who do you think you are? / put you in jail	LA SEÑORA: *(Mientras forcejea)* ¡China! ¡Ya te voy a enseñar quién soy! ¿Qué te has creído*? ¡Te 125 voy a meter presa*!
quarrel	*Un grupo de bañistas ha acudido a ver la riña*. [...]*
pasa	UN JOVEN: ¿Qué sucede*?
	EL OTRO JOVEN: ¿Es un ataque?
	LA JOVENCITA: Se volvió loca.
too much sun	130 UN JOVEN: Puede que sea efecto de una insolación*.
	EL OTRO JOVEN: ¿Podemos ayudarla?
medical center	LA EMPLEADA: Sí. Por favor. Llévensela. Hay una posta* por aquí cerca...
	EL OTRO JOVEN: Yo soy estudiante de Medicina. Le pondremos una inyección para que se duerma por un buen tiempo.
employer	135 LA SEÑORA: ¡Imbéciles! ¡Yo soy la patrona*! Me llamo Patricia Hurtado, mi marido es Álvaro Jiménez, el político...
	LA JOVENCITA: *(Riéndose.)* Cree ser la señora.
	UN JOVEN: Está loca.
	EL OTRO JOVEN: Un ataque de histeria.
Let's take her away	140 UN JOVEN: Llevémosla*.
	LA EMPLEADA: Yo no los acompaño... Tengo que cuidar a mi hijito... Está ahí, bañándose... [...]
	EL CABALLERO DISTINGUIDO: ¿Está Ud. bien, señora? ¿Puedo serle útil en algo?
questioningly	LA EMPLEADA: *(Mira inspectivamente* al SEÑOR DISTINGUIDO y sonríe con amabilidad.)* Gracias. Estoy bien.
all the time	145 EL CABALLERO DISTINGUIDO: Es el símbolo de nuestro tiempo. Nadie parece darse cuenta, pero a cada rato*, en cada momento sucede algo así.
	LA EMPLEADA: ¿Qué?
subversion, overthrowing authority	EL CABALLEPO DISTINGUIDO: La subversión* del orden establecido. Los viejos quieren ser jóvenes; los jóvenes quieren ser viejos; los pobres quieren ser ricos y los ricos quieren ser pobres. [...]
Let's not worry	149 *(Tranquilizado.)* Pero no nos inquietemos*. El orden está establecido. Al final, siempre el orden se establece... Es un hecho... Sobre eso no hay discusión... *(Transición.)* Ahora con permiso señora. Voy a
jogging	hacer mi footing* diario. Es muy conveniente a mi edad. [...]
	LA EMPLEADA cambia de posición. Se tiende de espaldas para recibir el sol en la cara. De pronto se acuerda de Alvarito. Mira hacia donde él está.)
booboo	155 LA EMPLEADA: ¡Alvarito! ¡Cuidado con sentarse en esa roca! Se puede hacer una nana* en el pie... Eso es, corra por la arenita... Eso es, mi hijito... *(Y mientras LA EMPLEADA mira con*
tenderness Curtain	*ternura* y delectación maternal cómo Alvarito juega a la orilla del mar se cierra lentamente el Telón*.)*

Sergio Vodanovic, *El Delantal Blanco*. Eds. de la Revista Mapocho, 1965.

Investiguemos la literatura: La caracterización

The process that an author goes through to introduce and describe a character is known as characterization. This can be done directly through the author's description in the stage directions or indirectly through the character's actions or words. As you read, think about:

— the stage directions used to describe the character's expression or gestures.

— the language a character uses to talk to other characters.

TERMINOLOGÍA LITERARIA

las acotaciones *stage directions*   **la caracterización** *characterization*   **el drama** *play*

Después de leer
A. Comprensión

1. ¿Por qué a la señora le gusta ir a la playa en auto?

2. ¿Qué es más importante que el dinero para la señora?

3. ¿Por qué sugiere la señora que cambien de ropa?

4. ¿Cómo cambia la empleada después de ponerse la ropa de la señora?

5. ¿Qué le pasa a la señora cuando llegan los otros bañistas?

6. Según el caballero distinguido, ¿cuál es el problema de esos tiempos?

7. En las líneas 28-31 la señora asegura que se puede ver la clase de la gente. Según esta obra de teatro, ¿es cierto?

8. ¿Cuál es la crítica que le hace el autor a la clase alta?

B. Conversemos

1. ¿Cómo se caracteriza a la señora? Explica tu respuesta con ejemplos del diálogo o de las acotaciones.

2. La señora piensa que el mundo se ve diferente cuando uno es de la clase baja que cuando es de la clase alta. ¿Qué opinas?

3. El caballero distinguido dice: "El orden está establecido. Al final, siempre el orden se establece." ¿Estás de acuerdo? ¿Por qué?

© Erin Patrice O'Brien/Stone/Getty Images

6.29 **Razones** Antonia pasó sus vacaciones viendo películas y le está comentando a una amiga lo que pasó en varias de las películas que vio. Completa cada idea de forma original explicando lo que había pasado. Usa el pluscuamperfecto.

1. La muchacha rompió con su novio porque...
2. La policía arrestó al hombre porque...
3. El protagonista estuvo muy feliz porque...
4. El equipo salió a celebrar porque...
5. Los niños empezaron a llorar porque...
6. Llamaron al superhéroe porque...

6.30 **Hablando de películas** Algunos amigos están hablando de las películas que vieron durante el fin de semana. Completa sus oraciones con la forma apropiada del pluscuamperfecto (indicativo o subjuntivo) del verbo entre paréntesis.

1. Lorenzo: Yo dudaba que el vampiro _____ (morir).
2. Patricia: Yo creía que los protagonistas _____ (ver) al hombre entrar en la casa.
3. Lucas: Tenía miedo de que la policía no _____ (llegar) a tiempo.
4. Juana: Al protagonista le enojó que su madre no le _____ (decir) la verdad sobre su padre.
5. Silvio: El detective pensaba que Leo _____ (escribir) la nota, pero no tenía pruebas *(proof)*.
6. Nadia: Después de examinarlo, el médico no creía que el jugador _____ (romperse) la pierna.
7. Cintia: Ojalá que la mujer no _____ (abrir) la puerta.
8. Daniel: Era obvio que la muchacha no _____ (hacer) nada y que _____ (ser) su hermano.

6.31 **Una crítica de *El secreto*** Miguel te hizo varios comentarios sobre una obra de teatro. Usa el verbo entre paréntesis para reportar lo que dijo Miguel.

Modelo Este teatro es un lugar demasiado pequeño. (decir)
Miguel dijo que el teatro era demasiado pequeño.

1. Obviamente los otros actores no se prepararon tanto como Jorge. (comentar)
2. El director ha ganado varios premios por otras obras. (mencionar)
3. *El secreto* va a ser una obra clásica en unos años. (decir)
4. El vestuario de los personajes era increíble. (mencionar)
5. La música todavía necesita un poco de atención. (decir)
6. Creo que van a subir los precios de los boletos después de tan buen resultado. (añadir)

6.32 **Tabú** Trabaja con un compañero y túrnense para describir una de las siguientes palabras. Tu compañero va a determinar cuál es la palabra que se describe.

la balada	la butaca	el circo	el comediante	el documental	el estreno
el fracaso	gracioso	el intermedio	las palomitas de maíz	la pantalla	el partido
el payaso	el personaje	el premio	el público	la taquilla	la trama

6.33 **En el cine** Trabaja con un compañero. Escojan diferentes escenas de películas de abajo y describan lo que pasó. Incluye una reacción emocional de un personaje a lo que había pasado. Usen el pluscuamperfecto del subjuntivo. ¡**Ojo!** Presten atención al uso del pretérito y del imperfecto.

Modelo *Marta y Raúl eran novios, pero Marta pensaba que Raúl le escondía algo y un día lo siguió en secreto. Cuando llegó a la plaza vio a Raúl con Susana, su mejor amiga. ¡Le enojó que su novio hubiera salido con su mejor amiga!*

6.34 **Vamos al cine** Imagina que vas a ir a ver una película con unos compañeros de clase y tienen que decidir qué película van a ver.

Paso 1 Escribe una lista de tres o cuatro películas que te gusten. No es necesario que estén en el cine ahora.

Paso 2 En un grupo de tres o cuatro estudiantes, cada uno va a seleccionar una película de su lista e intentar convencer a los otros de ver esa película. Deben mencionar qué tipo de película es, dar una descripción corta y explicar por qué deben verla. Después, entre todos, elijan *(choose)* una película para ver.

Paso 3 Explíquenle a la clase qué película van a ver y por qué la eligieron.

6-4

El entretenimiento

el acto   *act*
la actuación   *performance*
el (la) aficionado(a)   *fan*
el (la) aguafiestas   *party pooper*
el anfitrión/la anfitriona   *host*
el baile   *dance*
la balada   *ballad*
la banda sonora   *soundtrack*
la butaca   *seat (at a theater or movie theater)*
la canción   *song*
el (la) cantante   *singer*
la cartelera   *movie listing, movie billboard*
el chiste   *joke*
el circo   *circus*
el (la) comediante   *comedian*
el cortometraje   *short film*
la crítica   *film review*
el (la) crítico(a)   *critic*
el (la) director(a)   *director*
los efectos especiales   *special effects*
la escena   *scene*
el espectáculo   *show, performance*

el estreno   *premiere*
el éxito   *success*
el final   *ending*
el fracaso   *failure*
la función   *show*
las golosinas   *sweets, snacks*
el intermedio   *intermission*
el medio tiempo   *half time*
las palomitas (de maíz)   *popcorn*
la pantalla   *screen*
el parque de diversiones   *amusement park*
el partido   *game (sport), match*
el payaso   *clown*
el personaje   *character (in a movie or a book)*
el premio   *prize, award*
el (la) protagonista   *protagonist*
el público   *audience*
el salón de baile   *ballroom*
el talento   *talent*
la taquilla   *box office, ticket office*
la trama   *plot*

Adjetivos

emocionante   *exciting, thrilling*

gracioso(a)   *funny*

Verbos

actuar   *to act*
añadir (que)   *to add (that)*
comentar (que)   *to comment (that)*
conmover (ue)   *to move (emotionally)*
contar (ue) (que)   *to tell (someone) that*
contestar (que)   *to answer (that)*
decir (que)   *to say (that)*
entretener   *to entertain*
estrenar   *to premiere, to show (or use something) for the first time*
exhibir   *to show (a movie)*

explicar (que)   *to explain (that)*
filmar   *to film*
mencionar (que)   *to mention (that)*
pasársela bien/mal   *to have a good/bad time*
pedir que   *to ask that*
preguntar si (cuándo, dónde, qué, etc.)   *to ask if (when, where, what, etc.)*
producir   *to produce*
responder (que)   *to respond (that)*

Clasificación de películas

la película...   *movie, film*
   animada / de animación   *animated*
   clásica   *classic*
   cómica   *funny, comedy*
   de acción   *action*
   de aventuras   *adventure*
   de ciencia ficción   *science fiction*

   de horror   *horror*
   de misterio   *mystery*
   de suspenso   *suspense*
   documental   *documentary*
   dramática   *drama*
   romántica   *romantic*

Terminología literaria

las acotaciones *stage directions*
la caracterización *characterization*

el drama *play*

Diccionario personal

_____

_____

_____

_____

_____

_____

_____

_____

_____

_____

_____

_____

_____

_____

_____

_____

_____

_____

_____

_____

_____

_____

_____

_____

_____

CAPÍTULO 7

Estrategia para avanzar

Distinguishing register (when to choose formal or informal language) can be difficult. Advanced speakers convey register through many means beyond simple **tú/usted** use. As you work to increase your proficiency, listen to how speakers convey politeness, respect, or social distance in different situations using other linguistic elements, such as the use of the conditional.

After completing this chapter, you will be able to:

- Discuss work and finances
- Discuss the future and what might happen

Ganarse la vida

El distrito financiero en la Ciudad de México

Vocabulario

¿Qué días son los más ocupados en un banco?

En el trabajo

el aguinaldo   *annual complementary salary*
el bono   *bonus*
el (la) cliente   *client*
el contrato   *contract*
el currículum vitae   *resumé*
el desempleo   *unemployment*
el (la) empleado(a)   *employee*
la empresa   *company*
el (la) gerente   *manager*
la jubilación   *retirement*
los negocios   *business*
las prestaciones   *benefits*
el puesto   *position, job*
la solicitud de trabajo   *job application*
el sueldo   *salary*
el trabajo de tiempo completo   *full-time job*
el trabajo de tiempo parcial   *part-time job*
la ventaja   *advantage*

Las finanzas

el billete   *bill (money)*
la bolsa de valores   *stock market*
la caja   *service window*
el (la) cajero(a)   *cashier, teller*
el cajero automático   *automatic teller machine*

el cambio de moneda extranjera   *foreign currency exchange*
la comisión   *commission*
el costo   *cost*
la cuenta   *bill (statement showing amount owed)*
la cuenta corriente   *checking account*
la cuenta de ahorros   *savings account*
el depósito   *deposit*
la deuda   *debt*
el dinero   *money*
el efectivo   *cash*
las ganancias   *profits*
la hipoteca   *mortgage*
los impuestos   *taxes*
la moneda   *coin*
el pago   *payment*
por ciento   *percent*
el porcentaje   *percentage*
el préstamo   *loan*
la tarjeta de crédito   *credit card*
la tarjeta de débito   *debit card*

Verbos

ahorrar   *to save (money)*
cargar   *to charge (to a credit/debit card)*
cobrar   *to charge (for merchandise, for work, a fee, etc.)*
contratar   *to hire*
depositar   *to deposit*
despedir (i, i)   *to fire*
disminuir   *to decrease*
firmar   *to sign*
hacer fila / cola   *to form a line*
invertir (ie, i)   *to invest*
jubilarse   *to retire*
pagar a plazos   *to pay in installments*
renunciar   *to quit*
retirar fondos   *to withdraw funds*
solicitar   *to apply, to request*
trabajar horas extras   *to work overtime*
transferir (ie, i) fondos   *to transfer funds*

INVESTIGUEMOS EL VOCABULARIO

In many Spanish-speaking countries, one of the employee benefits mandated by law is the annual complementary salary, sometimes referred to as **el agulnaldo**, and is often up to an additional month's pay. In some countries, it is paid in the month of December and in others, it is divided into two or three payments and paid at different times of the year.

A practicar

7.1 **Escucha y responde** Observa la ilustración e indica si las ideas que vas a escuchar son ciertas o falsas.

🔊
7-1

7.2 **La palabra lógica** Completa las ideas con palabras del vocabulario que sean lógicas.

1. En el banco puedo abrir _____ y depositar dinero en ella.

2. Pedí _____ para comprar una casa.

3. Estoy buscando trabajo, por eso actualicé mi _____ y completé _____ para enseñar en una escuela primaria.

4. Me interesa _____ en la bolsa de valores.

5. Las vacaciones son _____ que todas las empresas ofrecen porque es la ley.

6. _____ es un documento en el que se establecen condiciones para hacer un negocio.

7. Todos los meses deposito dinero en el banco. Lo quiero _____ para comprarme un auto nuevo el próximo año.

8. Desafortunadamente, hay _____ muy alto de desempleo.

9. Fui a cenar con mi novia, pero no aceptaban tarjetas. En mi cartera *(wallet)* tenía solamente _____ de cien pesos. Afortunadamente, mi novia también llevaba dinero porque _____ fue de casi 900 pesos.

10. Muchas personas no saben usar su crédito y terminan con una _____ muy grande y difícil de pagar.

7.3 **Diferencias y semejanzas** Trabaja con un compañero y túrnense para explicar las semejanzas y las diferencias entre cada grupo de palabras.

1. tarjeta de crédito   tarjeta de débito   cheque
2. cobrar   pagar   cargar
3. cajero   cliente   gerente
4. retirar   depositar   invertir
5. aguinaldo   sueldo   prestación
6. dinero   billete   moneda

Expandamos el vocabulario

The following words are listed in the vocabulary. They are nouns, verbs, or adjectives. Complete the table using the roots of the words to convert them to the different categories.

Verbo	Sustantivo	Adjetivo
ahorrar		
	pago	
		despedido
depositar		

7.4 **Prioridades** Pon en orden de prioridad los diferentes aspectos de un trabajo. Escribe el número 1 junto al aspecto más importante, y el número 9 para el menos importante. Luego, en un grupo de tres o cuatro estudiantes, comparen sus listas y expliquen sus decisiones.

_____ el sueldo   _____ el aguinaldo
_____ el horario   _____ la seguridad
_____ las prestaciones   _____ la satisfacción
_____ el ambiente y los compañeros   _____ la oportunidad de aprender
de trabajo   _____ las oportunidades de ascenso

7.5 **¿Con qué frecuencia?** Habla con un compañero sobre la frecuencia con la que las personas de sus familias hacen las actividades.

Modelo buscar trabajo
Yo busco trabajo todos los veranos./Mi madre no busca trabajo frecuentemente, pero ahora está buscando uno.

1. Cargar todo a una tarjeta de crédito
2. Usar un cajero automático
3. Trabajar horas extras
4. Hacer un cheque
5. Actualizar su curriculum vitae
6. Pagar cuentas
7. Depositar dinero en el banco
8. Pagar en efectivo

7.6 **El banco desde tu perspectiva** Observa la ilustración en la página 222 y habla con un compañero sobre las siguientes preguntas.

1. ¿Se parece el banco de la ilustración a los bancos que hay en tu comunidad? ¿Observas alguna diferencia? ¿Cuál?
2. En la ilustración hay un guardia. ¿Crees que es común contratar a guardias de seguridad para los bancos?
3. En la escena hay muchas personas esperando usar un cajero automático. ¿Te parece lógico? ¿Por qué?
4. Hoy en día muchas personas utilizan sus teléfonos celulares para usar todos los servicios del banco. ¿Piensas que es una buena idea? ¿Qué desventajas puede tener?

7.7 **¿De acuerdo?** Trabaja con un compañero y túrnense para decir si están de acuerdo o no con las siguientes afirmaciones. Expliquen por qué.

1. El pago de aguinaldos es una buena idea.
2. El dinero en efectivo va a desaparecer en el futuro cercano.
3. Es importante tener una tarjeta de crédito.
4. La semana de trabajo de 40 horas debe reducirse.
5. Es importante reducir la cantidad de dinero que la gente paga en impuestos.
6. Lo peor de ir al banco es hacer fila.
7. Pagar a plazos es una mala idea. Es mejor comprar solo cuando se tiene todo el dinero necesario.

Monedas de Panamá

7.8 **Citas** Habla con un compañero. ¿Están de acuerdo sobre las siguientes citas (*quotes*) acerca del trabajo? Expliquen sus opiniones.

- Nunca la persona llega a tal grado de perfección como cuando rellena un impreso (*fill out a form*) de solicitud de trabajo. (Anónimo)

- Así como (*Just as*) no existen personas pequeñas ni vidas sin importancia, tampoco existe trabajo insignificante. (Elena Bonner, activista de derechos humanos soviética, 1923–2011)

- No sabe lo que es descanso (*rest*) quien no sabe lo que es trabajo. (refrán)

- Lo que importa es cuánto amor ponemos en el trabajo que realizamos (*we do*). (Madre Teresa de Calcuta, religiosa nacida en Albania, 1910–1997)

- Algo malo debe tener el trabajo, o los ricos ya lo habrían acaparado (*hoarded*). (Mario Moreno, "Cantinflas", comediante mexicano, 1911–1993)

- Poderoso (*Powerful*) caballero es don Dinero. (dicho popular)

INVESTIGUEMOS LA MÚSICA

Busca la canción "Pobre de mi patrón" de Fecundo Cabral en Internet. ¿Por qué dice que su patrón es pobre?

7.9 **¿Quién soy?** Las personas de las ilustraciones tienen diferentes situaciones financieras y laborales. Trabaja con un compañero para elegir a dos de las personas y escribir una pequeña biografía en primera persona. Escriban por lo menos cuatro ideas para cada una de las dos personas. Después léanle su descripción a la clase, que deberá adivinar quién lo dice.

Modelo *Empecé a trabajar muy joven. Trabajaba muchas horas extras para ganar dinero e invertirlo en la bolsa de valores. Después abrí un negocio, pero tuve que declarar bancarrota porque no funcionó. Ahora quiero jubilarme, pero necesito trabajar.*

Las princesas quinceañeras

Antes de ver

1. Alcanzar (*Reaching*) una edad en particular puede ser un evento especial. ¿Hay cumpleaños que para ti sean más especiales que otros? ¿Cuáles y por qué?

2. ¿Qué sabes acerca del festejo de los quince años en Hispanoamérica?

La costumbre de celebrar los quince años de una joven es una costumbre que llegó de Europa, en donde era costumbre presentar en sociedad a las hijas. Originalmente, esta costumbre era exclusiva de las clases altas y se hacía con el objetivo de encontrar candidatos apropiados para casar a la hija. Al llegar a Hispanoamérica, la tradición se extendió a familias menos pudientes (*wealthy*), y la celebración de los quince años continúa siendo muy popular a pesar de que muchas familias tienen que endeudarse (*to go into debt*) para hacer la celebración.

© AFP Footage/Getty Video

Vocabulario útil

cursi	*tacky*	**el lujo**	*luxury*
despampanante	*sensational*	**el paso**	*step*
endeudarse	*to go into debt*	**satisfacer**	*to satisfy*
la exposición	*exhibit*	**la trasnochada**	*sleepless night*

Comprensión

Completa las ideas con la información del video.

1. En su día especial, Claudia va a ser _____ de todos.
2. Catalina está acompañada en la fiesta por su _____.
3. Para la familia de Catalina, la celebración de sus quince años fue un _____.
4. La madre de Catalina quiere que su hija no olvide su _____.
5. En México cada año hay más de _____ mil fiestas de quince años y la celebración es cada vez más popular.

Después de ver

 Habla con un compañero para responder las siguientes preguntas.

1. ¿Qué tipo de gastos se hacen para dar una gran fiesta? ¿Qué industrias o profesiones se benefician de esta tradición?
2. ¿Por qué crees que algunas familias están dispuestas a endeudarse para celebrar?
3. ¿Te endeudarías tú para dar una fiesta? ¿De qué celebración?
4. ¿Has asistido a una fiesta de quince años?

© GemaBlanton/E+/Getty Images

Una quinceañera posando para una foto

A perfeccionar

A analizar

Salvador describe cómo cambiarán los trabajos en el futuro. Después de ver el video, lee el párrafo e identifica los verbos que expresan el futuro. Luego contesta las preguntas que siguen.

¿Cómo serán diferentes los trabajos del futuro?

Yo pienso que en el futuro todo será sistematizado. Se necesitarán menos personas para hacer el trabajo. Conseguir trabajo será mucho más complicado para la mayoría de las personas.

Sin embargo, pienso que trabajos como limpiar la casa, construcción, trabajos que no requieren demasiada educación, siempre van a existir. Para los trabajos más calificados, las computadoras y las máquinas seguirán reemplazándonos. Entonces, se va a necesitar gente que sea un poco más especializada. También pienso que en el futuro las personas van a poder trabajar más en casa gracias al Internet. Entonces, podrán trabajar más en casa, pero yo pienso, que eso afectará las relaciones familiares porque la gente estará trabajando más y no podrá separar la casa del trabajo.

—Salvador, España

1. ¿Cuáles son las dos maneras de expresar acciones en el futuro? ¿Cómo se construyen las dos formas?
2. ¿Cuáles de los verbos en el párrafo en el futuro simple son irregulares?

A comprobar

El futuro

1. Advanced Spanish speakers clearly and consistently communicate the time (past, present, or future) of events. The future construction *ir + a + infinitive* is quite frequently used to express future actions. It is also possible to use the present tense to express near future.

   Voy a retirar el dinero mañana.
   I'm going to withdraw the money tomorrow.

   Salgo para la oficina a las cuatro.
   I'm leaving for the office at four o'clock.

2. Another way to express what will happen is to use the simple future tense; however, it tends to be a little more formal and appears more frequently in writing. To form the future tense, add the following endings to the infinitive (rather than to the verb stem, as is done with most other verb tenses). Note that -**ar**, -**er,** and -**ir** verbs take the same endings.

hablar			
yo	hablar**é**	nosotros(as)	hablar**emos**
tú	hablar**ás**	vosotros(as)	hablar**éis**
él, ella, usted	hablar**á**	ellos, ellas, ustedes	hablar**án**

volver	
yo	volver**é**
tú	volver**ás**
él, ella, usted	volver**á**
nosotros(as)	volver**emos**
vosotros(as)	volver**éis**
ellos, ellas, ustedes	volver**án**

ir	
yo	ir**é**
tú	ir**ás**
él, ella, usted	ir**á**
nosotros(as)	ir**emos**
vosotros(as)	ir**éis**
ellos, ellas, ustedes	ir**án**

The following are irregular stems for the future tense:

decir	**dir-**
haber	**habr-**
hacer	**har-**
poder	**podr-**
poner	**pondr-**
salir	**saldr-**
tener	**tendr-**
venir	**vendr-**
querer	**querr-**
saber	**sabr-**

Al final del mes, **tendré** el dinero en mi cuenta.
*At the end of the month, I **will have** the money in my account.*

Ricardo **se jubilará** después de veinte años.
*Ricardo **will retire** after twenty years.*

Los nuevos empleados **comenzarán** el lunes.
*The new employees **will begin** on Monday.*

3. The future form of **haber** is **habrá**. Remember, there is only one form of the verb regardless of whether it is followed by a singular or a plural noun.

¿**Habrá** ganancias este mes?
Will there be profits this month?

4. The simple future form is also used to express probability or to speculate. In some cases, it serves as an equivalent for the English *might* or *I wonder*. When speculating about present conditions, it is common to use the verbs **ser, estar, haber,** and **tener.** When speculating about present actions, use the future tense of **estar** with the present participle.

Si Marta no está aquí, **estará** enferma.
*If Marta is not here, **she might be** sick.*

¿Cuántas personas **habrá**?
I wonder how many people are there.

No contesta. ¿**Estará** trabajando?
He doesn't answer. I wonder if he is working.

A practicar

7.10 **Predicciones** Se supone que habrá muchos cambios en los próximos cincuenta años. Lee las siguientes predicciones para el futuro e indica si estás de acuerdo o no. Explica tu respuesta.

1. La gente pagará todo con sus teléfonos inteligentes y no habrá tarjetas de crédito ni de débito.
2. Muchos de los empleos que hay hoy no existirán porque las computadoras y los robots harán todo el trabajo.
3. La gente podrá hacer su trabajo sin salir de casa usando la tecnología.
4. La mayoría de las compañías serán internacionales y los empleados tendrán que hablar otro idioma.
5. No habrá diferentes sistemas monetarios; todo el mundo usará el mismo dinero.
6. La gente se jubilará más tarde gracias a los avances médicos.

7.11 **Un nuevo trabajo** Lucinda habla con un amigo sobre un nuevo trabajo. Lee las oraciones y complétalas con el futuro de los verbos indicados. Si hay más de un verbo entre paréntesis, decide cuál de los dos verbos se necesita.

1. Yo _____ (trabajar) en una compañía grande y mis jefes me _____ (dar) muchas responsabilidades.
2. Nosotros _____ (poder) negociar el contrato el viernes y yo _____ (comenzar) a trabajar el próximo mes.
3. Estoy segura de que mis nuevos compañeros de trabajo _____ (ser/estar) muy simpáticos y que (ellos) me _____ (ayudar) a conocer la compañía.
4. Mi jefe me _____ (permitir) trabajar horas extras y (yo) _____ (ganar) un buen sueldo.
5. Creo que me _____ (gustar) el nuevo puesto y que (yo) _____ (ser/ estar) muy feliz.
6. ¿Y tú, qué trabajo _____ (tener) en el futuro?

7.12 **¿Qué harás?** Habla con un compañero sobre sus planes para el futuro usando las preguntas como guía.

1. ¿Adónde vas a ir para divertirte este fin de semana? ¿Con quién vas a salir? ¿Qué harás?

2. ¿Adónde irás en tu próximo viaje? ¿Por qué viajarás? ¿Irás con alguien?

3. ¿Qué vas a hacer al final del semestre? ¿Seguirás con tus estudios el próximo semestre? ¿Qué clases tendrás?

4. ¿Qué harás cuando termines de estudiar? ¿Buscarás un trabajo? ¿Qué tipo de trabajo?

7.13 **Después de la graduación** Entrevista a un compañero para saber si hará las siguientes actividades cuando se gradúe. Si tu compañero responde positivamente, pídele información adicional.

Modelo casarse (¿Cuándo?)

> Estudiante 1: *¿Te casarás?*
> Estudiante 2: *Sí, me casaré.*
> Estudiante 1: *¿Cuándo?*
> Estudiante 2: *Mi novia y yo queremos casarnos en junio.*

1. buscar un trabajo (¿En qué área?)

2. mudarse (¿Adónde?)

3. empezar estudios avanzados (¿En qué área?)

4. comprarse un regalo para celebrar (¿Qué?)

5. celebrar (¿Cómo?)

6. ir de viaje (¿Adónde?)

7. descansar (¿Cómo?)

8. hacer otro cambio a su vida (¿Cuál?)

© Tom Wang/Shutterstock.com

¿Qué harás después de la graduación?

7.14 **¿Qué pasará?** Mira los dibujos y trabaja con un compañero para hacer conjeturas sobre las circunstancias (quiénes serán, por qué estarán allí, cuál será la situación y cómo se sentirán). Al final, digan lo que pasará después.

7.15 **Avancemos** Vas a hablar con un compañero sobre cómo han cambiado los trabajos y sobre los cambios que habrá en el futuro.

Paso 1 Haz una lista de algunos trabajos que existen hoy y que no existían hace 30 años, y una lista de trabajos que existían hace 30 años pero que ya no existen. Luego compara tu lista con la de un compañero. Hablen sobre las razones por las cuales han cambiado los trabajos.

Paso 2 Habla con tu compañero sobre los cambios que habrá en el futuro. Piensen en lo siguiente: ¿Qué trabajos dejarán de existir? ¿Qué tipo de nuevos trabajos habrá? ¿Cambiará la forma en que se hace el trabajo? ¿Por qué ocurrirán estos cambios?

Conexiones . . . a la economía

Los retos de las nuevas generaciones en el trabajo

En gran medida, las generaciones anteriores han considerado su trabajo como una extensión de quiénes son y por eso no dudan en trabajar tiempo extra o fines de semana. Además, aprecian la estabilidad y la posibilidad de hacer toda su carrera en una misma empresa. Sin embargo, se calcula que para el año 2025 el 75% de todos los trabajadores será de la generación conocida como *millennials*, una generación que tiene expectativas diferentes, que teme aburrirse y que, según encuestas[1], anticipa cambiar de trabajo cada dos años. Para sentirse satisfechos en su trabajo, los *millennials* tienen que seguir aprendiendo en el trabajo, sentirse valorados, llevarse bien con su jefe y apreciar su trabajo no solo por el sueldo. ¿Qué harán las empresas y los jóvenes para adaptarse a las nuevas expectativas?

Para atraer a *millennials* talentosos, los empleadores también deberán aprender qué motiva a los jóvenes de ahora, quienes no desean pasar toda su vida profesional en un lugar. Para retener el talento, las compañías podrían facilitar la movilidad dentro de su empresa, asegurarse de que sus trabajadores estén siempre aprendiendo y hacerlos sentir que contribuyen a la compañía y a la sociedad. Los *millennials* desean ser el centro de la atención, como un consumidor que sabe que puede comprar en otra parte si no recibe el servicio que desea. Los jóvenes de hoy parecen buscar más una aventura que un trabajo; desean superarse[2] a sí mismos y tener una experiencia personalizada, tan única como ellos mismos. Esto es lo que las empresas deberán darles.

Un joven profesional en Barcelona

© ClaudioValdes/Shutterstock.com

Source: Llorente & Cuenca "Seis tendencias sobre talento para 2016." http://www.desarrollando-ideas.com/wp-content/uploads/sites/5/2015/12/151221_DI_articulo_tendencias talento_2016_ESP1.pdf

[1]*polls* [2]*to better themselves*

Hablemos del tema

1. ¿Estás de acuerdo con la descripción que se hace de los *millennials*? ¿Por qué?
2. ¿Te gustaría trabajar en la misma empresa toda tu vida? ¿Por qué?
3. ¿Has observado conflictos en el trabajo causadas por diferencias generacionales? Explica.

Esperando a tener una entrevista de trabajo

Comparaciones

En busca del trabajo perfecto

Cuando pensamos en un trabajo, es obvio que todos queremos un salario competitivo, pero es importante pensar también en las prestaciones, pues pueden ser más valiosas que recibir un salario mayor. Algunas prestaciones son exigidas por las leyes[1] de un país, pero otras son un bien adicional. En México, son comunes las siguientes prestaciones:

Vales Se usan como dinero en efectivo en supermercados. Ayudan a suplementar el salario, y además no se pagan impuestos sobre su valor.

Prima vacacional También es dinero adicional para que el trabajador pueda disfrutar de sus vacaciones. En México, la ley otorga[2] el 25% del sueldo diario del empleado por cada día de vacaciones. Sin embargo, México es uno de los países con menos días de vacaciones en el mundo: solamente seis días al año. Por cada año de trabajo se ganan dos días de vacaciones al año, hasta llegar a 12, y después se suman[3] dos días cada cinco años. Afortunadamente, también hay otros seis días feriados obligatorios.

Aguinaldo Es un pago adicional de 15 días de trabajo que se debe dar al trabajador antes del 20 de diciembre. Algunas compañías ofrecen mayores aguinaldos para atraer a mejores candidatos.

Comisiones Son pagos adicionales en el caso de puestos relacionados con ventas.

Fondos de ahorro Incentivan el ahorro entre los trabajadores, quienes deben aportar[4] un porcentaje de su salario, y la empresa aporta la misma cantidad, multiplicando así la cantidad ahorrada por el trabajador.

Vivienda Algunas compañías ofrecen créditos a muy bajos costos para que el trabajador pueda comprar una casa o un apartamento.

Seguro Médico Permite cubrir gastos de salud y permite que los trabajadores sean atendidos en unidades médicas privadas.

---

[1] *required by law* [2]*grants* [3]*add* [4]*to contribute*

Hablemos del tema

1. ¿Qué prestación valoras más en un empleo?
2. De las prestaciones mencionadas, ¿cuáles son comunes en los Estados Unidos?

Cultura

Piensa en el tema

¿Cómo puedes describir los billetes de los Estados Unidos? ¿Son bonitos?

El dinero como representación cultural

Seguramente has visto billetes o monedas de otros países. Los billetes son un lienzo[1] para expresar valores. Habrás observado que otros países les rinden homenaje[2] no solo a sus políticos, sino también a sus artistas, héroes nacionales, e incluso a otros símbolos importantes para la nación como su arquitectura, sus animales o sus bellezas naturales. En muchos países, hasta el tamaño[3] de los billetes de distinta denominación es diferente. Por ejemplo, un billete de cincuenta pesos es más pequeño que uno de cien pesos. El objetivo de ofrecer tamaños diferentes es facilitar la identificación del valor. Así, hasta una persona ciega[4] puede saber el valor a partir de su tamaño.

La Sociedad Internacional de los Billetes elige anualmente los billetes que en su opinión son los más bonitos del mundo. Sin embargo, hay muchas otras organizaciones que expresan periódicamente su opinión al respecto. Por ejemplo, la organización de noticias MSN tiene a Honduras, Costa Rica y Paraguay entre sus favoritos. Argentina y Honduras son dos de los elegidos por la revista *Travel + Leisure*.

---

[1]*canvas* [2]*pay tribute* [3]*size* [4]*blind*

Billetes de la República Bolivariana de Venezuela

No cabe duda de que la decisión de los finalistas debe ser muy difícil porque hay muchos billetes muy bonitos, como una serie de billetes emitidos por Venezuela en los últimos años. De un lado de cada uno de estos billetes, encontramos una figura histórica importante para Venezuela, y del otro lado, un animal emblemático de este país. Por ejemplo, el billete de cinco bolívares tiene de un lado la figura histórica de Pedro Camejo (un hombre que fue esclavo[5] desde su nacimiento y luego se unió a la guerra de Independencia), y del otro lado, un armadillo gigante. En el billete de 20 bolívares (2013) figura Luisa Cáceres de Arismendi, quien también fue una heroína de la guerra de Independencia. Del otro lado, aparecen unas tortugas Hawksbill, enmarcadas por las montañas Macanao. El billete de 50 bolívares está dedicado al filósofo y educador Simón Rodríguez, con el oso frontino del otro lado.

Colombia es otro país que honra a su gente y a su naturaleza. En 2016, este país sudamericano emitió dos nuevos y bellos billetes. El billete de 2000 pesos muestra de un lado a la pintora Débora Arango Pérez, y del otro lado, enseña el río Caño Cristales, conocido por sus hermosos colores. El segundo billete, con un valor de 5000 pesos, rinde homenaje al gran poeta José Asunción Silva. Del otro lado, aparece un paisaje de los páramos colombianos con frailejones[6].

Los billetes de un país son testimonio de su historia, de su cultura y de sus valores. No es de sorprender que mucha gente los coleccione.

Source: https://elpais.com/economia/2017/04/26/actualidad/1493227934_263266.html

---

[5]*slave* [6]*espeletias, a shrub in the sunflower family*

Hablemos del tema

1. ¿Cuáles son ventajas y desventajas de que los billetes de un país sean de diferentes tamaños?
2. Si pudieras diseñar un billete para los Estados Unidos, ¿qué mostrarías de cada lado? ¿Por qué?

Comunidad
Busca a una persona en tu comunidad que sea de un país hispanohablante y hazle una entrevista con las siguientes preguntas:

- ¿En qué trabaja?
- ¿Qué le gusta de su trabajo? ¿Qué no le gusta?
- ¿Qué educación o entrenamiento (training) hizo antes de empezar su trabajo?

A analizar

Marcos da algunos consejos para las personas que quieren trabajar en Latinoamérica. Después de ver el video, lee el párrafo y observa los verbos en negrita. Luego contesta las preguntas que siguen.

> **¿Qué tendría que hacer una persona si quiere conseguir trabajo en Latinoamérica?**
>
> Yo pienso que lo primero que **tendría** que hacer **sería** decidir a qué país quiere ir. Si no está pensando en el país, **podría** también decidir con qué tipo de empresa quiere trabajar, o en qué tipo de circunstancias le **gustaría** trabajar. Siendo yo la persona que iba a hacer este trabajo en el extranjero **leería** información en el Internet, y también **buscaría** información a través de conocidos porque establecer contactos personales funciona muy bien en Latinoamérica. **Escribiría** cartas de presentación y **tendría** mucho cuidado en el proceso de elaborar esas cartas de presentación para que dieran toda la información necesaria para este tipo de trabajo. Yo **haría** un estudio muy cuidadoso de cuáles son los objetivos de las empresas, en qué forma mis habilidades, mis talentos o mi educación **podrían** contribuir a esa empresa y **tendría** una visión muy clara de la manera en que mis estudios se complementan con el tipo de trabajo que se hace en esa empresa.
>
> —Marcos, Argentina

1. Los verbos en negrita están en el condicional. ¿Qué conjugación es similar?
2. ¿Cómo se forma el condicional?
3. ¿Qué expresa el condicional?

A comprobar

El condicional

1. The conditional allows speakers to express possible outcomes or actions in response to events. To form the conditional, add the following endings to the infinitive. Notice that all verbs take the same endings.

	hablar	volver	ir
yo	hablaría	volvería	iría
tú	hablarías	volverías	irías
él, ella, usted	hablaría	volvería	iría
nosotros(as)	hablaríamos	volveríamos	iríamos
vosotros(as)	hablaríais	volveríais	iríais
ellos, ellas, ustedes	hablarían	volverían	irían

decir	dir-
hacer	har-
poder	podr-
poner	pondr-
salir	saldr-
tener	tendr-
venir	vendr-
querer	querr-
saber	sabr-

2. The irregular stems for the conditional are the same as the irregular stems for the future tense. The endings for these verbs are the same as those for the regular forms.

3. The conditional is sometimes equivalent to the English construction *would* + verb.

> Yo no **invertiría** en esa compañía.
> I **wouldn't invest** in that company.

> Me dijo que el gerente **estaría** en la oficina hoy.
> He told me the manager **would be** in the office today.

4. The conditional form of **haber** is **habría**. Remember, there is only one form of the verb regardless of whether it is followed by a singular or a plural noun.

> Pensé que **habría** más clientes.
> *I thought **there would be** more customers.*

5. The conditional is also used for conjecture about past activities. Past conjectures in English are sometimes expressed with *must have*.

> ¿Por qué **no firmaría** el contrato?
> *I **wonder** why **he didn't sign** the contract.*

> **Tendría** un préstamo.
> *He **must have had** a loan.*

6. The conditional may also be used to demonstrate politeness or to soften a request.

> **Me gustaría** depositar un cheque.
> *I **would like** to deposit a check.*

> ¿**Irías** al banco conmigo?
> ***Would you go** to the bank with me?*

A practicar

7.16 **Una encuesta** En grupos de cuatro o cinco hagan una encuesta para saber lo que harían los estudiantes en los siguientes casos. Luego repórtenle a la clase cuáles son las respuestas más populares.

1. Tienes un trabajo que no te gusta, pero te paga muy bien.

   a. Buscaría un nuevo trabajo.
   b. Me quedaría en el trabajo.

2. Tus amigos van a salir a divertirse el viernes, pero tú tienes que trabajar ese día.

   a. Llamaría al jefe para decirle que estoy enfermo.
   b. No saldría con mis amigos y trabajaría.

3. Recibes un bono de mil dólares en el trabajo.

   a. Pondría el dinero en una cuenta de ahorros.
   b. Iría de compras.

4. Un compañero de trabajo siempre llega tarde y sale temprano.

   a. Hablaría con el jefe.
   b. Estaría molesto pero no diría nada.

INVESTIGUEMOS LA GRAMÁTICA

In English, *would* can be used to communicate habitual events in the past. In Spanish, habitual events are communicated with the imperfect, not the conditional.

Cuando era niña, mi papá **salía** al trabajo a las ocho.

When I was a little girl, my dad would leave for work at eight o'clock.

7.17 **Al perder el trabajo** Alicia habla de lo que haría si perdiera su trabajo. Completa las oraciones con la forma apropiada del condicional del verbo entre paréntesis.

1. Mis padres me _____ (apoyar) y yo _____ (mudarse) con ellos.

2. Mi hermana _____ (compartir – *to share*) su cuarto conmigo; seguro que no _____ (estar) muy contenta.

3. Yo _____ (buscar) un nuevo trabajo y mis amigos me _____ (decir) si saben de un trabajo.

4. Yo no _____ (ir) de compras porque no _____ (poder) gastar mucho dinero.

5. Mis amigos y yo no _____ (salir) mucho porque yo no _____ (tener) dinero.

6. ¿Qué _____ (hacer) tú en esta situación?

7.18 **Por favor** Imagina que trabajas en una oficina y tienes mucho que hacer hoy. Usa el condicional para pedirle a tu asistente que te ayude. Recuerda que es necesario usar **usted** con el asistente.

Modelo buscar el contrato del Sr. Gómez

¿Buscaría el contrato del Sr. Gómez?

1. depositar el cheque
2. cancelar la cita con la Sra. Martínez
3. mandarle la cuenta al Sr. Pérez
4. hacer una fotocopia del contrato de la Srta. Castillo
5. llevarle la solicitud de trabajo al supervisor
6. devolverle la llamada al Sr. Hernández
7. confirmar la cita con la Sra. Núñez
8. contestar todas las llamadas

7.19 **En busca de...** Pregúntales a diferentes personas si harían las siguientes cosas si fueran millonarios. Pídeles información adicional para reportársela a la clase después.

1. tener una mansión (¿Dónde?)
2. donar dinero (¿Para qué causas?)
3. conducir un auto muy caro (¿Cuál?)
4. hacer muchos viajes (¿Adónde?)
5. ir de compras mucho (¿Qué comprarías?)
6. salir a comer en restaurantes muy caros (¿Cuáles?)
7. ser estudiante (¿Qué estudiarías?)
8. trabajar como voluntario (¿Dónde?)

INVESTIGUEMOS LA GRAMÁTICA

When using an "if" clause to express what would happen in a hypothetical situation or a situation that is not likely or is impossible, it is necessary to use the imperfect subjunctive and the conditional. You will learn more about this concept in **Capítulo 8.**

Si yo **fuera** millonario, **estaría** muy feliz.
*If I **were** a millionaire, I **would be** happy.*

¿Qué harías si fueras millonario?

© Minerva Studio/Shutterstock.com

7.20 **¿Qué harías?** Trabaja con un compañero para hablar de lo que harían en las siguientes situaciones.

Modelo Pierdes tu trabajo.

> Estudiante 1: *Iría a vivir con mis padres y buscaría un nuevo trabajo. ¿Qué harías tú?*
> Estudiante 2: *Yo vendería mi moto y buscaría a alguien para vivir conmigo.*

1. Cuando recibes el cambio en un restaurante te dan $20 más de lo debido *(than they should)*.
2. Ves a una persona robar un chocolate en una tienda.
3. Encuentras una billetera *(wallet)* sin identificación en el baño en la universidad.
4. Cuando sales de un estacionamiento dañas *(damage)* el auto de otra persona, pero no hay testigos *(witnesses)*.
5. Recibes una nueva tarjeta de crédito que te ofrece no pagar intereses por seis meses.
6. Recibes un cheque de $800 del gobierno después de presentar tu declaración de impuestos.

7.21 **Avancemos** Trabaja con un compañero y túrnense para explicar lo que pasó en las siguientes escenas. Usen el pretérito y el imperfecto para narrar. Después usen el condicional para hacer conjeturas sobre la situación.

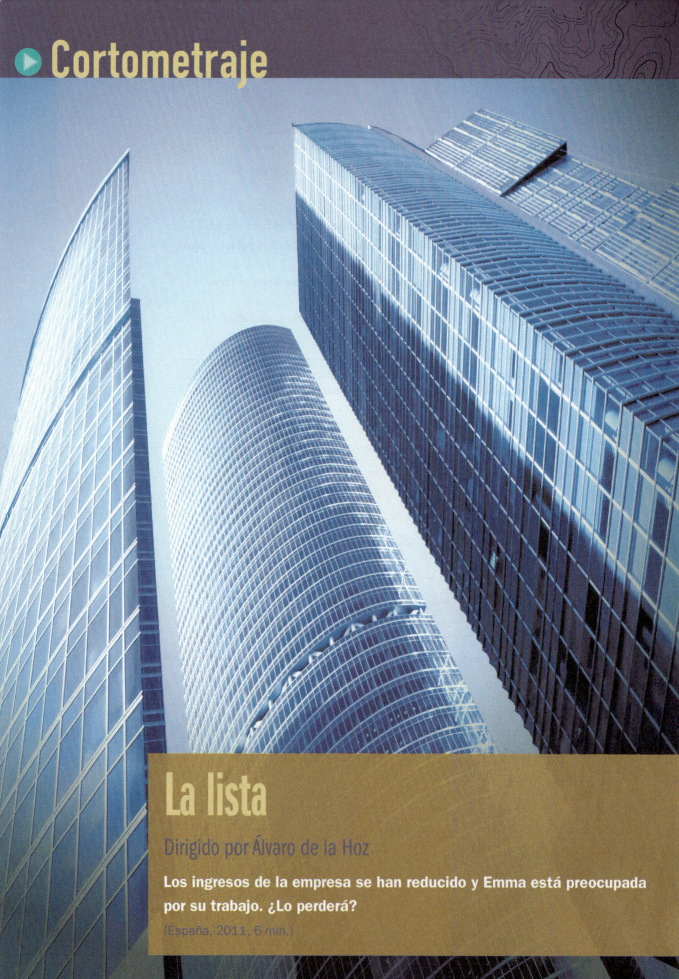

La lista

Dirigido por Álvaro de la Hoz

Los ingresos de la empresa se han reducido y Emma está preocupada por su trabajo. ¿Lo perderá?

(España, 2011, 6 min.)

Antes de ver

👥 Habla con un compañero sobre las siguientes preguntas.

1. Si una compañía tiene que recortar personal, ¿cómo deben decidir a quiénes despedir?

2. Imagínate que existe la posibilidad de que pierdas tu trabajo. ¿Qué harías?

Vocabulario útil

el apellido   *last name*
la aprobación   *approval*
la edad   *age*
en todos lados   *everywhere*

madrugador(a)   *early riser*
el pasillo   *hallway*
prescindible   *expendable*

Alvaro de la Hoz/Burbuja Films

Comprensión

Ve el cortometraje e indica si las siguientes oraciones son ciertas o falsas. Corrige las oraciones falsas.

1. Emma ha llegado a la oficina muy temprano.

2. Emma no debe firmar los papeles.

3. El jefe le pregunta a Emma sobre la ortografía *(spelling)* de su apellido.

4. Hay rumores de que la empresa va a despedir a algunas personas.

5. Emma piensa que sería difícil encontrar un nuevo trabajo.

6. El jefe es completamente honesto con Emma.

Después de ver

1. ¿Qué opinas de la respuesta del jefe sobre la lista? ¿Por qué crees que lo dijo?

2. Imagina que eres el jefe de Emma. ¿Cómo le responderías su pregunta?

3. ¿Cómo piensas que reaccionará Emma cuando reciba la noticia?

Estructuras 2

A analizar

Salvador intenta predecir *(predict)* cómo será su trabajo en el futuro. Después de ver el video, lee el párrafo y observa los verbos en negrita. Luego contesta las preguntas que siguen.

Para el año 2030, ¿cómo habrá cambiado tu trabajo?

Considerando que hay muchos cambios tecnológicos, yo creo que en mi trabajo **habremos hecho** todo más eficiente. Para ese entonces yo ya **habré aprendido** a utilizar nuevos programas de computación, especialmente en mi área, que es la economía. Nosotros ya **habremos innovado** muchas cosas y eso es muy importante tomar en cuenta ahora.

—Salvador, España

---

1. ¿Cuándo van a ocurrir los verbos en negrita?

2. ¿Cómo se construye esta conjugación?

A comprobar

El futuro perfecto y el condicional perfecto

Perfect tenses are used to communicate that an action has occurred or begun prior to a particular point in time that the speaker mentions. You will recall that each perfect tense consists of the verb **haber** (conjugated in different tenses) and a past participle, and that the past participle does not agree in number or gender with the subject because it is functioning as a verb, not as an adjective. To review the past participles, see **A perfeccionar** in **Capítulo 6**.

1. The future perfect is used to express an action that will be completed prior to a specific point in time in the future. The verb **haber** is conjugated in the simple future.

yo	**habré**
tú	**habrás**
él, ella, usted	**habrá**
nosotros(as)	**habremos** + participle
vosotros(as)	**habréis**
ellos, ellas, ustedes	**habrán**

Cuando se jubile, mi padre **habrá trabajado** por 20 años en la compañía.
*When he retires, my father **will have worked** in the company for 20 years.*

Para el año 2030, **habrán eliminado** algunos trabajos.
*By the year 2030, they **will have eliminated** some jobs.*

2. The conditional perfect expresses actions that would have been completed in the past had circumstances been different. The verb **haber** is conjugated in the conditional.

yo	**habría**
tú	**habrías**
él, ella, usted	**habría**
nosotros(as)	**habríamos** + participle
vosotros(as)	**habríais**
ellos, ellas, ustedes	**habrían**

Habríamos depositado el cheque, pero no tuvimos tiempo para ir al banco.
*We **would have deposited** the check, but we didn't have time to go to the bank.*

Mi hermana gastó todo su dinero; yo lo **habría ahorrado**.
*My sister spent all her money; **I would have saved** it.*

3. Just as the simple future and the conditional can be used to express conjecture, so can the future and conditional perfect.

> ¿Qué **habrá dicho** para que su jefe reaccionara así?
> *What **do you suppose he said** for his boss to react that way?*

Habrían hecho todo lo posible para evitar la bancarrota.
***They must have done** everything possible to avoid bankruptcy.*

A practicar

7.22 **La jubilación** Leonardo va a jubilarse este año. Mira la gráfica e indica si las oraciones son ciertas o falsas.

Antes de que se jubile...

1. Leonardo y su esposa habrán terminado de pagar su casa.
2. su hijo se habrá graduado.
3. su esposa se habrá jubilado.
4. su hija se habrá casado.
5. habrá recibido su bono.

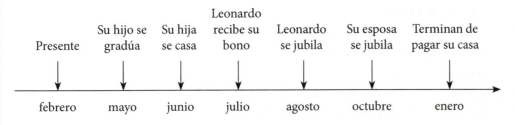

Presente	Su hijo se gradúa	Su hija se casa	Leonardo recibe su bono	Leonardo se jubila	Su esposa se jubila	Terminan de pagar su casa
febrero	mayo	junio	julio	agosto	octubre	enero

7.23 **En el futuro** Trabaja con un compañero para hablar de lo que habrán hecho antes de los eventos indicados. Piensen en varios aspectos de su vida: la educación, el trabajo y lo personal.

Modelo casarse

> Estudiante 1: *¿Qué habrás hecho antes de casarte?*
> Estudiante 2: *Habré terminado mis estudios y habré conocido a la persona perfecta. ¿Y tú?*
> Estudiante 1: *Habré encontrado un mejor trabajo y habré comprado una casa.*

1. acostarse esta noche
2. venir a la próxima clase de español
3. terminar el semestre
4. graduarse
5. ir de vacaciones
6. buscar un trabajo
7. comprar un auto
8. jubilarse

Antes de aceptar un trabajo, habré viajado a Santiago de Chile.

7.24 **Para el año 2050** Habla con un compañero sobre los cambios que piensan que habrán ocurrido antes del año 2050.

Modelo en el medio ambiente

> Estudiante 1: *Para el año 2050, creo que habremos destruido mucha de la naturaleza.*
> Estudiante 2: *Yo creo que para el año 2050, habremos encontrado nuevas soluciones para el problema de la energía.*

1. en tu vida personal
2. en el mundo de trabajo
3. en la tecnología
4. en la educación
5. en las ciencias
6. en las relaciones internacionales

7.25 **Excusas** Imagina que no cumpliste con algunas de tus obligaciones en el trabajo y tu jefe te pregunta por qué. Trabaja con un compañero y túrnense para hacer el papel del empleado y explicar por qué no cumplieron con sus deberes. Usen el condicional perfecto, como en el modelo.

Modelo ¿Por qué no llegó (usted) a tiempo? (haber mucho tráfico)

> Estudiante 1: *¿Por qué no llegó a tiempo?*
> Estudiante 2: *Habría llegado a tiempo, pero hubo mucho tráfico esta mañana.*

1. ¿Por qué no depositó el cheque? (perderlo)
2. ¿Por qué no llamó al cliente? (no poder encontrar su número de teléfono)
3. ¿Por qué no escribió el reporte? (no tener toda la información)
4. ¿Por qué no fue a la reunión? (enfermarse)
5. ¿Por qué no hizo la presentación? (llegar tarde a la conferencia)
6. ¿Por qué no trabajó horas extras ayer? (tener una cita con mi médico)
7. ¿Por qué no despidió al señor Jiménez? (sentirse mal por él)
8. ¿Por qué no volvió a la oficina después del almuerzo ayer? (tener un accidente)

7.26 **A suponer** Usando el perfecto del condicional, explica lo que crees que pasó en las diferentes situaciones laborales.

Modelo El jefe de Bruno lo regañó *(scolded).*
> *No habría hecho su trabajo.*

1. Daniel no llegó al trabajo ayer.
2. Victoria recibió un bono del jefe.
3. Marcela despidió a su secretaria.
4. Francisco y Marisol no terminaron el proyecto.
5. Alicia renunció.
6. Adrián y Laura trabajaron horas extra la semana pasada.
7. Ronaldo aceptó un nuevo trabajo.
8. Florencia no recibió su sueldo el viernes.

Ronaldo consiguió un nuevo trabajo.

© JanVlcek/Shutterstock.com

Redacción

Una carta de solicitud de empleo

You plan to apply for the job in the following ad. Write a cover letter to accompany your resumé. Keep in mind that cover letters should be written in a formal style.

> **Recepcionista** Requisitos: responsable y trabajador, trato amable, buena presentación, manejo de PC, buen conocimiento de español e inglés, preferentemente con experiencia. Buen sueldo y vacaciones pagadas. Interesados enviar curriculum vitae y carta de solicitud al señor Félix Martínez, Director de Recursos Humanos, Empresas Herrera, calle García Lorca 947, 18060 Granada

Paso 1 Brainstorm your skills, qualities, and experiences that make you a good candidate for this position.

ESTRATEGIA PARA ESCRIBIR

In order to flow from one idea to the next, it is important to use transition words. Some good transition words to express a relationship between two ideas are:

además	*furthermore*
así que	*so (result)*
entonces	*so, then*
por consiguiente	*as a result*
por eso	*that's why*
por lo tanto	*therefore*
sin embargo	*however*

Paso 2 In the upper right-hand corner, provide your city and the date on one line. Then to the left, put the name and address given in the job announcement.

Paso 3 Begin your letter with **Estimado señor:** Then write your initial paragraph in which you express your interest in the position.

Paso 4 Write a second paragraph in which you describe your academic background: where you studied, what you studied, and the date of your graduation.

Paso 5 Write a third paragraph in which you discuss the qualifications that you generated in **Paso 1.**

Paso 6 Write a final paragraph in which you restate your interest in the opportunity to interview for the position.

Paso 7 Conclude your letter with an expression such as **Atentamente** or **Un saludo cordial** and your name.

Paso 8 Edit your letter.

1. Did you use the **usted** form throughout your letter?
2. Did you use the appropriate verb tenses?
3. Do adjectives agree with the person or object they describe?
4. Do verbs agree with their subjects?
5. Did you check your spelling, including accents?

¿Cómo serán los trabajos del futuro?

Antes de escuchar

En **A perfeccionar,** Salvador habló de cómo cambiarán los trabajos en el futuro. ¿Qué cambios ocurrirán según Salvador?

> **Vocabulario útil**
>
> **el ambiente de trabajo** *work environment*
> **un empresario** *businessperson*
> **el horario** *schedule*

A escuchar

🔊 Escucha los comentarios de Lucía sobre el mismo tema y después, usando las siguientes
7-2 preguntas como guía, habla de las ideas principales con un compañero.

1. Según Lucía, ¿cómo afectará la tecnología del futuro a la gente y el trabajo?

2. ¿Qué otras áreas del trabajo cambiarán?

Después de escuchar

1. Expresaron Lucía y Salvador ideas semejantes sobre este tema? ¿Hay aspectos en los que difieren? ¿Es uno de los dos más optimista en algún aspecto?

2. ¿Qué opinas sobre los trabajos del futuro? ¿Estás de acuerdo con Salvador o con Lucía?

En tu opinión, ¿tiene el teletrabajo *(telecommuting)* más ventajas o desventajas?

Literatura

Nota biográfica

Pablo Neruda (1904–1973) fue un poeta, dipomático y activista político chileno. Escribió más de 35 libros de poesía, incluído *Veinte poemas de amor y una canción desesperada,* el cual se publicó cuando Neruda tenía solo diecinueve años. Conocido como "el poeta del pueblo chileno", ganó el Premio Nobel de Literatura en 1971.

Antes de leer

 Trabaja con un compañero para responder las siguientes preguntas.

1. El poema que se presenta en este capítulo se llama "La pobreza". ¿Qué criterio oficial se usa para clasificar a las personas como "pobres" o "ricas" en los Estados Unidos?

2. En tu opinión, ¿es posible ver a una persona e identificarla como una persona pobre?

La pobreza

Ay, no quieres,
1 te asusta
la pobreza,
no quieres
ir con zapatos rotos al mercado
5 y volver con el viejo vestido.

poverty   Amor, no amamos,
como quieren los ricos,
la miseria*. Nosotros
we will extract   la extirparemos* como diente maligno
ha… has bitten   10 que hasta ahora ha mordido* el
corazón del hombre.

Pero no quiero
fear   que la temas*.
residence   Si llega por mi culpa a tu morada*,…
gets rid of   15 si la pobreza expulsa*
tus zapatos dorados,
laugh   que no expulse tu risa*que es el pan
de mi vida.
Si no puedes pagar el alquiler
step   20 sal al trabajo con paso* orgulloso,
y piensa, amor, que yo te estoy mirando
y somos juntos la mayor riqueza
que jamás se reunió sobre la tierra.

A simile shows the similarity between two things. It makes a direct comparison using the words *like* or *as* (**como**).

— The poet uses a simile in the poem. Can you find it? What does he compare?

— What other images does he use to evoke "poverty"?

TERMINOLOGÍA LITERARIA

el análisis	*analysis, deeper reading of text*
la voz poética	*poetic voice*

Después de leer

A. Comprensión

1. La voz poética es la "persona que habla" en un poema. ¿Quién es la voz poética en este poema? ¿Es hombre o mujer? ¿A quién se dirige? ¿Qué relación existe entre las dos personas?

2. En las estrofas 1 y 2, ¿quién tiene miedo de ser pobre y por qué?

3. En la estrofa 2 hay un símil. ¿Con qué se compara la pobreza?

4. ¿En qué se diferencian las dos personas en cuanto a su actitud hacia la pobreza?

5. En la estrofa 4 la voz poética le pide a la otra persona que tome ciertas medidas (acciones) si se considera pobre. ¿Cuáles son?

6. En tu opinión, ¿cuál es el mensaje del poeta? ¿Estás de acuerdo con él?

7. ¿Qué palabras o frases son más efectivas para comunicar diferentes aspectos de su mensaje?

B. Conversemos

1. ¿Cómo afecta la pobreza la vida de una persona?

2. ¿Hay organizaciones en tu comunidad que ayuden a las personas pobres? ¿Qué tipo de ayuda ofrecen?

3. Cuando encuentras una dificultad en tu vida, ¿en qué o en quién piensas? ¿Cómo te ayuda?

7.28 **La meta** Gilberto quiere comprar su primer coche, pero necesita conseguir el dinero para pagarlo. Completa sus ideas con el futuro del verbo entre paréntesis.

1. Yo _____ (buscar) un trabajo para los fines de semana.

2. Mis padres me _____ (ayudar) con el depósito.

3. Yo no _____ (gastar) el dinero que tengo; lo _____ (poner) en mi cuenta de ahorros.

4. Yo _____ (poder) hacer pequeños trabajos en mi colonia (*neighborhood*).

5. Mis amigos y yo no _____ (salir) al cine los fines de semana; _____ (quedarse) en mi casa para ver películas.

6. Mis abuelos me _____ (dar) $50 en efectivo para mi cumpleaños en vez de (*instead of*) un regalo.

7.29 **En su lugar** Lee lo que hicieron las siguientes personas y explica lo que habrías hecho en su lugar.

> **Modelo** Rafael no recibió un aumento porque nunca trabajó horas extras.
> *Yo habría trabajado horas extras. / Yo no habría trabajado horas extras tampoco.*

1. El señor Martínez despidió a Mario porque siempre llegaba tarde al trabajo.

2. Marcela no pudo salir durante el fin de semana porque gastó todo su dinero durante la semana.

3. Inés recibió $100 por su cumpleaños y lo depositó en el banco.

4. Mercedes fue de compras y pagó todo con su tarjeta porque no tenía efectivo.

5. Jacobo escribió un cheque aunque sabía que no tenía dinero en su cuenta.

6. Leonora le pidió prestado dinero a su amigo David y nunca se lo pagó.

7.30 **¿Qué habrán hecho?** Contesta las siguientes preguntas. Usa el futuro perfecto.

1. ¿Qué habrás hecho antes de tu próximo cumpleaños?

2. ¿Qué habrán hecho tus compañeros y tú en la clase de español antes del final del semestre?

3. ¿Qué habrá hecho tu profesor antes del final del semestre?

4. ¿Qué habrán hecho tus amigos y tú antes de graduarse?

5. ¿Qué habrás hecho antes de comenzar a trabajar?

6. ¿Qué habrás hecho antes de jubilarte?

© Daxiao Productions/Shutterstock.com

¿Qué habrá logrado en su trabajo antes de buscar otro puesto?

7.31 **Tabú** Trabaja con un compañero y túrnense para describir una de las siguientes palabras. El otro estudiante va a determinar cuál es la palabra que se describe.

el aguinaldo	el billete	la caja	el cajero automático
el cliente	el desempleo	el depósito	el efectivo
el empleado	el gerente	hacer cola	jubilarse
el préstamo	renunciar	el sueldo	la tarjeta de crédito

7.32 **Imaginemos** ¿Qué harías si tu vida fuera diferente? Trabaja con un compañero para hablar sobre lo que harían en las siguientes situaciones. Expliquen sus respuestas.

Modelo Eres rico.
Estudiante 1: *Tendría un apartamento cerca del Parque Central en Nueva York porque me encanta la ciudad. ¿Qué harías tú?*
Estudiante 2: *Conduciría un Ferrari porque es un coche fantástico y es rápido.*

1. Eres un personaje en un libro o una película.

2. Puedes viajar por el tiempo.

3. Eres una persona famosa.

4. Vives en otro país.

5. Puedes convertirte *(change yourself)* en un animal.

6. Estás en una isla desierta.

7. Eres presidente.

8. Puedes hacerte invisible.

7.33 **El presupuesto** Trabaja con un compañero y hablen sobre lo que harían para recortar su presupuesto *(budget)*.

Paso 1 El costo de la vida es alto y todos tenemos gastos que son esenciales y otros que no lo son. Habla con tu compañero sobre sus opiniones acerca de cuáles son los gastos esenciales.

Paso 2 Imagina que tu compañero y tú comparten *(share)* un apartamento y que la siguiente es la lista de los gastos personales de cada uno. En total necesitan cortar $500 del presupuesto. ¿Cómo lo harían? Antes de hablar con tu compañero, toma un minuto para decidir tus preferencias para reducir los gastos.

Gastos por mes

el alquiler *(rent)* ($650)	la luz y el agua ($45)	el servicio del teléfono
la comida ($250)	la ropa ($50)	celular ($60)
comer en restaurantes ($140)	salir con amigos ($200)	la conexión a Internet ($25)
el corte de pelo ($20)	el seguro *(insurance)*	la televisión por satélite ($30)
la gasolina ($125)	del auto ($65)	

Paso 3 Compara tus preferencias con las de tu compañero y expliquen sus selecciones. ¿En qué coinciden y en qué no? Lleguen a un acuerdo sobre lo que van a recortar del presupuesto. Hagan un resumen y preséntenle sus resultados a la clase.

7-3

En el trabajo

el aguinaldo *annual complementary salary*
el bono *bonus*
el (la) cliente *client*
el contrato *contract*
el costo *cost*
el currículum vitae *resumé*
el desempleo *unemployment*
el (la) empleado(a) *employee*
la empresa *company*
el (la) gerente *manager*

la jubilación *retirement*
los negocios *business*
las prestaciones *benefits*
el puesto *position, job*
la solicitud de trabajo *job application*
el sueldo *salary*
el trabajo de tiempo completo *full-time job*
el trabajo de tiempo parcial *part-time job*
la ventaja *advantage*

Las finanzas

el billete *bill (money)*
la bolsa de valores *stock market*
la caja *service window*
el (la) cajero(a) *cashier, teller*
el cajero automático *automatic teller machine*
el cambio de moneda extranjera *foreign currency exchange*
la comisión *commission*
la cuenta *bill (statement showing amount owed)*
la cuenta corriente *checking account*
la cuenta de ahorros *savings account*
el depósito *deposit*
la deuda *debt*

el dinero *money*
el efectivo *cash*
las ganancias *earnings*
la hipoteca *mortgage*
los impuestos *taxes*
la moneda *coin*
el pago *payment*
por ciento *percent*
el porcentaje *percentage*
el préstamo *loan*
la tarjeta de crédito *credit card*
la tarjeta de débito *debit card*

Verbos

ahorrar *to save*
cargar *to charge (to a credit/debit card)*
cobrar *to charge (for merchandise, for work, a fee, etc.)*
contratar *to hire*
depositar *to deposit*
despedir (i, i) *to fire*
disminuir *to decrease*
firmar *to sign*

hacer fila/cola *to form a line*
invertir (ie, i) *to invest*
jubilarse *to retire*
pagar a plazos *to pay in installments*
renunciar *to quit*
retirar fondos *to withdraw funds*
solicitar *to apply, to request*
trabajar horas extras *to work overtime*
transferir (ie, i) fondos *transfer funds*

Terminología literaria

el análisis *analysis, deeper reading of text*

la voz poética *poetic voice*

Diccionario personal

CAPÍTULO 8

Estrategia para avanzar

Linguistic breakdown occurs when a speaker does not have the linguistic capability to express their thoughts or to complete a task. It is a normal occurrence when learning a language. One strategy to "fix" breakdown is to simplify the task so that it is within your linguistic abilities. This might mean that you cannot convey the level of detail that you would like. When talking about abstract concepts, such as societal issues or politics, you may need to talk about personal experiences in order to contribute opinions about these abstract ideas. Try not to become frustrated if breakdown occurs.

After completing this chapter, you will be able to:
- Compare and contrast rural and urban life
- Discuss hypothetical situations

El campo y la ciudad

Una mujer indígena del Valle Sagrado, en Perú

Vocabulario

¿Qué prefieres: el campo o la ciudad? ¿Por qué?

El campo *Countryside*

la agricultura *agriculture*
el (la) campesino(a) *farm laborer*
la carencia *lack, shortage, scarcity*
el cultivo *crop*
la ganadería *cattle raising*
el ganado *cattle*
la granja *farm*
el huerto *small vegetable garden*
la pesca *fishing*
la población *population*
el pueblo *town*
el rancho *small farm, ranch*

La ciudad

las afueras *outskirts*
la aglomeración *crowd, mass of people*
el asfalto *asphalt*
el barrio *district, neighborhood*
el centro *downtown*
la colonia *residential subdivision*

el crimen *crime*
el embotellamiento *traffic jam*
la fábrica *factory*
la fuente *fountain*
la mano de obra *labor force*
el monumento *monument*
el (la) obrero(a) *laborer*
la parada *bus stop*
el quiosco *kiosk, stand*
el rascacielos *skyscraper*
el ruido *noise*
el sistema de transporte público *public transportation system*
el tráfico *traffic*
la urbanización *urbanization, housing development*
el (la) vecino(a) *neighbor*

Verbos

ahuyentar *to scare away*
atraer *to attract*

cosechar *to harvest*
cultivar *to cultivate, to grow (crops)*
habitar *to inhabit*
sembrar (ie) *to sow*
urbanizar *to develop, to urbanize*

Adjetivos

arriesgado(a) *risky*
callejero(a) *from the streets, stray*
cercano(a) a *near*
cosmopolita *cosmopolitan*
hermoso(a) *beautiful*
hispanohablante *Spanish-speaking*
pintoresco(a) *picturesque*
rural *rural*
tranquilo(a) *calm, peaceful, quiet*
urbano(a) *urban*

INVESTIGUEMOS EL VOCABULARIO

Throughout the Spanish-speaking world, there are numerous words used to talk about farms, in addition to **granja.** However, there might be slight variations in the meanings and connotations of these words. The term **hacienda** is used in Mexico. Historically, **haciendas** were extremely large farming properties, and although nowadays they can be smaller, the connotation of wealth remains with the word. **Finca** is also commonly used to refer to a property in the countryside used for farming, but not of the great proportions of **haciendas.** The word **rancho** is commonly used to refer to a place where cattle are raised; however, in Argentina and Uruguay, this is referred to as **estancia.** Nowadays, many **estancias** are also used for lodging and often combine agriculture with raising cattle. Finally, **quinta** refers to a property in the countryside used only for recreational purposes.

A practicar

8.1 **Escucha y responde** Observa la ilustración y responde las preguntas.

8-1

8.2 **¿Lógico?** Lee con atención las ideas e indica si son lógicas. Si la idea es ilógica, corrígela.

1. En las granjas hay quioscos.
2. La agricultura es una actividad importante del campo.
3. Las aglomeraciones en las ciudades causan embotellamientos.
4. Un obrero trabaja en una granja o en un rancho.
5. El asfalto se usa en los huertos.
6. La densidad demográfica de un pueblo es menor que la de una ciudad.
7. Los rascacielos se encuentran en el campo.
8. La carencia de perros callejeros es un problema de muchos barrios.

8.3 **Ideas incompletas** Túrnate con un compañero para completar las siguientes ideas con sus opiniones personales.

1. (No) Me (gusta / encanta) el campo porque...
2. (No) Me (gusta / encanta) la ciudad porque...
3. De la ciudad me (molesta / preocupa)...
4. Del campo me (sorprende / preocupa) que...
5. El mayor problema (del campo / de la ciudad) es...
6. Lo que más me gusta (del campo / de la ciudad) es que...

En Cartagena, Colombia, hay historia en cada esquina.

© rocharibeiro/Shutterstock.com

INVESTIGUEMOS EL VOCABULARIO

There is much variation in words that refer to different types of transportation. Here are some of the most common ones:

car: **el auto, el coche** (Spain), **el carro** (Mexico, Central America, Andes, Caribbean)

subway: **el subterráneo** (Argentina, Uruguay), **el subte** (Argentina, short for **subterráneo**), **el metro** (Chile, Colombia, Spain, Mexico), **el tren ligero**

bus: **el autobús, el colectivo** (Argentina, Colombia), **el micro** (Chile), **el camión** (Mexico), **la guagua** (Caribbean)

taxi: **el taxi, el remis** (Argentina)

streetcar: **el tranvía, el tram** (Mexico)

In addition, in Mexico **el pesero** or **la combi** refers to a car or van used like a taxi, but with a specific route and stops for as many passengers as can fit.

Expandamos el vocabulario

The following words are listed in the vocabulary. They are nouns, verbs, or adjectives. Complete the table using the roots of the words to convert them to the different categories.

Verbo	Sustantivo	Adjetivo
cultivar		
	urbe/urbanización	
		pescado
	abandono	
habitar		

8.4 Relaciones Trabaja con un compañero y túrnense para explicar la relación entre cada pareja de palabras.

1. barrio / ciudad
2. rural / urbano
3. obrero / campesino
4. cultivar / cosechar
5. el rancho / el ganado
6. atraer / ahuyentar
7. el transporte público / el tráfico
8. la granja / el huerto

Montevideo es una ciudad cosmopolita y la zona urbana más grande de Uruguay.

8.5 La comunidad desde tu perspectiva Comenta con un compañero sus respuestas a las preguntas acerca de las escenas en la ilustración en la página 258. Recuerden que el objetivo es tener una pequeña conversación y dar información adicional cuando sea posible.

1. ¿Cuál de las escenas se parece más al lugar en donde vives? ¿Cuál prefieres y por qué?
2. ¿Cuáles son las ventajas y las desventajas de vivir en una comunidad como la de la segunda ilustración? ¿Cuáles son las ventajas y las desventajas de vivir en una ciudad como la de la cuarta ilustración?
3. En tu opinión, ¿cómo es el carácter de las personas que viven en cada comunidad? ¿Piensas que cada comunidad atrae a personas diferentes? Explica.

8.6 Ideas para explorar Hablen en grupos sobre sus respuestas a las preguntas.

1. ¿Cómo se relacionan el campo y la ciudad? ¿Depende una de la otra? Explica.
2. En tu opinión, ¿qué es más difícil: que una persona del campo se adapte a una gran ciudad, o que una persona de una gran ciudad se adapte al campo? Explica.
3. ¿Sería mejor el medio ambiente si todos viviéramos en el campo? ¿Por qué?
4. ¿Cuáles son algunas diferencias entre la cultura urbana y la rural?
5. ¿Por qué piensas que ha habido mucha migración del campo hacia las ciudades?
6. ¿Dónde crees que sea más arriesgado vivir: en el campo o en la ciudad? ¿Por qué?
7. En tu opinión, ¿es mejor vivir en el centro de una ciudad, o en las afueras?
8. ¿Cómo se compara el trabajo de un obrero al de un campesino?

8.7 ¿Cómo se hace? Habla con un compañero sobre las diferencias en cómo se hace cada una de las siguientes actividades en un pueblo pequeño y en una gran ciudad.

1. reciclar
2. comer
3. divertirse con los amigos
4. buscar pareja
5. comprar ropa
6. hacer una fiesta
7. transportarse
8. trabajar

8.8 **Citas** Habla con un compañero. ¿Están de acuerdo con las siguientes citas sobre las ciudades? Expliquen sus opiniones.

- Ciudad grande, soledad *(loneliness)* grande. (Estrabón de Amasia, historiador griego, circa 64 a.C.–24 d.C.)
- Dios hizo el campo, y el hombre la ciudad. (William Cowper, poeta inglés, 1731–1800)
- El verdadero objeto de la gran ciudad es hacernos desear el campo. (Eduardo Marquina, escritor catalán, 1879–1946)
- Una gran ciudad es, por desgracia *(unfortunately)* para muchos, un gran desierto. (Thomas Fuller, historiador inglés, 1608–1661)

8.9 **Un día en la vida de...** Elige una de las fotos y trabaja con un compañero para describir el día típico de una de las personas o animales. Usa el vocabulario de este capítulo. Después compartan su descripción con la clase.

Modelo *Vivo en una ciudad grande y trabajo muy duro todos los días. Necesito dos horas para llegar a mi trabajo porque siempre hay mucho tráfico. Debería usar el transporte público, pero hay demasiada gente y no me gustan las aglomeraciones...*

INVESTIGUEMOS LA MÚSICA:

"Del campo a la ciudad" del grupo Exterminador narra las experiencias de alguien que se muda del campo a la ciudad. Busca la canción en Internet y escúchala. ¿Cuáles son las ventajas y desventajas de la vida en cada lugar?

© Blend Images/Shutterstock.com

© Jacqui Martin/Shutterstock.com

© Budimir Jevtic/Shutterstock.com

© 4kclips/Shutterstock.com

Cuando el arte cambia la vida de un barrio pobre

Antes de ver

1. En tu opinión, ¿qué es el arte?

2. ¿Por qué crees que estudiar las humanidades sea uno de los requisitos de educación general en los Estados Unidos?

El arte se reconoce como parte de la experiencia humana. El arte enriquece nuestra vida, pero no es necesario vivir en un museo para sentir su influencia.

© AFP Footage/Getty Video

Vocabulario útil

el ánimo *mood*

la batalla *battle*

la caída *decrease*

contratar *to hire*

el embellecimiento *beautification*

llamativo(a) *striking*

la pandilla *gang*

la seguridad *security*

Comprensión

Elige la palabra que completa mejor las ideas según la información del video.

1. Palmitas es un barrio en…
    a. la Ciudad de México.   **b.** Pachuca.   **c.** Puebla.

2. Palmitas tenía mala reputación por sus…
    a. colores grises.   **b.** pandillas.   **c.** tráfico.

3. Ahora Palmitas tiene…
    a. el menor índice (*index*) de criminalidad del país.
    b. el mural más grande del mundo.
    c. muy pocas pandillas.

4. Para pintar el mural de Palmitas, el gobierno…
    a. contrató a veinte artistas.
    b. necesitó tres años para terminar el proyecto.
    c. les pidió a los vecinos que pintaran.

5. El costo del mural fue aproximadamente de…
    a. 500 mil dólares.   **b.** 300 mil dólares.   **c.** 3 millones de dólares.

6. Además de pintar, las calles…
    a. se pavimentaron.   **b.** se limpiaron.   **c.** se fotografiaron.

7. Hoy las pandillas…
    a. no existen.   **b.** son amigas.   **c.** comen y pintan juntos.

Después de ver

 Habla con un compañero para responder las siguientes preguntas.

1. En el video, un hombre dice que los colores cambiaron el estado de ánimo de los vecinos de Palmitas. ¿Cómo influye el color en tu estado de ánimo?

2. ¿Cómo se puede explicar la caída de la criminalidad en un 35%?

3. ¿Cómo puede el arte, en general, mejorar la vida de las personas?

4. En el video, se concluye que el arte puede cambiar la vida de todo un barrio. En tu opinión, ¿fue únicamente el arte el responsable del cambio, o hubo otros factores? Explica tu respuesta.

Arte en una calle de Ushuaia, Argentina

A perfeccionar

A analizar

Salvador compara las zonas rurales en España con las urbanas. Después de ver el video, lee el párrafo y observa las frases en negrita. Luego contesta las preguntas que siguen.

¿Cómo son diferentes las zonas rurales de las urbanas en España?

Bueno, voy a comparar la ciudad de Málaga, que es una ciudad grande que tiene más de medio millón de habitantes, y zonas rurales que están como a unos cuarenta kilómetros de Málaga. Lo primero que hay que decir es que hoy en día el campo está **tan conectado como** la ciudad. Hay conexiones de Internet, de cable, de teléfono móvil, etcétera. El campo es **más tranquilo que** la ciudad; hay **menos estrés que** en la ciudad. En la ciudad hay **más facilidades** y **más entretenimientos que** en el campo. En el campo hay **más vida natural**; hay **más cercanía** a la naturaleza **que** en la ciudad. Si yo tuviera dinero, viviría en el campo porque las conexiones de carretera son buenas y hay **tantas conexiones** a Internet, teléfono, y televisión **como** en la ciudad.

—Salvador, España

1. ¿Qué aspectos del campo y de la ciudad compara Salvador?
2. ¿Qué expresiones usa para expresar las semejanzas? ¿Cuáles usa para expresar las diferencias?
3. ¿De qué categoría gramatical (sustantivo, adjetivo, verbo, etcétera) es la palabra que aparece después de **tan**? ¿y después de **tantas**? ¿Por qué **tantas** es femenina y plural?

A comprobar

Comparaciones

1. Comparisons of equality
   a. The following construction is used to compare two people or things that have equal qualities.

   > **tan** (as) + adjective/adverb + **como** (as)

   Puebla es **tan bonita como** Antigua.
   *Puebla is **as pretty as** Antigua.*

   La avenida de la Independencia no se ha conservado **tan bien como** la calle Bolívar.
   *Independence Avenue has not been preserved **as well as** Bolívar Street.*

   b. The following construction is used to compare two people or things of equal quantity.

   > **tanto(s)** / **tanta(s)** (as much, many) + noun + **como** (as)

   Esta ciudad ofrece **tantas oportunidades como** aquella.
   *This city offers **as many opportunities as** that one.*

Él encontró hoy **tanto tráfico como** ayer.
*Today he encountered **as much traffic as** yesterday.*

   c. The following construction is used to compare equal actions.

   > verb + **tanto como**

   Quito atrae a los turistas ahora **tanto como** en el pasado.
   *Quito attracts tourists now **as much as** in the past.*

2. Comparisons of inequality
   a. The following constructions are used to compare two people or things that have unequal qualities.

   > **más** (more) / **menos** (less) + adjective/noun/adverb + **que** (than)

   El campo es **más tranquilo que** la ciudad.
   *The countryside is **more peaceful than** the city.*

Esta calle tiene **menos ruido que** la otra.
*This street has **less noise than** the other.*

Lima creció **más rápido que** Cuzco.
*Lima grew **faster than** Cuzco.*

b. The following construction is used to compare unequal actions.

verb	+	**más/menos que**

Una casa en la ciudad cuesta **más que** una en el campo.
*A house in the city costs **more than** one in the countryside.*

c. The following adjectives and adverbs do not use **más** or **menos** in their comparative constructions.

bueno/bien	→	**mejor** *better*
joven	→	**menor** *younger*
malo/mal	→	**peor** *worse*
viejo (age of a person)	→	**mayor** *older*

Madrid tiene un **mejor sistema de transporte que** Valencia.
*Madrid has a **better transportation system than** Valencia.*

Manu Ginóbili es **menor que** su hermano Leandro.
*Manu Ginóbili is **younger than** his brother Leandro.*

d. When **más** or **menos** is used with numbers or quantities, it is followed by **de** rather than **que**.

Más de ocho millones de personas viven en la Ciudad de México.
***More than** eight million people live in Mexico City.*

Menos de la mitad de los vecinos llegó a la reunión.
***Less than** half of the neighbors came to the meeting.*

3. Superlatives

a. Superlatives are used to compare more than two people or things and to indicate that a quality in one person or thing is greater than that quality in the others (in English *the most, the least, the best,* etc.). In Spanish, this is expressed through the following construction.

article **(el, la, los, las)**	+ (noun) +	**más/ menos**	+ adjective

San Juan es **la ciudad más grande** de Puerto Rico.
*San Juan is **the largest city** in Puerto Rico.*

Este rancho es **el más productivo**.
*This ranch is **the most productive**.*

b. As with the other comparisons, when using **bueno/bien, malo/mal, joven,** and **viejo** (age), you must use the irregular constructions **mejor, peor, menor,** and **mayor.**

Este quiosco tiene **los mejores** precios.
*This kiosk has **the best** prices.*

c. The preposition **de** is used with superlatives to express *in* or *of.*

Esta ciudad es la más bonita **de** todo el país.
This city is the prettiest in the whole country.

Fueron las mejores cosechas **de** la década.
*They were the best harvests **of** the decade.*

A practicar

8.10 **¿Cierto o falso?** Lee las oraciones e indica si son ciertas o falsas.

1. Buenos Aires tiene tantos habitantes como Nueva York.
2. Madrid es más antigua que Boston.
3. San Juan es tan grande como Los Ángeles.
4. La Habana tiene menos tráfico que Miami.
5. Santo Domingo es la capital más antigua de Hispanoamérica.
6. La Ciudad de México es la ciudad más grande del mundo.

8.11 Comparemos Mira la escena de la granja y haz comparaciones usando las expresiones **más… que, menos… que, tan… como** y **tanto… como**. Puedes usar estos adjetivos o seleccionar otros: **activo, alto, bajo, corto, delgado, gordo, largo, limpio, perezoso, sucio, viejo.**

Vocabulario útil

la camioneta *truck*   **el mapache** *raccoon*

Modelo   *La camioneta azul es más bonita que la camioneta verde.*

8.12 ¿Qué opinas? Trabaja con un compañero para expresar sus opiniones sobre los temas de la lista usando expresiones de comparación.

Modelo   atracciones turísticas (popular)

Estudiante 1: *Disneylandia es más popular que Six Flags.*
Estudiante 2: *Creo que la Estatua de la Libertad es más popular que el edificio Empire State.*

1. ciudades (interesante)
2. edificios (bonito)
3. autos (elegante)
4. productos (importante)
5. animales (inteligente)
6. universidades (bueno)
7. monumento (impresionante)
8. calles (malo)

8.13 ¿Cómo se comparan? Trabaja con un compañero para hacer comparaciones entre la ciudad y el campo en las siguientes áreas.

Modelo   el tránsito

Estudiante 1: *Hay más embotellamientos en la ciudad que en el campo.*
Estudiante 2: *Hay menos tráfico en el campo.*

1. el estilo de vida
2. la gente
3. las casas
4. la comida
5. el trabajo
6. el entretenimiento
7. la ropa
8. el costo
9. las dificultades
10. ¿?

8.14 **Donde vivo yo** Trabaja con un compañero para hablar sobre el lugar en donde viven. Usen las palabras indicadas y el superlativo, como en el modelo.

Modelo el parque / bonito

Estudiante 1: *El parque más bonito es el Parque Flores.*
Estudiante 2: *No estoy de acuerdo. El parque más bonito es el Parque Mill.*

1. el restaurante / malo
2. la calle / transitado *(traveled)*
3. el hotel / bonito
4. el lugar / divertido
5. el edificio / importante
6. el supermercado / cercano a donde vivo
7. el museo / interesante
8. la tienda / bueno

Bogotá es la mayor ciudad de Colombia.

8.15 **Avancemos** Trabaja con un compañero para decidir cuál es el mejor lugar para vivir.

Paso 1 Haz una lista de los diferentes lugares donde se puede vivir mientras se asiste a tu universidad. Si tu universidad requiere que los estudiantes vivan en el campus, imagina que puedes vivir en otro lugar. Considera las diferentes áreas de la ciudad o la zona donde está la universidad.

Paso 2 Compara tu lista con la de un compañero y escojan dos o tres lugares que más les gusten. Luego comparen los lugares que escogieron. Piensen en lo siguiente: el costo, la ubicación *(location)*, la seguridad *(security)*, el ambiente *(environment)*, el transporte y los servicios (restaurantes, supermercados, tiendas, gasolineras, etcétera).

Paso 3 Con tu compañero, decidan cuál es la mejor opción para vivir. Compartan su decisión con la clase y expliquen por qué.

Conexiones culturales

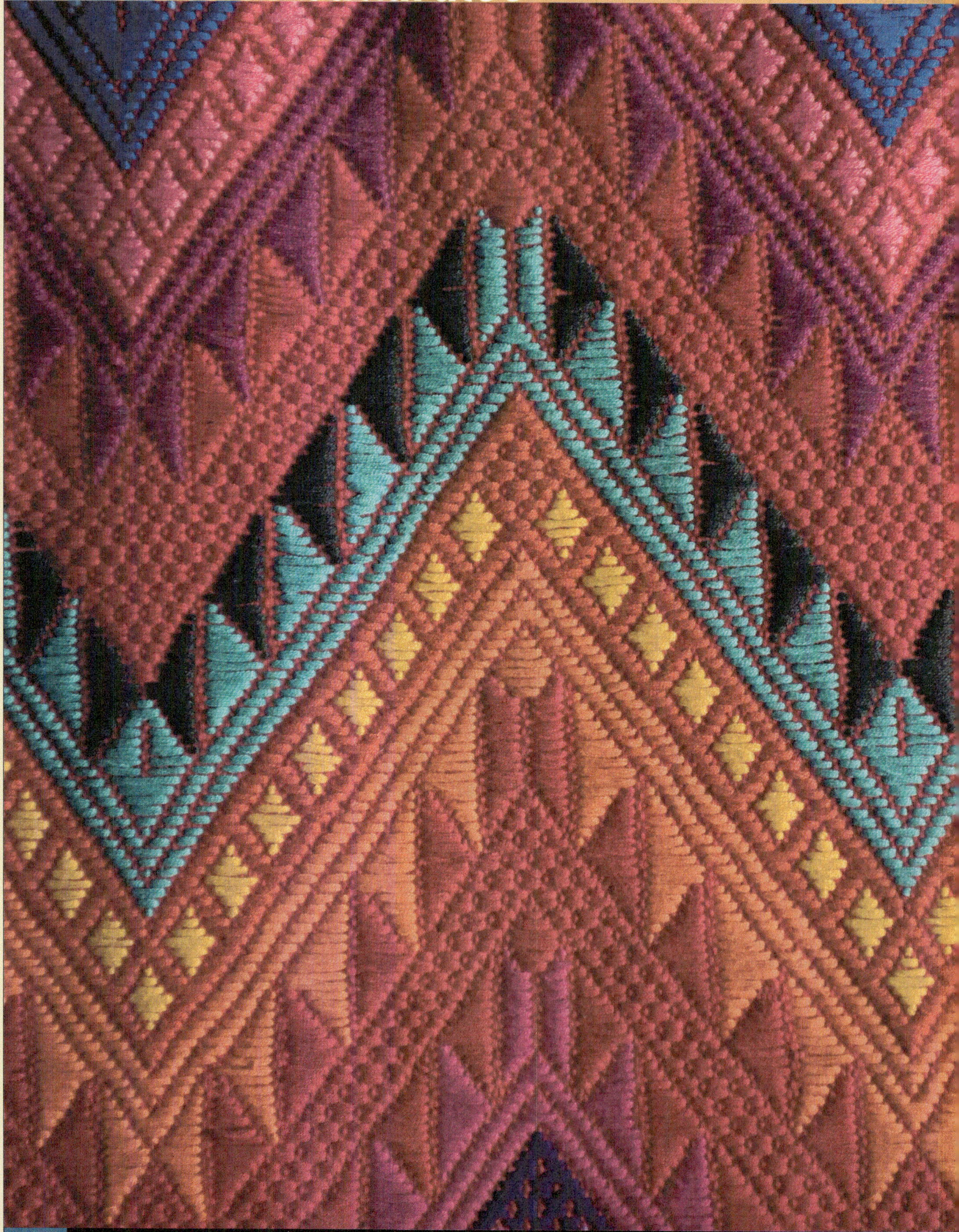

Conexiones... al arte y a la arquitectura

El arte en las ciudades

La arquitectura es una forma de arte y muchos países latinoamericanos son reconocidos por sus hermosas ciudades, muchas de ellas coloniales, como Guanajuato en México, Lima y Arequipa en Perú, y Cartagena en Colombia.

Pero, ¿qué es exactamente una ciudad colonial? Como el nombre lo dice, se trata de la arquitectura que surgió en la época de la Colonia. El estilo surgió gracias a la mezcla de las técnicas y usos del espacio traídos por los europeos, por una parte, y los materiales, técnicas e interpretaciones que les dieron los artesanos indígenas locales. Muchos conceptos de la arquitectura española habían sido a su vez influenciados por la arquitectura árabe.

Las ciudades coloniales tienen edificios y casas hechos con planos[1] españoles, en los que generalmente hay grandes patios interiores. En la arquitectura colonial, las calles y los barrios fueron trazados siguiendo reglas[2] impuestas por la Corona[3] española. Había varios modelos de urbanización, entre ellos el "Modelo de Felipe II" del que quedan muchos ejemplos. Este plan urbano de 1573 plantea como base de una ciudad una plaza mayor (o plaza de armas), con calles a su alrededor y cuadras[4]. De la plaza salían cuatro calles principales para facilitar el comercio.

Una calle colonial en el centro de Quito

© Jess Kraft/Shutterstock.com

En el caso de los asentamientos de la costa o de otros lugares cálidos, se disponía la construcción de un embarcadero[5], de calles muy angostas[6] para que se lograra un sombreado[7] rápido. Lo contrario ocurría en los asentamientos de zonas muy frías, donde se construían calles amplias que permitieran llegar la luz del sol.

Hoy en día muchas de las ciudades coloniales han sido declaradas Patrimonio de la Humanidad por la UNESCO.

---

[1]*blueprints* [2]*rules* [3]*Crown* [4]*blocks* [5]*pier* [6]*narrow* [7]*shading*

INVESTIGUEMOS

UNESCO stands for the United Nations Educational, Scientific and Cultural Organization. Since 1972, they have officially helped all countries to identify irreplaceable sites that should be preserved for future generations because of their cultural value, uniqueness, and history.

Hablemos del tema

1. ¿Cuáles son algunas ciudades coloniales en los Estados Unidos?
2. ¿Crees que sea importante preservar los edificios antiguos de las ciudades? ¿Por qué? ¿Qué pasaría si no existieran?

iStock.com/Pakhnyushchyy

La Plaza de Armas de Cusco, Perú

Comparaciones

La organización de las ciudades

En una típica ciudad de los Estados Unidos, hay un centro rodeado de suburbios, en donde vive la gente. Las ciudades de este tipo son modernas en comparación a muchas ciudades de España y Latinoamérica, en donde algunos centros urbanos han estado habitados hasta por dos mil años. Durante la época de la Colonia, se fundaron muchas ciudades y a otras les cambiaron el nombre o las modificaron para crear una plaza de armas rodeada de edificios gubernamentales importantes, como el ayuntamiento[1] y la catedral, o la iglesia más prominente. Cerca de la plaza de armas, también estaban las organizaciones sociales más importantes, como hospitales, mercados y escuelas. Rodeando esta zona estaban las viviendas de las personas prominentes. Las casas de aquellos con trabajos con menos estatus social se iban alejando de la plaza de armas, creándose así anillos[2] concéntricos basados en rangos sociales decrecientes. En las afueras de la ciudad, había casas más pobres, a veces con huertos, y cada vez menos iglesias y comercios.

El paso del tiempo, los automóviles y las aglomeraciones trajeron cambios importantes a estos centros urbanos: se hicieron calles más amplias, alamedas[3] y bulevares. También aparecieron los barrios como distritos característicos, muchas veces distinguidos por la ocupación de sus habitantes o por su arquitectura. Debido a la evolución de estas ciudades, en ellas no se habla de suburbios, sino de barrios y colonias. La gente vive y trabaja en todas partes de una ciudad y las áreas modernas donde se concentran trabajos y centros comerciales no están en el centro histórico, el cual se preserva con orgullo como testimonio de la historia de la ciudad.

---

[1]*town hall* [2]*rings* [3]*tree-lined avenues*

Hablemos del tema

1. ¿Qué semejanzas y diferencias hay entre las ciudades coloniales y tu ciudad?
2. ¿Qué diferencias hay entre vivir en una ciudad colonial y una ciudad moderna de los Estados Unidos?

Cultura

Piensa en el tema

1. ¿Qué es el grafiti? ¿Quiénes lo hacen?
2. ¿Hay mucho grafiti en tu ciudad? ¿Cómo es?

El grafiti: arte y voces urbanas

Cuando se escucha la palabra "grafiti", algunos se imaginan una pared cubierta con signos difíciles de interpretar, pintados con aerosol por una pandilla[1] y con mensajes cifrados[2]. Sin embargo, el grafiti puede ser más que una advertencia[3] territorial de una pandilla o un ataque a la propiedad privada. En Latinoamérica, abunda un tipo de grafiti anti-status quo con mensajes directos para la sociedad. Los siguientes son algunos ejemplos de estos mensajes encontrados en ciudades latinoamericanas.

"¿Pago pa' estudiar? ¿Estudio pa' pagar? Algo no me cuadra[4]".

"Si hubiera más escuelas de música que militares en la calle, habría más guitarras que metralletas[5] y más artistas que asesinos".

"Queremos un mundo donde quepan[6] muchos mundos".

"Soy América Latina, un pueblo sin piernas pero que camina[7]".

"Si quieres que tus sueños se hagan realidad ¡despierta!"

"Vale más un minuto de pie que una vida de rodillas". –Martí

"¿Robar es un delito? —solo para los pobres".

"Muros blancos, pueblo sin voz".

Los muros urbanos también son un lienzo para los artistas de las calles. En los Estados Unidos, por ejemplo, la comunidad chicana ha encontrado en las paredes un medio de expresión artística importante en ciudades como Los Ángeles, Chicago y Nueva York. El arte dominicano también aparece en las calles neoyorquinas, como lo demuestra DISTER, un artista dominicanoamericano que participó en una edición de Hennessy Artistry, un evento que reúne a artistas visuales y exponentes de música urbana. Con esta exhibición, las calles de Washington Heights, el centro de la comunidad dominicana en Nueva York, exhibieron varios

---

[1]gang [2]encoded [3]warning [4]doesn't seem right to me [5]machine guns [6]fit [7]lyric from "Latinoamérica," a song by the Puerto Rican group, Calle 13

Courtesy of DISTER

Un mural de DISTER, de la serie I Love My Hood

Courtesy of DISTER

Un mural de **DISTER** en un camión

murales de DISTER. Estos coloridos murales exhiben la leyenda[8] "I Love My Hood" y a la vez muestran la herencia cultural dominicana del artista.

DISTER se crió en Washington Heights y es un bailarín exitoso que podría mudarse a otra parte de la ciudad. Sin embargo, prefiere quedarse y ayudar a transformar su barrio e instilar orgullo por la parte de los habitantes. Desde su comienzo, el proyecto ha crecido e incluso se ven por todas partes pegatinas[9] con la consigna[10] "Yo amo mi barrio", y esta iniciativa se ha extendido hasta la República Dominicana, Uruguay y Francia.

Queda claro que para muchos habitantes de la ciudad los muros en sus calles son mucho más que una pared.

Sources: *DiarioLibre.com, www.wnyc.org www.Taringa.net*

---

[8]*tagline* [9]*stickers* [10]*slogan*

Hablemos del tema

1. Hay varios tipos de grafiti anti-status quo que se pueden ver en las ciudades latinoamericanas. Escoge uno que te parezca interesante y explica su mensaje. ¿Estás de acuerdo?

2. ¿Has visto grafiti en tu comunidad? ¿Lo consideras artístico? ¿Es contra la ley hacer grafiti en donde vives?

Comunidad

Busca una persona en tu comunidad que sea de un país hispanohablante y hazle una entrevista con las siguientes preguntas:

- ¿Es de una ciudad grande o de un pueblo pequeño?
- ¿Cómo se compara con el lugar donde vive ahora?

A analizar ▶

Las vacaciones en una ciudad son diferentes a las del campo. Marcos comenta sus posibles planes para las vacaciones. Después de ver el video, lee el párrafo y nota las tres observaciones que hace Marcos. Luego contesta las preguntas que siguen.

¿Qué haces típicamente para las vacaciones en el verano?

Normalmente, si **paso** vacaciones en el campo con mis abuelos, **salgo** a caminar todos los días y **tomo** fotografías del paisaje. Si mi familia está de vacaciones cerca del mar, **tomo** el sol, **conozco** a gente en la playa y **visito** lugares turísticos. Este verano si mi familia no viaja a la playa, **me quedaré** en casa y **leeré** algunos libros.

—Marcos, Argentina

1. ¿Qué tiempo verbal se usa después de la palabra "si"? ¿Cuáles son las condiciones que menciona Marcos?
2. ¿Habla Marcos de vacaciones que ya tomó, que puede tomar o que no son posibles?

A comprobar

Cláusulas *si* (actuales o posibles)

When discussing a current or habitual situation or a situation that may occur in the future, the present indicative is used in the clause with **si.** There are several options for the verb in the main clause:

subordinate clause	main clause
Si + present indicative, +	future
	present indicative
	imperative

1. the simple future or periphrastic future (**ir** + **a** + infinitive)

> Si él **quiere** vivir en la ciudad, **tendrá** más variedad de restaurantes.
> *If he **wants** to live in the city, he **will have** more variety of restaurants.*

> Si ellos **viven** en una casa, no les **va a gustar** mudarse a un apartamento.
> *If they **live** in a house, they **are** not **going to like** moving to an apartment.*

2. the present indicative

> **Puedes** ir en autobús si no **tienes** un auto.
> *You **can** go by bus if you don't **have** a car.*

> Si **hay** mucho ruido, **debes** buscar un lugar más tranquilo.
> *If **there is** a lot of noise, you **should** look for a quieter place.*

3. the imperative

> **Múdense** al campo si **prefieren** una vida más tranquila.
> *Move to the countryside if you **prefer** a calmer life.*

> Si no te **gusta** tu barrio, **busca** uno en otra zona.
> *If you don't **like** your neighborhood, **look for** one in another area.*

Notice that the subordinate clause (**si** clause) can come at the beginning or the end of the sentence.

A practicar

8.16 **¿Dónde?** Trabaja con un compañero para escoger el final más apropiado para cada oración. Usen un poco de lógica y el proceso de eliminación.

1. Si viajo a la Ciudad de México,...
2. Si viajo a Cuzco, Perú,...
3. Si viajo a La Habana, Cuba,...
4. Si viajo a El Sunzal, El Salvador,...
5. Si viajo a Asunción, Paraguay,...
6. Si viajo a Guayaquil, Ecuador,...
7. Si viajo a Córdoba, Argentina,...
8. Si viajo a Sevilla, España,...

a. haré surf.
b. iré a Machu Picchu.
c. bailaré sevillanas.
d. aprenderé guaraní.
e. compraré unos puros (cigars).
f. subiré a los pirámides.
g. podré ir a las islas Galápagos.
h. comeré buena carne.

8.17 **¿Lo harás?** Habla con un compañero sobre las siguientes situaciones con respecto al futuro. Expliquen sus respuestas.

Modelo Si en el futuro vives en una gran ciudad,... tener miedo

Estudiante 1: *Si en el futuro vives en una gran ciudad, ¿tendrás miedo?*
Estudiante 2: *No, no tendré miedo porque estoy acostumbrado a la ciudad.*

1. Si en el futuro vives en una gran ciudad,...
   a. estar contento
   b. vivir en un apartamento
   c. usar el transporte público
   d. ir a los museos y teatros
2. Si en el futuro vives en el campo,...
   a. comprar un rancho
   b. cultivar un huerto
   c. aburrirse
   d. tener muchos animales
3. Si en el futuro te mudas a una casa más grande,...
   a. comprar muebles nuevos
   b. adoptar varios perros callejeros
   c. invitar a amigos que viven en otras ciudades
   d. contratar a alguien para limpiar

Si en el futuro vivo en una gran ciudad, saldré más con mis amigas para divertirme.

8.18 **Un cambio** Yamilet va a mudarse del campo a la ciudad y sus amigos le quieren dar consejos. Completa los siguientes consejos usando la forma apropiada del imperativo del verbo entre paréntesis.

1. Si tienes que vivir en un apartamento, (buscar) uno que sea grande.
2. Si hay mucho tráfico, (usar) el transporte público.
3. Si tienes miedo de caminar sola por la calle, (tomar) una clase de defensa personal.
4. Si tienes que caminar mucho, (ponerse) zapatos cómodos.
5. Si hay mucha gente en la calle, no (llevar) mucho dinero en tu cartera.
6. Si quieres conocer a tus nuevos vecinos, (invitarlos) a tu casa.
7. Si extrañas a tus amigos, (venir) a visitarnos.
8. Si es difícil encontrar estacionamiento (parking), no (tener) un auto grande.

8.19 **Consejos** Trabaja con un compañero y túrnense para explicar el problema y para recomendar una solución. Usen el imperativo como en el modelo.

Modelo No puedo dormir porque hay mucho ruido en la calle.

Estudiante 1: *No puedo dormir porque hay mucho ruido en la calle.*
Estudiante 2: *Si no puedes dormir por el ruido, pon música para no escuchar el ruido.*

1. Mi esposo quiere que nos mudemos al campo, pero yo no quiero.
2. Siempre llego tarde al trabajo porque hay mucho tráfico.
3. Hay un perro callejero que siempre me sigue cuando camino a casa.
4. El autobús siempre viene muy lleno cuando salgo de trabajar.
5. Mi familia vive en una granja y mis padres siempre quieren que yo los ayude con los quehaceres.
6. Quiero cultivar frutas y verduras frescas, pero vivo en un apartamento.
7. Quiero mudarme a otra ciudad, pero no puedo vender mi casa.
8. Vivo en una zona rural y no hay mucho que hacer los fines de semana.

8.20 **¿Qué hacer?** Hay muchas maneras de mejorar tu uso del español. Trabaja con un compañero y túrnense para completar las oraciones de una forma personal.

Modelo Si quiero tener buenas notas en la clase de español...

Estudiante 1: *Si quiero tener buenas notas en la clase de español, tengo que estudiar más.*
Estudiante 2: *Si quiero tener buenas notas en la clase de español, debo hacer la tarea.*

1. Si quiero hablar español mejor...
2. Si no conozco a nadie que hable español...
3. Si quiero saber más de la cultura latinoamericana...
4. Si quiero escuchar música en español...
5. Si decido estudiar en un país hispanohablante...
6. Si no tengo suficiente dinero para estudiar en un país hispanohablante...

Quiero mudarme a otra ciudad, pero no sé adónde.

© iStock.com/Sergdid

8.21 **Avancemos** Túrnate con un compañero para describir los dibujos. Incluyan lo siguiente: (1) la situación, (2) lo que ocurrió antes y (3) lo que puede pasar en el futuro. Usen una cláusula con **si.**

Modelo   *El policía quiere parar al hombre que robó algo. Una familia estaba de vacaciones y el hombre entró en su casa para robar. Un vecino vio cuando él entraba y llamó a la policía. Cuando llegó la policía, el hombre salió por una ventana y empezó a correr. Si el policía lo arresta, va a ir a prisión, pero si el hombre es muy rápido, va a escapar del policía.*

A la otra

Dirigido por Sandra Solares

Deborah conoce a José en una parada de autobuses y empiezan a hablar. ¿Las apariencias engañan *(deceive)***?**

(México, 2001, 5 min)

© CAN BALCIOGLU/Shutterstock.com

Antes de ver

👥 Habla con un compañero sobre las siguientes preguntas.

1. ¿Hay un buen sistema de transporte público donde vives? ¿Con qué frecuencia lo usas?

2. Cuando estás en un autobús, el metro o un avión, ¿te gusta hablar con la persona a tu lado? ¿De qué hablas con esa persona? ¿De qué no hablarías con alguien que acabas de conocer?

Directed by Sandra Solares, used by permission of OUAT MEDIA

Comprensión

Escoge la conclusión correcta para las siguientes oraciones.

1. Cuando llega a la parada, la muchacha...
   a. pide instrucciones.
   b. pregunta por el autobús.

2. La muchacha dice que...
   a. va a visitar a un amigo.
   b. tiene que darle algo a un amigo.

3. Para pasar el tiempo, los jóvenes hablan...
   a. del clima.
   b. de la ciudad.

4. La muchacha dice que vive...
   a. en la Ciudad de México.
   b. cerca del cine México.

5. La muchacha es...
   a. estudiante
   b. bailarina

6. Cuando el muchacho va a bajar del autobús, le dice a la muchacha...
   a. que tenga cuidado.
   b. donde debe bajar.

Después de ver

1. ¿Cuál es la ironía al final?

2. ¿Por qué el muchacho no se llevó la caja *(box)* de la muchacha?

A analizar

Elena imagina cómo sería su vida si volviera a vivir a la ciudad de Bogotá. Después de ver el video, lee el párrafo y observa los verbos en negrita y los que están subrayados. Luego contesta las preguntas que siguen.

¿Cómo sería diferente tu vida si volvieras a Colombia?

Yo crecí en Bogotá, una ciudad grande y cosmopolita, pero con todos los problemas de una ciudad grande. Ahora vivo en una ciudad pequeña en el centro de los Estados Unidos. A veces me gusta imaginarme cómo **sería** mi vida si <u>viviera</u> en Bogotá con mi esposo y mi pequeña hija. Si <u>nos mudáramos</u> a Bogotá, mi hija **podría** ir a un colegio bilingüe muy bueno, pero probablemente **tendría** que pasar muchas horas en el bus escolar porque las distancias son más largas y hay mucho tráfico. Si <u>viviéramos</u> en Bogotá, **podríamos** estar cerca de mi familia y Luna **pasaría** más tiempo con su abuela, sus tíos y sus primos, pero mi esposo **estaría** muy aburrido porque no **podría** comunicarse con ellos ya que no sabe español muy bien. Si algún día <u>tuviera</u> la posibilidad de volver a Colombia, creo que lo **pensaría** muy bien antes de decidirlo porque la adaptación **sería** demasiado difícil para mi esposo, mi hija, y también para mí.

—Elena, Colombia

---

1. ¿Qué tiempo verbal se usa en la cláusula con **si**? ¿Qué otro tiempo verbal se emplea para presentar las consecuencias de la situación?

2. ¿Describe Elena una situación que posiblemente ocurra?

A comprobar

Cláusulas *si* (hipotéticas)

1. In **Estructuras 1,** you learned to use **si** clauses to discuss things that might happen. In order to discuss hypothetical situations that are unlikely to happen, are not possible or are contrary to fact (not true), the following structure is used.

subordinate clause	main clause
Si + imperfect subjunctive, +	conditional

  Si no **hubiera** un sistema de transporte público, **tendría** que comprar un auto.
  *If **there were** not a public transportation system, I **would have** to buy a car.*

  Podríamos tener una casa si **viviéramos** en las afueras.
  *We **could** have a house if we **lived** in the suburbs.*

Notice that the subordinate clause (**si** clause) can come at the beginning or the end of the sentence.

2. It is possible to make hypothetical statements about past events, stating what would have happened had circumstances been different. To do so, use the following structure.

subordinate clause		main clause
Si +	past perfect subjunctive, +	conditional perfect

  Si **hubiera crecido** en un pueblo, **habría conocido** a más personas.
  *If I **had grown up** in a small town, I **would have known** more people.*

  Él **se habría divertido** si **hubiera podido** ir a la ciudad.
  *He **would have had fun** if he **had been able** to go to the city.*

In many parts of the Spanish-speaking world, it is common to use the past perfect subjunctive in both the main clause as well as the subordinate clause in spoken Spanish.

Él **hubiera ido** en autobús si **hubiera tenido** cambio.
*He **would have gone** by bus if he **had had** change.*

Si **hubiera vivido** en un rancho, me **hubiera gustado** tener un caballo.
*If I **had lived** on a ranch, I **would have liked** to have had a horse.*

3. Compare the following sentences.

  a. Si **tengo** la oportunidad, **voy a visitar** la ciudad.

  > *If I **have** the opportunity, I'm **going to visit** the city. (Possible – I may have the opportunity.)*

  b. Si **tuviera** la oportunidad, **visitaría** la ciudad.

  > *If I **had** the opportunity, I **would visit** the city. (Contrary-to-fact (present) – I won't have the opportunity.)*

  c. Si **hubiera tenido** la oportunidad, **habría visitado** la ciudad.

  > *If I **had had** the opportunity, I **would have visited** the city. (Contrary-to-fact (past) – I did not have the opportunity.)*

4. The expression **como si** *(as if)* also expresses an idea that is contrary-to-fact, and therefore requires the imperfect subjunctive or the past perfect subjunctive.

  Conoce la ciudad como si **fuera** taxista.
  *He knows the city as if he **were** a taxi driver.*

  Lo miró como si nunca **hubiera visto** un rascacielos.
  *He looked at it as if he **had** never **seen** a skyscraper.*

A practicar

8.22 **Si fuera diferente** Completa las oraciones con tus ideas personales.

  1. Si no viviera en esta ciudad / este pueblo,...

  > **a.** viviría en...
  > **b.** estaría...
  > **c.** podría...

  2. Si no hubiera asistido a esta universidad este semestre,...
  > **a.** habría asistido a...
  > **b.** no habría conocido a...
  > **c.** me habría gustado...

  3. Si mi familia hubiera vivido en una ciudad más grande / pequeña cuando era niño,...
  > **a.** yo no habría podido...
  > **b.** mis padres habrían tenido que...
  > **c.** mis amigos y yo habríamos...

8.23 **¿Qué pasaría?** Completa las siguientes oraciones con la forma apropiada del verbo entre paréntesis. Usa el imperfecto del subjuntivo y el condicional.

Si Esperanza (1.) _____ (vivir) en Madrid, le (2.) _____ (gustar) tener un apartamento cerca de la Plaza Mayor. Si (3.) _____ (tener) un apartamento cerca de la Plaza Mayor, (4.) _____ (poder) comer en el restaurante Botín. Si (5.) _____ (comer) en el restaurante Botín, (6.) _____ (pedir) el gazpacho. Si (7.) _____ (poder) comer el gazpacho, (8.) _____ (estar) muy feliz. Si (9.) _____ (estar) muy feliz en Madrid, nunca (10.) _____ (mudarse) de allí. Si no (11.) _____ (volver) a su país, su familia la (12.) _____ (extrañar *to miss*).

8.24 **¿Cómo sería la vida?** Habla con un compañero y expliquen lo que harían en las siguientes situaciones. Da mucha información.

Modelo   convertirse en un animal
          Si me convirtiera en un animal, sería un gato porque son independientes.

1. ser rico
2. poder volar *(to fly)*
3. ser profesor de esta clase
4. no tener electricidad

5. no vivir en este país
6. tener muchos hijos
7. ser famoso
8. hablar muchas lenguas

INVESTIGUEMOS LA GRAMÁTICA

Busca en Internet la canción "Si el norte fuera el sur" del cantante guatemalteco Ricardo Arjona. Según la canción, ¿cómo serían diferentes el continente americano si el norte fuera el sur?

8.25 **La historia** Para cada evento histórico, imagina cómo habría sido diferente la historia si tú hubieras sido una de las personas involucradas.

Modelo   Eva Perón tuvo cáncer y murió a la edad de 33 años. ¿Qué habrías hecho
          si hubieras sido Eva Perón?
          Habría abierto un hospital para ayudar a las personas con cáncer.

1. Cristóbal Colón recibió dinero para encontrar una ruta a la India. ¿Qué habrías hecho tú si hubieras sido Colón?
2. Hernán Cortés conquistó a los aztecas con la ayuda de la Malinche. ¿Qué habrías hecho tú si hubieras sido la Malinche?
3. Santa Anna vendió a los Estados Unidos parte de México (California, Nevada, Utah, la mayor parte de Arizona y Nuevo México, y una sección de Wyoming). ¿Qué habrías hecho si hubieras sido Santa Anna?
4. En 1513, Ponce de León buscó la fuente de la juventud y descubrió Florida. ¿Qué habrías hecho tú si hubieras sido Ponce de León y hubieras descubierto la fuente de la juventud?

8.26 **En la granja** Un amigo pasó una semana trabajando en una granja y te cuenta lo que pasó. Explica lo que tú hubieras hecho o cómo hubieras reaccionado en las situaciones que tu amigo experimentó.

Modelo   Trabajé en una granja la semana pasada.
          Si hubiera trabajado en una granja la semana pasada, habría estado muy feliz.

1. Viví en condiciones muy simples.
2. Me levantaba a las 4 de la mañana todos los días.
3. Tuve que trabajar todo el día bajo el sol.
4. Comí verduras frescas todos los días.
5. Un día vi un coyote.
6. Maté una gallina *(hen)* para la cena.
7. No vi a nadie más que los granjeros en toda la semana.
8. Estábamos muy cansados al final del día.

Tuve que trabajar todo el día bajo el sol.

8.27 **Si no lo hubiera hecho** Contesta las siguientes preguntas individualmente. Después comparte tus respuestas con un compañero.

1. Escribe una lista de tres cosas que hiciste este año. ¿Qué habría pasado si no las hubieras hecho?

2. Escribe una lista de tres cosas que no hiciste este año. ¿Qué habría pasado si las hubieras hecho?

8.28 **Avancemos** Trabaja con un compañero y túrnense para explicar lo que pasó en las siguientes situaciones dando muchos detalles. Después mencionen lo que habrían hecho ustedes.

Comparación y contraste

A comparison/contrast essay shows the similarities and differences between two objects or ideas.

Paso 1 For this essay, you will analyze one element of urban and rural life. Pick one aspect that you would like to compare and contrast, such as food, people, housing, safety, or entertainment.

Paso 2 Create a Venn diagram like the one shown here. Then brainstorm different ideas related to your topic, writing those that are common to both urban and rural life in the center and those that are different in the outer halves of the circles.

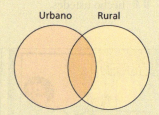
Urbano   Rural

Paso 3 Decide how you would like to organize your paper. You can either compare and contrast a different characteristic in each paragraph, or discuss all of the similarities in the first half of the paper and all of the differences in the second half.

Paso 4 Write an introductory paragraph with a thesis statement that introduces the lifestyle aspect being compared and makes clear why you think it is important to consider when comparing and contrasting urban and rural living. *Voy a comparar cómo se come en un área urbana con cómo se come en un área rural porque...* is not an appropriate thesis.

Paso 5 Using the information you generated in **Paso 2**, write the body of your paper. Be sure to give plenty of details when comparing and contrasting the different characteristics of your topic.

Paso 6 Write a concluding paragraph. In this paragraph, you may express your preference, referencing the information you have given in the body of your essay. Remember, this is not the place to introduce any new ideas.

Paso 7 Edit your essay.

1. Does the introduction clearly state the aspect of urban and rural living that you compare and contrast?
2. Is your paper clearly organized?
3. Do you transition smoothly from one idea to the next?
4. How well have you elaborated on the similarities and differences?
5. Do adjectives agree with the objects they describe? Do verbs agree with the subjects?
6. Did you check your spelling, including accents?
7. Did you use subjunctive where necessary?

ESTRATEGIA PARA ESCRIBIR

When comparing and contrasting, some of the following expressions can be helpful:

al igual que *just like*

al mismo tiempo *at the same time*

a pesar de *despite*

así mismo *likewise*

aun así *even so*

en cambio *on the other hand*

por el contrario *on the contrary*

por otra parte *on the other hand*

por un lado...por el otro *on one hand...on the other hand*

sin embargo *however*

🔊 A escuchar

La vida en los pueblos y ciudades de España

Antes de escuchar

👥 Trabaja con un compañero de clase y hagan una lista de las diferencias entre la vida en un pueblo y en una gran ciudad.

1. ¿Qué servicios y formas de entretenimiento existen en una gran ciudad que no existen en un pueblo?
2. ¿Cuáles son algunas razones para que una persona prefiera vivir en un pueblo?

A escuchar

🔊 Ana y Lola son dos españolas que han vivido en pueblos y en ciudades. Van a hablar de
8-2 por qué prefieren un pueblo. Antes de escuchar, repasa el **vocabulario útil** abajo. Toma apuntes mientras escuchas. Después compara tus apuntes con los de un compañero y contesta las preguntas.

Vocabulario útil

a mi alcance	*within reach*	**el entorno**	*environment; surroundings*
el anonimato	*anonymity*	**los gustos**	*taste*
el carnet (universitario)	*(student) ID*	**el ocio**	*entertainment*
las comodidades	*conveniences*	**poco poblado(a)**	*sparsely populated*
compaginar	*to balance*	**la relación estrecha**	*close relationship*
las desventajas	*disadvantages*	**residir**	*to reside*

---

1. ¿Cuáles son algunas desventajas que menciona Ana de la vida en el pueblo?
2. ¿Por qué piensa Ana que la calidad de vida en el pueblo es mucho mejor?
3. ¿Por qué se mudó Lola a Granada?
4. ¿Qué ejemplos de entretenimiento en Granada menciona Lola?
5. ¿Por qué prefiere criar a sus hijos en un pueblo?

Después de escuchar

1. Cuando termines tus estudios, ¿te gustaría vivir en una ciudad, un pueblo o el campo? ¿Que factores influirían en tu decisión? ¿Hay cierta etapa *(stage)* de la vida en que un lugar sería mejor que los otros?
2. Algunos pueblos y aldeas *(villages)* en España ya no tienen habitantes y están en venta *(for sale)*. ¿Por qué piensas que una persona compraría un pueblo abandonado? ¿Qué harías tú si compraras un pueblo abandonado?

Alcaudete, un pueblo en la región de Andalucía, en España

Migel/Shutterstock.com

Literatura

Nota biográfica

Gabriel García Márquez (1927–2014), escritor colombiano, es conocido en todo el mundo por sus cuentos, novelas y guiones, y por su trabajo como periodista. En 1982, ganó el Premio Nobel de Literatura. Su novela *Cien años de soledad* es considerada una obra clásica moderna de la literatura latinoamericana; ha sido traducida a casi 40 idiomas y se han vendido más de 25 millones de copias. En varios cuentos y novelas, García Márquez emplea el estilo del realismo mágico, en el cual se mezclan elementos mágicos con la realidad para crear una realidad nueva.

Antes de leer

Con un compañero comenta las siguientes preguntas.

1. ¿Alguna vez has tenido un presentimiento *(premonition)*? ¿Pasó el evento?
2. ¿Les cuentas rumores o chismes *(gossip)* a tus amigos o tu familia? ¿De qué hablan? ¿Piensas que los rumores son peores en una ciudad o un pueblo? ¿Por qué?

Algo muy grave va a suceder* en este pueblo

to happen

1   Imagínese usted un pueblo muy pequeño donde hay una señora vieja que tiene dos hijos, uno de 17 y una hija de 14. Está sirviéndoles el desayuno y tiene una
5   expresión de preocupación. Los hijos le preguntan qué le pasa y ella les responde:

he… woke up early
premonition

—No sé, pero he amanecido* con el presentimiento* de que algo muy grave va a sucederle a este pueblo.

10   Ellos se ríen de la madre. Dicen que esos son presentimientos de vieja, cosas que pasan. El hijo se va a jugar al billar*, y

billiards
carambola… an easy shot
bet

en el momento en que va a tirar una carambola sencillísima*, el otro jugador le dice:
    —Te apuesto* un peso a que no la haces.

15   Todos se ríen. Él se ríe. Tira la carambola y no la hace. Paga su peso y todos le preguntan qué pasó, si era una carambola sencilla. Contesta:
  —Es cierto, pero me ha quedado la preocupación de una cosa que me dijo mi madre esta mañana sobre algo grave que va a suceder a este pueblo.
    Todos se ríen de él, y el que se ha ganado su peso regresa a su casa, donde está con su
20 mamá o una nieta o en fin, cualquier pariente. Feliz con su peso, dice:
  —Le gané este peso a Dámaso en la forma más sencilla porque es un tonto.
  —¿Y por qué es un tonto?

bothered

  —Hombre, porque no pudo hacer una carambola sencillísima estorbado* con la idea de que su mamá amaneció hoy con la idea de que algo muy grave va a suceder en este pueblo.
25 Entonces le dice su madre:

burles… make fun of /
happen / butcher
she adds

  —No te burles de* los presentimientos de los viejos porque a veces salen*.
    La pariente lo oye y va a comprar carne. Ella le dice al carnicero*:
  —Véndame una libra de carne —y en el momento que se la están cortando, agrega*—: Mejor véndame dos, porque andan diciendo que algo grave va a pasar y lo mejor es estar preparado.
30 El carnicero despacha su carne y cuando llega otra señora a comprar una libra de carne, le dice:
  —Lleve dos porque hasta aquí llega la gente diciendo que algo muy grave va a pasar, y se están preparando y comprando cosas.
    Entonces la vieja responde:
  —Tengo varios hijos, mire, mejor deme cuatro libras.

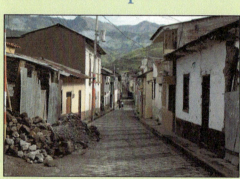

Se lleva las cuatro libras; y para no hacer largo el cuento, diré que el carnicero en media
35 hora agota la carne, mata otra vaca, se vende toda y se va esparciendo* el rumor. Llega el   *spreading*
momento en que todo el mundo*, en el pueblo, está esperando que pase algo. Se paralizan   *todo… everyone*
las actividades y de pronto, a las dos de la tarde, hace calor como siempre. Alguien dice:
—¿Se ha dado cuenta del calor que está haciendo?
—¡Pero si en este pueblo siempre ha hecho calor!
40 (Tanto calor que es pueblo donde los músicos tenían instrumentos remendados* con   *mended*
brea* y tocaban siempre a la sombra porque si tocaban al sol se les caían a pedazos*.)   *tar / pieces*
—Sin embargo —dice uno—, a esta hora nunca ha hecho tanto calor.
—Pero a las dos de la tarde es cuando hay más calor.
—Sí, pero no tanto calor como ahora.
45 Al pueblo desierto, a la plaza desierta, baja de pronto un pajarito y se corre la voz:
—Hay un pajarito en la plaza.
Y viene todo el mundo, espantado*, a ver el pajarito.   *scared*
—Pero señores, siempre ha habido pajaritos que bajan.
—Sí, pero nunca a esta hora.
50 Llega un momento de tal tensión para los habitantes del pueblo, que todos están
desesperados por irse y no tienen el valor de hacerlo.
—Yo sí soy muy macho —grita uno—. Yo me voy.
Agarra* sus muebles, sus hijos, sus animales, los mete en una carreta* y atraviesa la calle   *He gathers / cart*
central donde está el pobre pueblo viéndolo. Hasta el momento en que dicen:
55 —Si éste se atreve*, pues nosotros también nos vamos.   *if he dares*
Y empiezan a desmantelar literalmente el pueblo. Se llevan las cosas, los animales, todo.
Y uno de los últimos que abandona el pueblo, dice:
—Que no venga la desgracia a caer sobre lo que queda de nuestra casa —y entonces la
incendia* y otros incendian también sus casas.   *set fire*
60 Huyen* en un tremendo y verdadero pánico, como en un éxodo de guerra, y en medio de   *They flee*
ellos va la señora que tuvo el presagio*, clamando: *premonition*
—Yo dije que algo muy grave iba a pasar, y me dijeron que estaba loca.

Gabriel García Márquez, "Algo muy grave va a suceder en este pueblo," from the speech "Cómo
comencé a escribir," (1970), *Yo No Vengo a Decir un Discurso.* © Gabriel García Márquez, 2010 y
Herederos de Gabriel García Márquez. Used with permission of Agencia Literaria Carmen Balcells.

Investiguemos la literatura: El realismo mágico

Magical realism is a literary style that incorporates fantasy or exaggerated elements into a story that is otherwise realistic.

García Márquez is known for his use of magical realism.

— Do you see magical, exaggerated, or unexpected details in the story?

— How do they contribute to the tone of the story?

Después de leer

A. Comprensión

1. ¿El cuento tiene lugar en un pueblo o una ciudad? ¿Por qué es esto importante?

2. ¿Cómo empieza el rumor? ¿Cómo se esparce *(does it spread)* durante el día?

3. ¿Cómo reacciona la gente a la tensión resultante? ¿Qué hacen al final para escapar de ella?

4. ¿Por qué crees que García Márquez empleó tanto el diálogo en este cuento?

5. ¿Qué elementos mágicos notaste en el cuento? ¿Cómo contribuyen a la historia?

B. Conversemos

1. ¿Cuál es la crítica de García Márquez a las personas que escuchan los rumores?

2. ¿Es posible esparcir un rumor o un chisme positivo/bueno? ¿En qué circunstancias?

8.29 **Comparaciones** Observa la información sobre Cuba y Puerto Rico y escribe cinco comparaciones. Incluye las siguientes cuatro expresiones: **más, menos, tan y tanto(s).**

	Cuba	**Puerto Rico**
ciudades importantes	Santiago, Camagüey	Ponce, Caguas
tamaño *(size)*	110 860 km²	13 790 km²
población	11 047 251	3 620 897
capital	La Habana (f. 1511)	San Juan (f. 1521)
religión	85% católicos	85% católicos
clima	tropical	tropical

Modelo Cuba / ciudades importantes / Puerto Rico

En Cuba hay tantas ciudades importantes como en Puerto Rico.

1. Cuba / grande / Puerto Rico
2. Puerto Rico / gente / Cuba
3. La Habana / viejo / San Juan
4. Puerto Rico / católicos / Cuba
5. el clima de Cuba / tropical / el clima de Puerto Rico

8.30 **La vida en una granja** Leila está imaginando cómo sería su vida si viviera en una granja. Completa sus oraciones con la forma apropiada del condicional o del imperfecto del subjuntivo del verbo entre paréntesis.

1. Si mi familia y yo _____ (vivir) en una granja, yo _____ (tener) que ayudar con los quehaceres.
2. Si yo _____ (tener) que ayudar con los quehaceres, no me _____ (gustar) trabajar con los animales.
3. Si mis padres _____ (cultivar) muchas verduras, nosotros _____ (poder) comer comida fresca.
4. Si nosotros _____ (cosechar) muchas verduras, mis padres las _____ (vender) en el mercado.
5. Si mis padres _____ (ir) al mercado, mis hermanos y yo _____ (ir) con ellos.
6. ¿Cómo _____ (ser) tu vida si (tú) _____ (mudarse) al campo?

8.31 **Mi vida sería diferente** Completa las siguientes oraciones de una forma original. **¡OJO!** Presta atención al verbo en la primera cláusula para decidir qué forma necesitas usar en la siguiente cláusula.

1. Si no fuera estudiante,…
2. Si tengo tiempo,…
3. Tendría mejores notas si…
4. No habría tomado esta clase si…
5. Seguiré con mis estudios de español si…
6. Voy a trabajar este verano si…
7. Si me hubiera despertado más temprano,…
8. Si pudiera,…

8.32 **Tabú** Trabaja con un compañero y túrnense para describir una de las siguientes palabras. Tu compañero va a determinar cuál es la palabra que se describe.

el asfalto	el pueblo	el quiosco	el rascacielos	el vecino
el ganado	cosmopolita	el embotellamiento	la fábrica	la fuente
la parada	la gente	la granja	hispanohablante	el huerto

8.33 **Situaciones hipotéticas** En parejas, hablen de lo que harían en las siguientes situaciones.

1. Si pudieras viajar a cualquier lugar del mundo, ¿adónde irías? ¿Por qué? ¿Con quién irías?

2. Si fuera posible saber un aspecto del futuro, ¿qué te gustaría saber? ¿Por qué?

3. Si tuvieras la oportunidad de conocer a alguien famoso, ¿a quién te gustaría conocer? ¿Por qué?

4. Si encontraras a un genio *(genie)* y te diera tres deseos, ¿cuáles serían tus deseos?

5. Si pudieras cambiar un aspecto de tu vida, ¿qué cambiarías? ¿Por qué?

6. Si pudieras tener un súper poder *(power)*, ¿qué te gustaría tener? ¿Por qué?

8.34 **¿Dónde vivirían?** Imagina que tu compañero y tú van a mudarse. Van a decidir adónde se mudarían si pudieran elegir cualquier pueblo o ciudad del mundo.

Paso 1 Escribe los nombres de tres ciudades o pueblos en cualquier parte del mundo donde te gustaría vivir, excepto el lugar donde vives actualmente. Luego habla con un compañero y explica por qué elegiste los tres lugares en tu lista.

Paso 2 Seleccionen dos de los seis lugares y hagan comparaciones. Escriban una lista de las ventajas y las desventajas de cada lugar. Piensen en lo que podrían y no podrían hacer si vivieran en los dos lugares.

Paso 3 Decidan en cuál de los dos lugares vivirían. Compartan su decisión con la clase y expliquen por qué.

8-3

El campo

la agricultura *agriculture*	**la granja** *farm*
el campesino(a) *farm laborer*	**el huerto** *small vegetable garden*
la carencia *lack, shortage, scarcity*	**la pesca** *fishing*
el cultivo *crop*	**la población** *population*
la ganadería *cattle raising*	**el pueblo** *town*
el ganado *cattle*	**el rancho** *small farm, ranch*

La ciudad

las afueras *outskirts*	**el (la) obrero(a)** *laborer*
la aglomeración *crowd, mass of people*	**la parada** *bus stop*
el asfalto *asphalt*	**el quiosco** *kiosk, stand*
el barrio *district, neighborhood*	**el rascacielos** *skyscraper*
el centro *downtown*	**el ruido** *noise*
la colonia *residential subdivision*	**el sistema de transporte público** *public transportation system*
el crimen *crime*	**el tráfico** *traffic*
el embotellamiento *traffic jam*	**la urbanización** *urbanization, housing development*
la fábrica *factory*	**el (la) vecino(a)** *neighbor*
la fuente *fountain*	
la mano de obra *labor force*	
el monumento *monument*	

Verbos

ahuyentar *to scare away*	**habitar** *to inhabit*
atraer *to attract*	**sembrar (ie)** *to sow*
cosechar *to harvest*	**urbanizar** *to develop, to urbanize*
cultivar *to cultivate*	

Adjetivos

arriesgado(a) *risky*	**local** *local*
callejero(a) *from the streets, stray*	**pintoresco(a)** *picturesque*
cercano(a) *near*	**rural** *rural*
cosmopolita *cosmopolitan*	**tranquilo(a)** *calm, peaceful, quiet*
hermoso(a) *beautiful*	**urbano(a)** *urban*
hispanohablante *Spanish-speaking*	

Expresiones adicionales

más... que *more . . . than*	**menos... que** *less . . . than*
mayor *older*	**peor** *worse*
mejor *better*	**tan... como** *as . . . as*
menor *younger*	**tanto(a)... como** *as many/much . . . as*

Diccionario personal

_____

_____

_____

_____

_____

_____

_____

_____

_____

_____

_____

_____

_____

_____

_____

_____

_____

_____

_____

_____

_____

_____

_____

_____

_____

_____

_____

_____

_____

_____

CAPÍTULO 9

Estrategia para avanzar

Learners sometimes become frustrated by a lack of fluidity or speed in their speech. Music can help you increase your speed, particularly if you have the lyrics. You can hear and see how the artist puts phrases together. As you work to become more fluent, try to sing along and match the speed of the singer. You can also study music to learn new vocabulary or to explore figurative language.

After completing this chapter, you will be able to:
- Discuss music preferences
- Switch the focus of a sentence through passive constructions

Sigue el ritmo

Un grupo de música tropical se presenta en el Festival de Viña del Mar, en Chile.

© Marcelo Hernandez/Stringer/LatinContent WO/Getty Images

Vocabulario

¿Qué tipos de música te gustan más?

La música

el álbum *album*
la apreciación *appreciation*
la armonía *harmony*
la balada *ballad*
el cantautor *singer-songwriter*
el canto *singing*
el concierto *concert*
el conservatorio *conservatory*
la coreografía *choreography*
el coro *choir*
el disco *record*
el disco compacto (CD) *compact disc*
el ensayo *rehearsal, practice*
el estribillo *chorus, refrain*
el éxito *musical hit, success*
el género *genre*
la gira *tour*
la grabación *recording*
la letra *lyrics*
el oído *ear (for music)*
la orquesta *orchestra*
el público *audience*
el radio / la radio *radio (device) / radio (transmission)*

la serenata *serenade*
el sonido *sound*
la voz *voice*

Los instrumentos musicales

la batería *drum set*
el clarinete *clarinet*
la flauta *flute*
la guitarra *guitar*
el instrumento de cuerda/percusión/viento *string/percussion/wind instrument*
el piano *piano*
el tambor *drum*
la trompeta *trumpet*
el violín *violin*

Tipos de música

el blues *blues*
el hip hop *hip hop*
el jazz *jazz*
la música clásica *classical music*
la música country *country music*
la música folclórica *traditional folk music*
la música pop *pop music*

la música rock *rock music*
la ópera *opera*
el rap *rap*
el reggaetón *reggaeton*

Adjetivos

culto(a) *educated, cultured*
desafinado(a) *out of tune*
entonado(a) *in tune*
exitoso(a) *successful*
pegajoso(a) *catchy*
popular *popular*

Verbos

componer *to compose*
dirigir *to conduct, to lead*
ensayar *to rehearse*
interpretar *to perform, to interpret, to play (a role)*
presentarse *to perform*
tararear *to hum*
tocar *to play (an instrument)*

A practicar

9.1 **Escucha y responde** Observa la ilustración y responde las preguntas.

🔊
9-1

9.2 **Identificaciones** Relaciona las definiciones con la palabra a la que se refieren. Elige de entre las palabras de la lista. No las necesitarás todas.

balada	ensayar	gira	serenata
cantautor	estribillo	grabación	sonido
componer	éxito	interpretar	violín
desafinado	género	pegajosa	voz

1. Es el sonido que una persona hace cuando habla o canta.
2. Es una palabra para clasificar diferentes tipos de música.
3. Es un instrumento de orquesta.
4. Es el verbo para describir cuando un cantante canta una canción o la toca.
5. Es la acción de practicar música o cantarla para interpretarla mejor.
6. Es un tipo de música popular, de ritmo lento y con temas generalmente románticos.
7. Es la parte de una canción que se repite.
8. Es el cantante que también compone sus melodías.

9.3 **En mi opinión** Trabaja con un compañero para completar las siguientes ideas con sus opiniones personales.

1. Yo (no) escucho música mientras estudio porque…
2. Cuando manejo (no) escucho música porque…
3. Si estoy triste, prefiero escuchar…, pero cuando me siento alegre, oigo…
4. En las fiestas (no) me gusta cuando tocan…
5. La música que (no) me gusta bailar es…
6. Una vez fui a un concierto de…
7. De niño siempre escuchaba…, pero ahora…
8. Si no hubiera música…,

Expandamos el vocabulario

The following words are listed in the vocabulary. They are nouns, verbs, or adjectives. Complete the table using the roots of the words to convert them to the different categories.

Verbo	Sustantivo	Adjetivo
ensayar		
	grabación	
cantar		
	composición	

INVESTIGUEMOS LA CULTURA

In Mexico, it is common for a man to serenade a woman to woo her or to ask for forgiveness if they have had a fight. He will contract a group of mariachis and arrive with them at her house at night to sing a few ballads. When she hears the music, she goes to the window and opens it to let him know she appreciates it. However, if she does not want to accept his advances or his apology, she will not open the window. It is also common to send a group of mariachis to serenade someone for Mother's Day or for a birthday.

9.4 **Músicos famosos** La siguiente es una lista de músicos hispanohablantes. En parejas, túrnense para hablar sobre los que conozcan. Hablen sobre el tipo de música que tocan o cantan, si conocen alguna de sus canciones, etcétera.

1. Carlos Santana
2. Enrique Iglesias
3. Pitbull
4. Selena

5. Plácido Domingo
6. Marc Anthony
7. Paulina Rubio
8. Los Lobos

9.5 **La música desde tu perspectiva** Trabaja con un compañero. Observen las escenas en la página 294 y contesten las preguntas.

1. ¿En dónde crees que están los músicos de la primera imagen? ¿Por qué? ¿Sabes algo sobre la música de esta región?
2. En la segunda imagen se muestra una banda en un club. ¿Qué tipo de música crees que interpretan? ¿Por qué? ¿Sabes bailar este tipo de música?
3. ¿Por qué crees que la gente cante en la tercera ilustración? ¿Piensas que todas las religiones usan la música?
4. ¿Qué música crees que escucha la chica de la última ilustración? ¿Por qué piensas que muchas personas escuchan música mientras hacen otras labores? ¿Crees que la chica de la imagen canta bien? ¿Por qué?

9.6 **Conversemos** En grupos, hablen sobre sus respuestas a las preguntas.

1. ¿Tienes algún cantante o grupo favorito? ¿Quién? ¿Qué tipo de música canta o toca?
2. ¿Para ti es importante la música? ¿Por qué?
3. ¿Con qué frecuencia escuchas música? ¿Cómo la escuchas (por ejemplo, por radio, por computadora, etcétera)?
4. ¿Has escuchado música en español? ¿De quién? ¿Te gustó?

9.7 **Los hábitos de la clase** Busca a compañeros diferentes que hagan o hayan hecho las actividades de la lista. Pídeles información adicional para reportársela a la clase.

Modelo Comprar música en Internet (¿Por qué?)

Estudiante 1: *¿Has comprado música en Internet?*
Estudiante 2: *Sí, he comprado mucha música. Me gusta comprar música digital porque no tengo que pagar por todo el álbum. Ayer compré una canción de Miguel Ríos, un cantautor de España.*

1. Interpretar una canción frente a un público (¿Cuándo? ¿Dónde?)
2. Participar en un coro (¿Dónde?)
3. Escribir un comentario en la página de un artista en las redes sociales (¿De quién? ¿Por qué?)
4. Tocar un instrumento musical (¿Cuál?)
5. Escuchar música vieja (¿Qué tipo?)
6. Asistir a un concierto (¿De quién?)
7. Comprar música de autores de España o Latinoamérica (¿Quiénes?)
8. Cantar karaoke (¿Qué canción?)

Yo toco la guitarra española.

© Masterchief_Productions/Shutterstock.com

9.8 **Frases célebres y citas sobre la música** Trabaja con un compañero y lean las siguientes citas sobre la música. Digan si están de acuerdo o no, y por qué.

- La música es para el alma *(soul)* lo que la gimnasia es para el cuerpo. (Platón, filósofo griego, 427 AC-347 AC)

- La música es el arte más directo, entra por el oído y va al corazón. (Magdalena Martínez, flautista española, 1963–)

- Error funesto *(grave)* es decir que hay que comprender la música para gozar *(enjoy)* de ella. La música no se hace, ni debe jamás hacerse para que se comprenda, sino para que se sienta. (Manuel de Falla, compositor español, 1876–1946)

- Quien canta, sus males espanta *(scares away)*. (Miguel de Cervantes Saavedra, escritor español, 1547–1616)

- Cuando un pueblo trabaja, Dios lo respeta. Pero cuando un pueblo canta, Dios lo ama. (Facundo Cabral, cantautor argentino, 1937–2011)

9.9 **Músicos** Trabaja con un compañero para elegir una de las ilustraciones e inventar una nota autobiográfica sobre la persona de la foto. Incluyan detalles del pasado de la persona, de su rutina actual y de sus planes para el futuro.

La ópera aborda el metro en Argentina

Antes de ver

1. ¿Has escuchado música de ópera?
2. ¿Crees que la ópera sea muy popular entre la gente? ¿Por qué?

La ópera es un género de teatro musical que se popularizó en Europa aproximadamente en 1650. La trama *(plot)* de las óperas es generalmente dramática y una de sus características es que los actores cantan el diálogo. En Argentina la ópera es más popular que en otros países latinoamericanos, probablemente debido a la inmigración europea.

© AFP Footage/Getty Video

Vocabulario útil			
cotidiano(a)	everyday	**la parada**	stop
el elenco	cast	**recorrer**	to travel
hermoso(a)	wonderful	**tan de cerca**	up close

Comprensión

Indica si las afirmaciones son ciertas o falsas. Corrige las falsas.

1. Decenas de artistas repartieron boletos para la ópera en el metro de Buenos Aires.
2. Un objetivo del programa es que la ópera se haga más popular.
3. La ópera también se va a presentar en hospitales.
4. La segunda persona entrevistada asiste al teatro con frecuencia para ver óperas.
5. Los músicos presentan una ópera entera en cada estación del metro.

Después de ver

 Habla con un compañero para responder las siguientes preguntas.

1. El grupo que presenta óperas en el metro se llama Grupo Periférico y la primera ópera que presentó fue escrita en 1722. ¿Cómo se explica que todavía pueda "enganchar *(to hook)* a la gente"?
2. ¿Crees que la experiencia del público sea diferente al ver la ópera en el metro, en comparación con el teatro? ¿Por qué? ¿Dónde preferirías verla tú?
3. ¿De qué otra manera podría promoverse la ópera para hacerla más popular entre la gente?

Estos músicos de La Habana también encontraron un escenario en las calles de su ciudad.

A perfeccionar

A analizar ▶

Milagros explica cómo uno consigue música en su país. Después de ver el video, lee el párrafo y observa las frases en negrita. Luego contesta las preguntas que siguen.

> ### ¿Cuáles son las opciones más populares para escuchar o conseguir música en tu país?
>
> En mi país, Perú, hay muchas opciones para escuchar música. **Se escucha** en la radio o **se compra** del Internet. También es muy fácil salir a comprar la música en el mercado donde **se compran** discos por cincuenta centavos de dólar. La música **se encuentra** muy barata. Ahora con los mp3 es fácil seleccionar los temas que uno desea. **Se descargan** las canciones a un reproductor de mp3, en la computadora o el teléfono celular y ya está. Es algo muy oportuno para la persona que quiere escuchar cierto tipo de música. La música que **se escucha** en Perú, bueno, hay de todo. **Se escucha** mucha salsa de Puerto Rico, de Colombia, de Cuba. **Se oyen** también reggaetón y música criolla de Perú.
>
> —Milagros, Perú

1. ¿Qué tienen en común todos los verbos en negrita?
2. ¿Por qué algunas formas están en plural?

A comprobar

Los usos de *se*

El *se* pasivo

1. The pronoun **se** is used when the person or thing performing an action is either unknown or unimportant, and the object affected by the action is used as the subject, that is, the direct object is now the grammatical subject. This is known as a passive sentence. The verb is conjugated in the third-person form to agree with the object. The singular form is used with singular nouns and the plural form with plural nouns. Notice that the subject can either precede or follow the verb.

> **Se escucha** el jazz aquí.
> *Jazz **is listened to** here.*

> Los discos compactos ya no **se compran** mucho.
> *Compact discs **are** not **bought** much anymore.*

2. When using an auxiliary verb such as **deber** or **poder** that is followed by an infinitive and a noun, the auxiliary verb agrees with the noun because it is the subject.

> La entrada se puede conseguir en línea.
> *The ticket **can be gotten** on line.*

> **Se deben bajar** las canciones de este sitio.
> *The songs **should be downloaded** from this site.*

Se impersonal

3. Similar to the passive **se**, the impersonal **se** is also used when the subject is unknown, unimportant, or not specified; however, the impersonal **se** is not used with a noun. As a result, the verb is always conjugated in the singular form. The pronoun **se** translates to *one* or the general *you* or *they* in English.

> No **se puede** entrar tarde al concierto.
> *You can't get in late to the concert.*

> **Se dice** que es un buen concierto.
> *They say it's a good concert.*

4. When the noun receiving the action is a specific person or persons, it becomes the direct object and must have a personal **a**. The verb is still conjugated in the singular form (impersonal **se**). Otherwise, the personal **a** is not necessary, and the noun acts as a subject (passive **se**); the verb must then agree with the noun.

En Argentina **se conoce** a los artistas colombianos.
In Argentina they know the Colombian artists.

Se buscan cantantes.
Singers (are) wanted.

> **INVESTIGUEMOS LA GRAMÁTICA**
>
> When using the impersonal **se**, it is not possible to use a possessive adjective. Instead, the article is used.
>
> Se debe proteger **la** colección de música de la humedad.
> *One should protect **his/her** music collection from the humidity.*

Se accidental

5. When expressing unplanned or accidental occurrences, it is common to use a passive structure, similar to the passive **se**. The verb is conjugated in third person (singular or plural) and is used with the indirect object pronoun (**me, te, le, nos, os,** and **les**).

   Se nos quedaron los instrumentos en el autobús.
   *We (**accidentally**) **left** the instruments on the bus.*

   Se me olvidó el nombre de la canción.
   *I (**unintentionally**) **forgot** the name of the song.*

   Notice that the verb agrees with the subject (**los instrumentos** and **el nombre**) and that the person affected by the action becomes the indirect object (**nos** and **me**).

6. When you want to clarify or emphasize the indirect object, use the personal **a** + noun/pronoun.

   Al cantante se le cayó el micrófono.
   The singer (accidentally) dropped the microphone.

   A él se le perdió la guitarra.
   He (unintentionally) lost his guitar.

7. The following are common verbs used with this construction.

acabar	*to finish, to run out of*
apagar	*to turn off, to shut down*
caer	*to fall, to drop*
derramar	*to spill*
descomponer	*to break down (a machine)*
manchar	*to stain*
olvidar	*to forget*
perder	*to lose*
quedar	*to remain (behind), to be left*
romper	*to break, to tear*

No pudieron ensayar porque **se les apagaron** las luces.
*They couldn't practice because **the lights went out**.*

Al baterista **se le cayó** la baqueta.
*The drummer **dropped** the drumstick.*

A practicar

9.10 **¿Cierto o falso?** Indica si las siguientes oraciones son ciertas o falsas.

1. La salsa se baila en muchas partes del mundo.
2. En Latinoamérica se oyen canciones en inglés.
3. El tango se escucha pero no se baila.
4. En Tokio se hace un festival de música latina cada año.
5. Se prohíbe transmitir rap en muchas estaciones de radio de El Salvador.
6. El jazz no se escucha fuera de los Estados Unidos.

A veces se baila salsa con música en vivo.

© lev radin/Shutterstock.com

9.11 ¿Dónde? Usa el **se** pasivo para indicar dónde se hacen las siguientes actividades.

1. interpretar canciones de jazz afrocubano
2. tocar la flauta de bambú
3. escuchar tangos
4. oír serenatas de mariachis
5. ver bailar flamenco
6. bailar merengue y bachata
7. componer vallenatos

a. México
b. España
c. la República Dominicana
d. Cuba
e. Bolivia
f. Argentina
g. Colombia

9.12 ¿Para qué son? Trabaja con un compañero para explicar lo que se hace con las siguientes cosas. Usen el **se** pasivo.

Modelo   la voz
   Se puede perder la voz.
   Se cuida la voz antes de cantar.

1. los instrumentos
2. las canciones
3. la radio
4. los grupos musicales

5. la letra de una canción
6. el estribillo de una canción
7. los premios
8. un éxito musical

¿Qué ropa se lleva a una ceremonia de premiación?

© Alexander Tamargo/Contributor/Getty Images Entertainment/Getty Images

9.13 ¿Qué se hace? Trabaja con un compañero y túrnense para explicar algo que es aceptable hacer y algo que no es aceptable hacer en las siguientes situaciones. Usen el **se** pasivo y/o el **se** impersonal.

Modelo   en un ensayo
   Se practican las canciones que se van a cantar en el concierto.
   No se llega tarde.

1. en una fiesta
2. en un concierto
3. al comprar música de Internet
4. en un club
5. al formar un grupo musical

6. al llevarle una serenata a alguien
7. al escuchar a un músico en la calle
8. cuando le molesta la música de otra persona (en su apartamento, la calle, etcétera)

9.14 **¿Por qué?** Osvaldo toca con un grupo musical y ayer tuvo un ensayo, pero todo le salió *(turned out)* mal. Explica por qué usando el **se** accidental y el verbo entre paréntesis.

Modelo No pudo abrir la puerta de su auto. (perder las llaves)

Se le perdieron las llaves.

1. Llegó tarde al ensayo. (descomponer el auto)
2. No tenía su guitarra y sus compañeros tuvieron que prestarle una. (quedar la guitarra en casa)
3. Rompió la guitarra de su compañero. (caer la guitarra)
4. No pudo leer la música. (perder los lentes)
5. No pudo cantar su parte. (olvidar la letra)
6. Arruinó la copia de su nueva canción (derramar la bebida)
7. Explotó un bolígrafo mientras firmaba unos discos para vender (manchar la camisa con tinta *[ink]*)
8. Después del ensayo salió para su casa pero no pudo llegar. (acabar la gasolina)

9.15 **Avancemos** Tomás no tuvo un buen día. Trabaja con un compañero y túrnense para explicar lo que pasó. Usen el pretérito, el imperfecto y el **se** accidental y den muchos detalles.

Conexiones...a la música

¿Música latina o música latinoamericana?

La diferencia entre la música latina y la música latinoamericana puede ser ambigua. Empecemos por definir el término "latinoamericano". Latinoamérica es una región geográfica y cultural. Los países latinos son aquellos en los que se habla un idioma derivado del latín, como el español, el francés y el portugués. Aunque la gente distingue fácilmente entre Hispanoamérica y Latinoamérica, en la música no se hace esta distinción. En los Estados Unidos se le llama música latina a muchos géneros musicales si la letra está en un idioma latino. En este país también se le llama música latina a la fusión entre los varios géneros de música tradicional de regiones latinoamericanas (aunque no tengan letra), particularmente la música influenciada por ritmos africanos del Caribe, en la cual abundan las percusiones, como en la salsa, la cumbia y la rumba.

Un grupo peruano de música tradicional

La música tradicional tiene un importante carácter étnico y se transmite de generación en generación, como parte de la cultura. Algunos ejemplos son el flamenco y la jota española, la samba brasileña y el tango argentino. Cuando los latinoamericanos hablan de música latinoamericana, no hablan de la fusión de ritmos, sino de las músicas tradicionales o folclóricas. Entre la música autóctona[1] de cada región, están la música andina y géneros más modernos como el canto nuevo chileno. La música andina agrupa a varios géneros de la región de los Andes. Su sonido es inconfundible gracias al uso de instrumentos de esta región, como las quenas[2] y las zampoñas[3]. Por su parte, el canto nuevo se caracterizó por ser una respuesta musical a las dictaduras de los años 70 y 80 en Latinoamérica.

[1]*native* [2]*traditional wooden flutes* [3]*panpipes*

> **INVESTIGUEMOS EL VOCABULARIO**
>
> In contrast to the term **latino**, the term **hispano** refers to someone from a country or culture where Spanish is spoken. Someone from the Dominican Republic would be both **latino** and **hispano**; whereas someone from Haiti, where French and Creole are spoken, would be **latino** but not **hispano**.

Hablemos del tema

1. ¿Qué géneros musicales son tradicionales de los Estados Unidos?
2. ¿Quiénes son intérpretes famosos de estos géneros musicales? ¿Cómo es su música y la letra de sus canciones?

Pablo Neruda es uno de los poetas latinoamericanos más homenajeados por los músicos.

Comparaciones

Música y poesía

Dice un adagio[1] popular que "de músico, poeta y loco todos tenemos un poco". Quizás no sea cierto, pero algunos afortunados saben escribir poesía y ponerle música. Otros más pueden encontrar la música de la poesía, y gracias a ellos tenemos canciones bellísimas basadas en algunas de las poesías más destacadas[2] de la lengua española. Por ejemplo, parte de la canción "Guantanamera" incluye la poesía más famosa del poeta, escritor y filósofo cubano, José Martí. El poema se llama "Versos Sencillos", y el siguiente es el verso más reconocido:

> Yo soy un hombre sincero
>
> De donde crece la palma
>
> Y antes de morir yo quiero
>
> echar[3] mis versos del alma[4]

Otras dos canciones inmortalizadas son "Como yo lo siento" y "Cantares", ambas creadas por el cantautor español Joan Manuel Serrat con poemas de Antonio Machado, un autor importantísimo dentro de la poesía ibérica.

Entre los poetas homenajeados[5] están Federico García Lorca, Nicolás Guillén, Pablo Neruda, Jorge Luis Borges y Rosalía de Castro. En particular, Neruda recibió un gran homenaje en el centenario de su nacimiento, cuando un grupo grabó un álbum en el que recitan y cantan la poesía de Neruda. El álbum se llama *Marinero en Tierra: Un tributo a Pablo Neruda*.

Además de rendirles homenaje a sus grandes autores, los músicos hispanos se lo han rendido a escritores de otras lenguas, como en el homenaje que le hizo Radio Futura a Edgar Allan Poe con su canción "Annabel Lee". Cuando los artistas del mundo se rinden homenaje los unos a los otros, todos salimos ganando.

---

[1]*adage* [2]*outstanding* [3]*bestow* [4]*soul* [5]*honored*

> **INVESTIGUEMOS LA MÚSICA**
>
> "Eungenio Salvador Dalí" del grupo español Mecano es un homenaje al gran pintor. Busca la canción en Internet y escúchala. ¿Qué adjetivos se usan para describir a Dalí?

Hablemos del tema

1. ¿Conoces canciones en inglés basadas en una poesía o dedicadas a un escritor? ¿Cuáles?
2. ¿Qué poetas son muy conocidos o queridos dentro de la literatura escrita en inglés?
3. ¿A qué artista le dedicarías una canción? ¿Qué diría la canción?

Piensa en el tema

¿De qué hablan las letras de tus cantantes favoritos?

Música para el cambio

Hay canciones que hacen época y épocas que hacen canciones. Gracias al ritmo de la música, sus letras trascienden, se recuerdan y se popularizan entre ciertos grupos. Por ejemplo, en los años setenta se popularizó en Latinoamérica la llamada música de protesta, la cual se pronunciaba[1] contra las dictaduras de la época, o a favor de varios movimientos sociales.

Hoy en día continúa la tradición de los artistas hispanos de hablar con su música sobre temas sociales, intentando promover cambios. Entre los grupos modernos cabe mencionar a Calle 13, un grupo puertorriqueño que obtuvo atención mundial en el 2011 con su tema "Latinoamérica", una canción sobre la condición social de muchos pueblos de esta región.

A continuación presentamos una selección de músicos que promueven cambios a través de su arte y de sus acciones.

INVESTIGUEMOS LA MÚSICA

Busca en Internet la canción "Latinoamérica", del grupo puertorriqueño Calle 13. ¿Qué imágenes se presentan de Latinoamérica?

Juanes: Este conocido cantante colombiano se ha destacado por el alto contenido social de sus canciones y por su preocupación por la paz[2]. Además, Juanes estableció una fundación para asegurar que los niños de Colombia puedan vivir en una sociedad de paz. Las letras de muchas de sus canciones revelan este interés personal del artista. Juanes ha luchado activamente contra las minas[3], y participa en la lucha para prevenir el SIDA[4].

Ricky Martin: Este famoso cantante, actor y escritor puertorriqueño comenzó su carrera a los 12 años como integrante del grupo Menudo, un grupo de música pop para adolescentes. A partir de 1991 ha tenido una exitosa trayectoria artística como solista, con más de 60 millones de álbumes vendidos. Entre los premios

Ricky Martin

[1]*spoke out* [2]*peace* [3]*land mines* [4]*AIDS*

que ha recibido se incluyen dos Grammy, cuatro Latin Grammy, tres Billboard y numerosos World Music Awards. Ricky Martin también se ha distinguido por su labor filantrópica, la cual ha incluido muchos actos humanitarios, como la lucha contra el tráfico humano y la explotación sexual infantil. Por si fuera poco, mantiene una fundación llamada Ricky Martin Foundation, que combate el tráfico humano y busca crear conciencia sobre su existencia. Tras la tragedia del huracán María, Martin regresó a su país con una ayuda de siete millones de toneladas de alimentos y medicinas, y más de tres millones de dólares que recaudó entre sus seguidores.

Manu Chao: Hijo de padres españoles emigrados a Francia, Manu está comprometido con varias causas sociales como defender la libertad y manifestarse contra la globalización. Inició su carrera como músico callejero y se hizo famoso originalmente como parte del grupo Mano Negra. Posteriormente siguió una carrera de solista. En sus canciones toca temas como la inmigración (su familia emigró de España durante los años de la dictadura de Franco). También se ha solidarizado al participar en conciertos para favorecer las causas en las que él cree.

Maná: Este grupo mexicano se ha convertido en uno de los grupos más conocidos en el mundo hispano. Su música es una combinación de ritmos y estilos diferentes, incluyendo rock, reggae, ska y música latinoamericana. Hay quien compara a Maná con el grupo irlandés U2. Es posible que esta comparación esté basada en el compromiso social de Maná. El grupo creó su propia fundación, Selva Negra, en 1995 para apoyar la protección del medio ambiente, y en 2016 Maná firmó un contrato con el Banco Interamericano de Desarrollo para crear estrategias para enfrentar los efectos del cambio climático. Esta iniciativa recibió el nombre de "¿Dónde jugarán los niños?", que es también el título de la canción ambientalista más conocida de Maná.

Hablemos del tema

1. ¿Conoces alguna canción que haya influenciado a la sociedad o a la opinión pública en un momento dado?
2. ¿Qué cantantes o grupos conoces que apoyen otras causas? ¿Qué causas?
3. Si tuvieras la oportunidad de crear una fundación, ¿qué causa apoyarías?

Comunidad
Entrevista a un estudiante de un país hispanohablante y pregúntale quiénes son sus cantantes o grupos favoritos, qué tipo de música interpretan y de qué hablan sus canciones.

A analizar ▶

Milagros habla de la influencia del cantante Arturo Cavero en Perú. Después de ver el video, lee el párrafo y observa las frases en negrita. Luego contesta las preguntas que siguen.

¿Qué cantante ha tenido impacto en tu país?

En Perú, el 31 de octubre celebramos dos cosas: Halloween y la música criolla. El Día de la Música Criolla lo celebran las personas mayores y los jóvenes. Halloween lo celebran más los niños. Cuando menciono la canción criolla, es difícil no mencionar a un intérprete de la música criolla que **fue muy querido** y **conocido,** el señor Arturo "Zambo" Cavero. **Fue muy conocido** porque interpretó una canción muy famosa que **fue compuesta** por el señor Augusto Polo Campos hace ya mucho tiempo. Fue un cantante que **fue invitado** a las celebraciones de la Independencia de Perú todos los años y en las celebraciones el 31 de octubre. Creo que nadie ha interpretado el tema "Contigo Perú" de la manera en que él lo hizo.

—Milagros, Perú

1. ¿Qué verbo se usa en cada caso? ¿Puedes identificar a qué se refiere el verbo?
2. ¿Por qué la palabra **compuesta** tiene la terminación femenina?

A comprobar

La voz pasiva

> **INVESTIGUEMOS LA CULTURA**
>
> **Música criolla** originated during the colonial period in Peru, combining musical instruments and influences from African slaves, Andean indigenous groups, and the colonizing Spaniards.

1. In Spanish, passive sentences can be formed in two ways: the passive **se** and **ser** + past participle. The passive construction with the verb **ser** is very similar to the English passive structure. It is most frequently used in a historical context where the emphasis is on the event rather than the agent (the one performing the action). This form is used very little in spoken Spanish; instead it is more common to use the passive **se.**

> **ser** + past participle + (**por** + agent)

> La canción "Recuérdame" **fue interpretada por** Natalia Jiménez.
> *The song "Recuérdame" **was performed by** Natalia Jiménez.*

> El grupo mexicano Maná **fue formado** en 1986.
> *The Mexican group Maná **was formed** in 1986.*

*For a list of irregular past participles see the Section 1 of the Grammar Reference in Appendix G.

2. With the passive voice, the past participle functions as an adjective; therefore, it must agree with the noun it describes.

> La canción **fue dedicada** a su hijo.
> *The song **was dedicated** to his son.*

> Los miembros del grupo **fueron entrevistados** para un artículo.
> *The members of the group **were interviewed** for an article.*

3. The passive voice with the verb **ser** can be used in any tense or mood; however, it is not common to use it in the present indicative. In that case, the passive **se** is generally used.

> Ricky Martin **ha sido nominado** para los Latin Grammy varias veces.
> *Ricky Martin **has been nominated** for the Latin Grammys several times.*

> El disco **será grabado** durante el concierto.
> *The record **will be recorded** during the concert.*

> Ojalá que en el futuro Moderatto **sea contratado** para un concierto aquí.
> *I hope that in the future Moderatto **will be contracted** for a concert here.*

A practicar

9.16 **¿Quién?** Completa las oraciones con el nombre del artista al que se refiere cada idea.

Marc Anthony   Enrique Iglesias   Juanes   Jennifer López   Pitbull   Shakira

1. La canción "We are one" (Ole ola) de _____ y Pitbull fue seleccionada como la canción oficial de la Copa Mundial de Brasil.
2. La canción "Try Everything" de la película Zootopia fue grabada por _____.
3. El álbum *3.0* de _____ fue nominado para el Álbum del Año en los Latin Grammy.
4. La canción "Beautiful" de _____ fue grabada con Kylie Minogue.
5. La compañía discográfica Bad Boy Latino fue formada por _____ y Sean "Diddy" Combs.
6. Aparte de su música, _____ también es conocido por su trabajo humanitario, como su labor con las víctimas de minas terrestres *(land mines)* en Colombia.

9.17 **Somos el mundo** Completa el siguiente párrafo con las formas apropiadas de la voz pasiva.

El 10 de enero de 2010 el país de Haití (1.) _____ (devastar) por un terremoto *(earthquake)*. Poco después una grabación de la canción "Somos el mundo" (2.) _____ (organizar) por Emilio Estefan para recaudar fondos *(to collect funds)* para ayudar a los haitianos que (3.) _____ (afectar). Se reunieron más de 50 artistas latinos para la grabación, y el 1º de marzo el video de la canción (4.) _____ (transmitir) en el Show de Cristina, en Univisión.

El tema original "We are the World" (5.) _____ (escribir) por Michael Jackson y Lionel Richie y (6.) _____ (producir) por Quincy Jones en 1985. (7.) _____ (grabar) por varios cantantes, como Bruce Springsteen y Stevie Wonder, para recaudar fondos para combatir la hambruna *(hunger)* en África. Más de 10 millones de dólares (8.) _____ (recaudar) por la venta de la canción, y otro millón (9.) _____ (donar) por el público estadounidense.

9.18 **¿Quién lo hizo?** Busca la información en Internet para responder las siguientes preguntas. Después contesta usando la voz pasiva.

Modelo   ¿Quiénes construyeron La Alhambra en Granada, España?

   Fue construida por los moros.

1. ¿Quién dirigió las películas *Harry Potter and the Prisoner of Azkaban* y *Gravity*?
2. ¿Quién escribió la novela *La casa de los espíritus*?
3. ¿Quién diseñó el Parque Güell en Barcelona?
4. ¿Quién recibió el Premio Nobel de la Paz en 1992?
5. ¿Quién interpretó el papel de Che Guevara en la película *The Motorcycle Diaries*?
6. ¿Quién compuso la pieza de música clásica "El amor brujo"?
7. ¿Quién grabó las canciones "Desde esa noche" y "La movidita"?
8. ¿Quién pintó los murales en el Palacio Nacional de México?

9.19 **Mis favoritos** Habla con un compañero sobre tus preferencias. Usando la voz pasiva, expliquen cuándo o por quién fue hecha la acción y añadan información adicional. ¡OJO! El verbo **ser** no siempre estará en el pretérito.

Modelo clase favorita / enseñar

> Estudiante 1: *Mi clase favorita fue enseñada por el profesor Gómez. Fue una clase de arte.*
> Estudiante 2: *Mi clase favorita fue enseñada por la profesora Díaz. Fue una clase de español.*

1. canción favorita / interpretar
2. libro favorito / escribir
3. cuadros favoritos / pintar
4. programa favorito / transmitir
5. película favorita / estrenar
6. álbum favorito / grabar

9.20 **¿Quién sabe?** Circula por la clase para encontrar un compañero que te pueda dar la respuesta.

Modelo dirigir la película *Volver*

> Estudiante 1: *¿Sabes quién dirigió la película* Volver?
> Estudiante 2: *Sí, fue dirigida por Pedro Almodóvar. / No, no tengo idea.*

¿Sabes quién...?

1. escribir la novela *Don Quijote*
2. construir la ciudad de Machu Picchu
3. pintar los cuadros *Guernica* y *Los tres músicos*
4. interpretar los papeles del Zorro y el gato en *Shrek*
5. invadir España en 711
6. conquistar a los aztecas
7. pagar los viajes de Cristóbal Colón
8. dirigir la película *The Revenant*

¿Sabes quién diseñó la Casa Batlló?

9.21 **Avancemos** Trabaja con un compañero para narrar los eventos de la carrera de Horacio, un músico joven. Usen el pretérito y el imperfecto e incluyan algunos verbos en la voz pasiva.

Músicos subterráneos

Dirigido por Rodrigo Tenuta

Varios músicos hablan sobre tocar música en el subterráneo en Buenos Aires. ¿Por qué lo hacen?

(Argentina, 2013, 9 min.)

Antes de ver

👥 Habla con un compañero sobre las siguientes preguntas.

1. ¿Alguna vez has visto a un músico tocando en la calle? ¿Te gustó su música? ¿Le diste dinero?

2. ¿Por qué piensas que algunos músicos tocan en la calle?

Vocabulario útil

el código *unwritten law*	**el nene / la nena** *boy / girl*
el laburo (Argentina) *job*	**el subte (subterráneo)** *subway*

Músicos subterráneos directed by Rodrigo Tenuta, produced by Gonzalo España. Used with permission of Rodrigo Tenuta.

Comprensión

Ve el cortometraje e indica si las oraciones son ciertas o falsas. Corrige las oraciones falsas.

Vinoriel

Walter Moore

Ariel Staubitz

Músicos subterráneos directed by Rodrigo Tenuta, produced by Gonzalo España. Used with permission of Rodrigo Tenuta.

1. Vinoriel espera llevar un poco de alegría a la gente.

2. A los músicos de Vinoriel el dinero y la independencia los motivan a tocar en el subte.

3. Walter Moore busca otro trabajo que pague mejor.

4. Ariel Staubitz normalmente toca tres o cuatro horas al día.

5. Ariel no gana suficiente dinero para sus gastos.

6. Ninguno de los músicos de Vinoriel tiene hijos.

7. Es común tener conflictos con los otros músicos que tocan en el subte.

8. A Ariel también le gustaría tocar profesionalmente.

Después de ver

1. ¿Piensas que estos músicos son felices? ¿Por qué?

2. En tu opinión, ¿cuáles son las dificultades de tocar música en la calle o en el subte?

A analizar

La influencia de los músicos va más allá de su música. Elena habla de la fundación caritativa *(charitable)* de Shakira. Después de ver el video, lee el párrafo y observa los verbos en negrita. Luego contesta las preguntas que siguen.

¿A qué artista admiras, tanto por su música como su carácter?

Shakira es una artista colombiana muy importante, no solo por su fama como cantante y compositora, sino también porque ella **está muy involucrada** con la educación de los niños víctimas de la pobreza en Colombia. Su fundación *Pies Descalzos* **está dedicada** a brindar *(award)* educación gratuita a niños pobres en varias ciudades como Bogotá, Quibdó, Barranquilla y Cartagena. Esta fundación <u>fue establecida</u> en 1997, cuando Shakira apenas tenía 18 años. Hasta la fecha, seis colegios <u>han sido inaugurados</u>. La fundación *Pies Descalzos* y las personas que trabajan allí no solo **están comprometidas** a brindar educación pública de calidad a los niños, sino también a hacer de cada colegio un centro comunitario cuyas puertas **están abiertas** a la comunidad para ofrecer actividades extracurriculares formativas, recreativas, culturales y productivas.

—Elena, Colombia

1. ¿Con qué verbo aparecen los adjetivos en negrita? ¿y los que están subrayados?
2. Identifica a qué se refiere cada adjetivo. Explica por qué se usó esta forma de cada adjetivo.

A comprobar

El participio pasado con *estar* en contraste con la voz pasiva

1. In **Estructuras 1,** you learned to form the passive voice using the verb **ser** and the past participle to create passive sentences.

> El contrato **fue firmado** por todos.
> *The contract **was signed** by everyone.*

The past participle is used with the verb **estar** to indicate a condition or the result of an action. Because the past participle functions as an adjective, it must agree in gender and number with the noun it describes.

> Todos **están aburridos** porque el concierto no ha empezado.
> *Everyone **is bored** because the concert hasn't started.*

> Todas **están acostumbradas** a escuchar la música fuerte.
> *Everyone is **accustomed to (used to)** listening to loud music.*

Note that when forming a participle from a reflexive verb, the pronoun is not used. For example, the participle of the verb **acostumbrarse** is **acostumbrado.**

2. When describing a past condition, the focus is generally not on the beginning or the end of the condition; therefore, the verb **estar** is often conjugated in the imperfect.

> Creí que mi violín **estaba perdido.**
> *I thought my violin **was lost.***

> Las luces en el estudio **estaban apagadas.**
> *The lights in the studio **were turned off.***

> El radio **estaba descompuesto.**
> *The radio **was broken.***

3. The use of **ser** and **estar** with the past participle is determined by whether the focus is on the action or the result of an action. If the focus is on whether or not something was done (or when, how, by whom, etc.), then the sentence is passive and the verb **ser** is used. However, if the participle describes a condition (the result of an action), then the verb **estar** is used.

Remember, the passive voice with **ser** is not commonly used in Spanish, so not all verbs will be appropriate in both forms. In many cases, the passive **se** will be used rather than the form with **ser**.

Action	Condition
La taquilla **fue cerrada** tan pronto como se agotaron las entradas. *The ticket window **was closed** as soon as the tickets ran out.*	La entrada al concierto ya estaba **cerrada** cuando llegué. *The entrance to the concert **was** already **closed** when I arrived.*
El escenario **fue preparado** la noche anterior. *The stage **was prepared** the night before.*	El escenario **estaba preparado** cuando llegaron los músicos. *The stage **was prepared** when the musicians arrived.*

A practicar

9.22 **Mi cuarto** Lee las siguientes oraciones e indica si son ciertas o falsas, según hayas dejado tu cuarto hoy.

1. La cama está hecha.
2. Una planta está muerta.
3. La puerta está cerrada.
4. Las cortinas están abiertas.

5. Toda la ropa está colgada.
6. La computadora está encendida.
7. La computadora está apagada.

9.23 **¿Ya lo hiciste?** Trabaja con un compañero. Imagínense que son un músico y su agente. Háganse las siguientes preguntas y respóndanse usando el verbo **estar** y el participio pasado. Atención a la concordancia *(agreement)*.

Modelo ¿Guardó usted los instrumentos?

Sí, están guardados.

El agente

1. ¿Firmó el contrato?
2. ¿Escribió la letra para una nueva canción?
3. ¿Compuso la música?
4. ¿Grabó las canciones?

El músico

5. ¿Reservó los hoteles para la gira *(tour)*?
6. ¿Hizo las reservaciones de avión?
7. ¿Preparó sus maletas?
8. ¿Apagó el equipo en el estudio?

¿Preparó sus maletas?

© stockfour/Shutterstock.com

9.24 **¿Qué tienes?** Túrnense para preguntar y responder acerca de los objetos que tienen. Atención a la concordancia.

Modelo algo pintado de rojo

> Estudiante 1: *¿Tienes algo pintado de rojo?*
> Estudiante 2: *Sí, mi coche está pintado de rojo. ¿Y tú?*
> Estudiante 1: *No tengo nada pintado de rojo.*

1. algo perdido
2. algo roto
3. algo hecho a mano
4. algo escrito en español
5. algo firmado por alguien conocido
6. algo importado
7. algo prestado *(borrowed)*
8. algo descompuesto

¿Qué hay colgado en las paredes de tu dormitorio?

© Kolobrod/Shutterstock.com

9.25 **Wisin y Yandel** Lee acerca del dúo puertorriqueño Wisin y Yandel y decide si se debe usar el verbo **ser** o **estar** con el participio. Después conjuga el verbo en la forma apropiada. Presta atención al uso del pretérito y del imperfecto.

1. El dúo puertorriqueño Wisin y Yandel _____ formado en Puerto Rico y unos años después _____ reconocido mundialmente.

2. El dúo _____ interesado en grabar con otros artistas, entonces Jennifer López _____ invitada a participar en el álbum.

3. El primer sencillo *(single)* "Follow the Leader", que _____ escrito en inglés y en español, _____ presentado por primera vez en *American Idol*.

4. El video para la canción _____ grabado en Acapulco, México.

5. En el video Jennifer López _____ vestida de negro y dorado *(gold)*, y tatuada con la palabra "líderes".

6. El público _____ entusiasmado con la canción, la cual llegó al #1 en el Billboard de los Estados Unidos.

7. *Líderes* es el último álbum que _____ grabado por el dúo antes de separarse para tener carreras como solistas.

9.26 **Entrevista** Indica qué verbo completa mejor la oración y conjúgalo prestando atención a los tiempos verbales. Después usa las preguntas para entrevistar a un compañero.

1. ¿(Tú) (Ser/Estar) acostumbrado a escuchar música cuando estudias? ¿Qué música escuchas?

2. ¿Tienes música que (ser/estar) grabada en español? ¿De quién?

3. ¿Cuándo fue la última vez que fuiste a un concierto? ¿Dónde (ser/estar) (tú) sentado?

4. ¿Conoces a alguien que (ser/estar) interesado en una carrera relacionada con la música? ¿Cuál?

5. Cuando eras niño, ¿(ser/estar) obligado a tomar clases de música? ¿Qué tipo de clases?

6. ¿Alguna vez (ser/estar) despertado por la música de un vecino? ¿Qué hiciste?

9.27 Avancemos Cuando un músico regresó a su camerino (*dressing room*) esto fue lo que encontró. Trabaja con un compañero para describir lo que vio al entrar. Luego expliquen lo que piensan que pasó.

Redacción

Un poema

A **haiku** is a poem that consists of 17 syllables divided into three lines. The first line contains 5 syllables, the second 7, and the third 5. A **haiku** may present two images or ideas that are juxtaposed for contrast or show how they're related, or it simply may present a series of ideas that convey the essential nature of the topic.

Paso 1 Choose a topic or image that interests you and can be represented in a few words. A wide range of topics can be adapted for haiku (love, friendship, war, a particular food, a type of music, a social problem, a natural object, etc.). The topic or image you choose to write about might also be a good title for your poem.

Paso 2 Jot down emotions that you associate with your topic or image. Also, identify and make a list of the essential elements that would allow your reader to identify your topic without having a title as the clue. You will not use the entire list, but it will help you decide which ideas to juxtapose or combine to create the best effect.

> **Modelo** El sol → *luz, calor, tranquilidad, enojo, rojo, brillante, rayos, cielo, da vida a la Tierra, día y noche, verano, fuego*

Paso 3 Using the passive and/or impersonal **se,** write a list of actions that you associate with your topic. For example, what does one do in the sun?

> **Modelo** *No se ve al sol directamente. Se broncea si se queda por mucho tiempo en el sol. Se necesita el sol para que crezcan las plantas. Los rayos se pueden ver entre las nubes. La luz se puede usar para generar energía o electricidad.*

Paso 4 Look at your list of emotions, essential elements, and actions associated with your topic. Choose the ideas that you wish to include. Remember, you are limited to 17 syllables, so you may need to work on how to word each idea in order to convey it clearly.

Paso 5 Select the order in which you're going to present your ideas and write your haiku.

> **Modelo** **El sol**
>
> Luz, calor, fuego.
> Los rayos se pueden ver
> entre las nubes.

Paso 6 Edit your poem.

1. Does it have only 17 syllables and follow the prescribed form (5-7-5 syllables)?
2. Does the poem represent your topic as fully as possible?
3. Are the key elements apparent or would another item from your list work better?
4. Does it convey the essential idea of the topic?
5. Do adjectives agree with the nouns they describe?
6. Do verbs agree with their subjects?

🔊 A escuchar

La función de la música

Antes de escuchar

👥 Trabaja con un compañero de clase para responder las preguntas.

1. ¿Por qué escuchan música? ¿Les gustaban diferentes tipos de música en otras etapas de su vida?

2. ¿Qué funciones tiene la música en una sociedad?

3. ¿Hay cantantes que son conocidos por algo más que su música? ¿Quiénes son y por qué son conocidos?

A escuchar

🔊 Elena va a hablar de la música en Colombia. Toma apuntes sobre lo que dice. Después
9-2 compara tus apuntes con un compañero y organiza la información para contestar las siguientes preguntas.

1. ¿Qué tipos de música latina son conocidos por todo el mundo? ¿Cuántos ritmos diferentes se tocan en Colombia?

2. ¿Qué música escuchaba Elena en su adolescencia? ¿Quiénes eran algunos de sus artistas favoritos?

3. ¿Por qué fueron conocidos Los Prisioneros? ¿Sigue siendo popular esta tradición musical? ¿De qué temas cantan?

4. Para Elena, ¿qué función tiene la música? ¿Qué ha hecho Juanes que ejemplifica esta función?

Después de escuchar

1. ¿Qué formas de música de Estados Unidos son populares por todo el mundo?

2. ¿Piensan que la música (o los músicos) puede(n) lograr cambios a nivel mundial?

3. ¿Tienen la responsabilidad los músicos y otras personas famosas de promover una causa o intentar efectuar un cambio? ¿Por qué?

¿Tienen los músicos la responsabilidad de promover el cambio social?

© Ferenc Szelepcsenyi/Shutterstock.com

Literatura

Nota biográfica

Felipe Fernández (1956–) es un escritor argentino y profesor de literatura. También ha trabajado en varias editoriales y en el periódico argentino *La Nación*. Su primer libro se publicó en 1987. En 2008 obtuvo el primer premio en el Concurso Victoria Ocampo por su libro de cuentos *La sala de los Napoleones*. El cuento *El violinista* pertenece a esta colección.

Antes de leer

 Trabaja con un compañero y comenten las siguientes preguntas.

1. ¿Tocas algún instrumento musical? ¿Te gusta tocarlo? ¿Por qué? ¿Fue difícil de aprender?

2. ¿Alguna vez has cambiado un aspecto de tu personalidad o has intentado algo nuevo para complacer *(to please)* a otra persona?

3. Si alguien tiene un talento natural, ¿tiene que usarlo? ¿Debe dedicarse a este talento o seguir otro camino más lucrativo?

El violinista

1 —¿Usted qué es? —le preguntó el hombre.

—Soy violinista —dijo.

—Nosotros necesitamos guitarristas.

—Puedo aprender.

5 Y aprendió. Guardó su violín en un armario y durante unos años tocó la guitarra. Hasta que ya no necesitaron más guitarristas y el hombre que lo había contratado se fue. Y vino otro hombre y le preguntó.

—¿Usted qué es?

Habló con amabilidad. Él dudó. Todavía tenía la guitarra en las manos, pero entonces 10 recordó con cariño el violín encerrado en el armario y contestó:

—Violinista.

—Qué interesante —dijo el otro hombre—. ¿Y qué tipo de violín toca?

made —Un violín de bronce que yo mismo fabriqué*. Tiene cinco cuerdas y está afinado en
D minor re menor*.

15 —Qué interesante. Así que no es un violín como los demás.

—No.

El hombre parecía interesado. Mantuvo su mirada de curiosidad unos segundos y después le explicó que no necesitaban esa clase de violinistas.

—El problema es el número de cuerdas. Nosotros preferimos violinistas que toquen 20 instrumentos de cuatro cuerdas. Si fueran dos o tres, haríamos una excepción. Pero cinco es intolerable. Que el violín sea de bronce podemos aceptarlo. Y la afinación puede cambiarse, pero lo de las cuerdas es algo serio.

added —Entiendo. También toco la guitarra. Cualquier clase de guitarra —agregó* para que el otro hombre no pensara nada raro.

25   El otro hombre no pensó nada raro. Parecía entristecido*.   *saddened*

    —Nosotros ya no necesitamos guitarristas. Ahora necesitamos escaladores*.   *climbers*

    —¿Y para qué necesitan escaladores?

    —No sé —el otro hombre quería demostrarle que él no controlaba todo—. Yo sólo me ocupo de contratar escaladores. La empresa que me ofreció el trabajo no me dio detalles.

30 A propósito, ¿sabe escalar?

    —Puedo aprender.

    Y aprendió. Durante años escaló montones de cosas. En la copa* de un árbol, la   *top*
cima* de una montaña o la terraza de un edificio siempre lo esperaba un hombre que le   *summit*
entregaba un sobre* con dinero. Y el dinero nunca era proporcional a la altura. Por llegar   *envelope*

35 a la cumbre* del Aconcagua le pagaron menos que por subirse a un jacarandá. Y su mejor   *summit*
paga la obtuvo subiendo al Monumento de la Bandera en Rosario. Ellos no le decían
por qué y él tampoco preguntaba. Sólo seguía escalando. Hasta que ya no necesitaron
escaladores y el hombre que lo había contratado se fue. Y vino otro y otro. Vinieron
muchos hombres y cada uno le preguntó qué era. Y él se acostumbró a responder con
su último oficio*. Nunca más mencionó el violín. Y lo último que hizo antes de morirse   *job*

40 fue enlazar*. Montones de cosas: estatuas, rocas, gente con cara de palangana animales   *to lasso* or *rope*
disecados*. Incluso dragones, pero nunca basiliscos*. Los enlazaba de a pie, a caballo, en   *preserved, stuffed*
bicicleta o en moto. Incluso en helicóptero, pero nunca desde pirámides. Un enlazador   *animals / type of*
excelente.   *reptile*

© Einur/Shutterstock.com

45   Sin embargo, cuando murió no lo enterraron* con un lazo ni una guitarra, sino con   *buried*
su violín y a los pocos días vinieron a buscarlo de urgencia. Porque ahora necesitaban
un violinista y uno de esos hombres se había acordado de él. Como no quería
comprometerse ni crear falsas expectativas, ni bien le golpearon la lápida* de su tumba   *tombstone*
les aclaró lo del violín: de bronce, cinco cuerdas y afinado en re menor.

50   —Exactamente la clase de violinista que necesitamos —dijo el hombre que lo había venido a buscar.

    Él percibió su ansiedad. Desde la vibrante oscuridad de la muerte podía escuchar y hablar casi como un fantasma: Así que consideró oportuno aclararle:

    —Pero mire que estoy muerto.

55   —¿Sabe resucitar?

    —Puedo aprender.

barks
detailed / shrillness

Y aprendió. Sí, resucitó en menos que ladra* un perro, porque no había gallos en ese cementerio. Una resurrección prolija*, sin estridencias*, que no molestó a nadie. Después tuvo que aprender a vivir otra vez, porque en unos días de muerto se había olvidado

60 de cómo respirar, comer o caminar. Incluso de pensar. Sobre todo de pensar que estaba muerto. O del tiempo. Porque ya no había más tiempo que perder o ganar. Ya no había más tiempo. Había estado fuera del tiempo y ahora estaba otra vez en el tiempo. Y por último creyó que debía aprender de nuevo a tocar el violín. Pero eso fue distinto porque

talent

había nacido con ese don*, y había vivido y muerto con ese don. Así que resucitó con él.

65 Bastó con que se acordara que lo tenía. Y se acordó rápido porque lo estaban esperando. Impacientes por escucharlo tocar su violín de bronce, de cinco cuerdas, y afinado en re menor.

Felipe Fernández, "El violinista," *La sala de los Napoleones*. Ediciones Fundación Victoria Ocampo, 2009. Used with permission of the publisher.

Investiguemos la literatura: El narrador

As with the poetic voice, the narrator is not the author. In a short story, the narrator can be a character or someone outside of the story who provides a perspective the characters do not have. The narrator may simply supply additional information about the setting or events; however, they can contribute to the overall tone of the story through their manner of describing them. The narrator may also actively provide commentary (often slanted to sway the reader to their perspective). While you are reading, try to determine the narrator's role in the story.

— Does the narrator seem to be a reliable, trustworthy source?

— Does the narrator's tone seem serious, funny, melancholy? What language does the narrator use to convey the tone?

TERMINOLOGÍA LITERARIA

la estructura (circular, lineal)
organization of text (circular, linear)

el lenguaje *language (actual forms an author uses to convey ideas)*

Después de leer

A. Comprensión

1. ¿Por qué aprendió el personaje a tocar la guitarra?

2. ¿Qué otros trabajos aprendió a hacer? ¿Por qué decidió aceptarlos?

3. Cuando murió, ¿con qué objeto lo enterraron? ¿Por qué escogieron este objeto?

4. ¿Qué pasó después de que se murió? ¿Qué tuvo que aprender de nuevo? ¿Qué no tuvo que aprender?

5. ¿Este cuento es más realista o más mágico? Busca ejemplos del lenguaje empleado por el autor para apoyar tu opinión. ¿Cómo contribuyen estos dos elementos a hacer que el cuento sea más interesante?

6. ¿Es circular o lineal la estructura del cuento? ¿Por qué?

7. ¿Qué papel tiene el narrador? ¿Describe simplemente el escenario o los eventos? ¿Contribuye al tono fantástico del cuento? ¿Trae una perspectiva u opinión que quiere comunicar al lector?

B. Conversemos

1. ¿Qué dice el autor del talento? ¿Es posible ignorarlo? ¿Se debe hacerlo?

2. ¿Es posible ejercer bien una profesión sin sentir una pasión por ella? ¿Por qué? ¿Es aconsejable adaptarse a nuevas circunstancias económicas y olvidarse de los talentos naturales?

3. ¿Significa algo que el protagonista tenga tantos trabajos? ¿Es una crítica o más una lección o moraleja? ¿Por qué?

Escalar fue un trabajo, no su pasión

© Galyna Andrushko/Shutterstock.com

Exploraciones de repaso: Estructuras

9.28 **La música de ayer y hoy** Elena habla de la música en Colombia. Completa el texto usando la forma apropiada del **se** pasivo o el **se** impersonal de los verbos indicados. ¡Ojo! Necesitarás usar el presente indicativo y el imperfecto.

Creo que en Colombia siempre (1) _____ (escuchar) música. Un medio muy popular es la radio porque 2. _____ (poder) escuchar en cualquier lado. Por ejemplo, en los autobuses de transporte público siempre (3) _____ (oír) la estación de radio favorita del conductor.

Antes de la invención de los CDs, (4) _____ (conseguir) música comprando un acetato (*acetate record*) o un casete, o grabando las canciones favoritas que (5) _____ (tocar) en la radio en un casete utilizando el estéreo de su casa. El problema con los acetatos era que (6) _____ (rayar *to scratch*) fácilmente y (7) _____ (perder) la calidad del sonido. Hoy en día, (8.) _____ (bajar) música por Internet o (9) _____ (comprar) los CDs en una tienda de discos.

9.29 **Los hispanos en los Estados Unidos** Los siguientes son datos interesantes de la presencia de los hispanos en los Estados Unidos. Cambia las oraciones a la voz pasiva. Presta atención a la concordancia (*agreement*).

Modelo Ponce de León exploró el territorio que ahora es Florida.
El territorio que ahora es Florida fue explorado por Ponce de León.

1. Los misioneros franciscanos fundaron la Misión San Antonio de Valero, conocida hoy como El Álamo.
2. En el estado de Nuevo México eligieron al primer gobernador hispano, Ezequiel Cabeza de Baca, en 1917.
3. César Chávez y Dolores Huerta formaron la Asociación Nacional de Trabajadores del Campo en 1962.
4. Óscar Hijuelos recibió el Premio Pulitzer en 1990.
5. Barack Obama nominó a Sonia Sotomayor a la Corte Suprema de Justicia en 2009.
6. Alejandro Iñárritu dirigió las películas *Birdman* y *The Revenant*.

9.30 **¿Ser o estar?** Completa el siguiente párrafo con la forma apropiada del verbo **ser** o **estar**. Atención al uso del pretérito y del imperfecto.

Anoche (yo) (1) _____ invitado a un concierto de música latina por un amigo de la escuela. ¡(2) _____ muy emocionado! El evento (3) _____ organizado por el Centro Cultural. Llegué a las 7:30 y las puertas todavía (4) _____ cerradas. Cuando abrieron las puertas, busqué mi asiento... (5) _____ sentado en la tercera fila. El concierto comenzó a las ocho y el primer grupo musical (6) _____ presentado por el director del centro. Fue un grupo increíble y algunas de las canciones (7) _____ interpretadas a capela, o sea (*in other words*) sin instrumentos. Cuando terminaron, salió una solista que (8) _____ vestida en un traje tradicional de Guatemala y cantó en quechua, su lengua materna. Cuando terminó de cantar todos (9) _____ encantados y queríamos escuchar más. El concierto terminó a las 10:30 y (yo) (10) _____ agradecida con mi amigo por haberme invitado.

9.31 **Tabú** Con un compañero túrnense para describir una de las siguientes palabras. Tu compañero va a determinar cuál es la palabra que se describe.

la balada	la batería	componer	el concierto	el coro	desafinado	el estribillo
el éxito	interpretar	la letra	la música clásica	la ópera	la orquesta	el público

9.32 **¿Qué opinan?** Trabaja con un compañero para comentar las siguientes ideas sobre la música y ofrecer sus opiniones. Cuidado con el uso del subjuntivo, del indicativo y de los tiempos necesarios.

1. Cuando las letras de una canción están censuradas, se protege a los niños.

2. En el futuro la globalización llevará a nuevos estilos de música, pero menos variedad.

3. Un cantautor puede cantar sus canciones mejor que otro cantante.

4. No es buena idea que un cantante cambie de género musical.

5. Las canciones que se transmiten más en las emisoras de radio se hacen más irritantes.

6. Si no existiera la piratería de música, los álbumes se venderían más baratos.

7. A medida que *(As)* los músicos se convierten en estrellas, tienen mayor influencia para promover las causas que apoyan.

9.33 **Y los nominados son...** En grupos de tres o cuatro van a seleccionar al ganador del premio Artista del Año.

Paso 1 En grupos van a decidir las características que hacen que un artista sea sobresaliente *(outstanding)*. Piensen en otros factores además de su música, como su presencia, su carácter, etcétera. Sean específicos. Al final deben estar de acuerdo con una lista de tres características.

Paso 2 Individualmente cada uno debe escribir en un papel el nombre del artista que piensa que merece *(deserves)* el título. Después todos los miembros del grupo van a nominar a su artista y explicar por qué lo nominaron.

Paso 3 Entre todos deben decidir quién va a recibir el premio según el criterio que eligieron. Después repórtenle su selección a la clase y expliquen por qué seleccionaron a ese artista.

9-3

La música

el álbum *album*	**el éxito** *musical hit, success*
la apreciación *appreciation*	**el género** *genre*
la armonía *harmony*	**la gira** *tour*
la balada *ballad*	**la grabación** *recording*
el (la) cantautor(a) *singer-songwriter*	**la letra** *lyrics*
el canto *singing*	**el oído** *ear (for music)*
el concierto *concert*	**la orquesta** *orchestra*
el conservatorio *conservatory*	**el público** *audience*
la coreografía *choreography*	**el radio / la radio** *radio (device) / radio*
el coro *choir*	*(transmission)*
el disco *record*	**la serenata** *serenade*
el disco compacto (CD) *compact disc*	**el sonido** *sound*
el ensayo *rehearsal, practice*	**la voz** *voice*
el estribillo *chorus, refrain*	

Los instrumentos musicales

la batería *drum set*	**el piano** *piano*
el clarinete *clarinet*	**el tambor** *drum*
la flauta *flute*	**la trompeta** *trumpet*
la guitarra *guitar*	**el violín** *violin*
el instrumento de cuerda/percusión/	
viento *string/percussion/wind instrument*	

Tipos de música

el blues *blues*	**la música pop** *pop music*
el hip hop *hip hop*	**la música rock** *rock music*
el jazz *jazz*	**la ópera** *opera*
la música clásica *classical music*	**el rap** *rap*
la música country *country music*	**el reggaetón** *reggaeton*
la música folclórica *traditional folk music*	

Adjetivos

culto(a) *educated, cultured*	**exitoso(a)** *successful*
desafinado(a) *out of tune*	**pegajoso(a)** *catchy*
entonado(a) *in tune*	**popular** *popular*

Verbos

acabar *to finish, to run out of*	**manchar** *to stain*
apagar *to turn off, to shut down*	**olvidar** *to forget*
caer *to fall, to drop*	**perder (ie)** *to lose*
componer *to compose*	**presentarse** *to perform*
derramar *to spill*	**quedar** *to remain (behind), to be left*
descomponer *to break down (a machine)*	**romper** *to break*
dirigir *to conduct, to lead*	**tararear** *to hum*
ensayar *to rehearse*	**tocar** *to play*
interpretar *to perform, to interpret, to play (a role)*	

Terminología literaria

circular   *circular*
la estructura   *organization of text*

el lenguaje   *language* (actual forms author uses to convey ideas)
lineal   *linear*

Diccionario personal

_____

_____

_____

_____

_____

_____

_____

_____

_____

_____

_____

_____

_____

_____

_____

_____

_____

_____

_____

_____

_____

_____

_____

CAPÍTULO 10

Estrategia para avanzar

A greater level of detail and control of a larger vocabulary allows an advanced speaker to express more specific ideas in a greater range of contexts. As you work to increase your proficiency, focus on building your vocabulary. Take 5 to 10 minutes each day and try to describe what you see happening around you (for example, the appearance of people, their activities, and their possible emotions). Take note of what words you do not know or cannot precisely express and then look them up later.

After completing this chapter, you will be able to:

- Talk about what you like to read
- Give a short summary of a book plot
- Write a short story
- Recognize some important Hispanic authors

El mundo literario

Un puesto de libros de segunda mano en una calle de Madrid

Vocabulario

¿Te gusta leer? ¿Tienes un libro o un autor favorito?

La literatura

la antología   *anthology*
el (la) autor(a)   *author*
el capítulo   *chapter*
el círculo de lectura   *book club*
el cuento   *short story (fictional)*
el desenlace   *ending*
el drama   *drama*
la editorial   *publisher*
el ensayo   *essay*
el guión   *script*
el (la) guionista   *script writer*
la historia   *story, history*
el (la) lector(a)   *reader*
la lectura   *reading*
el libro de bolsillo   *paperback*
el libro de pasta dura   *hardbound book*
el libro electrónico   *e-book*
el libro impreso   *printed book*
el (la) narrador(a)   *narrator*

la narrativa   *narrative*
la novela   *novel*
la obra   *work (of art or literature)*
la ortografía   *spelling*
el personaje   *character*
el poemario   *book of poems*
la portada   *cover*
la publicación   *publication*
el relato   *story, tale*
la revista   *magazine*
la secuela   *sequel*
el taller (de literatura)   *(writing) workshop*
el tema   *theme, topic*
la traducción   *translation*
la trama   *plot*

Tipos de libros

el libro/la literatura...   *book/literature . . .*
  biográfico(a)   *biographical*
  de consulta   *reference*

didáctico(a)   *didactic, instructive*
de ficción   *fiction*
infantil   *children's*
juvenil   *young adult's*
de superación
   personal   *self-improvement*

Verbos

aportar   *to contribute*
catalogar   *to catalog*
editar   *to edit*
imprimir   *to print*
publicar   *to publish*
superarse   *to improve oneself*
tener lugar   *to take place*
traducir   *to translate*

INVESTIGUEMOS EL VOCABULARIO

Spanish speakers do not talk about nonfiction but rather are more specific, using terms such as **biografía**, **ensayo**, **de consulta**, etc.

Additionally, if you are using the services of a library, you can use the expressions **pedir prestado** or **sacar un libro de la biblioteca** to express the idea of checking out a book.

A practicar

10.1 **Escucha y responde** Observa las ilustraciones e indica si las afirmaciones son ciertas o falsas. Después, corrige las falsas.

🔊 10-1

10.2 **Ideas incompletas** Completa las siguientes ideas con una palabra lógica del vocabulario.

1. Un libro sobre la vida de una persona es una _____.
2. La persona que transforma un libro en un guión para hacer una película es el _____.
3. Cuando se escribe una continuación a un libro, el segundo libro es una _____.
4. Un libro que es una colección de poemas es un _____.
5. Un libro que es una colección de obras de diferentes autores es una _____.
6. Un diccionario se cataloga como un libro de _____.
7. La persona que escribe un libro es un _____.
8. Los libros escritos para los lectores adolescentes son libros _____.

10.3 **Los regalos** Imagina que un compañero y tú quieren comprar libros para regalarles a las siguientes personas. Decidan qué tipos de libros deben comprar y expliquen por qué. Después decidan qué se comprarían el uno al otro.

1. al profesor de español
2. a tu abuela
3. a un sobrino (de 8 años) y a una prima (de 15 años)
4. a un amigo que viaja mucho
5. a tu profesor de historia
6. al presidente

10.4 **La literatura desde tu perspectiva** Trabaja con un compañero para responder las preguntas acerca de las escenas en la ilustración. Recuerden que el objetivo es comunicar sus opiniones y dar información adicional cuando sea posible.

1. ¿Qué están haciendo las personas en la primera imagen? ¿Por qué? ¿Qué tipo de libro leen? ¿Alguna vez has participado en un círculo de lectura? ¿Por qué? ¿Qué se necesita para crear un círculo de lectura? Si participaras en un círculo de lectura, ¿qué libros sugerirías y por qué?

2. Observa la escena de dos estudiantes. ¿Qué piensas que están haciendo? ¿Por qué crees que hay muchas clases de literatura en las universidades?

3. En una de las escenas un hombre lee un libro electrónico. ¿Qué ventajas tiene viajar con un libro electrónico? ¿Te gusta leer cuando viajas? ¿Prefieres llevar un libro impreso o un libro electrónico? ¿Por qué?

4. En otra escena unos niños leen. ¿Qué tipo de libros piensas que están leyendo? ¿Te gustaba leer cuando eras niño? ¿Qué libros preferías?

Expandamos el vocabulario

The following words are listed in the vocabulary. They are nouns, verbs, or adjectives. Complete the table using the roots of the words to convert them to the different categories.

Verbo	Sustantivo	Adjetivo
editar		
	publicación	
		superado
aportar		

10.5 **En busca de...** Circula por la clase y pregúntales a compañeros diferentes si han hecho las actividades. Toma notas para reportarle a la clase. **¡OJO!** Usa el presente perfecto para hacer las preguntas.

1. leer un libro en español (¿Cuál?)

2. escribir un poema o un cuento (¿Lo publicó?)

3. regalar libros (¿A quién? ¿Cuáles?)

4. participar en un círculo de lectura (¿Por qué?)

5. ver una película basada en un libro (¿Fue buena?)

6. ir a bibliotecas con frecuencia (¿Con qué frecuencia?)

7. leer un drama (¿Cuál?)

8. preferir leer libros de bolsillo en vez de libros electrónicos (¿Por qué?)

10.6 **Libros electrónicos** Vivimos en un mundo cambiante. Piensa en el futuro de los libros y contesta estas preguntas con un compañero.

1. ¿Alguien en tu familia tiene un lector electrónico? ¿Por qué?

2. ¿Cuáles son las desventajas de los libros electrónicos?

3. ¿Crees que los libros impresos van a desaparecer? ¿Por qué?

4. ¿Alguna vez has descargado libros electrónicos gratuitos de fuentes como una biblioteca, el proyecto Gutenberg o Libros Google? ¿Piensas que sean importantes estos proyectos?

10.7 **Los libros y las ideas** A través de la historia, los libros han sido asociados con las ideas innovadoras y el progreso, pero también han sido atacados. Trabaja con un compañero, elijan una de las siguientes afirmaciones y preparen argumentos para fundamentar su opinión. Preséntenle a la clase la información y una conclusión.

1. Es imposible que una película sea tan buena como el libro original.

2. A veces está bien censurar libros.

3. Es buena idea que los derechos de autor *(copyright)* duren solamente 50 años.

4. No existe una literatura mejor que otra. Es cuestión de gustos.

10.8 **Citas** Trabaja con un compañero para leer las siguientes citas sobre los libros y digan si están de acuerdo con ellas. Expliquen por qué.

● Los libros son como los amigos, no siempre es el mejor el que más nos gusta. (Jacinto Benavente, *Obras Completas*, v. IX. Aguilar, 1951)

● He firmado tantos ejemplares *(copies)* de mis libros que el día que me muera va a tener un gran valor uno que no lleve mi firma. (Jorge Luis Borges, *En Torno a Borges*. Hachette Groupe Livre, 1984)

● Todos los buenos libros tienen en común que son más verdaderos que si hubieran sucedido *(happened)* realmente. (Ernest Hemingway, "Old Newsman Writes: A Letter from Cuba," *Esquire*, 1934)

● Hay libros cortos que, para entenderlos como se merecen *(deserve)*, se necesita una vida muy larga. (Francisco de Quevedo, escritor español, 1580–1645)

● Nunca se debe juzgar *(judge)* un libro por su portada. (Anónimo, refrán popular)

10.9 **El microcuento** Un género muy popular entre escritores latinoamericanos es el cuento corto o microcuento, una historia muy breve. Trabaja con un compañero y elijan una de las ilustraciones para escribir un cuento corto. Recuerden que su cuento debe tener personajes, trama y desenlace.

Los nuevos protagonistas de la Feria del Libro de Bogotá: YouTubers

Antes de ver

1. ¿Sigues algún blog? ¿De quién y por qué?

2. En tu opinión, ¿se puede considerar que los blogs sean literatura? ¿Por qué?

La Feria del Libro en Bogotá es una de las más importantes en el mundo hispano, y en los últimos años ha atraído a un nuevo público de jóvenes entre 13 y 18 años. Este público viene para apoyar a los llamados YouTubers un grupo de jóvenes que comparten sus historias mediante la página de videos youtube.com, y a través de las redes sociales. A las editoriales les interesa el trabajo de estos jóvenes porque son creativos, y también tienen un público cautivo que los sigue de los videos al libro impreso.

© AFP Footage/Getty Video

Vocabulario útil

capaz *skillful*
cuestionar *to question*
fomentar *to promote, to encourage*

la incursión *incursion, entrance*
juzgar *to judge*
promover *to promote*

Comprensión

Mientras ves el video, indica si las afirmaciones son ciertas o falsas. Corrige las falsas.

1. Muchos jóvenes tuvieron que esperar varias horas para conseguir un autógrafo de su autor favorito.
2. Nadie cuestiona que los *YouTubers* formen parte del mundo de la literatura.
3. Según una de las entrevistadas, los *YouTubers* son tan capaces como cualquier autor tradicional.
4. Los *YouTubers* fomentan la lectura entre los adolescentes.
5. Los temas centrales de la Feria del Libro en Bogotá fueron la reconciliación y el perdón.

Después de ver

1. ¿Por qué crees que los *YouTubers* sean tan populares entre los jóvenes?
2. ¿Por qué crees que tengan también muchos críticos?
3. ¿Cuál es una desventaja de dar a conocer sus historias en videos?

¿Sigues los videos de alguien en *YouTube* o en alguna red social?

A perfeccionar

A analizar

En los años sesenta y setenta, la literatura latinoamericana experimentó un gran auge *(boom)* conocido como el Boom. Elena describe una novela de su escritor favorito, Gabriel García Márquez, escritor del Boom. Después de ver el video, lee el párrafo y observa las frases en negrita. Luego contesta las preguntas que siguen.

¿Quién es tu escritor favorito?

Mi escritor favorito es Gabriel García Márquez, **quien** era un escritor colombiano muy reconocido mundialmente porque ganó el Premio Nobel de Literatura en 1982. Escribió muchos libros en **los cuales** criticaba la historia y la sociedad colombianas. Sus libros a veces son un poco difíciles de entender para los que no son colombianos porque usaba muchas expresiones de Colombia **que** no toda la gente entiende. Mi libro favorito es *El amor en los tiempos de cólera*, **que** es una historia de amor en **la que** él (García Márquez) cuenta el amor **que** siente el personaje principal por una chica **que** no le presta atención. Al final de la historia el protagonista logra conquistar a esta chica, **la cual** tiene más o menos unos cincuenta años cuando él finalmente logra convencerla de **que** él está muy enamorado de ella.

—Elena, Colombia

1. ¿Qué función tienen en común todas las palabras en negrita?
2. ¿Por qué son femeninos los pronombres relativos **la que** y **la cual**? ¿Por qué la frase **los cuales** es masculina y plural?

A comprobar

Los pronombres y adverbios relativos

1. The relative pronouns **que** and **quien(es)** are used to combine two sentences with a common noun or pronoun into one sentence.

> Este es un <u>poema</u> de Bécquer. Me gusta mucho el <u>poema</u>.
>
> *This is a poem by Bécquer. I like the poem a lot.*
>
> ↓
>
> Este es un poema de Bécquer **que** me gusta mucho.
>
> *This is a poem by Bécquer that I like a lot.*

2. **Que** is the most commonly used relative pronoun. It can be used to refer to people or things.

> El poema **que** leímos tiene un tema muy bonito.
> *The poem (**that**) we read has a beautiful theme.*
>
> El hombre **que** lo escribió es chileno.
> *The man **who** wrote it is Chilean.*

3. **Quien(es)** refers only to people and is used after a preposition (**a, con, de, para, por, en**) or the personal **a.**

> La mujer **a quien** conociste es escritora.
> *The woman (**whom**) you met is an author.*
>
> Las personas **con quienes** hablé eran inteligentes.
> *The people **with whom** I spoke were intelligent.*

Notice that in English, the relative pronoun can sometimes be omitted; however, in Spanish it must be used.

¿RECUERDAS?

Remember that although it is common to place the preposition at the end of the clause in conversational English, this cannot be done in Spanish.

Su madre es la mujer **para** quien escribió el poema.
*His mother is the woman he wrote the poem **for**.*

4. When referring to people, **quien(es)** usually replaces **que** when the dependent clause is set off by commas. Notice that the clause provides additional information as an aside.

> Los autores, **quienes** fueron premiados, participarán en un programa de televisión.
> *The authors, **who** received awards, will participate in a television program.*

5. The constructions **el que** and **el cual** can be used for either people or objects after a preposition or between commas and must agree in gender and number with the noun they modify. They are used more commonly in writing or formal situations; however, they are sometimes used for clarification, such as in the following sentences.

El análisis de sus poemas, **el cual** es muy interesante, no es fácil de leer. (refers to the analysis)

El análisis de sus poemas, **los cuales** son muy interesantes, no es fácil de leer. (refers to the poems)

Note that in the previous examples, the relative pronoun is the subject of the clause, and therefore the verb must agree.

6. When referring to places, the relative adverb **donde** is used.

> La historia tiene lugar en un pueblo **donde** viven muy pocas personas.
> *The story takes place in a village **where** very few people live.*

A practicar

10.10 **Identificaciones** Lee las descripciones de los protagonistas de varias obras de la literatura e identifica a quiénes se refieren.

1. Es la persona que dedicó su vida a conquistar mujeres.

2. Es la persona con quien viajó Sancho Panza.

3. Estas personas, quienes viven en Missouri, encuentran un tesoro.

4. Son los novios que se suicidaron.

5. Es la persona de quien se enamoró Rhett Butler.

6. Es la persona que tiene un perro llamado Toto.

a. Romeo y Julieta
b. Don Juan
c. Dorothy
d. Don Quijote
e. Scarlett O'Hara
f. Sherlock Holmes
g. Tom Sawyer y Huckleberry Finn

10.11 **La clase de literatura** Elige la respuesta apropiada.

1. La clase de literatura en (la que / cual) estoy interesada es a las diez.

2. El profesor (quien / que) enseña la clase es muy bueno.

3. Los otros estudiantes con (quienes / que) tomo la clase son muy simpáticos.

4. Hay diez novelas (cuales / que) tenemos que leer.

5. Una de las novelas, (la que / las que) estamos leyendo ahora, es de un autor a (quien / que) admiro mucho.

6. La novela trata de una familia española (que / quienes) inmigra a Argentina.

7. El protagonista, (la que / quien) se siente responsable por la familia, tiene que tomar decisiones difíciles.

8. Me encanta la técnica (que / el cual) usa el autor porque hace que la novela sea fácil de leer.

10.12 **Mario Vargas Llosa** Combina las oraciones usando el pronombre relativo apropiado (**que, quien(es), el que** o **el cual**). Atención a la posición de la preposición en algunas de las oraciones.

1. Mario Vargas Llosa es uno de los escritores más importantes de Latinoamérica. Vargas Llosa nació en Arequipa, Perú.

2. *La ciudad y los perros* fue su primera novela y fue publicada en 1963. *La ciudad y los perros* está basada en su experiencia personal en el Colegio Militar Leonicio Prado.

3. Uno de sus modelos ha sido el autor colombiano Gabriel García Márquez. Vargas Llosa escribió su tesis doctoral sobre Gabriel García Márquez.

4. En 1977, Vargas Llosa fue elegido a la Academia Peruana de la Lengua y más tarde a la Real Academia Española. La Academia Peruana de la Lengua forma parte de la Asociación de Academias de la Lengua Española.

5. Vargas Llosa inició una carrera política en 1990 y se presentó como candidato presidencial compitiendo contra Alberto Fujimori. En una segunda vuelta *(run-off)* Alberto Fujimori ganó.

6. En 2010, Vargas Llosa fue galardonado *(awarded)* con el Premio Nobel de la Literatura en una ceremonia en Estocolmo y después asistió a un banquete de gala. Durante el banquete de gala pronunció un discurso en forma de cuento.

10.13 **Oraciones incompletas** Trabaja con un compañero para completar las siguientes oraciones de forma original. Usen el pronombre relativo **que** como en el modelo. Atención al uso del subjuntivo.

Modelo Tuve una clase de literatura...

> Estudiante 1: *Tuve una clase de literatura que fue muy difícil. ¿Y tú?*
> Estudiantes 2: *Tuve una clase de literatura en la que saqué una muy buena nota.*

1. Leí un libro...
2. No me gusta leer poemas...
3. Para una clase de literatura prefiero un profesor...
4. _(Nombre)_ es un autor...
5. Prefiero comprar revistas...
6. Me encanta un protagonista...
7. Una vez leí la biografía de un escritor...
8. Me gustaría conocer a un escritor...

10.14 **Hablando de las clases** Trabaja con un compañero y túrnense para responder las siguientes preguntas. Comiencen sus respuestas con la frase entre paréntesis y usen los pronombres relativos como en el modelo. Expliquen sus respuestas.

Modelo ¿Qué día de la semana es el más ocupado para ti? (el día de la semana)

> Estudiante 1: *¿Qué día de la semana es el más ocupado para ti?*
> Estudiante 2: *El día de la semana que es el más ocupado para mí es el lunes porque tengo cuatro clases.*

1. ¿Qué materia te gusta más? (la materia)
2. ¿Qué materia es más difícil para ti? (la materia)
3. ¿Qué clase recomiendas que tome el próximo semestre? (la clase)
4. ¿Qué profesor te parece más interesante? (el profesor)
5. ¿En qué clase tienes mucha tarea? (la clase)
6. ¿En qué clase tienes las mejores notas? (la clase)
7. ¿Con quién prefieres trabajar en proyectos? (la persona)
8. ¿Con quién hablas cuando necesitas ayuda con tus clases? (la persona)

10.15 Avancemos Las personas en los dibujos son protagonistas de diferentes novelas. Trabaja con un compañero y túrnense para explicar qué tipo de historia son (drama, biografía, etcétera), quiénes son, cómo son, y qué hacen. Deben crear oraciones complejas usando pronombres relativos.

Modelo *Mireya es la protagonista de un drama. Ella y su esposo tuvieron un hijo que tiene poderes de superhéroe. Les preocupa que otras personas sepan que el niño tiene poderes. Mireya, quien es científica, convence a su esposo de mudarse a la luna, donde son los primeros humanos. No saben que en la luna viven unas reptiles gigantes que tienen un gran apetito.*

Conexiones culturales

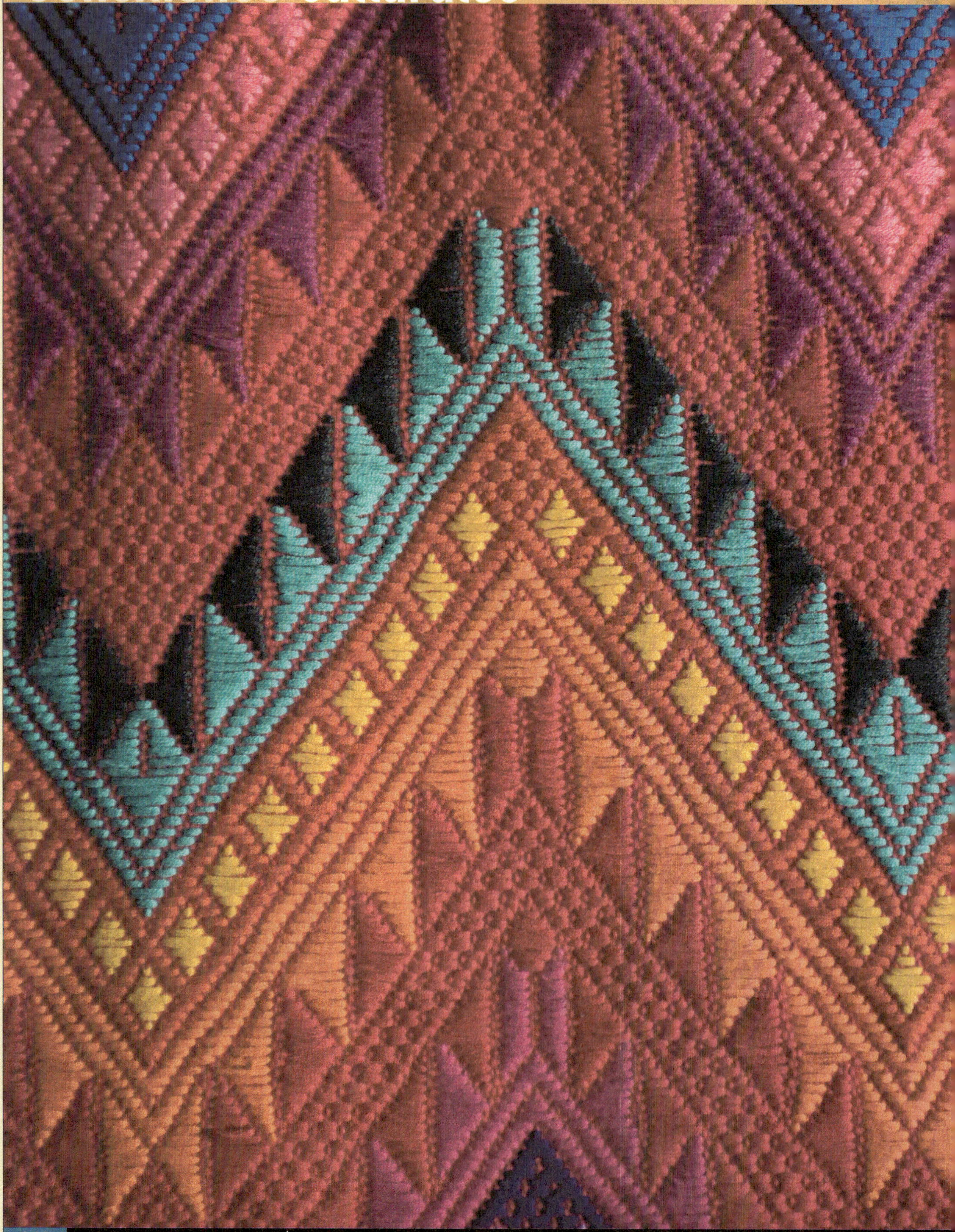

Conexiones...a la música

El Boom latinoamericano

Al igual que la literatura en inglés, la literatura en español tiene una larga historia y muchos momentos de esplendor. En Hispanoamérica, durante la época de la colonia, se siguieron las corrientes literarias europeas como el romanticismo, el naturalismo y el realismo, aunque llegaban a América con algunos años de retraso. Sin embargo, estas corrientes se mezclaron con influencias nativas de América, dándole un estilo diferente. La primera corriente impulsada por autores latinoamericanos, el modernismo, ocurrió en el siglo XIX y fue un movimiento encabezado por el nicaragüense Rubén Darío. A pesar de este gran paso, no fue sino hasta la década de 1960 que llegó una corriente que dio a conocer al mundo entero el gran talento de los escritores hispanoamericanos: el Boom. Una de las circunstancias que permitió esta explosión de talentos fue el interés de la editorial española Seix Barral en publicar los trabajos de muchos de los jóvenes escritores de esa época. Por eso se les conoció primero en España y posteriormente en el resto del mundo, a través de traducciones.

Gracias al Boom latinoamericano se dieron a conocer en el mundo múltiples escritores hispanos.

Courtesy of Fernando Casas

En general, los estilos y temas del Boom se caracterizaron por ser una literatura experimental, tratar el concepto del tiempo de manera no lineal, y hablar de temas políticos. Dentro del Boom se distinguió el realismo mágico, un tipo de literatura que elimina la frontera entre lo fantástico y lo real. Entre los autores más famosos del Boom están Gabriel García Márquez (Colombia), Julio Cortázar (Argentina), Mario Vargas Llosa (Perú), Carlos Fuentes (México), José Donoso (Chile) y Miguel Ángel Asturias (Guatemala).

Aunque los detractores del movimiento lo criticaron por ser elitista, el Boom le dio fuerza a la literatura latinoamericana y le trajo reconocimiento a la ola[1] de talento hispanoamericano, cambiando la percepción del resto del mundo hacia esta región. Así mismo, este auge[2] literario le abrió la puerta a una nueva ola de escritores modernos.

---

[1]*wave* [2]*boom*

Hablemos del tema

1. ¿Qué autores de la lengua inglesa crees que son conocidos en todo el mundo? ¿Por qué? ¿Cuáles son sus libros más famosos?

2. ¿Has leído algún libro escrito por un latinoamericano? ¿Qué libro? ¿De qué trataba?

Diccionario panhispánico de dudas

REAL ACADEMIA ESPAÑOLA

ASOCIACIÓN DE ACADEMIAS DE LA LENGUA ESPAÑOLA

Diccionario panhispánico de dudas, publicado por la Real Academia Española

Comparaciones

Las academias de la lengua

La Real Academia Española (RAE) fue fundada en 1713 con el objetivo de estabilizar el idioma[1], es decir, establecer reglas[2] sobre el uso correcto y el significado de las palabras.

En 1870, se crearon academias en las 19 naciones hispanoamericanas, y posteriormente surgieron la Academia Filipina y la Academia Norteamericana de la Lengua Española. Las veintidós academias se asociaron en 1951 para promover proyectos de trabajo conjunto[3].

Uno de los cambios más grandes que ha tenido la RAE, es que dejó[4] de dictar lo que es correcto o incorrecto, y pasó a crear diccionarios para documentar los diferentes usos en las regiones donde se habla español. Así, tácitamente, se pasó a aceptar la validez y corrección de algunas variantes del idioma.

Antes los diccionarios de la RAE cambiaban lentamente, reconociendo el uso de palabras después de que se extendiera su uso. Sin embargo, ahora la Asociación de Academias recomienda periódicamente cambios en el idioma, a pesar de que algunas de estas reglas se oponen al uso actual. Algunos ejemplos de estos cambios son los siguientes:

1. La "y", llamada "i griega" se denominará[5] ahora "ye".
2. El adverbio "sólo" ya no llevará tilde[6].
3. El prefijo "ex" ya no se separará con un guión. Así, palabras como "ex-marido" pasan a escribirse como "exmarido".

Estos cambios no han sido bien recibidos por todos los hispanohablantes. El escritor español Gustavo Martín Garzo resume el sentir de muchos cuando dice que "no hay que dar demasiada importancia a los cambios, porque la lengua es una especie de organismo vivo y son los hablantes los que crean la lengua y la renuevan". Por lo mismo, las autoras de este libro decidieron regresarle la tilde a la palabra guión.

---

[1]*language* [2]*rules* [3]*joint* [4]*stopped* [5]*will be called* [6]*accent mark*

Hablemos del tema

1. ¿Cuáles son las ventajas y las desventajas de tener una organización como la Real Academia Española?
2. ¿Juzgas tú *(Do you judge)* a las personas por su ortografía o su uso del lenguaje? ¿Por qué?
3. Algunas personas simplifican la ortografía para escribir mensajes en sus teléfonos más fácilmente. ¿Piensas que esto puede ser un problema? ¿Por qué?

Cultura

Piensa en el tema

1. En general, ¿quiénes leen más? ¿Quiénes leen menos? ¿Por qué?
2. ¿Sabes cuándo se festeja el Día del Libro? ¿Cuál crees que sea el objetivo de festejarlo?

La lectura entre los hispanohablantes

El Día Mundial del Libro fue instituido por la Organización de las Naciones Unidas para la Educación, la Ciencia y la Cultura (UNESCO) en 1995 a fin de fomentar[1] la lectura, la industria editorial y honrar a tres autores universales: Miguel de Cervantes Saavedra, William Shakespeare y el Inca Garcilaso de la Vega. Se festeja el 23 de abril, fecha en la que supuestamente murieron o fueron enterrados[2] estos escritores. En la actualidad, el Día del Libro se festeja en más de cien países. Otras actividades para fomentar la lectura incluyen ferias[3] de libros que tienen lugar en varios países. Entre las más destacadas están la Feria del Libro de Buenos Aires (Argentina), la de Bogotá (Colombia) y la de Guadalajara (México). Típicamente, las ferias de libros son eventos de varios días en los que las editoriales venden sus libros a precios especiales. Además, muchos escritores presentan sus últimos libros, se dan a conocer ganadores de concursos literarios y se hacen talleres para fomentar el interés en la lectura.

En España, el gusto por la lectura es obvio. Los latinoamericanos que más leen son los chilenos y los argentinos. Desafortunadamente, casi la mitad de los habitantes de la región casi no lee libros. En los países en donde se lee más, como Argentina y España, casi todas las personas leen por gusto. Otras razones para leer son superación

---

[1]encourage [2]buried [3]fairs

Leer libros es más popular en algunos países que en otros

personal, razones académicas, por recomendación, o incluso por curiosidad sobre el título de una obra.

En los países en los que la lectura no es popular, las razones para no leer son la falta de interés, la falta de tiempo, el elevado precio de los libros, e incluso problemas con la vista. En Hispanoamérica, México y Chile son los países donde la gente lee más por razones de actualización profesional[4] y conocimientos generales, es decir, por motivaciones académicas.

En México, los jóvenes entre 12 y 22 años son quienes más leen, aunque el hábito de la lectura se incrementa con el nivel de estudios. Otro factor importante es el nivel socioeconómico, ya que solo el 37% de las personas de las clases bajas leen, pero este número aumenta a casi el 80% para las personas de clase media. Resultados muy semejantes se han encontrado en otros países hispanohablantes, como es el caso de Argentina y Colombia. Habría que preguntarse cuál es la relación entre la lectura y conseguir un mejor nivel de vida.

Source: *Comercio y justicia, Universia México, Elespectador.com*

Hablemos del tema

1. ¿Por qué lee la gente que conoces? ¿Por qué no lee?
2. ¿Cuántos libros lees aproximadamente al año? ¿Qué tipos de libros lees, además de libros de texto? ¿Tus amigos leen más o menos que tú? ¿y tu familia?
3. ¿Piensas que la Fería de Libro puede fomentar la lectura? ¿Por qué?
4. ¿Qué se puede hacer para fomentar la lectura en los niños y adolescentes?

---

[4]*keeping current in one's field*

Comunidad

Entrevista a un hispanohablante de tu comunidad y pregúntale qué tipo de libros prefiere leer la gente de su país. Pregúntale también sobre sus hábitos personales: si le gusta leer, qué tipo de libros lee, cuántos lee al año y cómo los consigue.

Estructuras 1

A analizar ▶

Como en los Estados Unidos, los estudiantes de colegios latinoamericanos leen la literatura de su país. Milagros describe su texto favorito. Después de ver el video, lee el párrafo y observa las palabras en negrita. Luego contesta las preguntas que siguen.

¿Qué literatura estudiaste en el colegio?

Algunas de las historias que podíamos escoger para leer en la escuela eran de escritores **cuyos** nombres no eran muy conocidos, pero ahora son famosos. Uno de ellos fue Alfredo Bryce Echenique, **cuyo** libro más conocido se titula *Un mundo para Julius*. Se trata de Julius, un niño **cuya** familia tenía mucho dinero, pero Julius estaba triste porque su hermana, **cuyo** nombre era Cinthia, se murió de tuberculosis. La familia, a la que Julius quería mucho, no pudo hacer nada para salvar a su hermana, **lo que** le causó mucho dolor a Julius. Por eso, se convirtió en un niño solitario.

—Milagros, Perú

1. ¿Qué tipo de sustantivo siempre precede la palabra **cuyo?**

2. ¿Por qué cambia la forma (masculino/femenino, singular/plural) de **cuyo** en cada caso?

3. ¿A qué se refiere **lo que** en la última oración?

A comprobar

Los pronombres *cuyo* y *lo que*

1. You reviewed the uses of the relative pronouns **que** and **quien(es)** in the **A perfeccionar** section of this chapter. The pronoun **cuyo** is used to indicate possession and translates as *whose*.

> El autor **cuyo** libro acabo de leer va a visitar mi universidad.
> *The author **whose** book I just read is going to visit my university.*

2. Cuyo functions as an adjective and therefore must agree in gender and number with the noun it comes before.

> El profesor, **cuya** clase me gusta, enseña literatura moderna.
> *The professor, **whose** class I like, teaches modern literature.*

> Compré un poemario de Neruda, **cuyos** poemas siempre me han gustado.
> *I bought a collection of poems by Neruda, **whose** poems I have always liked.*

Note that unlike the other relative pronouns, **cuyo** appears between two nouns (the person or thing that has something and the thing owned).

3. Lo que is used to refer to a situation or an abstract idea and often translates to *which* or *what*.

> **Lo que** quiero es encontrar una novela de ciencia ficción.
> ***What (The thing that)** I want is to find a science fiction novel.*

> No entiendo **lo que** quiere decir el poeta.
> *I don't understand **what** the poet means.*

4. Lo cual is also used to refer to a situation or an abstract concept; however, unlike **lo que,** the idea it refers to <u>must</u> come immediately before it.

> Rafael nunca trae su libro a clase, **lo cual** me molesta.
> *Rafael never brings his book to class, **which** bothers me.*

A practicar

10.16 Autores Lee las oraciones y decide a qué autores se refieren.

Isabel Allende	Ernest Hemingway	Gabriel García Márquez
Sandra Cisneros	Mario Vargas Llosa	Pablo Neruda

1. Es la autora cuyo tío fue presidente de Chile.
2. Es el autor cuya novela *El viejo y el mar* tiene lugar en Cuba.
3. Es el autor cuya obra más famosa es *Cien años de soledad*.
4. Es el autor cuya visita a Machu Picchu fue la inspiración de un poema.
5. Es la autora cuyas experiencias de niña en la calle Mango son el tema de su primera novela.
6. Es el autor cuyos premios incluyen el Premio Nobel y el Premio Nacional de la Novela de Perú.

10.17 ¿Quién sabe? Circula por la clase y busca a ocho compañeros diferentes que sepan las respuestas a las siguientes preguntas. Cuando hagas las preguntas usa la forma apropiada del pronombre **cuyo.** Luego repórtale la información a la clase.

¿Cómo se llama...?

1. el autor (cuyo) nombre verdadero es Samuel Langhorne Clemens?
2. el autor (cuyo) protagonista más famoso es Ebenezer Scrooge?
3. el autor (cuyo) novela se titula *Don Quijote de la Mancha*?
4. el autor (cuyo) poemas incluyen "The Raven" y "The Telltale Heart"?
5. el autor (cuyo) protagonistas visitan Narnia?
6. el autor (cuyo) obras incluyen *Hamlet, Othello* y *Macbeth*?
7. la autora (cuyo) serie de libros narra su vida en la pradera (*prairie*) en Estados Unidos?
8. la autora en (cuyo) diario cuenta sus experiencias en un escondite (*hiding place*) mientras los Nazis ocupaban Holanda?

10.18 ¿Qué opinas? En parejas expresen sus opiniones usando las palabras indicadas y la forma apropiada del pronombre **cuyo.**

Modelo profesor / clase

> Estudiante 1: *El profesor, cuya clase me interesa, más es el profesor Vargas.*
> Estudiante 2: *La profesora, cuya clase es difícil, es la profesora Moreno.*

1. artista / obras
2. grupo / música
3. película / tema
4. escritor / libros
5. actor / películas
6. revista / artículos
7. restaurante / comida
8. tienda / ropa

Los quioscos, cuyas revistas se venden bien, son muy populares.

10.19 **Opiniones** En parejas expresen sus opiniones sobre la universidad y sus clases usando las expresiones indicadas.

Modelo lo que me frustra

Estudiante 1: *Lo que me frustra es que tengo mucha tarea en todas mis clases.*
Estudiante 2: *A mí lo que me frustra es que tengo todas mis clases en edificios diferentes.*

1. lo que me gusta
2. lo que no me gusta
3. lo que entiendo mejor
4. lo que no entiendo
5. lo que quiero hacer
6. lo que no quiero hacer
7. lo que cambiaría
8. lo que no cambiaría

10.20 **¿Que o lo que?** Varios estudiantes están haciendo comentarios sobre lo que leyeron en su clase de literatura. Indica cuál de los pronombres se debe usar.

1. Me gustan los poemas (que / lo que) ese poeta escribió.
2. No puedo creer (que / lo que) el protagonista le dijo.
3. Cuando leo un poema, (que / lo que) quiero es entender el mensaje.
4. Rigoberto es el personaje (que / lo que) más me gusta en la novela.
5. Quiero saber (que / lo que) pasa al final de la novela.
6. (Que / Lo que) el protagonista busca es la paz.
7. La novela (que / lo que) leímos primero fue la más fácil.
8. No entendí (que / lo que) el autor quería decir.

Lo que les encanta a algunas personas es leer los chismes de los famosos.

© vgstudio/Shutterstock.com

10.21 **Avancemos** Trabaja con un compañero y túrnense para explicar lo que ocurrió en las obras literarias representadas en las ilustraciones. Si no conocen la historia, invéntenla. Usen el pronombre relativo **lo que** y expliquen lo que los protagonistas buscaban, necesitaban o querían.

1 *Don Quijote de la Mancha,* por Miguel de Cervantes
2 *Romeo y Julieta,* por William Shakespeare
3 *La leyenda de Sleepy Hollow,* por Washington Irving
4 *Las aventuras de Alicia en el país de las maravillas,* por Lewis Carroll

INVESTIGUEMOS LA ORTOGRAFÍA

Notice that in book titles in Spanish, only the first word and proper nouns are capitalized. The same is true for any creative work, such as a movie, a painting, a sculpture, a musical piece, or a radio or television program.

Un producto revolucionario

Dirigido por Enrique Collado

Todo el tiempo salen al mercado nuevos productos. ¿Será realmente revolucionario el de este anuncio?

(España, 2010, 3 min.)

Antes de ver

Habla con un compañero sobre las siguientes preguntas.

1. El título del cortometraje es "Un producto revolucionario". ¿De qué tipo de producto piensas que va a tratar?

2. ¿Cuáles son algunos productos revolucionarios que ha producido la tecnología en los últimos años? ¿Por qué son revolucionarios?

Vocabulario útil

el atril *lectern*	**el dispositivo** *device*
carecer *to lack, not have*	**el fabricante** *manufacturer*
la carpeta *binding*	**recargar** *to recharge*
el cerebro *brain*	**la ruptura** *breakthrough*
disponible *available*	

The Book produced by Enrique Collado, YouTube

Comprensión

Ve el cortometraje y completa las siguientes oraciones.

1. El producto no necesita…
2. En cada página es posible tener…
3. La carpeta sirve para…
4. Para localizar la información se puede usar…
5. Es posible usar notas personales con…
6. El producto no afecta negativamente al medio ambiente porque…

Después de ver

1. ¿Cuál es la ironía en este cortometraje?
2. ¿Cuál crees que sea el mensaje que quiere comunicar el cortometraje?
3. Con la modernización del libro en su formato electrónico, ¿prefieres un libro electrónico o tradicional? ¿Por qué?

Estructuras 2

A analizar

Salvador y Elena hablan de cómo la literatura expresa temas universales. Después de ver el video, lee su conversación y observa las frases en negrita. Luego contesta las preguntas que siguen.

¿Se lee la literatura de un país en los otros países hispanos?

Salvador: La literatura de Colombia es conocida en todo el mundo gracias a Gabriel García Márquez. La literatura colombiana, **la suya**, es una literatura universal gracias a él.

Elena: Sí, Gabriel García Márquez es el escritor más conocido de Latinoamérica. Mi libro favorito de él es *El amor en los tiempos de cólera*. ¿Cuál es **el suyo**?

Salvador: **El mío** es *El coronel no tiene a quien le escriba*. Lo que es importante es que esta literatura es ya nuestra literatura. Es **la nuestra** porque estos libros se enfocan en temas universales que no son de Colombia solamente, entonces todos los países se apoderan *(claim)* de esa literatura.

—Salvador, España / —Elena, Colombia

1. Los pronombres en negrita expresan posesión. ¿Cómo son diferentes estos pronombres posesivos de las otras formas que conoces?

2. ¿Por qué son **la suya** y **la nuestra** formas femeninas?

A comprobar

Adjetivos posesivos tónicos y pronombres posesivos

1. You have learned that possessive adjectives must agree in number, and some agree in gender, and that they come before the noun.

> **Mi** novela está en la mochila.
> **My** novel is in the backpack.

> **Nuestras** hijas leen todas las noches.
> **Our** daughters read every night.

Stressed possessive adjectives also accompany a noun; however, they are placed either after the noun to show emphasis or after the verb **ser**. All stressed possessive adjectives show both gender and number.

mío(s) / mía(s)	mine
tuyo(s) / tuya(s)	yours
suyo(s) / suya(s)	his, hers, its, yours (formal)
nuestro(s) / nuestra(s)	ours
vuestro(s) / vuestra(s)	yours (plural, Spain)
suyo(s) / suya(s)	theirs, yours (plural)

> Esa revista es **mía**.
> *That magazine is **mine**.*

> Las ideas fueron **nuestras**.
> *The ideas were **ours**.*

> No es problema **tuyo**.
> *It's not **your** problem.*

2. As is the case with all pronouns, possessive pronouns replace nouns. The forms are the same as the stressed adjectives, and the definite article comes before it.

> Esta es nuestra clase, y esa es **la suya**.
> *This is our class, and that one is **yours**.*

> Guillén es mi poeta favorito. ¿Quién es **el tuyo**?
> *Guillén is my favorite poet. Who is **yours**?*

A practicar

10.22 ¿De quién son? Al final de la clase, hay varias novelas en la mesa y el profesor quiere saber de quiénes son. Indica quién lee las novelas.

Cien años de soledad	*Frankenstein*	*La letra escarlata*	*1984*
El Hobbit	*Huckleberry Finn*	*Los tres mosqueteros*	*Mujercitas*

1. Isadora: La mía es de un autor francés.
2. Alonso: La mía es de Mark Twain.
3. Mariano: La mía es de un autor colombiano.
4. Camila: La mía es sobre una mujer que tiene que llevar una **A.**
5. Ximena: La mía es sobre un hombre que crea un monstruo.
6. Natalia: La mía es sobre cuatro hermanas.
7. La mía es sobre la búsqueda de Bilbo Baggins del tesoro guardado por un dragón.
8. La mía fue escrita por George Orwell.

10.23 Diferencias La ilustración en esta página y en la siguiente representan una escena de la novela *Como agua para chocolate*, por Laura Esquivel. Hay algunas diferencias entre las dos escenas. Mira solo una de las ilustraciones y tu compañero mirará la otra. Describan las escenas sin mirar la de su compañero para descubrir las diferencias. Usen los pronombres posesivos.

Modelo *En mi ilustración hay... ¿y en la tuya?*

En la mía hay...

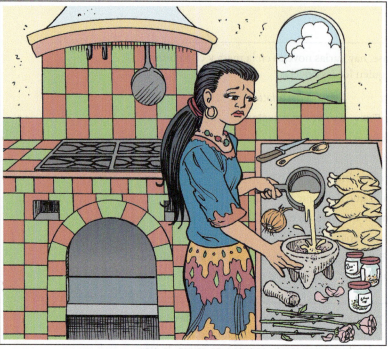

10.24 **Mis favoritos** Trabaja con un compañero y túrnense para completar las oraciones y preguntarse sobre sus preferencias. Deben completar las preguntas con la forma apropiada del adjetivo posesivo **tuyo**.

> **Modelo** Mi obra de arte favorita es... ¿Cuál es _____?
>
> Estudiante 1: *Mi obra de arte favorita es* Guernica, *por Picasso. ¿Cuál es la tuya?*
> Estudiante 2: *La mía es* La familia presidencial, *por Botero.*

1. Mi clase favorita es... ¿Cuál es _____?
2. Mi autor favorito es... ¿Cuál es _____?
3. Mi libro favorito es... ¿Cuál es _____?
4. Mis artistas favoritos son... ¿Cuáles son _____?
5. Mi cantante favorito es... ¿Cuál es _____?
6. Mi canción favorita es... ¿Cuál es _____?
7. Mis películas favoritas son... ¿Cuáles son _____?
8. Mis programas favoritos son... ¿Cuáles son _____?

10.25 **Hablan los protagonistas** Completa las oraciones con el adjetivo posesivo apropiado.

1. Ebenezer Scrooge: El negocio y el dinero son _____ y las cadenas *(chains)* son de Jacob Marley, o sea *(in other words)*, son _____.
2. Scarlett O'Hara: La plantación Tara es de mi familia y mía, o sea, es _____.
3. Ismael: El capitán Ahab está decidido a que un día la ballena *(whale)* Moby Dick sea _____.
4. Sherlock Holmes: La pipa es _____ y la lupa *(magnifying glass)* es del doctor Watson, o sea, es _____.
5. Macbeth: El trono es de mi esposa y mío, o sea, es _____.
6. Don Quijote: Sancho Panza es mi ayudante, y ese burro es _____.
7. El cerdo Napoleón: Las camas son para mí y para los otros cerdos, o sea, son _____.
8. El Coronel: No tengo a nadie que me escriba, ninguna carta es _____.

10.26 **El maravilloso mago de Oz** El mago de Oz habla con Dorothy y quiere clarificar de quién son los diferentes objetos. Túrnense para preguntar y responder. Completen las respuestas de Dorothy usando los pronombres posesivos.

Modelo la vara (*wand*) mágica / Glinda, la bruja buena del sur

Estudiante 1: *¿De quién es la vara mágica?*
Estudiante 2: *Es suya.*

1. los zapatos plateados / yo
2. el corazón / el hombre de hojalata (*tin*)
3. los monos voladores / la bruja mala del oeste
4. la Ciudad Esmeralda / tú
5. el cerebro / el espantapájaros (*scarecrow*)
6. el perrito / yo
7. la valentía / el león
8. la aventura / nosotros

10.27 **Avancemos** Trabaja con un compañero y túrnense para hablar sobre los siguientes temas y después preguntarle a su compañero sobre los suyos.

Modelo el trabajo

Estudiante 1: *Mi trabajo es divertido. Trabajo en un restaurante todos los fines de semana. Soy mesero y recibo buenas propinas. ¿Cómo es el tuyo?*
Estudiante 2: *El mío no es muy divertido. Yo limpio oficinas por la noche.*

1. la familia
2. el mejor amigo
3. la casa
4. el auto
5. las clases
6. los profesores

Mi trabajo es divertido, ¿y el tuyo?

© Aaron Amat/Shutterstock.com

Redacción

Una narración

A narrative tells a story and has three components: the introduction (sets the stage), the climax (the high point of the story), and the conclusion.

ESTRATEGIA PARA ESCRIBIR

When writing a narrative, it is often helpful to use a graphic organizer while you are brainstorming. As you go through Paso 2, organize your information as in the example at the bottom of the page.

Paso 1 Come up with a topic for your narrative. Find an interesting picture that might inspire a good story or think of something interesting or unusual that happened to you or someone you know. Remember, you can always embellish the true event to make it more interesting!

Paso 2 Using the picture or the incident as the basis for your story, jot down the details: the characters, the setting, the events that led up to the incident, and how it ended. Try to keep it simple with only a few characters.

Paso 3 Using some of the information you generated in **Paso 2,** write your initial paragraph in which you set the scene and introduce the characters.

Paso 4 Narrate the story using the events you generated in **Paso 2.** Be sure to include enough detail so that the story will be clear for your reader without including unnecessary details.

Paso 5 Write the conclusion to your story.

Paso 6 Edit your narrative.

1. Is your paper clearly organized?
2. Did you narrate the events in detail? Are there unnecessary details you can eliminate?
3. If you looked up any words, did you double-check in the Spanish-English section of your dictionary for accuracy of meaning?
4. Do adjectives agree with the person or object they describe?
5. Did you use the past tenses (preterite, imperfect, past perfect, imperfect subjunctive) appropriately?

Escena:

Personajes:

Primero

Después

Al final

◀)) A escuchar

La función de la literatura

Antes de escuchar

👥 Trabaja con un compañero de clase para responder las preguntas.

1. ¿Has leído muchas obras de literatura? ¿Hay un escritor en particular que te guste? ¿Por qué?

2. Qué funciones tiene la literatura en la sociedad?

A escuchar

◀)) Vas a escuchar a dos personas expresar sus opiniones sobre el valor de la literatura.
10-2 Antes de escuchar, repasa el **Vocabulario útil** de abajo. Mientras escuchas toma apuntes sobre lo que dicen Milagros y Elena. Después compara tus apuntes con los de un compañero y contesten las siguientes preguntas.

Vocabulario útil	
ampliar *to expand*	**inculcar** *to instill, to teach*
el contenido *content*	**informarse** *to inform oneself*
grato(a) *pleasant*	**relajarse** *to relax*

¿Qué se puede aprender de la literatura?

© ESB Professional/Shutterstock.com

Comprensión

1. ¿Cómo puede ayudar la lectura a mejorar las habilidades lingüísticas?

2. Según Milagros y Elena, ¿qué es posible aprender de la literatura?

3. Según Elena, ¿cuáles son los beneficios de leer?

Después de escuchar

1. ¿Con quién(es) estás de acuerdo? ¿Por qué?

2. Si uno lee la literatura de su propio país, ¿qué tipo de información se puede aprender de su propia cultura?

Nota biográfica

Julia de Burgos (1914–1953) nació en Carolina, Puerto Rico. Su familia era humilde y aunque sus padres se preocuparon por la educación de sus 13 hijos, ella fue la única en terminar la escuela secundaria. Después, asistió a la Universidad de Río Piedras donde obtuvo el Certificado de Maestra. Desde su llegada a la universidad, empezó a escribir poesía. En 1940, viajó a Nueva York donde participó en recitales de poesía y dio discursos (speeches) en eventos culturales. Un año después, se fue a vivir a Cuba con su pareja, el doctor Jimenes Grullón, pero regresó a Nueva York cuando su relación terminó, y allí residió hasta su muerte. El tema principal de su poesía era el amor, supuestamente inspirado por su amor por el doctor Jimenes Grullón. Otros de sus temas recurrentes fueron el feminismo y la muerte, en particular la suya.

Antes de leer

1. A veces una persona cambia su comportamiento (behavior) según donde esté. ¿Dónde o en qué situaciones tienes que modificar tu comportamiento? ¿Cómo lo tienes que modificar?

2. El título del poema es *A Julia de Burgos*. ¿Qué puede decir una poetisa que se escribe un poema a sí misma (to herself)?

A JULIA DE BURGOS

enemy

1 Ya las gentes murmuran que yo soy tu enemiga*
porque dicen que en verso doy al mundo mi yo.

Mienten, Julia de Burgos. Mienten, Julia de Burgos.

rises

La que se alza* en mis versos no es tu voz: es mi voz

5 porque tú eres ropaje y la esencia soy yo; y el más

lies

profundo abismo se tiende* entre las dos.

doll
glimmer

Tú eres fría muñeca* de mentira social,
y yo, viril destello* de la humana verdad.

I bare

Tú, miel de cortesana hipocresías; yo no;
10 que en todos mis poemas desnudo* el corazón.

Tú eres como tu mundo, egoísta;
yo no; que en todo me lo juego a ser lo que soy yo.

Tú eres sólo la grave señora señorona; yo no,
yo soy la vida, la fuerza, la mujer.

master

15 Tú eres de tu marido, de tu amo*; yo no;
yo de nadie, o de todos, porque a todos, a
todos en mi limpio sentir y en mi pensar me doy.

curl

Tú te rizas* el pelo y te pintas; yo no;
a mí me riza el viento, a mí me pinta el sol.

homebody
tied
Don Quijote's nag / out
  of control / smelling

20 Tú eres dama casera*, resignada, sumisa,
atada* a los prejuicios de los hombres; yo no;
que yo soy Rocinante* corriendo desbocado*
olfateando* horizontes de justicia de Dios.

Tú en ti misma no mandas;
25 a ti todos te mandan; en ti mandan tu esposo, tus
padres, tus parientes, el cura, el modista*,   *dressmaker*
el teatro, el casino, el auto,
las alhajas*, el banquete, el champán, el cielo   *jewels*
y el infierno, y el qué dirán social.

30 En mí no, que en mí manda mi solo corazón,
mi solo pensamiento; quien manda en mí soy yo.

Tú, flor de aristocracia; y yo, la flor del pueblo.
Tú en ti lo tienes todo y a todos se
lo debes, mientras que yo, mi nada a nadie se la debo.

35 Tú, clavada* al estático dividendo ancestral,   *nailed*
y yo, un uno en la cifra del divisor*   *denominator*
social somos el duelo* a muerte que se acerca fatal.   *duel*

Cuando las multitudes corran alborotadas*   *unruly*
dejando atrás cenizas* de injusticias   *ashes*
40 quemadas, y cuando con la tea* de las siete virtudes*,   *torch / virtues*
tras los siete pecados*, corran las multitudes,   *sins*
contra ti, y contra todo lo injusto
y lo inhumano, yo iré en medio de
ellas con la tea en la mano.

Julia de Burgos, "A Julia de Burgos" from *Song of the Simple Truth: The Complete Poems of Julia de Burgos*. Willimantic: Curbstone Press, 1997. Translation © 1996 by Jack Agüeros. Reprinted by permission of Northwestern University Press.

Investiguemos la literatura: Yuxtaposición

Juxtaposition comes from Latin and means "side by side." It is a technique in which an author places two concepts or people near each other within a text, allowing the reader to compare and contrast them.

— What two people does the poet compare and contrast?

— How does the use of juxtaposition make the poem more effective?

> ### TERMINOLOGÍA LITERARIA
>
> **el encabalgamiento**   enjambment; when the lack of punctuation at the end of the line signals that the idea continues with the next line (and the lines should be read as one)

Después de leer

A. Comprensión

1. En la primera parte del poema, ¿qué adjetivos se usan para describir a la "tú"?

2. ¿Por qué la "tú" no tiene control de su vida? ¿Quién manda en la vida de la voz poética?

3. Julia Burgos emplea la yuxtaposición para comparar las dos partes de sí misma. ¿Cómo se comparan las dos? ¿Qué contribuye el uso del encabalgamiento a la comparación?

4. ¿Quién es la verdadera Julia de Burgos, la voz poética o la Julia a quién se le habla ("tú")?

5. Al final, la voz poética critica a la "tú". ¿Por qué se asocia la "tú" con lo injusto y lo inhumano?

B. Conversemos

1. ¿Qué adjetivos usarías para describir a tu verdadero tú?

2. ¿Piensas que todos tenemos dos personalidades, la que somos y la que las otras personas ven? ¿Por qué?

10.28 **Una novela** Elige el pronombre que completa mejor las oraciones.

1. La novela _____ estoy leyendo ahora, *El murmullo de las abejas,* es muy interesante.

   a. que   **b.** lo que   **c.** el que

2. La autora, _____ es mexicana, se llama Sofía Segovia.

   a. lo que   **b.** quien   **c.** cuya

3. _____ hace el autor es contar la historia de dos hermanos, Francisco y Simonopio.

   a. Lo que   **b.** Que   **c.** Quien

4. Simonopio tiene una relación muy especial con su hermano Francisco, _____ narra la historia.

   a. quienes   **b.** que   **c.** el que

5. Simonopio, _____ abejas *(bees)* le ayudan, salva la vida de su hermano.

   a. el que   **b.** quien   **c.** cuyas

6. Debes leerlo si buscas un libro _____ te cautive desde la primera página.

   a. que   b. el que   c. lo que

10.29 **Isabel Allende** Combina las oraciones usando el pronombre apropiado (**que, quien(es), el que/cual o cuyo**).

1. Isabel Allende nació en Perú. Allende ahora vive en San Francisco, en los Estados Unidos.

2. Su primera novela fue *La casa de los espíritus.* La novela comenzó como una carta a su abuelo.

3. Empezó a escribir la carta cuando supo que su abuelo estaba muriendo. Su abuelo vivía en Chile.

4. Ha escrito más de 20 libros en español. Los libros han sido traducidos a más de 35 idiomas.

5. Allende ha ganado docenas de premios internacionales. Su literatura muestra su compromiso con la justicia social.

6. Allende ha creado una fundación. La fundación apoya *(supports)* a niñas y mujeres en todas partes del mundo.

10.30 **Somos diferentes** Rafaela y su hermano no tienen mucho en común. Completa las ideas de Rafaela usando los pronombres posesivos.

Modelo Mi personaje favorito de los libros de Harry Potter es Harry Potter. (Hermione Granger)

El suyo es Hermione Granger.

1. Mi autora favorita es Julia Álvarez. (Carlos Ruiz Zafón)
2. Sus libros son electrónicos. (de bolsillo)
3. Mis novelas favoritas son de drama. (de ciencia ficción)
4. Su poema favorito es *Oda al pantalón.* (*Poema XX*)
5. Mi revista favorita es *Mujer.* (*Deportes*)
6. Su clase favorita es biología. (literatura)

10.31 **Tabú** Túrnense para escoger y explicarse palabras de la lista sin decirlas. Usa pronombres relativos (**que, el que, quien, lo que y cuyo**) en las explicaciones.

> **Modelo** (libro de texto) *Es un objeto que podemos leer y del que aprendemos mucho.*
>
> (publicar) *Es lo que hace una compañía que vende libros.*

el autor	catalogar	editar	el círculo de lectura
el guión	imprimir	el lector	el libro biográfico
el libro electrónico	el libro infantil	el personaje	la portada
la revista	la secuela	superarse	traducir

10.32 **En busca de...** Busca a compañeros que hacen/han hecho las siguientes actividades y hazles la pregunta adicional. Después repórtale la información a la clase.

1. tiene un lector electrónico (¿Cuándo lo usa?)
2. le gusta escribir (¿Qué escribe?)
3. tiene un autor favorito (¿Quién es?)
4. le gusta leer revistas (¿Qué tipo?)
5. prefiere leer libros de ficción (¿Qué tipo?)
6. tiene una clase de literatura ahora (¿Qué clase es?)
7. ha leído un libro traducido (¿Qué libro?)
8. ha leído un libro biográfico (¿De quién?)

  10.33 **El círculo de lectura** En parejas van a seleccionar el próximo libro que se va a leer en un círculo de lectura.

Paso 1 Escribe una lista de tres libros que te gustaría que se leyeran en un círculo de lectura. Pueden ser libros que ya has leído o que te gustaría leer.

Paso 2 Comparte tu lista con tu compañero y explícale la trama de los libros de tu lista y por qué crees que sería una buena selección para el círculo de lectura.

Paso 3 Entre los dos decidan qué libro se va a leer. Después compartan su decisión con la clase y expliquen por qué lo seleccionaron.

10-3

La literatura

la antología   *anthology*
el (la) autor(a)   *author*
el capítulo   *chapter*
el círculo de lectura   *book club*
el cuento   *short story (fictional)*
el desenlace   *ending*
el drama   *drama*
la editorial   *publisher*
el ensayo   *essay*
el guión   *script*
el (la) guionista   *script writer*
la historia   *story, history*
el (la) lector(a)   *reader*
la lectura   *reading*
el libro de bolsillo   *paperback*
el libro de pasta dura   *hardbound book*
el libro electrónico   *e-book*

el libro impreso   *printed book*
el (la) narrador(a)   *narrator*
la narrativa   *narrative*
la novela   *novel*
la obra   *work (of art or literature)*
la ortografía   *spelling*
el personaje   *character*
el poemario   *book of poems*
la portada   *cover*
la publicación   *publication*
el relato   *story, tale*
la revista   *magazine*
la secuela   *sequel*
el taller (de literatura)   *(writing) workshop*
el tema   *theme, topic*
la traducción   *translation*
la trama   *plot*

Tipos de libros

el libro/la literatura...   *book/literature . . .*
  biográfico(a)   *biographical*
  (de) consulta   *reference*
  didáctico(a)   *didactic, instructive*

  (de) ficción   *fiction*
  infantil   *children's*
  juvenil   *young adult's*
  (de) superación personal   *self-improvement*

Verbos

aportar   *to contribute*
catalogar   *to catalog*
editar   *to edit*
imprimir   *to print*

publicar   *to publish*
superarse   *to improve oneself*
tener lugar   *to take place*
traducir   *to translate*

Pronombres relativos

cuyo   *whose*
donde   *where*
que   *that, who*
quien(es)   *who, whom, that*

el (la) cual   *which*
los (las) cuales   *which*
lo cual   *which*
lo que   *what, the thing*

Adjetivos posesivos y pronombres posesivos tónicos

mío(s) / mía(s)   *mine*
tuyo(s) / tuya(s)   *yours*
suyo(s) / suya(s)   *his, hers, its, yours (formal)*

nuestro(s) / nuestra(s)   *ours*
vuestro(s) / vuestra(s)   *yours (plural, Spain)*
suyo(s) / suya(s)   *theirs, yours (plural)*

Terminología literaria

el encabalgamiento *enjambment* | la yuxtaposición *juxtaposition*

Diccionario personal

Argentina

INFORMACIÓN GENERAL

Nombre oficial: República Argentina

Nacionalidad: argentino(a)

Área: 2 780 400 km^2 (el país de habla hispana más grande del mundo, aproximadamente 2 veces el tamaño de Alaska)

Población: 44 688 864

Capital: Buenos Aires (f. 1580)

Otras ciudades importantes: Córdoba, Rosario, Mar del Plata

Moneda: peso (argentino)

Idiomas: español (oficial), guaraní, inglés, italiano, alemán, francés

DEMOGRAFÍA

Alfabetismo: 98,1%

Religiones: católicos (92%), protestantes (2%), judíos (2%), otros (4%)

ARGENTINOS CÉLEBRES

Eva Perón
primera dama (1919–1952)

Jorge Luis Borges
escritor (1899–1986)

Julio Cortázar
escritor (1914–1984)

Adolfo Pérez Esquivel
activista, Premio Nobel de la Paz (1931–)

Diego Maradona
futbolista (1960–)

Charly García
músico (1951–)

Joaquín "Quino" Salvador Lavado
caricaturista (1932–)

Ernesto "Che" Guevara
revolucionario (1928–1967)

Cristina Fernández
primera mujer presidente (1953–)

© Pablo H Caridad/Shutterstock

Puerto Madero es el antiguo puerto de la ciudad. Fue remodelado y ahora es un barrio moderno y popular entre los porteños.

Investiga en Internet

La geografía: las cataratas de Iguazú, la Patagonia, las islas Malvinas, las pampas

La historia: la inmigración, los gauchos, la Guerra Sucia, la Guerra de las Islas Malvinas, Carlos Gardel, Mercedes Sosa, José de San Martín

Películas: *Valentín, La historia oficial, Quién toca a mi puerta, El secreto de sus ojos, Cinco amigas, Relatos salvajes*

Música: el tango, la milonga, la zamba, la chacarera, Fito Páez, Soda Stereo

Comidas y bebidas: el asado, los alfajores, las empanadas, el mate, los vinos cuyanos

Fiestas: Día de la Revolución (25 de mayo), Día de la Independencia (9 de julio)

Músico en una calle de San Telmo, en Buenos Aires

El Glaciar Perito Moreno, en la Patagonia argentina, es el más visitado del país.

CURIOSIDADES

- Argentina es un país de inmigrantes europeos. A finales del siglo XIX hubo una fuerte inmigración, especialmente de Italia, España e Inglaterra. Estas culturas se mezclaron (*mixed*) y ayudaron a crear la identidad argentina.

- Argentina se caracteriza por la calidad de su carne vacuna (*cattle*) y por ser uno de los principales exportadores de carne en el mundo.

- El instrumento musical característico del tango, la música tradicional argentina, se llama *bandoneón* y es de origen alemán.

Bolivia

INFORMACIÓN GENERAL

Nombre oficial: Estado Plurinacional de Bolivia

Nacionalidad: boliviano(a)

Área: 1 098 581 km² (aproximadamente 4 veces el área de Wyoming, o la mitad de México)

Población: 11 215 674

Capital: Sucre (poder judicial) y La Paz (sede del gobierno) (f. 1548)

Otras ciudades importantes: Santa Cruz de la Sierra, Cochabamba, El Alto

Moneda: peso (boliviano)

Idiomas: español (oficial), quechua, aymará

DEMOGRAFÍA

Alfabetismo: 95,7%

Religiones: católicos (95%), protestantes (5%)

BOLIVIANOS CÉLEBRES

María Luisa Pacheco
pintora (1919–1982)

Jaime Escalante
ingeniero y profesor de matemáticas
(1930–2010)

Evo Morales
primer indígena elegido presidente
de Bolivia (1959–)

Edmundo Paz Soldán
escritor (1967–)

© MP cz/Shutterstock

El altiplano de Bolivia

Investiga en internet

La geografía: el lago Titicaca, Tihuanaco, el salar de Uyuni

La historia: los incas, los aymará, la hoja de coca, Simón Bolívar

Música: la música andina, las peñas, la lambada, Los Kjarkas, Ana Cristina Céspedes

Comidas y bebidas: las llauchas, la papa (hay más de mil papas nativas de Bolivia), la chicha

Fiestas: Día de la Independencia (6 de agosto), Carnaval de Oruro (febrero o marzo), Festival de la Virgen de Urkupiña (14 de agosto)

Shanti Hesse/Shutterstock.com

Una mujer indígena con su llama en La Paz

© Daniele Caputo/Shutterstock

El Salar de Uyuni

CURIOSIDADES

- Bolivia tiene dos capitales. Una de ellas, La Paz, es la más alta del mundo a 3640 metros sobre el nivel del mar.
- El lago Titicaca es el lago navegable más alto del mundo con una altura de más de 3800 metros (12 500 pies) sobre el nivel del mar.
- El Salar de Uyuni es el desierto de sal más grande del mundo.
- En Bolivia se consumen las hojas secas de la coca para soportar mejor los efectos de la altura extrema.
- Bolivia es uno de los dos países de Sudamérica que no tiene costa marina.

Chile

INFORMACIÓN GENERAL

Nombre oficial: República de Chile

Nacionalidad: chileno(a)

Área: 756 102 km² (un poco más grande que Texas)

Población: 18 433 065

Capital: Santiago (f. 1541)

Otras ciudades importantes: Valparaíso, Viña del Mar, Concepción

Moneda: peso (chileno)

Idiomas: español (oficial), mapuche, mapudungun, alemán, inglés

DEMOGRAFÍA

Alfabetismo: 97,3%

Religiones: católicos (70%), evangélicos (15%), testigos de Jehová (1%), otros (14%)

CHILENOS CÉLEBRES

Pablo Neruda
poeta, Premio Nobel de Literatura
(1904–1973)

Gabriela Mistral
poetisa, Premio Nobel de Literatura
(1889–1957)

Isabel Allende
escritora (1942–)

Michelle Bachelet
primera mujer presidente de Chile (1951–)

Violeta Parra
poetisa, cantautora (1917–1967)

Santiago está situada muy cerca de los Andes.

© Tifonimages/Shutterstock

Los famosos moais de la Isla de Pascua

CURIOSIDADES

- Chile es uno de los países más largos del mundo, pero también es muy angosto. En algunas partes del país se necesitan solo 90 km para atravesarlo *(cross it)*. Gracias a su longitud, en el sur de Chile hay glaciares y fiordos, mientras que en el norte está el desierto más seco del mundo: el desierto de Atacama. La cordillera de los Andes también contribuye a la gran variedad de zonas climáticas y geográficas de este país.

- Es un país muy rico en minerales, en particular el cobre *(copper)*, que se exporta a nivel mundial.

- En febrero del 2010 Chile sufrió uno de los terremotos *(earthquakes)* más fuertes registrados en el mundo, con una magnitud de 8,8. En 1960 Chile también sufrió del terremoto más violento en la historia del planeta, con una magnitud de 9,4.

Colombia

INFORMACIÓN GENERAL

Nombre oficial: República de Colombia

Nacionalidad: colombiano(a)

Área: 1 139 914 km² (aproximadamente 4 veces el área de Arizona)

Población: 49 464 683

Capital: Bogotá D.C. (f. 1538)

Otras ciudades importantes: Medellín, Cali, Barranquilla

Moneda: peso (colombiano)

Idiomas: español (oficial), chibcha, guajiro y apróximadamente 90 lenguas indígenas

DEMOGRAFÍA

Alfabetismo: 94,7%

Religiones: católicos (90%), otros (10%)

COLOMBIANOS CÉLEBRES

Gabriel García Márquez
escritor, Premio Nobel de Literatura (1928–2014)

Fernando Botero
pintor y escultor (1932–)

Lucho Herrera
ciclista y ganador del Tour de Francia y la Vuelta de España (1961–)

Shakira
cantante y benefactora (1977–)

Tatiana Calderón Noguera
automovilista (1994–)

Sofía Vergara
actriz (1972–)

© rm/Shutterstock

Colombia tiene playas en el Caribe y en el océano Pacífico.

Investiga en internet

La geografía: los Andes, el Amazonas, las playas de Santa Marta y Cartagena

La historia: los araucanos, Simón Bolívar, la leyenda de El Dorado, el Museo del Oro, las FARC

Películas: *María llena de gracia, Rosario Tijeras, Mi abuelo, mi papá y yo, El abrazo de la serpiente*

Música: la cumbia, el vallenato, Juanes, Carlos Vives, Aterciopelados, Ana Tijoux, J Balvin, Maluma

Comidas y bebidas: el ajiaco, las arepas, la picada, el arequipe, las cocadas, el café, el aguardiente

Fiestas: Día de la Independencia (20 de julio), Carnaval de Blancos y Negros en Pasto (enero), Carnaval del Diablo en Riosucio (enero, cada año impar)

Marinko Tarlac/Shutterstock

Bogotá, capital de Colombia

CURIOSIDADES

- El 95% de la producción mundial de esmeraldas se extrae del subsuelo colombiano. Sin embargo, la mayor riqueza del país es su diversidad, ya que incluye culturas del Caribe, del Pacífico, del Amazonas y de los Andes.

- Colombia, junto con Costa Rica y Brasil, es uno de los principales productores de café en Latinoamérica.

- Colombia tiene una gran diversidad de especies de flores. Es el primer productor de claveles (*carnations*) y el segundo exportador mundial de flores después de Holanda.

- Colombia es uno de los países con mayor biodiversidad del mundo.

Costa Rica

INFORMACIÓN GENERAL

Nombre oficial: República de Costa Rica

Nacionalidad: costarricense

Área: 51 100 km² (aproximadamente 2 veces el área de Vermont)

Población: 4 953 199

Capital: San José (f. 1521)

Otras ciudades importantes: Alajuela, Cartago

Moneda: colón

Idiomas: español (oficial), inglés

DEMOGRAFÍA

Alfabetismo: 97,8%

Religiones: católicos (76,3%), evangélicos y otros protestantes (15,7%), otros (4,8%), ninguna (3,2%)

COSTARRICENCES CÉLEBRES

Óscar Arias
político y presidente, Premio Nobel de la Paz (1949–)

Carmen Naranjo
escritora (1928–2012)

Claudia Poll
atleta olímpica (1972–)

Laura Chinchilla
primera mujer presidente (1959–)

Franklin Chang Díaz
astronauta (1950–)

El Teatro Nacional en San José es uno de los edificios más famosos de la capital.

Investiga en internet

La geografía: Monteverde, Tortuguero, el Bosque de los Niños, el volcán Poás, los Parques Nacionales

La historia: las plantaciones de café, Juan Mora Fernández, Juan Santamaría

Música: El Café Chorale, Escats, Akasha

Comidas y bebidas: el gallo pinto, el casado, el café

Fiestas: Día de la Independencia (15 de septiembre), Fiesta de los Diablitos (febrero)

© worldswildlifewonders/Shutterstock

Costa Rica se conoce por su biodiversidad y por su respeto al medio ambiente.

© Olaf Speier/Shutterstock

El Volcán Poás es un volcán activo de fácil acceso para el visitante.

CURIOSIDADES

- Costa Rica es uno de los pocos países del mundo que no tiene ejército *(army)*. En noviembre de 1949, 18 meses después de la Guerra *(War)* Civil, abolieron el ejército en la nueva constitución.

- Se conoce como un país progresista gracias a su apoyo *(support)* a la democracia, al alto nivel de vida de los costarricenses y a la protección de su medio ambiente *(environment)*. A partir del *(As of)* año 2021, Costa Rica se hace el primer país del mundo en prohibir el uso de artículos de plástico que solo se usan una vez.

- Costa Rica posee una fauna y flora sumamente ricas. Aproximadamente una cuarta parte del territorio costarricense está protegido como reserva o parque natural.

- Costa Rica produce y exporta grandes cantidades de café, por lo que este producto es muy importante para su economía. Además, el café costarricense es de calidad reconocida en todo el mundo.

Cuba

INFORMACIÓN GENERAL

Nombre oficial: República de Cuba

Nacionalidad: cubano(a)

Área: 110 860 km² (aproximadamente el área de Tennessee)

Población: 11 489 082

Capital: La Habana (f. 1511)

Otras ciudades importantes: Santiago, Camagüey

Moneda: peso (cubano)

Idiomas: español (oficial)

DEMOGRAFÍA

Alfabetismo: 99,7%

Religiones: católicos (85%), santería y otras religiones (15%)

CUBANOS CÉLEBRES

José Martí
político, periodista, poeta
(1853–1895)

Alejo Carpentier
escritor (1904–1980)

Wifredo Lam
pintor (1902–1982)

Alicia Alonso
bailarina, fundadora del Ballet
Nacional de Cuba (1920–)

Silvio Rodríguez
poeta, cantautor (1946–)

Nicolás Guillén
poeta (1902–1989)

© Kamira/Shutterstock

Catedral de la Habana

Investiga en internet

La geografía: las cavernas de Bellamar, la Ciénaga de Zapata, la península de Guanahacabibes

La historia: los taínos, los ciboneyes, Fulgencio Batista, Bahía de Cochinos, la Revolución cubana, Fidel Castro

Películas: *Vampiros en La Habana, Fresa y chocolate, La última espera, Azúcar amargo, Viva Cuba, La lista de espera*

Música: el son, Buena Vista Social Club, Celia Cruz, Pablo Milanés, Santiago Feliú, Alex Cuba

Comidas y bebidas: la ropa vieja, los moros y cristianos, el ron

Fiestas: Día de la Independencia (10 de diciembre), Día de la Revolución (1° de enero)

Un hombre pasea a unos turistas en su carreta, en Trinidad, Cuba.

El Morro fue construído en 1589 para proteger la isla de invasores.

CURIOSIDADES

- Cuba se distingue por tener uno de los mejores sistemas de educación del mundo, por su sistema de salud y por su apoyo *(support)* a las artes.

- La población de la isla es una mezcla de los pobladores nativos (taínos), y de descendientes de esclavos africanos y europeos, mezcla que produce una cultura única.

- A principios de la década de 1980, un movimiento musical conocido como la Nueva Trova cubana presentó al mundo entero la música testimonial.

- La santería es una religión que se originó en las islas del Caribe, especialmente en Cuba, y mezcla elementos religiosos de la religión yorubá (traída de África por los esclavos), y elementos de la religión católica. El nombre de "santería" viene de un truco *(trick)* que los esclavos utilizaron para seguir adorando a los dioses *(gods)* en los que creían, burlando *(outsmarting)* la prohibición de los españoles. Así los esclavos fingían *(pretended)* que adoraban a los santos católicos, pero en realidad les rezaban a los dioses africanos. Hoy en día hay muchos cubanos que practican la santería y que también son católicos.

Ecuador

INFORMACIÓN GENERAL

Nombre oficial: República del Ecuador

Nacionalidad: ecuatoriano(a)

Área: 283 561 km² (aproximadamente el área de Colorado)

Población: 16 863 425

Capital: Quito (f. 1556)

Otras ciudades importantes: Guayaquil, Cuenca

Moneda: dólar (estadounidense)

Idiomas: español (oficial), quechua

DEMOGRAFÍA

Alfabetismo: 94,5%

Religiones: católicos (95%), otros (5%)

ECUATORIANOS CÉLEBRES

Jorge Carrera Andrade
escritor (1903–1978)

Rosalía Arteaga
abogada, política, ex vicepresidenta (1956–)

Oswaldo Guayasamín
pintor (1919–1999)

Jorge Icaza
escritor (1906–1978)

Una calle en la ciudad de Cuenca

iStock.com/Markpittimages

El parque nacional más famoso de Ecuador es el de las Islas Galápagos.

Investiga en internet

La geografía: La selva amazónica, las islas Galápagos, el volcán Cotopaxi

La historia: José de Sucre, la Gran Colombia, los indígenas tagaeri

Música: música andina, la quena, la zampoña, Fausto Miño, Daniel Betancourt, Michelle Cordero

Comida: la papa, el plátano frito, el ceviche, la fanesca

Fiestas: Día de la Independencia (10 de agosto), Fiestas de Quito (6 de diciembre)

La Basílica en Quito

CURIOSIDADES

- Este país tiene una gran diversidad de zonas geográficas como costas, montañas y selva. Las famosas islas Galápagos le pertenecen y presentan una gran diversidad biológica. A principios *(At the beginning)* del siglo XX, estas islas fueron utilizadas como prisión.

- Ecuador toma su nombre de la línea ecuatorial, que divide el globo en dos hemisferios: norte y sur.

- La música andina es tradicional en Ecuador, con instrumentos indígenas como el charango, el rondador y el bombo.

- Ecuador es famoso por sus tejidos *(weavings)* de lana *(wool)* de llama y alpaca, dos animales de la región andina.

El Salvador

INFORMACIÓN GENERAL

Nombre oficial: República de El Salvador

Nacionalidad: salvadoreño(a)

Área: 21 041 km² (un poco más grande que Nueva Jersey)

Población: 6 411 558

Capital: San Salvador (f. 1524)

Otras ciudades importantes: San Miguel, Santa Ana

Moneda: dólar (estadounidense)

Idiomas: español (oficial), náhuatl, otras lenguas amerindias

DEMOGRAFÍA

Alfabetismo: 88,4%

Religiones: católicos (57%), protestantes (21%), otros (22%)

SALVADOREÑOS CÉLEBRES

Óscar Arnulfo Romero
arzobispo, defensor de los derechos humanos (1917–1980)

Claribel Alegría
escritora (nació en Nicaragua pero se considera salvadoreña) (1924–2018)

Alfredo Espino
poeta (1900–1928)

Cristina López
atleta, medallista olímpica (1982–)

El volcán de San Vicente

Investiga en internet

La geografía: el bosque lluvioso (Parque Nacional Montecristo), el puerto de Acajutla, el volcán Izalco, los planes de Renderos

La historia: Tazumal, Acuerdos de Paz de Chapultepec, José Matías Delgado, FMLN, Ana María

Películas: *Romero, Voces inocentes*

Música: Taltipac, la salsa y la cumbia (fusión), Shaka y Dres

Comidas y bebidas: las pupusas, los tamales, la semita, el atole

Fiestas: Día del Divino Salvador del Mundo (6 de agosto), Día de la Independencia (15 de septiembre)

Una mujer trabaja en el mercado en Santa Ana.

Una calle en Santa Ana

CURIOSIDADES

- El Salvador es el país más pequeño de Centroamérica, pero el más denso en población.

- Hay más de veinte volcanes y algunos están activos.

- El Salvador está en una zona sísmica, por lo que ocurren terremotos *(earthquakes)* con frecuencia. En el pasado, varios sismos le causaron muchos daños *(damage)* al país.

- Entre 1979 y 1992, El Salvador vivió una guerra civil. Durante esos años, muchos salvadoreños emigraron a los Estados Unidos.

- La canción de U2 "Bullet the Blue Sky" fue inspirada por el viaje a El Salvador que hizo el cantante Bono en los tiempos de la Guerra Civil.

España

INFORMACIÓN GENERAL

Nombre oficial: Reino de España

Nacionalidad: español(a)

Área: 505 370 km^2 (aproximadamente 2 veces el área de Oregón)

Población: 46 397 452

Capital: Madrid (f. siglo X)

Otras ciudades importantes: Barcelona, Valencia, Sevilla, Toledo

Moneda: euro

Idiomas: español (oficial), catalán, vasco, gallego

DEMOGRAFÍA

Alfabetismo: 98,1%

Religiones: católicos (94%), otros (6%)

ESPAÑOLES CÉLEBRES

Miguel de Cervantes Saavedra
escritor (1547–1616)

Federico García Lorca
poeta (1898–1936)

Rosalía de Castro
escritora (1837–1885)

Pedro Almodóvar
director de cine (1949–)

Antonio Gaudí
arquitecto (1852–1926)

Rafael Nadal
tenista (1986–)

Penélope Cruz
actriz (1974–)

Pablo Picasso
pintor y escultor (1881–1973)

Lola Flores
cantante y bailarina de flamenco (1923–1995)

La Plaza Mayor es un lugar lleno de historia en el centro de Madrid.

Vinicius Tupinamba/Shutterstock

Un hombre cosecha uvas en Valencia.

El Alcázar en la ciudad de Toledo

CURIOSIDADES

- España se distingue por tener una gran cantidad de pintores y escritores. En el siglo XX se destacaron *(stood out)* los pintores Pablo Picasso, Salvador Dalí y Joan Miró. Entre los clásicos figuran Velázquez, El Greco y Goya.

- El Palacio Real de Madrid presenta una arquitectura hermosa *(beautiful)*. Contiene pinturas de algunos de los artistas mencionados arriba. Originalmente fue un fuerte *(fortress)* construido por los musulmanes en el siglo IX. Más tarde, los reyes de Castilla construyeron allí el Alcázar. En 1738 el rey Felipe V ordenó la construcción del Palacio Real, que fue residencia de la familia real hasta 1941.

- Aunque el español se habla en todo el país, varias regiones de España mantienen vivo su propio *(own)* idioma. De todos, el más interesante quizás sea el vasco, que es el único idioma que no deriva del latín y cuyo origen no se conoce.

- En la ciudad de Toledo se fundó la primera escuela de traductores en el año 1126.

- En Andalucía, región al sur de España, se ve una gran influencia árabe por los moros que la habitaron desde 711 a 1492, cuando finalmente los Reyes Católicos los expulsaron durante la Reconquista.

Guatemala

INFORMACIÓN GENERAL

Nombre oficial: República de Guatemala

Nacionalidad: guatemalteco(a)

Área: 108 890 km^2 (un poco más grande que el área de Ohio)

Población: 17 245 346

Capital: Guatemala (f. 1524)

Otras ciudades importantes: Mixco, Villa Nueva

Moneda: quetzal

Idiomas: español (oficial), lenguas mayas y otras lenguas amerindias

DEMOGRAFÍA

Alfabetismo: 79,3%

Religiones: católicos (60%), protestantes (36%), otros (4%)

GUATEMALTECOS CÉLEBRES

Augusto Monterroso
escritor (1921–2003)

Miguel Ángel Asturias
escritor (1899–1974)

Carlos Mérida
pintor (1891–1984)

Rigoberta Menchú
activista por los derechos humanos,
Premio Nobel de la Paz (1959–)

Ricardo Arjona
cantautor (1964–)

SUETONE Emilio/age fotostock

Mujer tejiendo en la región del departamento de Sololá

Tikal, ciudad construida por los mayas

Investiga en internet

La geografía: el lago Atitlán, Antigua

La historia: los mayas, Efraín Ríos Mont, la matanza de indígenas durante la dictadura, quiché, el Popul Vuh, Tecun Uman

Películas: *El norte*

Música: punta, Gaby Moreno

Comida: los tamales, la sopa de pepino, fiambre, pipián

Fiestas: Día de la Independencia (15 de septiembre), Semana Santa (marzo o abril), Día de los Muertos (1 de noviembre)

Vista del lago **Atitlán**

CURIOSIDADES

- Guatemala es famosa por la gran cantidad de ruinas mayas y por las tradiciones indígenas, especialmente los tejidos *(weavings)* de vivos colores.

- Guatemala es el quinto *(fifth)* exportador de plátanos en el mundo.

- Antigua es una famosa ciudad que sirvió como la tercera capital de Guatemala. Es reconocida mundialmente por su bien preservada arquitectura renacentista *(Renaissance)* y barroca. También es reconocida como un lugar excelente para ir a estudiar español.

- En Guatemala se encuentra Tikal, uno de los más importantes conjuntos arqueológicos mayas.

Guinea Ecuatorial

INFORMACIÓN GENERAL

Nombre oficial: República de Guinea Ecuatorial

Nacionalidad: ecuatoguineano(a)

Área: 28 051 km^2 (aproximadamente el área de Maryland)

Población: 1 313 894

Capital: Malabo (f. 1827)

Otras ciudades importantes: Bata, Ebebiyín

Moneda: franco CFA

Idiomas: español y francés (oficiales), lenguas bantúes (fang, bubi)

DEMOGRAFÍA

Alfabetismo: 95,3%

Religiones: católicos y otros cristianos (95%), prácticas paganas (5%)

ECUATOGUINEANOS CÉLEBRES

Eric Moussambani
nadador olímpico (1978–)

Leoncio Evita
escritor del primer libro guineano y primera
novela africana en español (1929–1996)

María Nsué Angüe
escritora (1945–)

Leandro Mbomio Nsue
escultor (1938–2012)

Donato Ndongo-Bidyogo
escritor (1950–)

Niños jugando frente a una iglesia en Malabo

Christine Nesbitt/AP Images

Mujeres pescando en la playa

Un río en un bosque de la isla de Bioko

CURIOSIDADES

- Se piensa que los primeros habitantes de esta región fueron pigmeos.

- Guinea Ecuatorial obtuvo su independencia de España en 1968 y es el único país de África en donde el español es un idioma oficial.

- Parte de su territorio fue colonizado por los portugueses y por los ingleses.

- Guinea Ecuatorial celebró sus únicas elecciones en 1968 y Macías Nguema fue elegido presidente. En 1973 creó un documento que le dio el control total y fue dictador hasta 1979.

- El país cuenta con una universidad, la Universidad Nacional de Guinea Ecuatorial, situada en la capital.

- Con el descubrimiento de reservas de petróleo y gas en la década de los años 90 se fortaleció considerablemente la economía.

- Guinea Ecuatorial tiene el más alto ingreso per cápita en África: 19,998 dólares. Sin embargo, la distribución del dinero se concentra en unas pocas familias.

Honduras

INFORMACIÓN GENERAL

Nombre oficial: República de Honduras

Nacionalidad: hondureño(a)

Área: 112 090 km² (aproximadamente el área de Pennsylvania)

Población: 9 417 167

Capital: Tegucigalpa (f. 1762)

Otras ciudades importantes: San Pedro Sula, El Progreso

Moneda: lempira

Idiomas: español (oficial), garífuna, lenguas amerindias

DEMOGRAFÍA

Alfabetismo: 88,5%

Religiones: católicos (97%), protestantes (3%)

HONDUREÑOS CÉLEBRES

Lempira
héroe indígena (1499–1537)

José Antonio Velásquez
pintor (1906–1983)

Ramón Amaya Amador
escritor (1916–1966)

David Suazo
futbolista (1979–)

Carlos Mencia
comediante (1967–)

© Dave Rock/Shutterstock

Copán, declarado Patrimonio Universal por la UNESCO

Hondureños transportan su pesca.

El snorkel es popular en Honduras.

CURIOSIDADES

- Los hondureños reciben el apodo (*nickname*) de "catrachos", palabra derivada del apellido Xatruch, un famoso general que combatió en Nicaragua contra el filibustero William Walker.

- El nombre original del país fue Comayagua, el mismo nombre que su capital. A mediados del siglo XIX adoptó el nombre República de Honduras, y en 1880 la capital se trasladó (*moved*) a Tegucigalpa.

- Honduras basa su economía en la agricultura, especialmente en las plantaciones de plátanos, cuya comercialización empezó en 1889 con la fundación de la Standard Fruit Company.

- Se dice que en la región de Yoro ocurre el fenómeno de la lluvia (*rain*) de peces, es decir que, literalmente, los peces caen del cielo. Por esta razón, desde 1998 se celebra en el Yoro el Festival de Lluvia de Peces.

- En 1998 el huracán Mitch golpeó severamente la economía nacional, destruyendo gran parte de la infraestructura del país y de los cultivos. Se calcula que el país retrocedió 25 años a causa del huracán.

México

INFORMACIÓN GENERAL

Nombre oficial: Estados Unidos Mexicanos

Nacionalidad: mexicano(a)

Área: 1 964 375 km² (aproximadamente 4 1/2 veces el área de California)

Población: 130 759 074

Capital: México D.F. (f. 1521)

Otras ciudades importantes: Guadalajara, Monterrey, Puebla

Moneda: peso (mexicano)

Idiomas: español (oficial), náhuatl, maya, zapoteco, mixteco, otomi, totonaca y aproximadamente 280 otras lenguas amerindias

DEMOGRAFÍA

Alfabetismo: 94,4%

Religiones: católicos (90,4%), protestantes (3,8%), otros (5,8%)

MEXICANOS CÉLEBRES

Octavio Paz
escritor, Premio Nobel de Literatura (1914–1998)

Diego Rivera
pintor (1886–1957)

Frida Kahlo
pintora (1907–1954)

Emiliano Zapata
revolucionario (1879–1919)

Armando Manzanero
cantautor (1935–)

Rafa Márquez
futbolista (1979–)

Gael García Bernal
actor (1978–)

Elena Poniatowska
periodista y escritora (1932–)

Carmen Aristegui
periodista (1964–)

Guillermo del Toro
cineasta (1964–)

Teotihuacán es una ciudad precolombina declarada Patrimonio de la Humanidad por la UNESCO.

Investiga en internet

La geografía: el cañón del Cobre, el volcán Popocatépetl, las lagunas de Montebello, la sierra Tarahumara, Acapulco

La historia: mayas, aztecas, toltecas, la conquista, la colonia, Pancho Villa, Porfirio Díaz, Hernán Cortés, Miguel Hidalgo, los Zapatistas, Benito Juárez

Películas: *Amores perros, Frida, Y tu mamá también, Babel, El laberinto del fauno, La misma luna, Nosotros los nobles, Biutiful*

Música: mariachis, ranchera, Pedro Infante, Vicente Fernández, Luis Miguel, Maná, Jaguares, Thalía, Lucero, Julieta Venegas

Comidas y bebidas: los chiles en nogada, el mole poblano, el pozole, los huevos rancheros, el tequila, alimentos originarios de México (chocolate, tomate, vainilla)

Fiestas: Día de la Independencia (16 de septiembre), Día de los Muertos (1 y 2 de noviembre)

Unos jóvenes celebran la victoria de su equipo nacional en la Ciudad de México.

Puerto Vallarta

CURIOSIDADES

- La Ciudad de México es la segunda ciudad más poblada del mundo, después de Tokio. Los predecesores de los aztecas fundaron una ciudad sobre el lago *(lake)* de Texcoco. La ciudad recibió el nombre de Tenochtitlán, y era más grande que cualquier *(any)* capital europea cuando ocurrió la Conquista en 1521.

- Millones de mariposas *(butterflies)* monarcas migran todos los años de los Estados Unidos y Canadá a México, en particular al estado de Michoacán.

- La Pirámide de Chichén Itzá fue nombrada una de las siete maravillas del mundo moderno.

- Los olmecas (1200 a.C-400 a.C) desarrollaron el primer sistema de escritura en las Américas.

- El Cañón del Cobre, en el estado de Chihuahua, es más grande y profundo *(deep)* que el Gran Cañón (Grand Canyon) de los Estados Unidos.

Nicaragua

INFORMACIÓN GENERAL

Nombre oficial: República de Nicaragua

Nacionalidad: nicaragüense

Área: 130 370 km² (aproximadamente el área del estado de Nueva York)

Población: 6 284 757

Capital: Managua (f. 1522)

Otras ciudades importantes: León, Chinandega

Moneda: córdoba

Idiomas: español (oficial), misquito, inglés y lenguas indígenas en la costa atlántica

DEMOGRAFÍA

Alfabetismo: 82,8%

Religiones: católicos (58%), evangélicos (22%), otros (20%)

NICARAGÜENSES CÉLEBRES

Rubén Darío
poeta, padre del Modernismo (1867–1916)

Ernesto Cardenal
sacerdote, poeta (1925–)

Violeta Chamorro
periodista, presidenta (1929–)

Bianca Jagger
activista de derechos humanos (1945–)

© rchphoto/iStockphoto

Ometepe, isla formada por dos volcanes

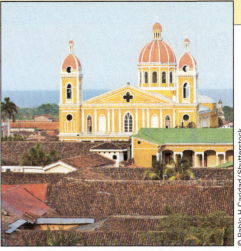

Catedral de Granada

Investiga en internet

La geografía: el lago Nicaragua, la isla Ometepe

La historia: los misquitos, Anastasio Somoza, Augusto Sandino, Revolución sandinista, José Dolores Estrada

Películas: *Ernesto Cardenal*

Música: polca, mazurca, Camilo Zapata, Carlos Mejía Godoy, Salvador Cardenal, Luis Enrique Mejía Godoy, Perrozompopo

Comidas y bebidas: los tamales, la sopa de pepino, el triste, el tibio, la chicha

Fiestas: Día de la Independencia (15 de septiembre)

El centro histórico de León

CURIOSIDADES

- Nicaragua se conoce como tierra de poetas y volcanes.
- La capital, Managua, fue destruída por un terremoto *(earthquake)* en 1972. A causa de la actividad sísmica no se construyen edificios altos.
- Las ruinas de León Viejo fueron declaradas Patrimonio de la Humanidad en el año 2000. Es la ciudad más antigua de América Central.
- Es el país más grande de Centroamérica, y también tiene el lago *(lake)* más grande de la región, el lago Nicaragua, con más de 370 islas. La isla más grande, Ometepe, tiene dos volcanes.

Panamá

INFORMACIÓN GENERAL

Nombre oficial: República de Panamá

Nacionalidad: panameño(a)

Área: 75 420 km² (aproximadamente la mitad del área de Florida)

Población: 4 162 618

Capital: Panamá (f. 1519)

Otras ciudades importantes: San Miguelito, David

Moneda: balboa, dólar (estadounidense)

Idiomas: español (oficial), inglés

DEMOGRAFÍA

Alfabetismo: 95%

Religiones: católicos (85%), protestantes (15%)

PANAMEÑOS CÉLEBRES

Rubén Blades
cantautor, actor, abogado, político (1948–)

Omar Torrijos
militar, presidente (1929–1981)

Roberto Durán
boxeador (1951–)

Joaquín Beleño
escritor y periodista (1922–1988)

Ricardo Miró
escritor (1883-1940)

El canal de Panamá es una de las principales fuentes de ingresos para el país.

© Manja/Shutterstock

Investiga en internet

La geografía: el canal de Panamá

La historia: los kuna yala, la construcción del canal de Panamá, la dictadura de Manuel Noriega, Victoriano Lorenzo

Películas: *El plomero, Los puños de una nación*

Música: salsa, Danilo Pérez, Edgardo Franco "El General", Nando Boom

Comidas y bebidas: el chocao panameño, el sancocho de gallina, las carimaolas, la ropa vieja, los jugos de fruta, el chicheme

Fiestas: Día de la Independencia (3 de noviembre)

Courtesy of Margarita Casas

Una isla en el archipiélago de San Blas, lugar donde habitan los kuna yala

© Alfredo Maiquez/Shutterstock

La Ciudad de Panamá es famosa por sus rascacielos.

CURIOSIDADES

- El canal de Panamá se construyó entre 1904 y 1914. Mide *(Measures)* 84 kilómetros de longitud y funciona con un sistema de esclusas *(locks)* que elevan y bajan los barcos *(boats)* porque los océanos Atlántico y Pacífico tienen diferentes elevaciones. Cada año cruzan unos 14 000 barcos o botes por el canal, el cual estuvo bajo control de los Estados Unidos hasta el 31 de diciembre de 1999. En promedio *(average)*, cada embarcación paga 54 000 dólares por cruzar el canal. La tarifa más baja la pagó un aventurero estadounidense, quien pagó 36 centavos por cruzar nadando en 1928.

- Recientemente se hizo una ampliación al canal que permite que transiten por él barcos hasta tres veces más grandes que la máxima capacidad del canal original.

- El territorio de los kuna yala se considera independiente. Para entrar a su territorio es necesario pagar una cuota *(fee)* y mostrar su pasaporte.

Paraguay

INFORMACIÓN GENERAL

Nombre oficial: República del Paraguay

Nacionalidad: paraguayo(a)

Área: 406 750 km^2 (aproximadamente el área de California)

Población: 6 896 908

Capital: Asunción (f. 1537)

Otras ciudades importantes: Ciudad del Este, San Lorenzo

Moneda: guaraní

Idiomas: español y guaraní (oficiales)

DEMOGRAFÍA

Alfabetismo: 95,6%

Religiones: católicos (90%), protestantes (6%), otros (4%)

PARAGUAYOS CÉLEBRES

Augusto Roa Bastos
escritor, Premio Cervantes de
Literatura (1917–2005)

Olga Blinder
pintora (1921–2008)

Julieta Granada
jugadora de golf (1986–)

Arsenio Erico
futbolista (1915–1977)

Berta Rojas
guitarrista (1966–)

Ruinas de Misiones Jesuitas en Trinidad

© Lukasz Kurbiel/Shutterstock

Investiga en internet

La geografía: los ríos Paraguay y Paraná, la presa Itaipú, el Chaco

La historia: guaraníes, misiones jesuitas, la Guerra de la Triple Alianza, Alfredo Stroessner, Carlos Antonio López, José Félix Estigarribia

Películas: *Nosotros, Hamacas paraguayas, 7 cajas*

Música: polca, baile de la botella, arpa paraguaya, Perla, Celso Duarte

Comidas y bebidas: el chipá paraguayo, el surubí, las empanadas, la sopa paraguaya, el mate, el tereré

Fiestas: Día de la Independencia (14 de mayo), Verbena de San Juan (24 de junio)

El palacio presidencial en Asunción

La presa de Itaipú es la central hidroeléctrica más grande del mundo.

CURIOSIDADES

- Por diversas razones históricas, Paraguay es un país bilingüe. Se calcula que el 90% de sus habitantes hablan español y guaraní, el idioma de sus habitantes antes de la llegada de los españoles. En particular, la llegada de los jesuitas tuvo importancia en la preservación del idioma guaraní. Actualmente se producen novelas y programas de radio. Por otra parte, el guaraní ha influenciado notablemente el español de la región.

- Paraguay, igual que Bolivia, no tiene salida al mar.

- La presa *(dam)* de Itaipú es la mayor del mundo en cuanto a producción de energía. Está sobre el río Paraná y abastece *(provides)* el 90% del consumo de energía eléctrica de Paraguay y el 19% de Brasil.

Perú

INFORMACIÓN GENERAL

Nombre oficial: República del Perú

Nacionalidad: peruano(a)

Área: 1 285 216 km^2 (aproximadamente 2 veces el área de Texas)

Población: 32 551 815

Capital: Lima (f. 1535)

Otras ciudades importantes: Callao, Arequipa, Trujillo

Moneda: nuevo sol

Idiomas: español y quechua (oficiales), aymará y otras lenguas indígenas

DEMOGRAFÍA

Alfabetismo: 94,5%

Religiones: católicos (82%), evangélicos (13%), otros (5%)

PERUANOS CÉLEBRES

Mario Vargas Llosa
escritor, político, Premio Nobel de Literatura (1936–)

César Vallejo
poeta (1892–1938)

Javier Pérez de Cuellar
secretario general de las Naciones Unidas (1920–)

Tania Libertad
cantante (1952–)

Alberto Fujimori
político y presidente (1938–)

María Julia Mantilla
empresaria y presentadora de TV, ex Miss Universo (1984–)

Mario Testino
fotógrafo (1954–)

Claudia Llosa
cineasta (1976–)

Fernando de Szyszlo
pintor (1925–2017)

Machu Picchu

© Mark Skalny/Shutterstock

Una mujer de una cooperativa de tejedoras en Chinchero

La Plaza de Armas en Lima

Investiga en internet

La geografía: los Andes, el Amazonas, Machu Picchu, el lago Titicaca, Nazca

La historia: los incas, los aymará, el Inti Raymi, los uros, José de San Martín

Películas: *Todos somos estrellas, Madeinusa, La teta asustada*

Música: música andina, valses peruanos, jaranas, Gian Marco

Comidas y bebidas: la papa (más de 2000 variedades), la yuca, la quinoa, el ceviche, el pisco, anticuchos, el cuy

Fiestas: Día de la Independencia (28 de julio)

CURIOSIDADES

- En Perú vivieron muchas civilizaciones diferentes que se desarrollaron *(developed)* entre el año 4000 a.C hasta principios *(beginnings)* del siglo XVI. La más importante fue la civilización de los incas, que dominaba la región a la llegada de los españoles.

- Otra civilización importante fueron los nazcas, quienes trazaron figuras de animales que solo se pueden ver desde el aire. Hay más de 2000 km de líneas. Su origen es un misterio y no se sabe por qué las hicieron.

- Perú es el país del mundo que cuenta con más platos típicos: 491.

- Probablemente la canción folclórica más conocida del Perú es "El Cóndor Pasa".

Puerto Rico

INFORMACIÓN GENERAL

Nombre oficial: Estado Libre Asociado de Puerto Rico (*Commonwealth of Puerto Rico*)

Nacionalidad: puertorriqueño(a)

Área: 13.790 km² (un poco menos que el área de Connecticut)

Población: 3 663 131

Capital: San Juan (f. 1521)

Otras ciudades importantes: Ponce, Caguas

Moneda: dólar (estadounidense)

Idiomas: español, inglés (oficiales)

DEMOGRAFÍA

Alfabetismo: 94,1%

Religiones: católicos (85%), protestantes y otros (15%)

PUERTORRIQUEÑOS CÉLEBRES

Francisco Oller y Cestero
pintor (1833–1917)

Esmeralda Santiago
escritora (1948–)

Rosario Ferré
escritora (1938–2016)

Rita Moreno
actriz (1931–)

Raúl Juliá
actor (1940–1994)

Ricky Martin
cantante, benefactor (1971–)

Roberto Clemente
beisbolista (1934–1972)

Vista del fuerte del Morro en San Juan

Eugene Moerman/Shutterstock.com

Investiga en internet

La geografía: el Yunque, Vieques, El Morro

La historia: los taínos, Juan Ponce de León, la Guerra Hispanoamericana, Pedro Albizu Campos

Películas: *Lo que le pasó a Santiago, 12 horas, Talento de barrio*

Música: salsa, bomba y plena, Gilberto Santa Rosa, Olga Tañón, Daddy Yankee, Tito Puente, Calle 13, Carlos Ponce, Ivy Queen

Comidas y bebidas: el lechón asado, el arroz con gandules, el mofongo, los bacalaítos, la champola de guayaba, el coquito, la horchata de ajonjolí

Fiestas: Día de la Independencia de EE.UU. (4 de julio), Día de la Constitución de Puerto Rico (25 de julio)

La gente va de compras en San Juan.

El Parque Nacional El Yunque

CURIOSIDADES

- A los puertorriqueños también se les conoce como "boricuas", ya que antes de la llegada de los europeos la isla se llamaba Borinquen.

- A diferencia de otros países, los puertorriqueños también son ciudadanos *(citizens)* estadounidenses, con la excepción de que no pueden votar en elecciones presidenciales de los Estados Unidos, a menos que sean residentes de un estado.

- El gobierno de Puerto Rico está encabezado por un gobernador.

- El fuerte *(fort)* de El Morro fue construido en el siglo XVI para defender el puerto de los piratas. Gracias a esta construcción, San Juan fue el lugar mejor defendido del Caribe.

- En el año 2017 el huracán María causó muchas muertes y daños *(damages)* a la isla, y causó un éxodo masivo. Además de los daños a las ciudades, destruyó más del 30% de los árboles.

República Dominicana

INFORMACIÓN GENERAL

Nombre oficial: República Dominicana

Nacionalidad: dominicano(a)

Área: 48 670 km² (aproximadamente 2 veces el área de Vermont)

Población: 10 882 996

Capital: Santo Domingo (f. 1492)

Otras ciudades importantes: Santiago de los Caballeros, La Romana

Moneda: peso (dominicano)

Idiomas: español

DEMOGRAFÍA

Alfabetismo: 91,8%

Religiones: católicos (95%), otros (5%)

DOMINICANOS CÉLEBRES

Juan Pablo Duarte
héroe de la independencia (1808–1876)

Juan Bosch
escritor (1909–2001)

David Ortiz
beisbolista (1975–)

Juan Luis Guerra
músico (1957–)

Charytín
cantante y conductora (1949–)

Óscar de la Renta
diseñador (1932–2014)

La plaza principal en Santo Domingo

Un vendedor de cocos en Boca Chica

Construido en 1976, Altos de Chavón es una recreación de un pueblo medieval de Europa.

🌐 Investiga en internet

La geografía: Puerto Plata, Pico Duarte, Sierra de Samaná

La historia: los taínos, los arawak, la dictadura de Trujillo, las hermanas Mirabal, Juan Pablo Duarte

Películas: *Nueba Yol, Cuatro hombres y un ataúd, La fiesta del chivo*

Música: merengue, bachata, Wilfrido Vargas, Johnny Ventura, Milly Quezada

Comidas y bebidas: el mangú, el sancocho, el asopao, el refresco rojo, la mamajuana

Fiestas: Día de la Independencia (27 de febrero), Día de la Señora de la Altagracia (21 de enero)

CURIOSIDADES

- La isla que comparten *(share)* la República Dominicana y Haití, La Española, estuvo bajo control español hasta 1697, cuando la parte oeste *(west)* pasó a ser territorio francés.

- La República Dominicana tiene algunas de las construcciones más antiguas dejadas *(left)* por los españoles.

- Se piensa que los restos de Cristóbal Colón están enterrados en Santo Domingo, pero Colón también tiene una tumba en Sevilla, España.

- En Santo Domingo se construyeron la primera catedral, el primer hospital, la primera aduana y la primera universidad del Nuevo Mundo.

- Santo Domingo fue declarada Patrimonio de la Humanidad por la UNESCO.

Uruguay

INFORMACIÓN GENERAL

Nombre oficial: República Oriental del Uruguay

Nacionalidad: uruguayo(a)

Área: 176 215 km² (casi exactamente igual al estado de Washington)

Población: 3 469 551

Capital: Montevideo (f. 1726)

Otras ciudades importantes: Salto, Paysandú

Moneda: peso (uruguayo)

Idiomas: español

DEMOGRAFÍA

Alfabetismo: 98,4%

Religiones: católicos (47%), protestantes (11%), otros (42%)

URUGUAYOS CÉLEBRES

Horacio Quiroga
escritor (1878–1937)

Mario Benedetti
escritor (1920–2009)

Alfredo Zitarrosa
compositor (1936–1989)

Jorge Drexler
músico, actor, doctor (1964–)

Julio Sosa
cantor de tango (1926–1964)

Diego Forlán
futbolista (1979–)

Delmira Agustini
poetisa (1886–1914)

Plaza Independencia, Montevideo (Palacio Salvo)

© VojtechVlk/Shutterstock

Investiga en internet

La geografía: Punta del Este, Colonia

La historia: el Carnaval de Montevideo, los tablados, José Artigas

Películas: *Whisky, 25 Watts, Una forma de bailar, Joya, El baño del Papa, El Chevrolé, El viaje hacia el mar*

Música: tango, milonga, candombe, Rubén Rada, La vela puerca

Comidas y bebidas: el asado, el dulce de leche, la faina, el chivito, el mate

Fiestas: Día de la Independencia (25 de agosto), Carnaval (febrero)

Carnaval de Montevideo

© Bertrandb/Dreamstime.com

Colonia del Sacramento

CURIOSIDADES

- En guaraní, "Uruguay" significa "río de las gallinetas". La gallineta es un pájaro de esta región.

- La industria ganadera *(cattle)* es una de las más importantes del país. La bebida más popular es el mate. Es muy común ver a los uruguayos caminando con un termo bajo el brazo, listos para tomar mate en cualquier lugar.

- Los descendientes de esclavos africanos que vivieron en esa zona dieron origen a la música típica de Uruguay: el candombe.

- Uruguay fue el anfitrión *(host)* y el primer campeón de la Copa Mundial de Fútbol en 1930.

- Uruguay es uno de los países con mejor nivel de vida para sus ciudadanos.

Venezuela

INFORMACIÓN GENERAL

Nombre oficial: República Bolivariana de Venezuela

Nacionalidad: venezolano(a)

Área: 912 050 km² (2800 km de costas) (aproximadamente 6 veces el área de Florida)

Población: 32 381 221

Capital: Caracas (f. 1567)

Otras ciudades importantes: Maracaibo, Valencia, Maracay

Moneda: bolívar

Idiomas: español (oficial), araucano, caribe, guajiro

DEMOGRAFÍA

Alfabetismo: 95,4%

Religiones: católicos (96%), protestantes (2%), otros (2%)

VENEZOLANOS CÉLEBRES

Simón Bolívar
libertador (1783–1830)

Rómulo Gallegos
escritor (1884–1969)

Andrés Eloy Blanco
escritor (1897–1955)

Gustavo Dudamel
músico y director de orquesta (1981–)

Carolina Herrera
diseñadora (1939–)

Lupita Ferrer
actriz (1947–)

Hugo Chávez
militar y presidente (1954–2013)

Vadim Petrakov/Shutterstock

El Salto Ángel, la catarata más alta del mundo

Investiga en internet

La geografía: El Salto Ángel, la isla Margarita, el Amazonas

La historia: los yanomami, el petróleo, Simón Bolívar, Francisco de la Miranda

Películas: *Punto y Raya, Secuestro Express*

Música: el joropo, Ricardo Montaner, Franco de Vita, Chino y Nacho, Carlos Baute, Óscar de León

Comidas y bebidas: el ceviche, las hallacas, las arepas, el carato de guanábana, el guarapo de papelón

Fiestas: Día de la Independencia (5 de julio), Nuestra Señora de la Candelaria (2 de febrero)

Pescadores trabajando en Morrocoy

© Robert Wroblewski/Shutterstock

Isla Margarita, popular destino turístico

CURIOSIDADES

- Hay dos versiones del origen del nombre de este país. Algunos dicen que el nombre de Venezuela ("pequeña Venecia") se debe a los exploradores Américo Vespucio y Alonso de Ojeda, quienes llamaron así a una de las islas costeras en 1499, debido a su aspecto veneciano. Otros dicen que viene de una palabra indígena que significa "agua grande".

- La isla Margarita es un lugar turístico muy popular. Cuando los españoles llegaron hace más de 500 años (*more than 500 hundred years ago*), los indígenas de la isla, los guaiqueríes, pensaron que eran dioses y les dieron regalos y una ceremonia de bienvenida. Gracias a esto, los guaiqueríes fueron los únicos indígenas del Caribe que tuvieron el estatus de "vasallos libres".

- En Venezuela hay tres sitios considerados Patrimonio de la Humanidad por la UNESCO: Coro y su puerto, el Parque Nacional de Canaima, y la Ciudad Universitaria de Caracas.

- En Venezuela habita un roedor (*rodent*) llamado chigüire, que llega a pesar hasta 60 kilos.

Los latinos en los Estados Unidos

INFORMACIÓN GENERAL

Nombre oficial: Estados Unidos de América

Nacionalidad: estadounidense

Área: 9 826 675 km² (aproximadamente el área de China o 3,5 veces el área de Argentina)

Población: 328 277 500 (aproximadamente el 15% son hispanos)

Capital: Washington, D.C. (f. 1791)

Otras ciudades importantes: Nueva York, Los Ángeles, Chicago, Miami

Moneda: dólar (estadounidense)

Idiomas: inglés, español y otros

DEMOGRAFÍA

Alfabetismo: 97% (Sources from the U.S. Department of Education)

Religiones: protestantes (51,3%), católicos (23,9%), mormones (1,7%), judíos (1,7%), budistas (0,7%), musulmanes (0,6%), otros (14%), no religiosos (4%)

LATINOS CÉLEBRES DE ESTADOS UNIDOS

Ellen Ochoa
astronauta (1958–)

César Chávez
activista por los derechos de los trabajadores (1927–1993)

Eva Longoria
actriz (1975–)

Sandra Cisneros
escritora (1954–)

Edward James Olmos
actor (1947–)

Marc Anthony
cantante (1969–)

Christina Aguilera
cantante (1980–)

Sonia Sotomayor
Juez Asociada de la Corte Suprema de Justicia de EE.UU. (1954–)

Soledad O'Brien
periodista y presentadora (1966–)

Julia Álvarez
escritora (1950–)

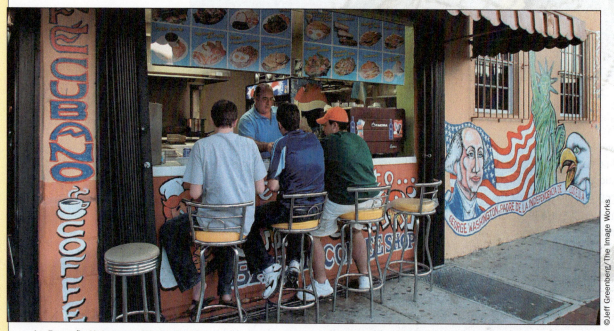

La Pequeña Habana en Miami, Florida

©Jeff Greenberg/The Image Works

Investiga en internet

La geografía: regiones que pertenecieron a México, lugares con arquitectura de estilo español, Plaza Olvera, Calle 8, La Pequeña Habana

La historia: el Álamo, la Guerra México-Americana, la Guerra Hispanoamericana, Antonio López de Santa Anna

Películas: *A Day without Mexicans, My Family, Stand and Deliver, Tortilla Soup, McFarland USA*

Música: salsa, tejano (Tex-Mex), merengue, hip hop en español, Jennifer López, Selena

Comidas y bebidas: los tacos, las enchiladas, los burritos, los plátanos fritos, los frijoles, el arroz con gandules, la cerveza con limón

Fiestas: el Cinco de Mayo (Día de la Batalla de Puebla) (5 de mayo)

Un mural de Benito Juárez en Chicago, Illinois

El Álamo, donde Santa Anna derrotó *(defeated)* a los tejanos en una batalla por la independencia de Texas

CURIOSIDADES

- Los hispanos son la primera minoría de Estados Unidos (más de 52 millones). Este grupo incluye personas que provienen de los veintiún países de habla hispana y a sus descendientes. Muchos hablan español perfectamente y otros no lo hablan para nada. El grupo más grande de latinos es el de mexicanoamericanos, ya que territorios como Texas, Nuevo México, Utah, Nevada, California, Colorado y Oregón eran parte de México.

- Actualmente casi toda la cultura latinoamericana está presente en los Estados Unidos. Las tradiciones dominicanas son notables en la zona de Nueva Inglaterra. Los países sudamericanos, cuya presencia no era tan notable hace algunos años *(a few years ago)*, tienen comunidades destacadas *(prominent)*, como es el caso de la Pequeña Buenos Aires, una fuerte comunidad argentina en South Beach, Miami.

Acentuación

In Spanish, as in English, all words of two or more syllables have one syllable that is stressed more forcibly than the others. In Spanish, written accents are frequently used to show which syllable in a word is the stressed one.

Words without written accents

Words without written accents are pronounced according to the following rules:

A. Words that end in a vowel (**a, e, i, o, u**) or the consonants **n** or **s** are stressed on the next to last syllable.

tar**des**   capi**ta**les   **gran**de   es**tu**dia   **no**ches   **co**men

B. Words that end in a consonant other than **n** or **s** are stressed on the last syllable.

bus**car**   ac**triz**   espa**ñol**   liber**tad**   ani**mal**   come**dor**

Words with written accents

C. Words that do not follow the two preceding rules require a written accent to indicate where the stress is placed.

ca**fé**   sim**pá**tico   fran**cés**   na**ción**   José **Pé**rez

Words with a strong vowel (a, o, u) next to a weak vowel (e, i)

D. Diphthongs, the combination of a weak vowel (**i, u**) and a strong vowel (**e, o, a**), or two weak vowels, next to each other, form a single syllable. A written accent is required to separate diphthongs into two syllables. Note that the written accent is placed on the weak vowel.

| seis | estu**dia** | inter**ior** | **ai**re | **au**to | ciu**dad** |
| re**ír** | **dí**a | **rí**o | ma**íz** | ba**úl** | veint**iún** |

Monosyllable words

E. Words with only one syllable never have a written accent unless there is a need to differentiate a word from another word spelled exactly the same. The following are some of the most common words in this category.

Unaccented	Accented	Unaccented	Accented
como *(like, as)*	cómo *(how)*	que *(that)*	qué *(what)*
de *(of)*	dé *(give)*	si *(if)*	sí *(yes)*
el *(the)*	él *(he)*	te *(you D.O., to you)*	té *(tea)*
mas *(but)*	más *(more)*	tu *(your)*	tú *(you informal)*
mi *(my)*	mí *(me)*		

F. Keep in mind that in Spanish, the written accents are an extremely important part of spelling since they not only change the pronunciation of a word, but may change its meaning and/or its tense.

publico *(I publish)*   **pú**blico *(public)*   **publicó** *(he/she/you published)*

Los verbos regulares

Simple tenses

Infinitive	Present Indicative	Imperfect	Preterite	Future	Conditional	Present Subjunctive	Past Subjunctive	Commands
hablar (to speak)	hablo	hablaba	hablé	hablaré	hablaría	hable	hablara	
	hablas	hablabas	hablaste	hablarás	hablarías	hables	hablaras	habla (no hables)
	habla	hablaba	habló	hablará	hablaría	hable	hablara	hable
	hablamos	hablábamos	hablamos	hablaremos	hablaríamos	hablemos	habláramos	hablemos
	habláis	hablabais	hablasteis	hablaréis	hablaríais	habléis	hablarais	hablad (no habléis)
	hablan	hablaban	hablaron	hablarán	hablarían	hablen	hablaran	hablen
aprender (to learn)	aprendo	aprendía	aprendí	aprenderé	aprendería	aprenda	aprendiera	
	aprendes	aprendías	aprendiste	aprenderás	aprenderías	aprendas	aprendieras	aprende (no aprendas)
	aprende	aprendía	aprendió	aprenderá	aprendería	aprenda	aprendiera	aprenda
	aprendemos	aprendíamos	aprendimos	aprenderemos	aprenderíamos	aprendamos	aprendiéramos	aprendamos
	aprendéis	aprendíais	aprendisteis	aprenderéis	aprenderíais	aprendáis	aprendierais	aprended (no aprendáis)
	aprenden	aprendían	aprendieron	aprenderán	aprenderían	aprendan	aprendieran	aprendan
vivir (to live)	vivo	vivía	viví	viviré	viviría	viva	viviera	
	vives	vivías	viviste	vivirás	vivirías	vivas	vivieras	vive (no vivas)
	vive	vivía	vivió	vivirá	viviría	viva	viviera	viva
	vivimos	vivíamos	vivimos	viviremos	viviríamos	vivamos	viviéramos	vivamos
	vivís	vivíais	vivisteis	viviréis	viviríais	viváis	vivierais	vivid (no viváis)
	viven	vivían	vivieron	vivirán	vivirían	vivan	vivieran	vivan

Compound tenses

Present progressive

estoy	
estás	
está	hablando
estamos	aprendiendo
estáis	viviendo
están	

Present perfect indicative

he	
has	
ha	hablado
hemos	aprendido
habéis	vivido
han	

Past perfect indicative

había	
habías	
había	hablado
habíamos	aprendido
habíais	vivido
habían	

Los verbos con cambios en la raíz

Infinitive Present Participle Past Participle	Present Indicative	Imperfect	Preterite	Future	Conditional	Present Subjunctive	Past Subjunctive	Commands
pensar	pienso	pensaba	pensé	pensaré	pensaría	piense	pensara	
to think	piensas	pensabas	pensaste	pensarás	pensarías	pienses	pensaras	piensa (no pienses)
e → ie	piensa	pensaba	pensó	pensará	pensaría	piense	pensara	piense
pensando	pensamos	pensábamos	pensamos	pensaremos	pensaríamos	pensemos	pensáramos	pensemos
pensado	pensáis	pensabais	pensasteis	pensaréis	pensaríais	penséis	pensarais	pensad (no penséis)
	piensan	pensaban	pensaron	pensarán	pensarían	piensen	pensaran	piensen
acostarse	me acuesto	me acostaba	me acosté	me acostaré	me acostaría	me acueste	me acostara	
to go to bed	te acuestas	te acostabas	te acostaste	te acostarás	te acostarías	te acuestes	te acostaras	acuéstate (no te acuestes)
o → ue	se acuesta	se acostaba	se acostó	se acostará	se acostaría	se acueste	se acostara	acuéstese
acostándose	nos acostamos	nos acostábamos	nos acostamos	nos acostaremos	nos acostaríamos	nos acostemos	nos acostáramos	acostémonos
acostado	os acostáis	os acostabais	os acostasteis	os acostaréis	os acostaríais	os acostéis	os acostarais	acostaos (no os acostéis)
	se acuestan	se acostaban	se acostaron	se acostarán	se acostarían	se acuesten	se acostaran	acuéstense
sentir	siento	sentía	sentí	sentiré	sentiría	sienta	sintiera	
to feel	sientes	sentías	sentiste	sentirás	sentirías	sientas	sintieras	siente (no sientas)
e → ie, i	siente	sentía	sintió	sentirá	sentiría	sienta	sintiera	sienta
sintiendo	sentimos	sentíamos	sentimos	sentiremos	sentiríamos	sintamos	sintiéramos	sintamos (no sintáis)
sentido	sentís	sentíais	sentisteis	sentiréis	sentiríais	sintáis	sintierais	sentid
	sienten	sentían	sintieron	sentirán	sentirían	sientan	sintieran	sientan
pedir	pido	pedía	pedí	pediré	pediría	pida	pidiera	
to ask for	pides	pedías	pediste	pedirás	pedirías	pidas	pidieras	pide (no pidas)
e → i, i	pide	pedía	pidió	pedirá	pediría	pida	pidiera	pida
pidiendo	pedimos	pedíamos	pedimos	pediremos	pediríamos	pidamos	pidiéramos	pidamos
pedido	pedís	pedíais	pedisteis	pediréis	pediríais	pidáis	pidierais	pedid (no pidáis)
	piden	pedían	pidieron	pedirán	pedirían	pidan	pidieran	pidan
dormir	duermo	dormía	dormí	dormiré	dormiría	duerma	durmiera	
to sleep	duermes	dormías	dormiste	dormirás	dormirías	duermas	durmieras	duerme (no duermas)
o → ue, u	duerme	dormía	durmió	dormirá	dormiría	duerma	durmiera	duerma
durmiendo	dormimos	dormíamos	dormimos	dormiremos	dormiríamos	durmamos	durmiéramos	durmamos
dormido	dormís	dormíais	dormisteis	dormiréis	dormiríais	durmáis	durmierais	dormid (no durmáis)
	duermen	dormían	durmieron	dormirán	dormirían	duerman	durmieran	duerman

Los verbos con cambios de ortografía

Infinitive / Present Participle / Past Participle	Present Indicative	Imperfect	Preterite	Future	Conditional	Present Subjunctive	Past Subjunctive	Commands
comenzar (e → ie) *to begin* z → c before e comenzando comenzado	comienzo comienzas comienza comenzamos comenzáis comienzan	comenzaba comenzabas comenzaba comenzábamos comenzabais comenzaban	**comencé** comenzaste comenzó comenzamos comenzasteis comenzaron	comenzaré comenzarás comenzará comenzaremos comenzaréis comenzarán	comenzaría comenzarías comenzaría comenzaríamos comenzaríais comenzarían	**comience** **comiences** **comience** **comencemos** **comencéis** **comiencen**	comenzara comenzaras comenzara comenzáramos comenzarais comenzaran	comienza (**no comiences**) **comience** **comencemos** comenzad (**no comencéis**) **comiencen**
conocer *to know* c → zc before a, o conociendo conocido	**conozco** conoces conoce conocemos conocéis conocen	conocía conocías conocía conocíamos conocíais conocían	conocí conociste conoció conocimos conocisteis conocieron	conoceré conocerás conocerá conoceremos conoceréis conocerán	conocería conocerías conocería conoceríamos conoceríais conocerían	**conozca** **conozcas** **conozca** **conozcamos** **conozcáis** **conozcan**	conociera conocieras conociera conociéramos conocierais conocieran	conoce (**no conozcas**) **conozca** **conozcamos** conoced (**no conozcáis**) **conozcan**
pagar *to pay* g → gu before e pagando pagado	pago pagas paga pagamos pagáis pagan	pagaba pagabas pagaba pagábamos pagabais pagaban	**pagué** pagaste pagó pagamos pagasteis pagaron	pagaré pagarás pagará pagaremos pagaréis pagarán	pagaría pagarías pagaría pagaríamos pagaríais pagarían	**pague** **pagues** **pague** **paguemos** **paguéis** **paguen**	pagara pagaras pagara pagáramos pagarais pagaran	paga (**no pagues**) **pague** **paguemos** pagad (**no paguéis**) **paguen**
seguir (e → i, i) *to follow* gu → g before a, o siguiendo seguido	**sigo** **sigues** **sigue** seguimos seguís **siguen**	seguía seguías seguía seguíamos seguíais seguían	seguí seguiste **siguió** seguimos seguisteis **siguieron**	seguiré seguirás seguirá seguiremos seguiréis seguirán	seguiría seguirías seguiría seguiríamos seguiríais seguirían	**siga** **sigas** **siga** **sigamos** **sigáis** **sigan**	**siguiera** **siguieras** **siguiera** **siguiéramos** **siguierais** **siguieran**	sigue (**no sigas**) **siga** **sigamos** seguid (**no sigáis**) **sigan**
tocar *to play, to touch* c → qu before e tocando tocado	toco tocas toca tocamos tocáis tocan	tocaba tocabas tocaba tocábamos tocabais tocaban	**toqué** tocaste tocó tocamos tocasteis tocaron	tocaré tocarás tocará tocaremos tocaréis tocarán	tocaría tocarías tocaría tocaríamos tocaríais tocarían	**toque** **toques** **toque** **toquemos** **toquéis** **toquen**	tocara tocaras tocara tocáramos tocarais tocaran	toca (**no toques**) **toque** **toquemos** tocad (**no toquéis**) **toquen**

Los verbos irregulares

Infinitive / Present Participle / Past Participle	Present Indicative	Imperfect	Preterite	Future	Conditional	Present Subjunctive	Past Subjunctive	Commands
andar _to walk_ andando andado	ando andas anda andamos andáis andan	andaba andabas andaba andábamos andabais andaban	**anduve** **anduviste** **anduvo** **anduvimos** **anduvisteis** **anduvieron**	andaré andarás andará andaremos andaréis andarán	andaría andarías andaría andaríamos andaríais andarían	ande andes ande andemos andéis anden	**anduviera** **anduvieras** **anduviera** **anduviéramos** **anduvierais** **anduvieran**	anda (no andes) ande andemos andad (no andéis) anden
*dar _to give_ dando dado	**doy** das da damos dais dan	daba dabas daba dábamos dabais daban	**di** **diste** **dio** **dimos** **disteis** **dieron**	daré darás dará daremos daréis darán	daría darías daría daríamos daríais darían	**dé** des **dé** demos deis den	diera dieras diera diéramos dierais dieran	da (**no des**) **dé** demos dad (**no deis**) den
*decir _to say, tell_ **diciendo** **dicho**	**digo** **dices** **dice** decimos decís **dicen**	decía decías decía decíamos decíais decían	**dije** **dijiste** **dijo** **dijimos** **dijisteis** **dijeron**	**diré** **dirás** **dirá** **diremos** **diréis** **dirán**	**diría** **dirías** **diría** **diríamos** **diríais** **dirían**	**diga** **digas** **diga** **digamos** **digáis** **digan**	**dijera** **dijeras** **dijera** **dijéramos** **dijerais** **dijeran**	**di (no digas)** **diga** **digamos** **decid (no digáis)** **digan**
*estar _to be_ estando estado	**estoy** **estás** **está** estamos estáis **están**	estaba estabas estaba estábamos estabais estaban	**estuve** **estuviste** **estuvo** **estuvimos** **estuvisteis** **estuvieron**	estaré estarás estará estaremos estaréis estarán	estaría estarías estaría estaríamos estaríais estarían	**esté** **estés** **esté** **estemos** **estéis** **estén**	**estuviera** **estuvieras** **estuviera** **estuviéramos** **estuvierais** **estuvieran**	**está (no estés)** **esté** **estemos** estad (**no estéis**) **estén**
haber _to have_ habiendo habido	**he** **has** **ha [hay]** **hemos** **habéis** han	había habías había habíamos habíais habían	**hube** **hubiste** **hubo** **hubimos** **hubisteis** **hubieron**	**habré** **habrás** **habrá** **habremos** **habréis** **habrán**	**habría** **habrías** **habría** **habríamos** **habríais** **habrían**	**haya** **hayas** **haya** **hayamos** **hayáis** **hayan**	**hubiera** **hubieras** **hubiera** **hubiéramos** **hubierais** **hubieran**	**he (no hayas)** **haya** **hayamos** habed (**no hayáis**) **hayan**
*hacer _to make, to do_ haciendo **hecho**	**hago** haces hace hacemos hacéis hacen	hacía hacías hacía hacíamos hacíais hacían	**hice** **hiciste** **hizo** **hicimos** **hicisteis** **hicieron**	**haré** **harás** **hará** **haremos** **haréis** **harán**	**haría** **harías** **haría** **haríamos** **haríais** **harían**	**haga** **hagas** **haga** **hagamos** **hagáis** **hagan**	**hiciera** **hicieras** **hiciera** **hiciéramos** **hicierais** **hicieran**	**haz (no hagas)** **haga** **hagamos** haced (**no hagáis**) **hagan**

*Verbs with irregular yo forms in the present indicative

(continued)

Infinitive Present Participle Past Participle	Present Indicative	Imperfect	Preterite	Future	Conditional	Present Subjunctive	Past Subjunctive	Commands
ir *to go* yendo ido	voy vas va vamos vais van	iba ibas iba íbamos ibais iban	fui fuiste fue fuimos fuisteis fueron	iré irás irá iremos iréis irán	iría irías iría iríamos iríais irían	vaya vayas vaya vayamos vayáis vayan	fuera fueras fuera fuéramos fuerais fueran	ve (no vayas) vaya vamos (no vayamos) id (no vayáis) vayan
*oír *to hear* oyendo oído	oigo oyes oye oímos oís oyen	oía oías oía oíamos oíais oían	oí oíste oyó oímos oísteis oyeron	oiré oirás oirá oiremos oiréis oirán	oiría oirías oiría oiríamos oiríais oirían	oiga oigas oiga oigamos oigáis oigan	oyera oyeras oyera oyéramos oyerais oyeran	oye (no oigas) oiga oigamos oíd (no oigáis) oigan
poder (o → ue) *can, to be able* pudiendo podido	puedo puedes puede podemos podéis pueden	podía podías podía podíamos podíais podían	pude pudiste pudo pudimos pudisteis pudieron	podré podrás podrá podremos podréis podrán	podría podrías podría podríamos podríais podrían	pueda puedas pueda podamos podáis puedan	pudiera pudieras pudiera pudiéramos pudierais pudieran	puede (no puedas) pueda podamos poded (no podáis) puedan
*poner *to place, to put* poniendo puesto	pongo pones pone ponemos ponéis ponen	ponía ponías ponía poníamos poníais ponían	puse pusiste puso pusimos pusisteis pusieron	pondré pondrás pondrá pondremos pondréis pondrán	pondría pondrías pondría pondríamos pondríais pondrían	ponga pongas ponga pongamos pongáis pongan	pusiera pusieras pusiera pusiéramos pusierais pusieran	pon (no pongas) ponga pongamos poned (no pongáis) pongan
querer (e → ie) *to like* queriendo querido	quiero quieres quiere queremos queréis quieren	quería querías quería queríamos queríais querían	quise quisiste quiso quisimos quisisteis quisieron	querré querrás querrá querremos querréis querrán	querría querrías querría querríamos querríais querrían	quiera quieras quiera queramos queráis quieran	quisiera quisieras quisiera quisiéramos quisierais quisieran	quiere (no quieras) quiera queramos quered (no queráis) quieran
*saber *to know* sabiendo sabido	sé sabes sabe sabemos sabéis saben	sabía sabías sabía sabíamos sabíais sabían	supe supiste supo supimos supisteis supieron	sabré sabrás sabrá sabremos sabréis sabrán	sabría sabrías sabría sabríamos sabríais sabrían	sepa sepas sepa sepamos sepáis sepan	supiera supieras supiera supiéramos supierais supieran	sabe (no sepas) sepa sepamos sabed (no sepáis) sepan

*Verbs with irregular *yo* forms in the present indicative

(*continued*)

Infinitive / Present Participle / Past Participle	Present Indicative	Imperfect	Preterite	Future	Conditional	Present Subjunctive	Past Subjunctive	Commands
*salir	**salgo**	salía	salí	**saldré**	**saldría**	**salga**	saliera	
to go out	sales	salías	saliste	**saldrás**	**saldrías**	**salgas**	salieras	**sal (no salgas)**
saliendo	sale	salía	salió	**saldrá**	**saldría**	**salga**	saliera	**salga**
salido	salimos	salíamos	salimos	**saldremos**	**saldríamos**	**salgamos**	saliéramos	**salgamos**
	salís	salíais	salisteis	**saldréis**	**saldríais**	**salgáis**	salierais	**salid (no salgáis)**
	salen	salían	salieron	**saldrán**	**saldrían**	**salgan**	salieran	**salgan**
ser	**soy**	**era**	**fui**	seré	sería	**sea**	**fuera**	
to be	**eres**	**eras**	**fuiste**	serás	serías	**seas**	**fueras**	**sé (no seas)**
siendo	**es**	**era**	**fue**	será	sería	**sea**	**fuera**	**sea**
sido	**somos**	**éramos**	**fuimos**	seremos	seríamos	**seamos**	**fuéramos**	**seamos**
	sois	**erais**	**fuisteis**	seréis	seríais	**seáis**	**fuerais**	**sed (no seáis)**
	son	**eran**	**fueron**	serán	serían	**sean**	**fueran**	**sean**
*tener	**tengo**	tenía	**tuve**	**tendré**	**tendría**	**tenga**	**tuviera**	
(e → ie)	**tienes**	tenías	**tuviste**	**tendrás**	**tendrías**	**tengas**	**tuvieras**	**ten (no tengas)**
to have	**tiene**	tenía	**tuvo**	**tendrá**	**tendría**	**tenga**	**tuviera**	**tenga**
teniendo	tenemos	teníamos	**tuvimos**	**tendremos**	**tendríamos**	**tengamos**	**tuviéramos**	**tengamos**
tenido	tenéis	teníais	**tuvisteis**	**tendréis**	**tendríais**	**tengáis**	**tuvierais**	**tened (no tengáis)**
	tienen	tenían	**tuvieron**	**tendrán**	**tendrían**	**tengan**	**tuvieran**	**tengan**
*traer	**traigo**	traía	**traje**	traeré	traería	**traiga**	**trajera**	
to bring	traes	traías	**trajiste**	traerás	traerías	**traigas**	**trajeras**	trae (no traigas)
trayendo	trae	traía	**trajo**	traerá	traería	**traiga**	**trajera**	**traiga**
traído	traemos	traíamos	**trajimos**	traeremos	traeríamos	**traigamos**	**trajéramos**	**traigamos**
	traéis	traíais	**trajisteis**	traeréis	traeríais	**traigáis**	**trajerais**	traed (no traigáis)
	traen	traían	**trajeron**	traerán	traerían	**traigan**	**trajeran**	**traigan**
*venir	**vengo**	venía	**vine**	**vendré**	**vendría**	**venga**	**viniera**	
(e → ie, i)	**vienes**	venías	**viniste**	**vendrás**	**vendrías**	**vengas**	**vinieras**	**ven (no vengas)**
to come	**viene**	venía	**vino**	**vendrá**	**vendría**	**venga**	**viniera**	**venga**
viniendo	venimos	veníamos	**vinimos**	**vendremos**	**vendríamos**	**vengamos**	**viniéramos**	**vengamos**
venido	venís	veníais	**vinisteis**	**vendréis**	**vendríais**	**vengáis**	**vinierais**	venid (no vengáis)
	vienen	venían	**vinieron**	**vendrán**	**vendrían**	**vengan**	**vinieran**	**vengan**
ver	**veo**	**veía**	**vi**	veré	vería	**vea**	viera	
to see	ves	**veías**	**viste**	verás	verías	**veas**	vieras	ve (no veas)
viendo	ve	**veía**	**vio**	verá	vería	**vea**	viera	**vea**
visto	vemos	**veíamos**	vimos	veremos	veríamos	**veamos**	viéramos	**veamos**
	veis	**veíais**	visteis	veréis	veríais	**veáis**	vierais	ved (no veáis)
	ven	**veían**	vieron	verán	verían	**vean**	vieran	**vean**

*Verbs with irregular *yo* forms in the present indicative

Grammar Reference

1. Preterite verbs with spelling changes

A. **-Ir** verbs that have stem changes in the present tense also have stem changes in the preterite. The third person singular and plural (**él, ella, usted, ellos, ellas,** and **ustedes**) change **e → i** and **o → u**.

pedir	
pedí	pedimos
pediste	pedisteis
pidió	pidieron

dormir	
dormí	dormimos
dormiste	dormisteis
durmió	durmieron

Other common verbs with stem changes: conseguir, divertirse, mentir, morir, preferir, reír, repetir, seguir, servir, sonreír, sugerir, vestir(se)

B. Similar to the imperative and the subjunctive, verbs ending in **-car, -gar,** and **-zar** have spelling changes in the first person singular (**yo**) in the preterite. Notice that the spelling changes preserve the original sound of the infinitive for **-car** and **-gar** verbs.

-car	c → qué	tocar	yo **toqué**
-gar	g → gué	jugar	yo **jugué**
-zar	z → cé	empezar	yo **empecé**

C. An unaccented **i** always changes to **y** when it appears between two vowels; therefore, the third person singular and plural of **leer** and **oír** also have spelling changes. Notice the use of accent marks on all forms except the third person plural.

leer	
leí	leímos
leíste	leísteis
leyó	**leyeron**

oír	
oí	oímos
oíste	oísteis
oyó	**oyeron**

D. There are a number of verbs that are irregular in the preterite.

The verbs **ser** and **ir** are identical in this tense, and **dar** and **ver** are similar.

ser/ir	
fui	fuimos
fuiste	fuisteis
fue	fueron

dar	
di	dimos
diste	disteis
dio	dieron

ver	
vi	vimos
viste	visteis
vio	vieron

Other irregular verbs can be divided into three groups. Notice that they all take the same endings with the exception of the third-person plural in verbs with a **j** in the stem. There are no accents on any of these verbs.

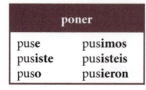

poner		hacer		decir	
puse	pusimos	hice	hicimos	dije	dijimos
pusiste	pusisteis	hiciste	hicisteis	dijiste	dijisteis
puso	pusieron	hizo	hicieron	dijo	dijeron

Other verbs like **poner** with **u** in the stem: **andar (anduv-)**, **estar (estuv-)**, **poder (pud-)**, **saber (sup-)**, **tener (tuv-)**

Other verbs like **hacer** with **i** in the stem: **querer (quis-)**, **venir (vin-)**

Other verbs like **decir** with **j** in the stem: **conducir (conduj-)**, **producir (produj-)**, **traducir (traduj-)**, **traer (traj-)**

E. The preterite of **hay** is **hubo** *(there was, there were)*. There is only one form in the preterite regardless of whether it is used with a plural or singular noun.

2. Past progressive tense

You have learned that the present progressive tense is formed with the present indicative of **estar** and a present participle. The past progressive tense is formed with the imperfect of **estar** and a present participle.

The past progressive tense is used to express or describe an action that was in progress at a particular moment in the past.

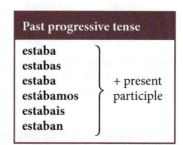

Past progressive tense
estaba
estabas
estaba
estábamos + present participle
estabais
estaban

Estábamos comiendo cuando llamaste.	*We were eating when you called.*
¿Quién **estaba hablando** por teléfono?	*Who was talking on the phone?*

Another past progressive tense can also be formed with the preterite of **estar** and the present participle. However, its use is of much lower frequency in Spanish.

3. Past participles

A. To form the regular past participles, you need to add **–ado** to the end of the stem of **–ar** verbs, and **–ido** to the stem of **–er** and **–ir** verbs. The past participles of verbs with changes in the stem in either the present tense or the preterite, do not have stem changes.

hablar	hablado
beber	bebido
vivir	vivido

B. The following verbs have accents in the past participles:

creer	**creído**
leer	**leído**
oír	**oído**
traer	**traído**

C. The following are the irregular past participles:

abrir	**abierto**	morir	**muerto**
decir	**dicho**	romper	**roto**
devolver	**devuelto**	poner	**puesto**
escribir	**escrito**	ver	**visto**
hacer	**hecho**	volver	**vuelto**

4. Present subjunctive of stem-changing verbs

A. Stem-changing -**ar** and -**er** verbs follow the same stem changes in the present subjunctive as in the present indicative. Note that the stems of the **nosotros** and **vosotros** forms do not change.

contar (ue)	
cuente	contemos
cuentes	contéis
cuente	cuenten

perder (ie)	
pierda	perdamos
pierdas	perdáis
pierda	pierdan

B. Stem-changing -**ir** verbs follow the same pattern in the present subjunctive, except for the **nosotros** and **vosotros** forms. These change **e → i** or **o → u.**

morir (ue)	
muera	muramos
mueras	muráis
muera	mueran

preferir (ie)	
prefiera	prefiramos
prefieras	prefiráis
prefiera	prefieran

pedir (i)	
pida	pidamos
pidas	pidáis
pida	pidan

5. Present subjunctive of verbs with spelling changes

As in the preterite, verbs that end in -**car, -gar,** and -**zar** undergo a spelling change in the present subjunctive in order to maintain the consonant sound of the infinitive.

A. -car: **c** changes to **qu** in front of **e**

buscar: bus**que**, bus**ques**, bus**que**, bus**quemos**, bus**quéis**, bus**quen**

B. -zar: **z** changes to **c** in front of **e**

almorzar: almuer**ce**, almuer**ces**, almuer**ce**, almor**cemos**, almor**céis**, almuer**cen**

C. -gar: **g** changes to **gu** in front of **e**

jugar: jue**gue**, jue**gues**, jue**gue**, ju**guemos**, jue**guéis**, jue**guen**

6. Irregular verbs in the present subjunctive

The following verbs are irregular in the present subjunctive:

dar	dé, des, dé, demos, deis, den
haber	haya, hayas, haya, hayamos, hayáis, hayan
ir	vaya, vayas, vaya, vayamos, vayáis, vayan
saber	sepa, sepas, sepa, sepamos, sepáis, sepan
ser	sea, seas, sea, seamos, seáis, sean

7. Object pronouns

A. A direct object is a person or a thing that receives the action of the verb. In order to avoid repetition, the direct object can be replaced with a pronoun. The following are the direct object pronouns.

	Singular		Plural	
first person	**me**	*me*	**nos**	*us*
second person	**te**	*you*	**os**	*you (plural)*
third person	**lo, la**	*it, him, her, you (formal)*	**los, las**	*they, you (plural)*

In Spanish, the pronoun must agree in gender and number with the direct object it replaces. It is placed in front of the conjugated verb

¿Tienes **las tazas**? *Do you have **the cups**?*
Sí, **las** tengo. *Yes, I have **them**.*

When using a verb phrase that has an infinitive or a present participle (**-ando, -iendo**), the pronoun can be placed in front of the conjugated verb, or it can be attached to the infinitive or the present participle. However an accent is necessary when adding the pronoun to the end of the present participle.

Te quiero invitar a cenar. / Quiero invitar**te** a cenar.	*I want to invite **you** to dinner.*
¿**Lo** quieres comer? / ¿Quieres comer**lo**?	*Do you want to eat **it**?*
Él **lo** está sirviendo. / Él está sirviéndo**lo**.	*He is serving **it**.*

B. An indirect object is not affected directly by the action of the verb. It is usually a person and tells **to whom** or **for whom** something is done.

	Singular		Plural	
first person	**me**	*me*	**nos**	*us*
second person	**te**	*you*	**os**	*you (plural)*
third person	**le**	*him, her, you (plural)*	**les**	*they, you (plural)*

As with the direct object pronoun, the indirect object pronoun is placed in front of a conjugated verb or can be attached to an infinitive or a present participle.

Le preguntó cuánto cuesta.	*She asked **him** how much it costs.*
Voy a contar**te** un chiste.	*I'm going to tell **you** a joke.*
Lucas está comprándo**les dulces**.	*Lucas is buying them candies.*

When using the indirect object pronoun, it is possible to add **a** + *prepositional pronoun* or **a** + *noun* to either clarify or emphasize. Although it may seem repetitive, it is common to include the indirect object pronoun, even if the indirect object is clearly identified.

Nadie **me** dio nada **a mí**.	*No one gave anything **to me**.*
Jorge **le** escribió **a su hermano**.	*Jorge wrote **to his brother**.*

C. When using both object pronouns with the same verb, the indirect object comes before the direct object.

¿Quién **te lo** dio?	*Who gave **it to you?***
Paulina **me lo** dio.	*Paulina gave **it to me.***

The two pronouns cannot be separated. You will notice that an accent is added when two pronouns are attached to an infinitive or a present participle.

La profesora va a explicár**noslo.**	*The professor is going to explain **it to us.***
Gerardo está mostrándo**melas.**	*Gerardo is showing **them to me.***

When using the third person indirect object pronoun together with the direct object pronoun, change the pronoun from **le** or **les** to **se.**

¿**Le** prestas tu ropa a tu amiga?	*Do you lend your clothing to your friend?*
Sí, **se la** presto.	*Yes, I lend **it to her.***
¿Sus padres **les** dieron un videojuego?	*Their parents gave them a videogame?*
Sí, **se lo dieron** para la Navidad.	*Yes, they gave **it to them** for Christmas.*

Grammar Guide

For more detailed explanations of these grammar points, consult the Index at the end of the book to find the places where these concepts are presented.

ACTIVE VOICE (**La voz activa**) A sentence written in the active voice identifies a subject that performs the action of the verb.

Juan	cantó	la canción.
Juan	***sang***	***the song.***
subject	**verb**	**direct object**

In the sentence above, Juan is the performer of the verb **cantar.**

(*See also* **Passive Voice.**)

ADJECTIVES (**Los adjetivos**) are words that modify or describe **nouns** or **pronouns** and agree in **number** and often in **gender** with the nouns they modify.

Las casas **azules** son **bonitas.**
*The **blue** houses are **pretty.***

Esas mujeres **mexicanas** son mis **nuevas** amigas.
*Those **Mexican** women are my **new** friends.*

- **Demonstrative adjectives** (**Los adjetivos demostrativos**) point out persons, places, or things relative to the position of the speaker. They always agree in **number** and **gender** with the **noun** they modify. The forms are: **este, esta, estos, estas / ese, esa, esos, esas / aquel, aquella, aquellos, aquellas.** There are also neuter forms that refer to generic ideas or things, and hence have no gender: **esto, eso, aquello.**

Este libro es fácil.	***This** book is easy.*
Esos libros son difíciles.	***Those** books are hard.*
Aquellos libros son pesados.	***Those** books **(over there)** are boring.*
Eso es impotante.	***That** is important.*

Demonstratives may also function as **pronouns,** replacing the **noun** but still agreeing with it in **number** and **gender:**

Me gustan esas blusas verdes.	*I like those green blouses.*
¿Cuáles, **estas?**	*Which ones, **these?***
No. Me gustan **esas.**	*No. I like **those.***

- **Stressed possessive adjectives** (**Los adjetivos posesivos tónicos**) are used for emphasis and follow the noun that they modifiy. These adjectives may also function as pronouns and always agree in **number** and in **gender.** The forms are: **mío, tuyo, suyo, nuestro, vuestro, suyo.** Unless they are directly preceded by the verb **ser,** stressed possessives must be preceded by the **definite article.**

Ese perro pequeño es **mío.**	*That little dog is **mine.***
Dame el **tuyo;** el **nuestro** no funciona.	*Give me **yours; ours** doesn't work.*

- **Possessive adjectives** (**Los adjetivos posesivos**) demonstrate ownership and always precede the **noun** that they modify.

La señora Elman es **mi** profesora.	*Mrs. Elman is **my** professor.*
Debemos llevar **nuestros** libros a clase.	*We should take **our** books to class.*

ADVERBS (**Los adverbios**) are words that modify **verbs, adjectives,** or other adverbs and, unlike **adjectives,** do not have **gender** or **number.** Here are examples of different classes of adverbs:

Practicamos **diariamente.**	*We practice **daily.** (adverb of frequency)*
Ellos van a salir **pronto.**	*They will leave **soon.** (adverb of time)*
Jennifer está **afuera.**	*Jennifer is **outside.** (adverb of place)*
No quiero ir **tampoco.**	*I don't want to go **either.** (adverb of negation)*
Paco habla **demasiado.**	*Paco talks **too much.** (adverb of quantity)*
Esta clase es **extremadamente** difícil.	*This class is **extremely** difficult. (modifies adjective)*
Ella habla **muy** poco.	*She speaks **very** little. (modifies adverb)*

AGREEMENT (La concordancia) refers to the correspondence between parts of speech in terms of **number, gender,** and **person.** Subjects agree with their verbs; articles and adjectives agree with the nouns they modify, etc.

Toda**s** la**s** lengua**s** son interesante**s**.	*All languages are interesting.* (number)
Ella es bonit**a**.	*She is pretty.* (gender)
Nosotros somos de España.	*We are from Spain.* (person)

ARTICLES (Los artículos) precede nouns and indicate whether they are definite or indefinite persons, places, or things.

- **Definite articles (Los artículos definidos)** refer to particular members of a group and are the equivalent of *the* in English. The definite articles are: **el, la, los, las.**

El hombre guapo es mi padre.	*The handsome man is my father.*
Las mujeres de esta clase son inteligentes.	*The women in this class are intelligent.*

- **Indefinite articles (Los artículos indefinidos)** refer to any unspecified member(s) of a group and are the equivalent of *a(n)* and *some.* The indefinite articles are: **un, una, unos, unas.**

Un hombre vino a nuestra casa anoche.	*A man came to our house last night.*
Unas niñas jugaban en el parque.	*Some girls were playing in the park.*

CLAUSES (Las cláusulas) are subject and verb combinations; for a sentence to be complete it must have at least one main clause.

- **Main clauses** (Independent clauses) **(Las cláusulas principales)** communicate a complete idea or thought.

Mi hermana va al hospital.	*My sister goes to the hospital.*

- **Subordinate clauses** (Dependent clauses) **(Las cláusulas subordinadas)** depend upon a main clause for their meaning to be complete.

Mi hermana va al hospital	cuando está enferma.
My sister goes to the hospital	*when she is ill.*
main clause	**subordinate clause**

In the sentence above, *when she is ill* is not a complete idea without the information supplied by the main clause.

COMMANDS (Los mandatos) (*See* **Imperatives.**)

COMPARISONS (Las comparaciones) are statements that describe one person, place, or thing relative to another in terms of quantity, quality, or manner.

- **Comparisons of equality (Las formas comparativas de igualdad)** demonstrate an equal share of a quantity or degree of a particular characteristic. These statements use a form of **tan** or **tanto(a)(s)** and **como.**

Ella tiene **tanto** dinero **como** Elena.	*She has **as much** money **as** Elena.*
Fernando trabaja **tanto como** Felipe.	*Fernando works **as much as** Felipe.*
Jim baila **tan** bien **como** Anne.	*Jim dances **as well as** Anne.*

- **Comparisons of inequality (Las formas comparativas de desigualdad)** indicate a difference in quantity, quality, or manner between the compared subjects. These statements use **más/menos... que** or comparative **adjectives** such as **mejor/peor, mayor/menor.**

México tiene **más** playas **que** España.	*Mexico has **more** beaches **than** Spain.*
Tú hablas español **mejor que** yo.	*You speak Spanish **better than** I.*

(*See also* **Superlative statements.**)

CONJUGATIONS (Las conjugaciones) are the forms of the verb as they agree with a particular subject or person.

Yo bailo los sábados.	*I dance on Saturdays.* (1st-person singular)
Tú bailas los sábados.	*You dance on Saturdays.* (2nd-person singular)
Ella baila los sábados.	*She dances on Saturdays.* (3rd-person singular)
Nosotros bailamos los sábados.	*We dance on Saturdays.* (1st-person plural)
Vosotros bailáis los sábados.	*You dance on Saturdays.* (2nd-person plural)
Ellos bailan los sábados.	*They dance on Saturdays.* (3rd-person plural)

CONJUNCTIONS (Las conjunciones) are linking words that join two independent clauses together.

Fuimos al centro **y** mis amigos compraron muchas cosas.
*We went downtown, **and** my friends bought a lot of things.*

Yo quiero ir a la fiesta, **pero** tengo que estudiar.
*I want to go to the party, **but** I have to study.*

CONTRACTIONS (Las contracciones) in Spanish are limited to the preposition/article combinations **de + el = del** and **a + el = al**, and the preposition/pronoun combinations **con + mí = conmigo** and **con + ti = contigo**.

DIRECT OBJECTS (Los objetos directos) in sentences are the direct recipients of the action of the verb. Direct objects answer the questions *What?* or *Whom?*

¿Qué hizo?	*What did she do?*
Ella hizo **la tarea.**	*She did her **homework.***
Y luego llamó **a su amiga.**	*And then called **her friend.***

(*See also* **Pronoun, Indirect Object, Personal *a.***)

EXCLAMATORY WORDS (Las palabras exclamativas) communicate surprise or strong emotion. Like interrogative words, exclamatory words also carry accents.

¡Qué sorpresa!	***What** a surprise!*
¡Cómo canta Miguel!	***How well** Miguel sings!*

(*See also* **Interrogatives.**)

GERUNDS (Los gerundios) in Spanish refer to the present participle. In English, gerunds are verbals (based on a verb and expressing an action or a state of being) that function as nouns. In most instances where the gerund is used in English, the infinitive is used in Spanish.

(El) **Ser** cortés no cuesta nada.	***Being** polite is not hard.*
Mi pasatiempo favorito es **viajar.**	*My favorite pasttime is **traveling.***
Después de **desayunar,** salió de la casa.	*After **eating** breakfast, he left the house.*

(*See also* **Present Participle.**)

IDIOMATIC EXPRESSIONS (Las frases idiomáticas) are phrases in Spanish that do not have a literal English equivalent.

Hace mucho frío.	*It is very cold.* (Literally, *It makes a lot of cold.*)

IMPERATIVES (Los imperativos) represent the mood used to express requests or commands. It is more direct than the **subjunctive** mood. Imperatives are commonly called commands and fall into two categories: affirmative and negative. Spanish speakers must also choose between using formal commands and informal commands based upon whether one is addressed as **usted** (formal) or **tú** (informal).

Habla conmigo.	**Talk** to me. (informal, singular, affirmative)
No me hables.	**Don't talk to me.** (informal, singular, negative)
Hable con la policía.	**Talk** to the police. (formal, singular, affirmative)
No hable con la policía.	**Don't talk** to the police. (formal, singular, negative)
Hablen con la policía.	**Talk** to the police. (formal, plural, affirmative)
No hablen con la policía	**Don't talk** to the police. (formal, plural, negative)
Hablad con la policía.	**Talk** to the police. (informal [Spain], plural, affirmative)
No habléis con la policía.	**Don't talk** to the police. (informal [Spain], plural, negative)

(*See also* **Mood.**)

IMPERFECT (El imperfecto) The imperfect tense is used to make statements about the past when the speaker wants to convey the idea of 1) habitual or repeated action, 2) two actions in progress simultaneously, or 3) an event that was in progress when another action interrupted. The imperfect tense is also used to emphasize the ongoing nature in the middle of the event, as opposed to its beginning or end. Age and clock time are always expressed using the imperfect.

Cuando María **era** joven, ella **cantaba** en el coro.
*When María **was** young, she **used to sing** in the choir.*

Aquel día **llovía** mucho y el cielo **estaba** oscuro.
*That day **it was raining** a lot and the sky **was dark**.*

Juan **dormía** cuando sonó el teléfono.
*Juan **was sleeping** when the phone rang.*

(*See also* **Preterite.**)

IMPERSONAL EXPRESSIONS (Las expresiones impersonales) are statements that contain the impersonal subjects of *it* or *one*.

Es necesario estudiar.
Se necesita estudiar.

It is necessary to study.
One needs to study.

(*See also* **Passive Voice.**)

INDEFINITE WORDS (Las palabras indefinidas) are **articles, adjectives, nouns** or **pronouns** that refer to unspecified members of a group.

Un hombre vino.
Alguien vino.
Algunas personas vinieron.
Algunas vinieron.

A man came. (indefinite article)
Someone came. (indefinite noun)
Some people came. (indefinite adjective)
Some came. (indefinite pronoun)

(*See also* **Articles.**)

INDICATIVE (El indicativo) The indicative is a mood, rather than a tense. The indicative is used to express ideas that are considered factual or certain and, therefore, not subject to speculation, doubt, or negation.

Josefina **es** española.
(present indicative)
Ella **vivió** en Argentina.
(preterite indicative)

*Josefina **is** Spanish.*

She lived in Argentina.

(*See also* **Mood.**)

INDIRECT OBJECTS (Los objetos indirectos) are the indirect recipients of an action in a sentence and answer the questions *To whom?* or *For whom?* In Spanish it is common to include an indirect object **pronoun** along with the indirect object.

Yo **le** di el libro **a Sofía.**
Sofía **les** guardó el libro **a sus padres.**

*I gave the book **to Sofía.***
*Sofía kept the book **for her parents.***

(*See also* **Direct Objects** *and* **Pronouns.**)

INFINITIVES (Los infinitivos) are verb forms that are uninflected or **not conjugated** according to a specific **person.** In English, infinitives are preceded by *to: to talk, to eat, to live.* Infinitives in Spanish end in **-ar** (hablar), **-er** (comer), and **-ir** (vivir).

INTERROGATIVES (Las formas interrogativas) are used to pose questions and carry accent marks to distinguish them from other uses. Basic interrogative words include: **quién(es), qué, cómo, cuánto(a)(s), cuándo, por qué, dónde, cuál(es).**

¿**Qué** quieres?
¿**Cuándo** llegó ella?
¿De **dónde** eres?

What do you want?
When did she arrive?
Where are you from?

(*See also* **Exclamatory Words.**)

MOOD (El modo) is like the word *mode,* meaning *manner* or *way.* It indicates the way in which the speaker views an action, or his/her attitude toward the action. Besides the **imperative** mood, which is simply giving commands, there are two moods in Spanish: the **subjunctive** and the **indicative.** Basically, the subjunctive mood communicates an attitude of uncertainty toward the action, while the indicative indicates that the action is certain or factual. Within each of these moods there are many **tenses.** Hence you have the present indicative and the present subjunctive, the present perfect indicative and the present perfect subjunctive, etc.

- **Indicative mood (El indicativo)** is used to talk about actions that are regarded as certain or as facts: things that happen all the time, have happened, or will happen.

Yo **quiero** ir a la fiesta.
¿**Quieres** ir conmigo?

I want to go to the party.
Do you want to go with me?

- **Subjunctive mood (El subjuntivo)** communicates uncertainty. It is used in situations where the speaker is voicing an opinion, an emotional reaction, doubt, or a desire.

Yo recomiendo que tú **vayas** a la fiesta.	*I recommend that **you go** to the party.*
Dudo que **vayas** a la fiesta.	*I doubt that **you'll go** to the party.*
No creo que **vayas** a la fiesta.	*I don't believe that **you'll go** to the party.*
Si **fueras** a la fiesta, te divertirías.	*If **you were to go** to the party, you would have a good time.*

- **Imperative mood (El imperativo)** is used to make a command or request.

¡**Ven** conmigo a la fiesta!	***Come** with me to the party!*

(*See also* **Mood, Indicative, Imperative,** *and* **Subjunctive.**)

NEGATION (La negación) takes place when a negative word, such as **no,** is placed before an affirmative sentence. In Spanish, double negatives are common.

Yolanda va a cantar esta noche.	*Yolanda will sing tonight.* (affirmative)
Yolanda **no** va a cantar esta noche.	*Yolanda will **not** sing tonight.* (negative)
Ramón quiere algo.	*Ramón wants something.* (affirmative)
Ramón **no** quiere **nada.**	*Ramón **doesn't** want **anything.*** (negative)

NOUNS (Los sustantivos) are persons, places, things, or ideas. Names of people, countries, and cities are proper nouns and are capitalized.

Alberto	*Albert* (person)
el pueblo	*town* (place)
el diccionario	*dictionary* (thing)

ORTHOGRAPHY (La ortografía) refers to the spelling of a word or anything related to spelling, such as accentuation.

PASSIVE VOICE (La voz pasiva), as compared to **active voice (la voz activa),** places emphasis on the action itself rather than the subject (the person or thing that is responsible for doing the action). The passive **se** is used when there is no apparent subject.

Luis vende los coches.	*Luis sells the cars.* (active voice)
Los coches **son vendidos por** Luis.	*The cars **are sold by** Luis.* (passive voice)
Se venden los coches.	*The cars **are sold.*** (passive voice)

(*See also* **Active Voice.**)

PAST PARTICIPLES (Los participios pasados) are verb forms used in compound tenses such as the **present perfect.** Regular past participles are formed by dropping the **-ar** or **-er/-ir** from the **infinitive** and adding **-ado** or **-ido.** Past participles are generally the equivalent of verb forms ending in *-ed* in English. They may also be used as **adjectives,** in which case they agree in **number** and **gender** with their nouns. Some of the more common irregular past participles include: **escrito (escribir), roto (romper), dicho (decir), hecho (hacer), puesto (poner), vuelto (volver), muerto (morir).**

Marta ha **subido** la montaña.	*Marta has **climbed** the mountain.*
Hemos **hablado** mucho por teléfono.	*We have **talked** a lot on the phone.*
La novela **publicada** en 1995 es su mejor novela.	*The novel **published** in 1995 is her best novel.*

PERFECT TENSES (Los tiempos perfectos) communicate the idea that an action has taken place before now (present perfect) or before a moment in the past (past perfect). The perfect tenses are compound tenses consisting of the auxiliary verb **haber** plus the **past participle** of a second verb.

Yo **he comido.**	*I have eaten.* (present perfect indicative)
Antes de la fiesta, yo ya **había comido.**	*Before the party **I had already eaten.*** (past perfect indicative)
Yo espero que **hayas comido.**	*I hope that **you have eaten.*** (present perfect subjunctive)
Yo esperaba que **hubieras comido.**	*I hoped that **you had eaten.*** (past perfect subjunctive)

PERSON (La persona) refers to changes in the subject pronouns that indicate if one is speaking (first person), if one is spoken to (second person), or if one is spoken about (third person).

Yo hablo.	*I speak.* (1st-person singular)
Tú hablas.	*You speak.* (2nd-person singular)
Ud./Él/Ella habla.	*You/He/She speak(s).* (3rd-person singular)
Nosotros(as) hablamos.	*We speak.* (1st-person plural)
Vosotros(as) habláis.	*You speak.* (2nd-person plural)
Uds./Ellos/Ellas hablan.	*They speak.* (3rd-person plural)

PERSONAL A (La _a_ personal) The personal **a** refers to the placement of the preposition **a** before a person or a pet when it is the **direct object** of the sentence.

Voy a llamar **a** María.	_I'm going to call María._
El veterinario curó **al** perro.	_The veterinarian treated the dog._

PREPOSITIONS (Las preposiciones) are linking words indicating spatial or temporal relations between two words.

Ella nadaba **en** la piscina.	_She was swimming **in** the pool._
Yo llamé **antes de** las nueve.	_I called **before** nine o'clock._
El libro es **para** ti.	_The book is **for** you._
Voy **a** la oficina.	_I'm going **to** the office._
Jorge es **de** Paraguay.	_Jorge is **from** Paraguay._

PRESENT PARTICIPLE (El participio del presente) is the Spanish equivalent of the _-ing_ verb form in English. Regular participles are created by replacing the infinitive endings (**-ar, -er/-ir**) with **-ando** or **-iendo.** They are often used with the verb **estar** to form the present progressive tense. The present progressive tense places emphasis on the continuing or progressive nature of an action. In Spanish, the participle form is referred to as a gerund.

Miguel está **cantando** en la ducha.	_Miguel is **singing** in the shower._
Los niños están **durmiendo** ahora.	_The children are **sleeping** now._

(_See also_ **Gerunds**)

PRETERITE (El pretérito) The preterite tense, as compared to the **imperfect tense,** is used to talk about past events with specific emphasis on the beginning or the end of the action, or emphasis on the completed nature of the action as a whole.

Anoche yo **empecé** a estudiar a las once y **terminé** a la una.
Last night I **began** to study at eleven o'clock and **finished** at one o'clock.

Esta mañana **me desperté** a las siete, **desayuné, me duché** y **vine** al campus para las ocho.
This morning **I woke up** at seven, **I ate breakfast, I showered,** and **I came** to campus by eight.

PRONOUNS (Los pronombres) are words that substitute for **nouns** in a sentence.

Yo quiero **este.**	_I want **this one.**_ (demonstrative—points out a specific person, place, or thing)
¿**Quién** es tu amigo?	_**Who** is your friend?_ (interrogative—used to ask questions)
Yo voy a llamar**la.**	_I'm going to call **her.**_ (direct object—replaces the direct object of the sentence)
Ella va a dar**le** el reloj.	_She is going to give **him** the watch._ (indirect object—replaces the indirect object of the sentence)
Juan **se** baña por la mañana.	_Juan bathes **himself** in the morning._ (reflexive—used with reflexive verbs to show that the agent of the action is also the recipient)
Es la mujer **que** conozco.	_She is the woman **that** I know._ (relative—used to introduce a clause that describes a noun)
Nosotros somos listos.	_**We** are clever._ (subject—replaces the noun that performs the action or state of a verb)

SUBJECTS (Los sujetos) are the persons, places, or things which perform the action of a verb, or which are connected to a description by a verb. The **conjugated** verb always agrees with its subject.

Carlos siempre baila solo.	_**Carlos** always dances alone._
Colorado y **California** son mis estados preferidos.	_**Colorado** and **California** are my favorite states._
La cafetera produce el café.	_The **coffee pot** makes the coffee._

(_See also_ **Active Voice.**)

SUBJUNCTIVE (El subjuntivo) The subjunctive mood is used to express speculative, doubtful, or hypothetical situations. It also communicates a degree of subjectivity or influence of the main clause over the subordinate clause.

No creo que **tengas** razón.	_I don't think that **you're** right._
Si yo **fuera** el jefe, les pagaría más a mis empleados.	_If I **were** the boss, I would pay my employees more._
Quiero que **estudies** más.	_I want **you to study** more._

(_See also_ **Mood, Indicative.**)

SUPERLATIVE STATEMENTS (Las frases superlativas) are formed by adjectives or adverbs to make comparisons among three or more members of a group. To form superlatives, add a definite article **(el, la, los, las)** before the comparative form.

Juan es **el más alto** de los tres.   *Juan is **the tallest** of the three.*
Este coche es **el más rápido** de todos.   *This car is **the fastest** of them all.*
En mi opinión, ella es **la mejor** cantante.   *In my opinion, she is **the best** singer.*

(*See also* **Comparisons.**)

TENSES (Los tiempos) refer to the manner in which time is expressed through the verb of a sentence.

Yo estudio.	*I study.* (present tense)
Yo estoy estudiando.	*I am studying.* (present progressive)
Yo he estudiado.	*I have studied.* (present perfect)
Yo había estudiado.	*I had studied.* (past perfect)
Yo estudié.	*I studied.* (preterite tense)
Yo estudiaba.	*I was studying.* (imperfect tense)
Yo estudiaré.	*I will study.* (future tense)

VERBS (Los verbos) are the words in a sentence that communicate an action or state of being.

Helen **es** mi amiga y ella **lee** muchas novelas.   *Helen **is** my friend and she **reads** a lot of novels.*

- **Auxiliary verbs (Los verbos auxiliares)** or helping verbs **haber, ser,** and **estar** are used to form the passive voice, compound tenses, and verbal periphrases.

Estamos estudiando mucho para el examen mañana.   *We **are** studying a lot for the exam tomorrow.* (*verbal periphrases*)
Helen **ha** trabajado mucho en este proyecto.   *Helen **has** worked a lot on this project.* (*compound tense*)
La ropa **fue** hecha en Guatemala.   *The clothing **was** made in Guatemala.* (*passive voice*)

- **Reflexive verbs (Los verbos reflexivos)** use reflexive **pronouns** to indicate that the person initiating the action is also the recipient of the action.

Yo **me afeito** por la mañana.   *I shave (**myself**) in the morning.*

- **Stem-changing verbs (Los verbos con cambios de raíz)** undergo a change in the main part of the verb when conjugated. To find the stem, drop the -**ar**, -**er**, or -**ir** from the **infinitive: dorm-, empez-, ped-.** There are three types of stem-changing verbs: **o** to **ue**, **e** to **ie** and **e** to **i.**

dormir: Yo d**ue**rmo en el parque.   *I sleep in the park.* (**o** to **ue**)
empezar: Ella siempre emp**ie**za su trabajo temprano.   *She always starts her work early.* (**e** to **ie**)
pedir: ¿Por qué no p**i**des ayuda?   *Why don't you ask for help?* (**e** to **i**)

This vocabulary includes all the words and expressions listed as active vocabulary as well as some of the words glossed in the chapters. The number following the definition refers to the chapter in which the word or phrase was first used actively.

A

a cambio de in exchange for (4)
a fin de que in order that, so that (5)
a menos que unless (5)
abnegado(a) selfless (4)
abono mensual *(m.)* monthly payment (7)
abrazar to hug, to embrace (1)
aburrirse to become bored (1)
acabar to finish, to run out of (9); **acabar (con)** to end, to solve (a problem) (8)
acariciar to caress (6)
acción *(f.)* action (6)
acercarse to get close to, to approach (6)
acertar to manage (6)
aconsejar to advise (2)
acosar to bully, to harass (4)
acotaciones *(f.)* stage directions (6)
acostar(se) to put to bed; (to go to bed) (1)
acostumbrarse (a) to get used (to) (1)
acto *(m.)* act (6)
actuación *(f.)* performance (6)
actual current (5)
actualización *(f.)* **profesional** keeping current in one's field (10)
actualizar to update (5)
actuar to act (6)
acudir to attend (6)
adelgazar to lose weight (3)
adjuntar to attach (5)
(a)donde where, wherever (5)
adopción *(f.)* adoption (1)
adoptar to adopt (1)
advertencia *(f.)* warning (8)
afear to criticize (4)
afeitar(se) to shave (oneself) (1)
aficionado(a) fan (6)
afueras *(f.)* outskirts (8)
agarrar to grasp, to grab (8); **agarrarse** to hold on (6)
aglomeración *(f.)* crowd, mass of people (8)
agradecido(a) thankful (9)
agregar to add (9)
agricultura *(f.)* agriculture (8)
aguafiestas *(m., f.)* party pooper (6)
aguinaldo *(m.)* bonus paid at the end of the year (7)
ahorrar to save money (7)
ahuyentar to scare away (8)
ajetreo *(m.)* bustle (3)
ajustado(a) tight (4)
alameda *(f.)* tree-lined avenue (8)
alarido *(m.)* howl (5)
álbum *(m.)* album (9)
alcalde (alcaldesa) mayor (8)
alegrar to make happy (3); **alegrarse** to become happy (1)
alentando encouraging (1)
alguna vez ever (5)
alhaja *(f.)* piece of jewelry (7)
alimentación *(f.)* food (3)
alma *(m.)* soul (9)
almoneda *(f.)* auction (7)
alondra *(f.)* skylark (4)
alquilar to rent (6)
alta peligrosidad high security (10)
amanecer to wake up early (8)
amargado(a) bitter (2)
ambicionar to aspire, to seek (10)
amistad *(f.)* friendship (1)
añadir to add (6)

análisis *(m.)* analysis, deeper reading of text (7)
anfitrión/anfitriona host (6)
angloparlante English-speaking (1)
angosto(a) narrow (8)
anillo *(m.)* ring (8)
animado(a) animated; **de animación** animated (6)
animarse (a) to be encouraged (to do something) (10)
antepasado *(m.)* ancestor (2)
antes (de) que before (5)
antología *(f.)* anthology (10)
apagar to turn off, to shut down (9)
aparecer to appear (2, 3)
apellido *(m.)* last name (7)
aplicación *(f).* app (5)
apodo *(m.)* nickname (2)
aportar to contribute (10)
apostarse bet (8)
apoyar to support (4)
apreciación *(f.)* appreciation (9)
aprobación *(f.)* approval (7)
apuesta *(f.)* bet (6)
árbitro *(m.)* referee (4)
archivo *(m.)* file (5)
armonía *(f.)* harmony (9)
arrancar to start (a machine) (2)
arreglar(se) to get (oneself) ready (1)
arrepentirse to be sorry (4)
arriesgado(a) risky (8)
arroba "at" sign @ (5)
arruga *(f.)* wrinkle (2)
arrumbado(a) abandoned (2)
artesanía *(f.)* handicraft (2)
arzobispo *(m.)* archbishop (4)
asado *(m.)* barbecue (2)
asar to grill (3)
asesinar to assassinate, to murder (4)
asesinato *(m.)* murder (4)
asfalto *(m.)* asphalt (8)
asiduo(a) frequent, regular (7)
asilo *(m.)* **de ancianos** retirement home (1)
asustar to scare (3); **asustarse** to get scared (1)
atole *(m.)* a thick, hot drink made with corn starch (3)
atraer to attract (8)
atril *(m.)* lectern (10)
atropellado(a) run over (2)
auge *(m.)* boom (10)
aumentar to increase (3)
aunque although, even though, even if (5)
auto *(m.)* car (Spain) (8)
autobus *(m.)* bus (8)
autóctono(a) native (9)
autodidacta self-taught (6)
autor(a) author (1, 10)
aventuras, de adventure (6)
ayuntamiento *(m.)* town hall (8)
azotar to beat, to lash (4)

B

baile *(m.)* dance (6)
bajar to get off (a bus, train, etc.) (8); **bajar archivos** to download files (5)
balada *(f.)* ballad (6, 9)
bañar(se) to bathe (oneself) (1)
banda sonora soundtrack (6)
barato(a) cheap (2)

barrio *(m.)* district, neighborhood (8)
barro *(m.)* mud (2)
batería *(f.)* drum set (9)
beatificar to beatify (4)
beatitud *(f.)* saintliness (6)
belleza *(f.)* beauty (3)
besado(a) kissed (1)
besar to kiss (1)
beso *(m.)* kiss (1)
billete *(m.)* bill (money) (7)
biográfico(a) biographical (10)
bisabuelo(a) great-grandparent (1)
bisnieto(a) great-grandchild (1)
blog *(m.)* blog (5)
blues *(m.)* blues (9)
bolsa *(f.)* bag (3); **bolsa de valores** stock market (7)
bombilla *(f.)* straw (3)
bombos *(m.)* drums (5)
bono *(m.)* bonus (7)
boricua Puerto Rican (colloquial) (9)
borrar to delete, to erase (5)
botella *(f.)* bottle (3)
brasas *(f.)* coals (2)
brea *(f.)* tar (8)
brecha *(f.)* **generacional** generation gap (1)
brillante *(m.)* diamond (7)
brindar to toast, to offer a toast (6)
bruja *(f.)* witch (4)
burlarse (de) to make fun (of) (1, 8)
butaca *(f.)* seat (at a theater or movie theater) (6)

C

caber to fit (8); **caber señalar** to be worth mentioning (8)
caer to fall, to drop (9)
caja *(f.)* box, coffin (1); service window (7)
cajero(a) cashier (7); **cajero automático** *(m.)* automatic teller machine (7)
calabaza *(f.)* gourd (3)
callar(se) to quiet (to be quiet) (1)
callejero(a) from the streets, stray (8)
caloría *(f.)* calorie (3)
calvo(a) bald (1)
cambiado(a) changed (1)
cambiar to change (1)
cambio *(m.)* change (1); **cambio de moneda extranjera** foreign currency exchange (7)
caminante *(m., f.)* wanderer (10)
camino *(m.)* path (10)
camión *(m.)* bus (Mexico) (8)
campanilla *(f.)* ring (5)
campesino(a) farm laborer (8)
campo *(m.)* countryside (8)
canas *(f.)* white hairs (2)
canción *(f.)* song (6)
cantante *(m., f.)* singer (6)
cantautor(a) singer-songwriter (9)
canto *(m.)* singing (9)
caótico(a) chaotic (8)
capítulo *(m.)* chapter (10)
caracterización *(f.)* characterization (6)
caracterizar to characterize (2)
carambola *(f.)* shot (8)
carbohidrato *(m.)* carbohydrate (3)
carecer to lack, to not have (10)
carencia *(f.)* lack, shortage (6), scarcity (8)
cargar to charge (to a credit/debit card) (7)
Carnaval *(m.)* carnival (similar to Mardi Gras) (2)
carnicero(a) butcher (8)
carpa *(f.)* tent (5)
carpeta *(f.)* cover; binding (10); folder (5)
carretilla *(f.)* cart (2)
carro *(m.)* car (Mexico, Central America, Andes, Caribbean) (8)
cartelera *(f.)* movie listing (6)
casado(a) married (1)
casamiento *(m.)* wedding (2)

casarse (con) to marry (1)
catalogar to catalog (10)
cátedra *(f.)* lecture (6)
causa *(f.)* cause (5)
cauteloso(a) cautious (5)
celebración *(f.)* celebration
celebrado(a) celebrated
celebrar to celebrate (2)
cepillar(se) to brush (onself) (1)
cercano(a) a nearer (8)
cereal *(m.)* grain (3)
cerebro *(m.)* brain (10)
chapulín *(m.)* cricket (4)
charlando chatting (1, 3)
chatear to chat online (5)
chiste *(m.)* joke (6)
ciencia ficción *(f.)*, **(de)** science fiction (6)
cierto, ser to be certain (3)
cifra *(f.)* figure (7)
cifrado(a) encoded (8)
cima *(f.)* summit (9)
circo *(m.)* circus (6)
círculo *(m.)* **de lectura** book club (10)
cirujano(a) surgeon (3)
cita *(f.)* date, appointment (1)
clarinete *(m.)* clarinet (9)
clásico(a) classic (6)
cliente *(m., f.)* client (7)
cloruro de sodio *(m.)* sodium chloride (3)
cobarde cowardly (4)
cobertura *(f.)* (satellite) coverage (5)
cobrar to charge (7)
coche *(m.)* car (Spain) (8)
cocina *(f.)* cuisine (2)
colectivo *(m.)* bus (Argentina, Colombia) (8)
colesterol *(m.)* cholesterol (3)
colgar to hang up (5)
colonia *(f.)* residential subdivision (8)
combi *(f.)* car or van used like a taxi (Mexico) (8)
comediante *(m., f.)* comedian (6)
comensal *(m.)* guest at the table (3)
comentar to comment (6)
comenzar to begin (2)
cómico(a) funny (6)
comida chatarra *(f.)* junk food (3)
comisión *(f.)* commission (7)
como as, how, however (5)
compasivo(a) compassionate (4)
componer to compose (9)
comprometerse (con) to get engaged (to) (1)
computadora *(f.)* laptop (5)
con tal (de) que as long as; in order that, so that (5)
conceder to grant (3)
concierto *(m.)* concert (9)
confiarse to trust (2)
conflicto *(m.)* conflict (5)
congelado(a) frozen (3)
conmemorar to commemorate (2)
conmover to move (emotionally) (6)
Conquista, la the Conquest (4)
conseguir to get, to obtain (5)
consejo *(m.)* advice (3)
conservatorio *(m.)* conservatory (9)
constar to be apparent (having witnessed something), to be certain (3)
consulta: (de) consulta reference (10)
consumir to consume (3)
contar to tell (someone) (6)
contemporáneo(a) contemporary (5)
contener to contain (8)
contento(a), estar to be pleased (3)
contestar to answer (6)
contraseña *(f.)* password (5)
contratar to hire (7)

contrato *(m.)* contract (7)
convencional conventional (5)
cooperar to cooperate (4)
copa *(f.)* top (9)
coquetear to flirt (1)
coraje *(m.)* bravery (8)
coreografía *(f.)* choreography (9)
coro *(m.)* choir (9)
corona *(f.)* crown (8)
corredor (vial) *(m.)* freeway (8)
correo electrónico *(m.)* email (5)
cortometraje *(m.)* short film (6)
cosechar to harvest (8)
coser to sew (6)
cosmopolita cosmopolitan (8)
costo *(m.)* cost (7)
costumbre *(f.)* habit, tradition, custom (2)
cotidiano(a) everyday, daily (5)
crecer to grow up (1); to grow (7)
creencia *(f.)* belief (2)
creer to believe (3)
criado(a) servant, maid (2)
criar to raise, to bring up (1)
crimen *(m.)* crime (8)
criminal *(m., f.)* criminal (4)
crítica *(f.)* review of a film (6)
crítico(a) critic (6)
cuadrarse to fit (8)
cuadras *(f.)* blocks (8)
cuando when (5)
cuchitril *(m.)* small and dirty shack (2)
cuenta *(f.)* bill (statement showing amount owed) (7); **cuenta corriente** checking account (7); **cuenta de ahorros** savings account (7)
cuento *(m.)* short story (1)
cuerda *(f.)* string (9)
cultivar to cultivate (8)
cultivo *(m.)* crop (8)
culto(a) educated, cultured (9)
cumbre *(f.)* summit (9)
cuñado(a) brother/sister-in-law (1)
curriculum vitae *(m.)* résumé (7)
cuyo(s) / cuya(s) whose (10)

D

damnificado(a) victim (5)
dar igual to not matter (3); **dar tregua** to provide a respite or rest (5); **dar un mal paso** to make a bad choice (6); **dar una mano** to help (10); **darse cuenta (de)** to realize (1)
débil weak (4)
decidirse to make one's mind up (1)
decir to say (6)
dedicado(a) dedicated (4)
dedicarse (a) to do (something) for a living (8)
defender to defend (9)
dejar to allow (2)
democracia *(f.)* democracy (4)
demoler demolish (2)
denominarse to be called (10)
departamento *(m.)* neighborhood (2)
depositar to deposit (7)
depósito *(m.)* deposit (7)
derecha *(f.)* right wing (4)
derecho *(m.)* right (4); **derecho al voto** right to vote (5)
derrama económica *(f.)* earnings (6)
derramar to spill (4)
derrocar to overthrow (4)
derrota *(f.)* defeat (4)
derrotar to defeat (4)
desafinado(a) out of tune (9)
desarrollar to develop (4)
descargar archivos to download files (5)
descomponer to break down (a machine) (9); **descomponerse** to break down (7)
descremado(a) skimmed (3)

desear to desire (2)
desechable disposable (3)
desempleo *(m.)* unemployment (7)
desenlace *(m.)* ending (10)
deserción escolar *(f.)* dropping out of school (5)
desfile *(m.)* parade (2)
deshacerse to get rid of (4)
desintegrado(a) broken (1)
despedir to fire (7); **despedirse** to say good-bye (1)
despertar(se) to wake (oneself) up (1)
después (de) que after (5)
destacado(a) distinguished (9)
deuda *(f.)* debt (7)
Día *(m.)* **de los Muertos** Day of the Dead (2)
día feriado *(m.)* holiday (2)
diálogo *(m.)* dialogue (8)
dictadura *(f.)* dictatorship (4)
didáctico(a) didactic, instructive (10)
dieta *(f.)* diet (3)
difundir to spread (6)
dinero *(m.)* money (7)
director(a) director (6)
dirigir to conduct, to lead (9)
disco *(m.)* record (9); **disco compacto** (CD) compact disc (9)
díscola disobedient (2)
disecado(a) preserved, stuffed (9)
disfraz *(m.)* costume (2)
disfrazarse to put on a costume, to disguise oneself (2)
disfrutar to enjoy (3)
disgustar to dislike, to upset (3)
disminuir to decrease (7)
disparador *(m.)* trigger (10)
disponibilidad *(f.)* availability (6)
disponible available (10)
dispositivo *(m.)* device (10)
distribuir to distribute (10)
divertirse to have fun (1)
divorciado(a) divorced (1)
divorciarse (de) to get divorced (from) (1)
divorcio *(m.)* divorce (1)
documental *(m.)* documentary (6)
domicilio *(m.)* residence (7)
dominar (el inglés) to speak (English) proficiently (5)
donar to donate (5)
donde where (10)
dormirse to fall asleep (1)
dotado(a) gifted (4)
dotar to provide (7)
drama *(m.)* drama (10)
dramático(a) dramatic (6)
ducharse to shower (1)
dudar to doubt (3)
dueño(a) owner (7)
dulce sweet (3)
durar to last (4)

E

echar to throw (9); **echar de menos** to miss (6)
edad *(f.)* age (7)
edición *(f.)* edition (10)
editar to edit (10)
editorial *(f.)* publisher (10)
efectivo *(m.)* cash (7)
efecto especial *(m.)* special effect (6)
egoísta selfish (4)
ejército *(m.)* army (4)
el (la) cual which, the one which (10)
elección *(f.)* election (4)
elegir to elect, to choose (3)
eliminar to eliminate (3)
embarcadero *(m.)* pier (8)
embotellado(a) bottled (3)
embotellamiento *(m.)* traffic jam (8)

embotellar to bottle (3)
emocionante exciting, thrilling (6)
emocionar to thrill, to excite (3)
empapado(a) soaked (8)
empeñar to pawn (7)
empeorar to get worse, to deteriorate (5)
empezar to begin (2)
empleado(a) employee (7)
empleo (m.) job, employment (5)
emprender to undertake (4, 7)
empresa (f.) company (7)
empujar(se) to push (oneself) (8)
en caso de que in case (5)
en cuanto as soon as (5)
en promedio on average (6)
en todos lados everywhere (7)
en vez de instead of (4)
enamorado(a) (de) in love with (1)
encabalgamiento (m.) enjambment (10)
encantar to love (3)
encomendar to entrust (5)
encuadernar to bind (10)
endulzar to sweeten (3)
enfermarse to get sick (1)
enfoque (m.) focus (10)
engordar to gain weight (3)
enlatado(a) canned (3)
enlatar to can (3)
enlazar to lasso or rope (9)
enojar to make angry, to anger (3); **enojarse** to become angry (1)
ensayar to rehearse (9)
ensayo (m.) rehearsal, practice (9); essay (10)
enterarse to find out (4, 5)
enterrar to bury (2, 9)
entonado(a) in tune (9)
entrenador(a) coach (4)
entretener to entertain (6)
entristecido(a) saddened (9)
envejecer to age, to get old (1)
equivocación (f.) error (4)
escalador(a) climber (9)
escena (f.) scene (6)
escenario (m.) setting (2)
escritor(a) writer (1)
escudo (m.) emblem (4)
escuela (f.) **de párvulos** pre-school (2)
esmero (m.) careful effort (2)
espantado(a) scared (8)
esparcir to spread (8)
espectáculo (m.) show, performance (6)
esperanza (f.) **de vida** life expectancy (1)
esperar to hope, to wish (2)
estabilidad (f.) stability (4)
estela (f.) wake or tracks of a ship (10)
estorbado(a) bothered (8)
estrenar to premiere, to show (or use something) for the first time (6)
estreno (m.) premiere (6)
estrépito (m.) din, noise (5)
estribillo (m.) chorus, refrain (9)
estridencias (f.) shrillness (9)
estrofa (f.) verse, stanza (5)
estructura (f.) (circular, lineal) organization of text (circular, linear) (9); **estructura vial** road structure (8)
ética (f.) ethics (4)
evidente, ser to be evident (3)
evitar to avoid (3)
evolucionar to evolve (5)
exhibir to show (a movie) (6)
éxito (m.) success (6); musical hit (9)
exitoso(a) successful (9)
explicar to explain (6)
extirpar to extract (7)

F

fábrica (f.) factory (8)
fabricante (m. f.) manufacturer (10)
fabricar to make (9)
fallar to fail (4)
feminismo (m.) feminism (5)
feria (f.) fair (10)
festejar to celebrate (1, 2)
fibra (f.) fiber (3)
ficción (f.) fiction (10)
los fieles the faithful, the believers (4)
fiesta (f.) holiday (2)
figurar to appear (6)
fijarse to notice (2); **fijar reglas** to set rules (10)
filmar to film (6)
final (m.) ending (6)
firmar to sign (5, 7)
flaco(a) skinny (3)
flauta (f.) flute (9)
folclor (m.) folklore (2)
fomentar to promote (10)
fortalecer to strengthen (4)
fosa (f.) grave (2)
fracaso (m.) failure (6)
frasco (m.) jar (3)
fresco(a) fresh (3)
Fray (religious) Brother (5)
freír to fry (3)
frustrado(a), estar to be frustrated (3)
frustrar to frustrate (3); **frustrarse** to become frustrated (1)
fuego (m.) fire (2)
fuente (f.) fountain (8)
fuerte strong (4)
fuerza (f.) strength (5); **fuerza espiritual** spiritual strength (9)
función (f.) show (6)
fusilado(a) shot (4)

G

galas (f.) best clothes (1)
ganadería (f.) cattle raising (8)
ganado (m.) cattle (8)
ganancias (f.) earnings (6)
gasto (m.) expense (2)
gaucho (m.) cowboy from Argentina and Uruguay (2)
generación (f.) generation (1)
género (m.) genre (9)
gente (f.) people (2)
gerente (m., f.) manager (7)
gira (f.) tour (9)
globalización (f.) globalization (5)
gobierno (m.) government (4)
golosinas (f.) sweets, snacks (6)
golpe de estado (m.) military coup (4)
grabación (f.) recording (9)
grabar to record, to burn (a DVD or CD) (5)
gracioso(a) funny (6)
grados (m.) [Spanglish] grades (5)
gramo (m.) gram (3)
granja (f.) farm (8)
grasa (f.) fat (3)
guagua (m.) bus (Caribbean) (8)
guardar to save (2)
guijarro (m.) stone (4)
guion (m.) screenplay (10)
guionista (m., f.) screenplay writer (10)
guitarra (f.) guitar (9)
gustar to like (3)
gusto (m.) taste (5)

H

habitar to inhabit (8)
hábito (m.) habit (2)

hacer clic (en) to click (on) (5); **hacer fila/cola** to form a line (7); **hacerse a la idea de** to get used to the idea of (1)
hacerse to become (1)
hada fairy (4); **el hada madrina** (f.) the fairy godmother (3)
hallazgo (m.) finding (10)
harina (f.) flour (3)
hartarse to get tired of (6)
hasta que until (5)
heredado(a) inherited (2)
heredar to inherit (2)
herejía (f.) heresy (6)
herencia (f.) **cultural** cultural heritage (2)
hermanastro(a) stepbrother / stepsister (1)
héroe (m.) hero (4)
heroíco(a) heroic (4)
heroína (f.) heroine (4)
herramienta (f.) tool (7)
hijastro(a) stepson / stepdaughter (1)
hilera (f.) row (6)
hip hop (m.) hip hop (9)
hipoteca (f.) mortgage (7)
hispanohablante Spanish-speaking (8)
historia (f.) story, history (10)
hombre de negocios/mujer de negocios businessman/businesswoman (7)
homenajeado(a) honored (9)
honda (f.) slingshot (4)
honrado(a) honest (4)
hornear to bake (3)
horror: (de) horror horror (6)
hoy en día nowadays (1)
hueco (m.) hole (7)
huelga (f.) strike (5)
huella (f.) footprint, trace (10)
huérfano(a) orphan (1)
huerto (m.) small vegetable garden, orchard (8)
humilde humble (4)
hundirse to sink (oneself) (2)

I

idealista idealist (4)
identidad (f.) identity (2)
idóneo(a) ideal (6)
igualitario(a) egalitarian (5)
imagen (f.) image (3)
importar to be important (3)
imprimir to print (10)
impuestos (m.) taxes (7)
incendiar to set fire (8)
incinerar to incinerate (2)
independizarse to become independent (2)
infantil, literatura children's literature (10)
ingresar to log in (5)
injusticia (f.) injustice (4)
insistir (en) to insist (2)
instrumento (m.) **de cuerda/percusión/viento** string/percussion/wind instrument (9)
intermedio (m.) intermission (6)
interpretar to perform, to interpret, to play (a role) (9)
intrigante (m. f.) schemer (6)
invertir to invest (7)
involucrado(a) involved (3)
involucrarse (en) to get involved (in) (5)
ironía (f.) irony (4)
irónico(a) ironic (4)
irse to go away, to leave (1)
izquierda (f.) left wing (4)

J

jazz (m.) jazz (9)
jilguero (m.) goldfinch (4)
jubilación (f.) retirement (7)
jubilarse to retire (7)
jugar al billar to play billiards (8)
juntar to gather, to stack (3)

justicia (f.) justice (4)
justo(a) fair (4)
juvenil, literatura young adult literature (10)

K

kermes (f.) outdoor fair/festival (2)
kilo (m.) kilo (3)

L

lácteos (m.) dairy (3)
lados, en todos everywhere (7)
lana (f.) **de oveja** lamb's wool (2)
lápida (f.) tombstone (9)
lastimar(se) to hurt (oneself) (1)
lata (f.) can (3)
lavar(se) to wash (oneself) (1)
lazo (m.) bond (2)
leal loyal (4)
lector(a) reader (6,10); **lector electrónico** e-book reader (5)
lectura (f.) text, reading (10)
legado (m.) legacy (2)
legumbres (f.) legumes (3)
lema (m.) motto (4)
lenguaje (m.) language (2)
letra (f.) lyrics (9)
levantar(se) to get (oneself) up (1)
ley (f.) law (4)
leyenda (f.) legend (5)
libra (f.) pound (3)
libro (m.) book; **libro de bolsillo** paperback (10); **libro de pasta dura** hardbound book (10); **libro electrónico** e-book (10); **libro impreso** printed book (10)
líder (m., f.) leader (4)
liderar to lead (4)
liderazgo (m.) leadership (4)
limitar to limit (3)
litro (m.) liter (3)
llevarse (bien/mal/regular) to get along (well/poorly/okay) (1)
lo cual which (10)
lo que what, the thing which/that (10)
lobo (m.) wolf (4)
lograr to achieve (6)
loor (m.) praise (6)
los (las) cuales which (10)
luchar to struggle, to work hard in order to achieve something (4)

M

machismo (m.) chauvinism (5)
madera (f.) wood (2)
madrastra (f.) stepmother (1)
madrugador(a) early riser (7)
magro(a) lean (3)
mal repartido(a) poorly distributed (2)
malgenioso(a) ill-tempered (2)
mandar to order (2)
manejar to drive (8); to deal (9)
manía (f.) obsession, fixation (5)
manifestación (f.) demonstration (5)
mano (f.) **de obra** labor force (8)
manteca (f.) fat (2)
mapudungun (m.) the Mapuche language, meaning "the talk of Earth" (9)
marcar to signal (4)
marcha (f.) march (protest) (5)
mariscos (m.) seafood (3)
más... que more . . . than (8)
mascullando mumbling (6)
matar to kill (4)
mate (m.) a tea popular in Argentina and other South American countries (3)
matrimonio (m.) marriage; married couple (1)
mayor older (2, 8)
media luna (f.) croissant (3)
medio tiempo (m.) half time (6)

mejor better (8)
mejorar to improve (5)
mencionar (que) to mention (that) (6)
menesteroso(a) needy (6)
menor younger (8)
menos... que less . . . than (8)
mercadotecnia *(f.)* marketing (5)
merendar to have a light snack or meal (3)
merienda *(f.)* light snack or meal (3)
merodeos *(m.)* snooping, prowling (6)
meter to put; **meterse (en)** to go (in), to get (in), to meddle (1)
metralleta *(f.)* machine gun (8)
mezcla *(f.)* mixture (9)
micro *(m.)* bus (Chile) (8)
mientras que as long as (5)
migración *(f.)* migration (5)
mina *(f.)* minefield (9)
mío(s)/mía(s) mine (10)
misa *(f.)* mass (4)
miseria *(f.)* poverty (7)
misterio: (de) misterio mystery (6)
modernidad *(f.)* modernity (5)
moderno(a) modern (1)
molestar to bother (3)
moneda *(f.)* coin (7)
Monseñor *(m.)* Monsignor (4)
monumento *(m.)* monument (8)
morada *(f.)* residence (7)
morder to bite (7)
mortífero(a) lethal (1)
motivar to motivate (4)
movimiento *(m.)* **ecologista** environmental movement (5)
mudarse to move (residences) (1)
murmullo *(m.)* murmur (6)
música clásica *(f.)* classical music (9); **música country** country music (9); **música folclórica** traditional folk music (9); **música pop** pop music (9)

N

nacer to be born (1)
nalgas *(f.)* buttocks (vulgar) (3)
narrador(a) narrator (2, 10)
narrativa *(f.)* narrative (10)
necesitar to need (2)
negar to deny (3)
negocios *(m.)* business (7)
niñez *(f.)* childhood (1)
Noche *(f.)* **de Brujas** Halloween (2)
Nochebuena *(f.)* Christmas Eve (5)
nombre *(m.)* **de pila** first name (2)
novela *(f.)* novel (10)
noviazgo *(m.)* relationship between a boyfriend and a girlfriend
novio(a) boyfriend / girlfriend (1)
nuera *(f.)* daughter-in-law (1)
nuestro(s)/nuestra(s) ours (10)

O

obra *(f.)* work (of art or literature) (10)
obrero(a) laborer (8)
obvio: es obvio it is obvious (3)
oculto(a) hidden (7)
odiar to hate (1)
oficio *(m.)* job (9)
ofrenda *(f.)* offering (altar) (2)
oído *(m.)* hearing (5); ear (for music), inner ear (9)
ojalá (que) hopefully (2)
oleada *(f.)* wave (10)
olfato *(m.)* smell (5)
olvidar to forget (9)
ópera *(f.)* opera (9)
opinión *(f.)* **pública** public opinion (5)
orquesta *(f.)* orchestra (9)
ortografía *(f.)* spelling (10)

P

padrastro *(m.)* stepfather (1)
pagar a plazos to pay in installments (7)
pago *(m.)* payment (7)
paisaje *(m.)* landscape (7)
palangana *(f.)* basin (9)
paloma *(f.)* **mensajera** messenger pigeon (4)
palomitas *(f.)* **(de maíz)** popcorn (6)
pañal *(m.)* diaper (5)
pandilla *(f.)* gang (5, 8)
pantalla *(f.)* screen (6)
panteón *(m.)* cemetery (2)
papada *(f.)* double chin (2)
papel *(m.)* role (1)
paquete *(m.)* packet, box (3)
parada *(f.)* bus stop (8)
pardillo *(m.)* linnet (4)
parecer (bien/mal) to seem (good/bad) (3)
pareja *(f.)* couple, partner (1)
parentesco *(m.)* relationship (family) (2)
pariente *(m.)* relative (1)
parque *(m.)* **de diversiones** amusement park (6)
participación *(f.)* participation, involvement (5)
partido *(m.)* game (sport), match (6); **partido (político)** (political) party (4)
pasajero(a) passenger (8)
pasársela bien/mal to have a good/bad time (6)
pasillo *(m.)* hallway (7)
paso *(m.)* step (7)
payaso(a) clown (6)
peatón/peatona pedestrian (8)
pedazo *(m.)* piece (8)
pedir to ask for, to request (2); **pedir que** to ask that (6)
pedrada *(f.)* blow from stone (4)
pegajoso(a) catchy (9)
peli (short for película) *(f.)* movie [slang] (5)
película *(f.)* movie, film (6)
peligrosidad *(f.):* **alta peligrosidad** high security (10)
pelota *(f.)* **tatá** burning ball (2)
pensar to think (3)
peor worse (8)
percatarse to notice (2)
perder to lose (9)
permanecer ajeno(a) to remain unaware (5)
permitir to permit, to allow (2)
persistencia *(f.)* perseverance (5)
personaje *(m.)* character (in a film) (6)
pertenecer to belong (5)
personificación *(f.)* personification (5)
pesado(a) heavy, difficult (1)
pesca *(f.)* fishing (8)
pesero *(m.)* car or van used like a taxi (Mexico) (8)
pestañas postizas *(f.)* false eyelashes (2)
petición *(f.)* petition (5)
piano *(m.)* piano (9)
picante spicy (3)
pintoresco(a) picturesque (8)
pisar to walk upon (10)
piso *(m.)* flat, apartment (2)
pistas *(f.)* clues (5)
plaga *(f.)* plague (3)
planos *(m.)* blueprints (8)
platicar to talk (3)
población *(f.)* population (8)
poderoso(a) powerful (4)
poema *(m.)* poem (3)
poemario *(m.)* book of poems (10)
poesía *(f.)* poetry, poem (3)
poeta/poetisa poet (3)
poner(se) to put on (clothing) (1); **ponerse (feliz, triste, nervioso, furioso, etc.)** to become (happy, sad, nervous, furious, etc.) (1); **ponerse a dieta** to put oneself on a diet (3)
popular popular (9)
por ciento percent (7)

por cuenta propia on their own (7)
porcentaje *(m.)* percentage (7)
porción *(f.)* portion (3)
portada *(f.)* cover (10)
portero(a) goalie (4)
posiblemente possibly (3)
potaje *(m.)* vegetable-and-legume-based stew (3)
potestad *(f.)* authority (6)
práctica *(f.)* practice (2)
preferir to prefer (2)
prefigurar to foreshadow (5)
preguntar si (cuándo, dónde, qué, etc.) to ask if (when, where, what, etc.) (6); **preguntarse** to wonder (1)
premio *(m.)* prize, award (6)
prenda *(f.)* security (7)
preocupado(a), estar to be worried (3)
preocupar to worry (3)
presagiar to foreshadow (5)
presagio *(m.)* premonition (8)
prescindible expendable (7)
presentarse to perform (9)
presentimiento *(m.)* premonition (8)
prestaciones *(f.)* benefits (7)
préstamo *(m.)* loan (7); **préstamo prendario** pawnbroking (7)
probar to taste (3)
producir to produce (6)
progreso *(m.)* progress (5)
prohibido(a) forbidden (7)
prohibir to prohibit, to forbid (2)
prolijo(a) detailed (9)
prometido(a) fiancé / fiancée (1)
promocionar(se) to promote (oneself) (7)
pronunciarse to speak out (9)
propósito *(m.)* purpose (10)
protagonista *(m.)* protagonist (2)
proteína *(f.)* protein (3)
próximo(a) next (4)
publicación *(f.)* publication (10)
publicar to publish (10)
público *(m.)* audience (6, 9)
pueblo *(m.)* town (8)
puede (ser) it might be (3)
puesto *(m.)* position, job (7)
púlpito *(m.)* pulpit (4)
puntería *(f.)* marksmanship (4)
punto de vista *(m.)* point of view (4)

Q

que that, who (10)
quedar to remain behind, to be left behind (9), **quedarse** to stay (1)
quejarse to complain (1)
quemar to burn (2)
querer (a) to love (a person) (1)
quien(es) who, whom, that (10)
quiosco *(m.)* kiosk, stand (8)
quitar(se) to remove (from onself) (1)
quizá(s) maybe (3)

R

radio *(m.)* radio (device) (9); *(f.)* radio (transmission) (9)
rancho *(m.)* small farm, ranch (8)
rap *(m.)* rap (9)
rascacielos *(m.)* skyscraper (8)
Rastro, el a flea market in Madrid, Spain (6)
re menor D minor (9)
recargar to recharge (10)
recaudado(a) gathered, obtained (5)
recluso(a) inmate (10)
recomendar to recommend (2)
reconciliarse (con) to make up (with) (1)
recordar to remember (2)
recursos *(m.)* resources (4); **recursos limitados** limited resources (5)
red *(f.)* **social** social network (5)
reducir to reduce (3)

referirse a to refer to (4)
reforma *(f.)* change, reform (5)
regalar to give away (4); to give (as a gift) (6)
reggaetón *(m.)* reggaeton (9)
regla *(f.)* rule (3)
reírse (de) to laugh (at) (1)
reivindicación *(f.)* recognition (9)
relacionarse to get to know, to spend time with socially (1)
relación *(f.)* relationship (2)
relajación *(f.)* relaxation (6)
relato *(m.)* story, tale (10)
remendado(a) mended (8)
remis *(m.)* taxi (Argentina) (8)
rencilla *(f.)* quarrel (6)
renunciar to quit (7)
repetición *(f.)* repetition (10)
reproductor *(m.)* **de DVD** DVD player (5)
resortera *(f.)* slingshot (4)
respetado(a) respected (2)
respetar to respect (1, 2)
respeto *(m.)* respect (2)
responder to respond (6)
resucitar to resurrect, to rise from the dead (4)
retirar fondos to withdraw funds (7)
reto *(m.)* challenge (1)
reunirse to get together (1)
revista *(f.)* magazine (10)
rico(a) devisious (3)
rímel *(m.)* mascara (2)
risa *(f.)* laugh (7)
risotada *(f.)* guffaw (5)
romántico(a) romantic (6)
romper (con) to break up (with) (1)
rueda *(f.)* wheel (6); **ruedas macizas** solid wheels (2)
ruido *(m.)* noise (8)
ruiseñor *(m.)* nightingale (4)
ruptura *(f.)* breakthrough (10)
rural rural (8)

S

sabo(a) healthy (person) (3)
sabor *(m.)* flavor (3)
sacrificarse to sacrifice oneself (2)
sacudir to shake (3)
salado(a) salty (3)
salida *(f.)* **económica** a way to make a living (10)
salir con (una persona) to go out with (1)
salón de baile *(m.)* ballroom (6)
salud *(f.)* health, **¡Salud!** To your health! (2)
saludable healthy (food, activity) (3)
saludar to greet (1)
secar(se) to dry (oneself) (1)
secuela *(f.)* sequel (10)
seguro(a), estar to be sure (3)
sembrar to sow (8)
sencillísimo(a) very easy (8)
senda *(f.)* path (10)
sentarse to sit down (1)
sentidos *(m.)*: **los (cinco) sentidos** the (five) senses (5)
sentir to be sorry, to regret (3), **sentirse (bien, mal, triste, feliz, frustrado, preocupado,** etc.**)** to feel (good, bad, sad, happy, frustrated, worried, etc.) (1)
separado(a) separated (1)
separarse (de) to separate (from) (1)
sepultado(a) buried (2)
ser cierto to be certain (3)
ser evidente to be evident (3)
ser humano *(m.)* human being (2)
ser obvio to be obvious (3)
ser verdad to be true (3)
serenata *(f.)* serenade (9)
SIDA *(m.)* AIDS (9)
siervo(a) servant (6)
simulacro *(m.)* simulation, farce (5)

sin fines de lucro nonprofit (10)
sino but (rather) (3)
sistema (*m.*) **de transporte público** public transportation system (8)
situación (*f.*) **de paro** (Spain) unemployed (2)
sobre (*m.*) envelope (9)
sodio (*m.*) sodium (3)
solicitar to apply, to request (7)
solicitud (*f.*) **de trabajo** job application (7)
soltero(a) single (1)
solterona (*f.*) old maid (2)
sombreado (*m.*) shading (8)
sonido (*m.*) sound (9)
sorprender to surprise (3); **sorprenderse** to be surprised (1)
subasta (*f.*) auction (7)
subir to upload (5)
subte (*m.*) (short for **subterráneo**) subway (Argentina) (8)
subterráneo (*m.*) subway (Argentina, Uruguay) (8)
suceder to happen (8)
sucursal (*f.*) branch (7)
suegro(a) father-/mother-in-law (1)
sueldo (*m.*) salary (7)
sugerir to suggest (2)
sumar(se) to join (9)
superarse to improve oneself (10)
superación (*f.*) **personal** self-improvement (10)
suplente (*m., f.*) substitute (4)
suponer to suppose (3)
surgir to emerge (7)
suspenso: (de) suspenso suspense (6)
susto (*m.*) fright (4)
suyo(s)/suya(s) his, hers, its, yours (formal) (10)
suyo(s)/suya(s) theirs, yours (plural) (10)

T

tableta (*f.*) tablet (5)
tacto (*m.*) touch (5)
tal vez maybe (3)
talento (*m.*) talent (6)
taller (*m.*) (**de literatura**) (writing) workshop (10)
tamaño (*m.*) size (3)
tambor (*m.*) drum (9)
tan... como as . . . as (8)
tanto(a)... como as many/much . . . as (8)
tapar to cover (3)
taquilla (*f.*) box office, ticket office (6)
tararear to hum (9)
tarjeta (*f.*) **de crédito** credit card (7); **tarjeta de débito** debit card (7)
tasa (*f.*) **de desempleo juvenil** unemployment rate among youth (2); **tasa de nupcialidad** (*f.*) marriage rate (2)
taxi (*m.*) taxi (8)
tebeos (*m.*) comics (4)
teclado (*m.*) keyboard (5)
tema (*m.*) theme, topic (10)
temer to fear (3)
tener miedo (de) to be afraid (of) (3); **tener lugar** to take place (10)
tercera edad (*f.*) old age (1)
testigo (*m., f.*) witness (2)
tierra (*f.*) land (9)
timbre (*m.*) doorbell (2)
tiro al blanco (*m.*) target shooting (4)
tirón, de un all at once, in one go (3)
tocar to play (9)
todavía still (5); **todavía no** not yet (5)
todo el mundo everyone (8)
tono (*m.*) tone (4)
toro candil burning bull (2)
tortuga (*f.*) turtle (5)
trabajar horas extras to work overtime (7)
trabajo (*m.*) **de tiempo completo** full-time job (7)
tradicional traditional (1)
traducción (*f.*) translation (10)

traducir to translate (10)
tráfico (*m.*) traffic (8)
traidor(a) traitorous (4)
trajinar to bustle about (10)
trama (*f.*) plot (10)
trámite (*m.*) process (7)
tranquilo(a) calm (5), calm, peaceful, quiet (8)
transferir fondos to transfer funds (7)
transmisión (*f.*) **por demanda** streaming (5)
tranvía (*m.*) streetcar, tram (Mexico) (8)
tras las rejas behind bars (10)
tren ligero (*m.*) light rail
trigo (*m.*) wheat (3)
triste, estar to be sad (3)
trolebús (*m.*) trolleybus (6)
trompeta (*f.*) trumpet (9)
tuyo(s)/tuya(s) yours (10)

U

unido(a) tight, close (family) (1)
unión (*f.*) union (1); **unión civil** civil union (1); **unión libre** a couple living together, but without legal documentation (1)
unir to unite (1)
urbanización (*f.*) urbanization, housing development (8)
urbanizar to develop, to urbanize (8)
urbano(a) urban (8)
urdir to devise (6)

V

valiente brave (4)
valor (*m.*) value (2); bravery (4)
valorar to value (5)
vaquero (*m.*) cowboy (2)
várices (*f.*) varicose veins (2)
vecino(a) neighbor (8)
vegetariano(a) vegetarian (3)
vejez (*f.*) old age (1)
vela (*f.*) candle (2)
velada (*f.*) soirée (6)
vencer to defeat (4)
vendedor(a) ambulante street vendor (3)
venganza (*f.*) revenge (6)
ver(se) to see (oneself), to look at (oneself) (1)
verdad, ser to be true (3)
verso (*m.*) line (7); **verso libre** free verse (5)
vestir(se) to dress (oneself) (1)
vez (*f.*) **time, una vez a la semana** once a week (1)
villano(a) villain (4)
violín (*m.*) violin (9)
vitamina (*f.*) vitamin (3)
vitrina (*f.*) display window (6)
viudo(a) widower/widow (1)
vivienda (*f.*) housing (2)
vocablo (*m.*) word (10)
vocerío (*m.*) clamor, noise (5)
volverse to become (1)
votar to vote (4)
voz (*f.*) voice (9); **voz poética** (*f.*) poetic voice (7)
vuestro(s)/vuestra(s) yours, (plural, Spain) (10)

W

yerno (*m.*) son-in-law (1)

Y

yuxtaposición (*f.*) juxtaposition (10)

Z

zampoñas (*f.*) panpipes (9)
zarpa (*f.*) claw (2)